Le tomber de la pantoufle

Aude Lage

Le tomber de la pantoufle

Roman

LE LYS BLEU
ÉDITIONS

ISBN : 979-10-377-3818-9

À mes amis Charlotte, Garance et Pierre, pour leurs lectures,
leur patience, leur soutien et leur confiance.
Merci aux lecteurs des Chroniques de la baie, aux Champelais
et à tous de m'avoir encouragée de leurs gentils commentaires.
À mes amis trop vite partis, qui m'accompagnent chaque jour.
Gislaine et Pierre.
À ma famille.
À la Baie, Champeaux et à la Lune.

Écrire est une aventure si étrangement riche ! On crée des personnages, un début d'histoire. Et puis une nuit, ils nous réveillent, nous parlent et chacun se met à vivre. Un vrai capharnaüm ! Comme si l'auteur devenait le scribe d'un imaginaire projeté dans lequel l'histoire semble presque prendre réalité. Et pourtant, il s'agit bien d'une fiction. Seules quelques personnes sont réelles comme Valérie et Éric du Café de Pays de Champeaux car ils sont dans ce roman, ce qu'ils sont dans leur commerce.

I
Des pantoufles et des femmes

***

À Saint-Jean-le-Thomas, les hirondelles de mer sculptaient le sommet des dunes de galeries multiples et profondes. Des dizaines d'hirondelles s'activaient pour préparer les nurseries des bébés.

Au loin, la mer remontait. Un chien sous le soleil, observait le manège virevolté des ouvrières ailées et zélées, excitées par la fébrilité printanière de la nature.

Le grondement au loin de la marée se faisait entendre. Les courlis, les goélands, les passereaux, les mouettes, les gravelots patientaient, l'œil droit vers l'horizon. Qu'allait leur offrir la mer cette fois-ci ?

Le ciel s'embrasa de rose, de mauve, de pourpre. L'eau devenait bleu turquoise puis violette. Calme ce soir-là, très calme.

La douceur plongeait doucement l'infini de l'horizon que je contemplais dans l'opacité de nuit qui se formait lentement autour de moi…

Je pris les trois plumes laissées par les oiseaux de mer pour les tremper dans l'encre de ce livre. Trois souffles…

Je les ai appelées Anna, Charline et Mina.

***

1
Anna

Ce jeudi 30 avril, Anna est rentrée à dix-neuf heures. Dix-neuf heures, comme mercredi, comme mardi, comme lundi, comme vendredi, comme le jeudi 24 janvier, le mardi 12 décembre, le lundi de l'anniversaire de sa mère, les jours pairs, les jours impairs, les jours sans, les jours avec, les jours de Lune, les jours de marché, les jours de pluie, les jours de poisson, les jours des lasagnes au bœuf de chez le charcutier Maurice, les jours des soldes. La mort de belle-maman, l'enterrement de maman, le suicide de Léonard, sa journée de noces, sa journée au cabinet d'esthétique *Plus belle que toi*, soins haut de gamme pour femmes haut de gamme, que lui avait offerte Pauline, sa copine de classe, à l'occasion de son mariage avec Maxime auquel elle n'avait finalement pas pu assister car elle était partie entre-temps avec son patron en Nouvelle-Calédonie, laissant le fameux Léonard disposer seul, trop seul, de son petit F2 du XIe arrondissement.

Dix-neuf heures sauf les week-ends. Dix-neuf heures, et la lourde porte de bois s'ouvrait sur un hall qui sentait bon la cire, les sourires masqués et confinés. Les pas timides comme gommés, feutrés sur l'escalier. Ne pas faire de bruit, ne pas signaler sa présence. Être comme un courant d'air caressant les lames du plancher, tel un aéro-pulseur des cages d'escalier. Ne pas concentrer son poids sur les mollets et les chevilles pour ne pas faire craquer les planches déloyales des marches, amortir par les genoux puis le dos. Tenter de flotter. Monter la colonne vertébrale vers le haut, la délier, haut très haut comme un serpent qui s'étire, les épaules en équerre, dures mais souples à la fois. Et puis, et puis, le souvenir de la professeure de danse classique Madame Ehrlich. On imaginait toujours les cours de danse classique, un peu mièvre, duveteux. Mais Madame Ehrlich était de la vieille école. Dure, violente. « Elle avait dû être formée par l'armée allemande », se moquait Anna en faisant rire ses copines de barre. Madame Ehrlich, sa professeure de danse classique leur répétait à chaque exercice ou presque :

« Ach, vous n'êtes que des grosses vaches ! Regardez-moi ça, ça tombe sur le sol comme leur meuuuuuh écrase la bouse dans les champs de boue des campagnes crottées, quelle horrrrreuRheu ! Aucune grâce, aucune grâce. » Maugréait-elle. « Je vous le répète, je dois juste entendre le frottement de la soie des chaussons sur le plancher et le léger clac des bouts renforcés des pointes. On recommence. Allez. On recommence. Encore. On continue. Allez, allez… Allez ! Vous êtes… »

« … Des vaches, oui, on sait ! » Marmonnait Anna.

Une fois, pendant que Madame Erhlich s'entretenait avec le menuisier venu réparer le parquet en plein milieu d'une série de « pointés tendus, grosses vaches », Anna avait remplacé le vieux CD des adages dans la chaîne Hi-Fi par la version *technotruc* de « Paquito el Chocolatero » de King Africa. Les filles, des adolescentes de quinze ans, s'étaient alors placées au milieu de la salle et simulaient ensemble les gestes d'une troupe de soldats en plein défilé puis, s'enhardissant, se mirent à entourer leur professeur en mimant le salut hitlérien sur le refrain. Il fallait avoir quinze ans, pour ne pas se rendre compte que ce n'était pas de très bon goût. Mais le message était passé. Mme Erhlich, rouge de colère, arracha le cordon électrique de la chaîne. Anna avait été virée du cours sur-le-champ et celle-ci en partant, cria haut et fort, les yeux plongés dans ceux de sa tortionnaire. « Vous, vous avez dû être recalée à l'examen de l'exil salutaire en Argentine. Pour sûr, vos cris hargneux, stridents et humiliants, il y aurait eu de quoi faire fuir depuis Buenos Aires, les vaches des gauchos de la pampa patagonienne sur des hectares, au moins jusqu'à Punta Cana. Le bruit de vos vociférations pleines de méchanceté aurait certainement réussi à attirer le regard de l'Europe sur toute la communauté des nazis allemands en villégiature tranquille et patagonne ! Pointée, jetée, coulée, vieille salope castratrice ! » Tout le monde était en suspens, ébahis, les arguments avaient étonné. Anna en tremblait, surprise de sa sortie verbale peu coutumière. Madame Ehrlich n'avait pas envisagé que la rébellion puisse venir de cette jeune femme solitaire, jolie mais godiche et surtout, sous cette forme-là. Ce fut dramatique. Elle enchaîna absence sur absence en raison de parodontites aiguës. Elle avait perdu une partie de sa famille dans les camps de la mort, et cette comparaison la mettant dans la peau du bourreau l'avait choquée. Était-elle si cruelle au point de mériter une telle comparaison ? S'était-elle enfermée dans son perfectionnisme exacerbé, le cœur aigri de solitude et de profondes blessures ? L'adolescente l'avait déboussolée, elle si dure, si rigide, si phobique de toute complaisance. Anna, elle, ne savait même pas comment lui étaient venues ces réflexions. Sa mère n'avait pas trop su comment réagir et n'avait pas tout compris d'ailleurs. Mais après cet épisode, Anna avait gagné le respect, celui de l'effrontée rebelle, sans le vouloir, de la part de ses pairs. Et ça, à quinze ans, c'était une sacrée victoire pour une jeune fille introvertie. Anna souriait intérieurement de cette nouvelle aura, bien qu'elle ne fût pas vraiment à la recherche de flatteries ou de valorisations, et encore moins d'amis. Elle faisait les choses comme elle le sentait entre silence simple et puissance. Anna était un volcan solitaire mais elle inspirait confiance, avec un petit je-ne-sais-quoi d'indéfinissablement libre et mystérieux.

C'était loin mais cela résonnait ce soir, étrangement… « Alleeeez ! » Chut. Légers, légers, discrets, les pas rythmés, réguliers qui la menaient jusqu'à sa porte d'entrée. Elle tourna la clé dans la serrure. Ouvrit. 19 h 5, elle enleva son pardessus. Un imper beige, garant d'une invisibilité parfaite et d'une neutralité inquiétante pour une femme de son âge. Trente-cinq ans. La fadeur en excellence, Anna déposait son vêtement sur le portant gauche du portemanteau. Le droit était réservé à Maxime, depuis dix ans. Ils avaient acheté ce portemanteau au tout début de leur relation, avant même d'avoir trouvé cet appartement. Maxime l'avait choisi. Il avait l'air solide, il allait durer. Anna l'avait trouvé moche, mais Maxime avait l'air si heureux. Elle s'est dit qu'elle s'habituerait. Il avait dit que c'était leur porte-manteau porte-bonheur. C'est vrai, qu'il portait beaucoup, les manteaux parfois très lourds de l'hiver mais aussi leur bonheur, qu'ils déposaient tous deux dans l'entrée respectivement à 19 heures et 20 h 30. Parce que le bonheur était indécent, si indécent qu'il convenait de ne pas en user, de le laisser dans une forme convenue mais économisée et de ne pas le faire résonner sur les murs de l'appartement de belle-maman. Les émotions et les sentiments. « Les émotions, haha, la belle affaire, ça ne dure pas, ce n'est pas "utile" mais ça fait vendre », arguait le couple mère fils de commerçants. Les sentiments, ils n'avaient de toute façon pas de place dans cette entrée si surchargée des bibelots de belle-maman achetés en Tunisie, au Maroc, en Grèce, à Nice, Biarritz, Le Caire quand elle partait enfin, en voyage organisé payé par la commune et l'association des Anciens « Trésor de seniors ». Belle-maman avait les moyens de ses voyages, mais d'elle-même, elle n'aurait jamais voyagé. Anna considérait que c'était à elle que l'association des Anciens faisait un cadeau, quinze jours de tranquillité. Belle-maman ramenait comme tous les autres des objets en bois d'olivier poli, des cuivres rutilants, des chameaux en terre et en tissus brodés, un buste de Napoléon posé au milieu des pyramides, du Sphinx et du buste de Néfertiti, des vases qu'elle entreposait dans l'entrée… Ah oui des vases, partout, des dizaines de vases, jamais une fleur pourtant. Vides, les vases. C'est curieux ça, des vases sans fleurs, sans rien. Ce vide à peine contenu et pourtant pas libre. Au début, Anna se disait qu'un vase était une vraie énigme. Du vide contenu dans un espace semi-ouvert ? Ou semi-fermé ? Elle ne savait pas dire. Mais c'était étrange. « L'eau prend toujours la forme du **vase**. » Mais s'il n'est pas clos, quelle forme a donc l'eau ? Ce n'est pas celle du vase, ou alors une forme incomplète. C'était le problème de la généralisation, l'incomplétude. L'eau était-elle pour autant libre. Mais non, elle ne pouvait ni décider de se vider seule, de s'épancher là où bon lui semblait, ni de rester de son plein gré, elle subissait, la forme qu'on lui donnait, son absence de mouvement, jusqu'au souffle de son évaporation. Oui, le vase l'empêchait de tout mouvement. Anna pensait aux expressions diverses, celle du Talmud « "Ne considère pas le vase, mais son contenu." », le proverbe français : « La dernière goutte est celle qui fait déborder le vase. » Ou celle Isha Schwaller de Lubicz « Le vase du potier contient l'espace qu'on lui donne. Le vase du sculpteur contient ce qu'on lui a enlevé. » Peu importe au final, l'eau du vase n'avait pas de libre arbitre, quelle que ce soit la citation, sa dépendance prenait toujours comme chez les humains, la forme de son asservissement fonctionnel, celui des choses dominées de facto. L'absence de mouvement empêchait le libre arbitre. Même pas besoin de mettre un couvercle, l'immobilité assurait le total asservissement. Qui décidait de la forme, qui décidait de le remplir, de la dernière goutte, de la forme ? Anna fulminait dès qu'elle pensait à ces sujets de liberté, de libre arbitre, de totalitarisme politique, de domination ou d'asservissement psychologique. Elle haïssait au plus profond de son être l'expression : « être fait pour », comme un moule, comme un vase, avec une forme mais sans fond. Une colère sourde montait en elle, elle ne savait d'où cela venait mais c'était si fort… Si fort. Alors, elle avait décidé de ne jamais y mettre de l'eau, et encore moins des fleurs pour ne pas être complice de tout cela.

Anna enleva ses chaussures et posa ses pieds sur des patins. Pas question d'abîmer le parquet tellement ciré par belle-maman qu'on croirait qu'il était vitrifié. « Un challenge pour une entrée », disait-elle l'air si comblé. Maxime souriait, il était si fier des prouesses ménagères de sa maman à lui. Anna volait sur ses patins rectangulaires en feutre. Les lames accouplées en V étaient étroites. Impossible de placer les pieds à l'intérieur de chaque lame sans que le patin ne dépasse de la lame. Elle avait donc décidé de glisser en suivant le V, un peu comme on glisse en ski de fond dans une montée un rien abrupte. Anna se dirigeait vers la salle de bains. De vieux meubles en formica marron et mauves. Un papier peint d'une autre époque affichait des fougères emprisonnées dans des colonnes enroulées de fleurs, des glycines depuis longtemps aigries et asséchées. Une toilette rapide mais technique, enlever toutes ses bactéries, parasites et autres horreurs qui certainement avaient profité de sa concentration dans son bureau pour coloniser son espace à elle.

Enfin à Maxime qui ne supportait pas « la saleté » disait-il, parce qu'Anna, les bactéries, elle s'en foutait, c'était la vie, la nature. Un jour, au tout début qu'elle avait tardé à se doucher, il lui avait dit d'un ton doux et autoritaire : « mais ma douce chérie, vous êtes si… Comment puis-je vous le dire sans vous heurter, si… Truie ! Ne me touchez pas, je vous prie. » Elle avait couru alors dans la salle de bains et en était sortie seulement plusieurs heures après, la peau rougie tellement qu'elle l'avait frottée. Ses yeux n'étaient pas embués, non. Elle ne pleurait plus. Il avait alors consenti à l'embrasser sur le front. Voilà, on n'en parlait plus. On ne parlait plus parce que c'est ce jour-là, que son cerveau a cédé, le bon mot serait : dissocié. Coupé. Emmuré. Envasé. Ne plus voir. Ne plus voir. Dés-exister. Annihiler le mouvement. Ce jour-là, Anna était devenue un fantôme.

Habituellement à dix-neuf heures trente, Anna démarrait la cuisine pour le soir. Elle devait être prête pour vingt heures cinquante-deux, après la douche de Maxime. De la nourriture sans fioritures. Elle avait appris à cuisiner grâce à des cours qu'il lui avait fait prendre pour qu'elle cuisine pareil que Maman. Maxime préparait le menu hebdomadaire et faisait livrer les courses directement une fois par semaine par la société *Toutexpress*, le samedi matin à dix heures trente. Des plats aseptisés et industriels dits de cuisine bourgeoise : du bourguignon, des blanquettes, des coqs au vin. Le beurre était remplacé par de l'huile de palme. Des plats aseptisés dans les usines, qui le rassuraient lui. Il fallait absolument que les microbes ne puissent se propager, le toucher lui, l'envahir. Pour Maxime, ces affreuses choses microscopiques ne pouvaient se glisser dans l'emballage plastifié ou métallique *Tétra Pack* sous-vide de chez *Toutexpress*, maintenant que sa Maman n'était plus là pour le protéger. Anna pensait qu'une cuisine sans beurre ne pouvait être dite bourgeoise, mais personne n'avait statué là-dessus, surtout dans cette période hygiéniste où parler de beurre pouvait faire penser qu'on n'était pas au régime chronicisé et donc pas dans le contrôle de soi, bref quelqu'un de pas bien. « On est ce qu'on mange », Anna ne savait plus quel apôtre-coach médiatique avait sorti cette idiotie qui régissait une grosse partie des cadres parisiens mais elle pensait souvent aux mangeurs de fraises Tagada, de germes de soja, de brocolis, de panse de brebis farcie, pire encore, des mangeurs de queue de lotte et elle essayait de trouver des correspondances avec la forme, le fond et la bouffe.

Ce soir-là, c'était taboulé à l'orientale de chez Zorbit, salade de tomates épépinées et épluchées avec une boîte de thon à la tomate pêché à la ligne de la marque « PêcheurPilleur ». Des fraises d'Espagne pour le dessert. « Avec les pesticides, pour sûr pas de microbes, un monde propre ! » proclamait Maxime soulagé, qui avait le sens de la sûreté désinfectée et du raccourci. Du rapide. Cela arrangeait Anna. Elle se nourrissait. Non pas qu'elle n'aimât pas manger. Simplement, Maxime, pensant qu'elle aimait tout ce que lui aimait, ne lui demandait jamais de quoi elle avait envie. Envie ? Ce mot d'ailleurs lui était devenu étranger, aurait-elle su, là maintenant, s'il s'en était préoccupé, ce qu'elle désirait ?

Dix-neuf heures trente, elle aurait dû commencer à ouvrir la boîte de taboulé à l'orientale pour la mettre au frigo. Mais un bruit. Un bruit de chute dans l'entrée. 19 h 30. L'accroche de son portemanteau s'était cassée. Tombé au sol, le col en avant, écrasé comme une déjection de chien sur un trottoir, ridiculement petit et conique, l'imperméable semblait bouder la patère décapitée qui avait roulé sous le portrait de belle-maman. Anna évitait de le regarder celui-là. Elle voyait la belle-mère de

Thérèse Raquin, le premier roman d'horreur qu'elle avait lu. Zola, l'auteur de son premier grand roman noir, angoissant au possible. Une horreur, les yeux durs et inquisiteurs qui la suivaient partout. Et pour sûr, ils savaient l'heure à laquelle elle rentrerait, même si par hasard rare, elle voulait faire un tour par la Seine avant de rentrer, allégée de sa triste journée, avant de poser son pardessus sur le portemanteau du garde bonheur. Belle-maman devait tout espionner, les heures de coucher, de lever, le contenu des sacs de course car l'entrée était le point de passage obligatoire. Pour contrer, Belle-Maman finalement, rien de mieux que la routine pour ne pas alerter. Faire le caméléon, se confondre pour survivre. Les pas de vis déchiquetés apparaissaient à l'air sous le bois échardé. Le bonheur avait trébuché à 19 h 30. Et Anna décida de ne rien faire, de ne rien voir. Le taboulé, la boîte verte, recyclable. Quarante minutes au réfrigérateur, Zorbit écrivait-il. Mais le taboulé n'était-il pas toujours oriental ? Pourquoi préciser « oriental » ? Le taboulé libanais n'était-il pas oriental de facto ? Encore un sujet d'imprécision pour Anna que cela exaspérait.

La question aurait pu l'occuper un moment. Anna appréciait de toute façon ce genre de réflexion. Pourquoi prendre la peine de préciser dans certains cas et pas dans d'autres ? Quelle est l'intention ? Quel cliché est enclenché et pour qui ? Elle s'amusait à retracer l'énigme des intentions « pubeuses » du marketing. Le vase, la forme. Anna imaginait, s'agaçait parfois contre le gaspillage de mots et leur compréhension approximative, les confusions, les mots mal utilisés qui finissaient par se superposer, s'annuler et mourir alors que leurs nuances étaient tellement primordiales, offrant sans cesse de nouvelles perspectives de liberté à conquérir. Anna pestait car elle entrevoyait bien la perte d'indépendance et de libre arbitre, que les individus concédaient petit à petit sans en avoir conscience. Les mots disparaissaient aussi vite que les animaux sauvages. Réduits à « j'aime, je n'aime pas. Bon. Pas bon. » Et puis, des mots anglais pour se démarquer, combler le vide. Se donner un contenant, une forme à la mode, experte. Ah ce mot « expert » qu'on entendait à toutes les sauces comme les mots « gérer », « canicule », « traumatisme ». C'était tellement étrange cette opposition du vocabulaire des affaires et de la dramatisation, un lissage dans les extrêmes gommant toutes les aspérités. Le mot « gérer » à lui seul, avait eu le pouvoir de jeter à la poubelle plein de mots. On gérait les enfants, la vaisselle, le service, les enterrements de vie de jeunes filles. On gérait tout. C'était formidable. Pour Anna, un nouveau mot, une nouvelle nuance et son cerveau se mettait en route très vite, ouvrant de multiples voies, des chemins de traverse, des scénarios imaginaires, des pensées philosophiques, comme un nouveau souffle. Tout s'enflammait en même temps, et Anna était souvent absente pour son entourage. Ce qui tombait bien, on ne lui demandait pas d'être présente, sauf à heures définies et besoins spécifiques et puis, de toute façon, personne ne comprenait ses préoccupations. Elle remplissait des fonctions de comptable dans l'entreprise de vente de peintures d'intérieur de son mari. Exutoire au travail et objet à la maison, tels étaient ses rôles définis et imposés par Maxime. Les rares fois où elle avait voulu parler de ses idées, de ses pensées, il avait ri. Les poètes, les penseurs libres, les naïfs et les romantiques étaient devenus des ennemis, des aliénés, parce que désaliénés des apparences sociales, du bien-pensant, du cynisme bienveillant et criant. Et puis, surtout ça ne rapportait rien, voire ils coûtaient, et ça, pour Maxime, c'était inacceptable. Les injonctions paradoxales : « sois toi ma chérie, oui. Mais comme moi » étaient plus utiles et pragmatiques. Anna avait abandonné et s'était emmurée. Il fallait se cacher, se protéger. Anna se moquait des codes sociaux, des apparences. Personne ne la comprenait vraiment et elle ne comprenait pas mieux les réactions des autres. Elle avait toujours évité tout clan et de fait, était souvent exclue, et cela lui faisait de la peine. Alors, a-t-elle embrassé la soumission, au moins en apparence au départ, puis à l'intérieur par anesthésie progressive de ses pensées et émotions. La péridurale du mouvement puis de la pensée sur un cerveau déjà dissocié, disloqué.

La corbeille en fleurs en plastique mauve de belle-maman qui trônait sur le plan de travail, mauve, gênait comme toujours Anna qui n'osait la déplacer sauf pour la nettoyer. Le couvercle operculé et coupant de la boîte de conserve s'ouvrit d'un coup sec et entama la paume d'Anna. Du sang coula dans la boîte. Pendant un moment, Anna resta figée. Ne plus bouger, Anna. Le sang coulait, rouge, étincelant sur sa peau blanche, tomba dans la sauce tomate du taboulé oriental. Rien ne venait, sauf un mot, qui surgit, venait du fond de son âme, se déclinait à l'infini en écho : « mauv-hais », « mauv-hais ».

Anna versa la sauce sur la semoule, et remua. « Mauv-hais ». Le sang, encore, coulait. Anna s'extirpa de la petite cuisine et alla se soigner. « Mauv-hais ». Touchée, saignée en « Zorbit », pensa Anna en souriant intérieurement.

Lorsque Maxime rentra à 20 h 30, s'il vit l'imperméable d'Anna, il n'en dit rien. 20 h 45, l'imper était toujours au sol. Celui de Maxime était sur sa patère, droit, sombre, aveugle. Un regard au tableau de la veuve Raquin, « bonsoir môaman » puis il se dirigea en patins vers la salle de bains d'une marche droite et rapide. Il lance un « çavachérie » sans point d'interrogation. « Il y a vache », pensa Anna, « dans cavachérie, la vacherie ! » Mais après tout, c'était le trois mille six cent cinquantième

« çavachérie ». Et le trois mille six cent quarante-neuvième silence en retour car Maxime n'attendait pas de réponse.

Arrivé dans la cuisine en pyjama de velours bleu, il embrassa furtivement sa femme sur le front et s'assit à table. « Le taboulé orientaaaal », dit-il d'une voix de P.D.G. qui vante ses crèmes dessert Himalaya à un congrès de VRP et de restaurateurs industrialisés. Anna le servit et s'assit. Il ne remarqua pas le pansement sur la main de son épouse.

Le taboulé était pris à point dans le plat en céramique vert décoré de campanules mauves. Les grains de semoule pénétrés de citron et de sang se dandinaient dans les assiettes en Arcopal de belle-maman. Maxime se servit d'un peu de vin dans les verres Duralex. Avant de le boire, tandis qu'il tenait son verre dans sa main, il aimait trinquer en criant le slogan de Duralex : « Duralex, Au service de votre table ». Pour la trois mille six cent cinquantième fois, il rit de sa sortie. « Mauv-hais » comme en écholalie dans le cerveau d'Anna. Il prit une énorme fourchetée de semoule au sang dont le goût était masqué par l'amertume huilée et citronnée. « Heureux l'imbécile ! Quel con ! » se surprit à penser Anna, quand Maxime enquillait comme à son habitude sur un « Duralex, au service de votre table. » Vient le tour des tomates épépinées et épluchées. Anna y a passé du temps, vérifié qu'il ne restait ni de pépins, ni, ne serait-ce qu'un millième de millimètre de peau. Égouttées les tomates, vidées de leur substance vitale, tournées, retournées, aplaties sous un maquereau suant et odorant. « Mauv-hais. » « Puant le thon à la tomate et gras », pensait Anna. Les fraises suivirent, insipides. Noyées sous du mauvais sucre bien blanc, d'une très ancienne fabrique du nord de la France, disait Maxime. « Le sucre raffiné sauvera le Chnord des mines. » Finalement, non. Mais ça, il l'ignorait comme beaucoup de choses d'ailleurs, à commencer par l'humour. Car Maxime n'était fait que de certitudes dont celles héritées de belle-maman toujours en pleine vigueur. Charmeur, il menait d'une poigne de métronome, son commerce de vente de peintures murales. « MauveSiPause ». Il avait embauché Anna au poste de comptable et belle-maman avait trouvé qu'Anna pourrait faire l'affaire comme bru. Pas extravertie comme toutes ses femmes criantes et vulgaires d'aujourd'hui. Elle ne fumait pas, elle était mince, la taille fine, obéissante, effacée, ne parlait pas. Pas trop laide, voire jolie. Ne prenait pas trop de place, facilement pliable. Bref, parfaite. Le mariage avait été en mauve, mais rapide. Le commerce n'attendait pas.

Lorsque la serviette de Maxime fut pliée en quatre, c'était sa seule contribution au rangement du soir mais le pliage parfaitement symétrique, était cela dit remarquable, et que sa main droite finissait de cureter sa dentition avec un cure-dent « ré-U-tilisable » en plastique et donc « économique », Anna savait qu'elle pouvait débarrasser.

« Mauv-hais ».

Maxime se dirigea dans le salon, canapé, couverture, télécommande. Il ne tarda pas à s'allonger. Il était endormi quand Anna arriva à son tour dans la pièce. Elle s'assit sur le rebord d'un sofa mauve au velours usé. Elle regardait Maxime. Sa forme longue sous le plaid en mohair mauve. Le coussin sous tête, décoré d'un canevas signé belle-maman singeant un vase d'héliotropes mauves. « C'est étrange », pensait-elle, « des fleurs il y en a finalement… Mais sans vie, figées à jamais dans des postures décoratives bien ordonnées, régulières, copiées-collées. Rien dans les vases. Remplis de vide les vases. Remplis de l'absence de fleurs, de mouvement, de souffle. »

Les pieds dépassaient. Pointure quarante-deux et demi. Les pantoufles en velours marron bien accrochées au pied. Prêtes à le mener au lit conjugal à dix heures quarante-cinq du soir. Pantoufles : « Chaussure d'intérieur, sans tige, de matière souple et légère, parfois sans quartier » Souples oui et non. Pantoufle, mot de saint Fantaisiste apparu en 1 694. Fantaisiste ? Fantaisie. Non, les pantoufles en velours marron de Maxime n'étaient ni souples ni fantaisistes. Anna le regarda dormir, bouche ouverte, le moteur nasal du ronflement en cours de nasillements intenses. Comme un gros hot-dog, la tête et les pieds sortant depuis chaque bout du plaid mauve. Soudain… Soudain, l'une des pantoufles se détachant, s'écrasa sur le tapis oriental, de nom uniquement comme le taboulé. Anna prit peur, allait-il se réveiller ? Non. Les nasillements s'amplifiant semblaient avoir couvert le bruit. Ce qui empêcha le silence lourd qui suivit la chute de paralyser Anna de peur. C'était étrange de parler de silence lourd lorsqu'une personne ronflait. Et pourtant, Anna le ressentit si fort, car rien ne bougeait, rien ne vivait et déjà, son cerveau excluait cette chose devant elle, ce hot-dog nauséabond et répugnant. Elle fixa la pantoufle au sol et eut la nausée. Une folle envie de mouvement, un désir incroyable, gigantesque et puissant. Pressant. Combien de temps avant que les manies obsessionnelles de Maxime ne le fassent détecter l'anomalie de la pantoufle manquante ? Anna alluma son ordinateur. Il fallait faire vite. Les comptes bancaires, les livrets, les comptes d'épargne, tous. Rapide, efficace comme toujours Anna. Virés tous sur son petit compte d'étudiante qu'elle avait eu la sagesse de garder dans le plus grand secret.

« Mauv-hais ».

Pas de valise, de toute façon, il n'y en avait plus chez Belle-Maman depuis qu'elle avait eu enfin le bon sens de partir pour de bon, « à quoi servent les voyages ? Cela gaspille du temps et de l'argent. » Disait Maxime. Pas de vêtements. Rien. Son téléphone, son sac à main, les clés de sa voiture. Un carton de chez *Toutexpress* dans lequel elle rangea tous les vases.

Elle ôta ses pantoufles, des mules mauves avec de la fourrure… Mauve. Elle les déchiqueta avec des ciseaux comme elle fut mutilée de son identité. Elle les posa sur la table du salon. Un mot sur un post-it jaune : « Je hais le mauve. »

Pas de patins, un rire sous la main, elle courut pieds nus dans l'entrée, l'imper sur son dos avait meilleure allure que par terre, demain elle le changerait. Un regard à Madame Raquin, elle décrocha le portrait. La porte lourde s'ouvrit, puis se referma sur un claquement qu'Anna amortit tout de même pour ne pas réveiller Maxime. Elle dévala les escaliers dans un bruit tonitruant comme une gamine. « Je hais le mauve ! » Thérèse Raquin, jetée dans le local à ordures, container des objets non recyclables, sur son regard roublard, les coulées grasses et odorantes suintant des boîtes alimentaires dans la poubelle.

Elle mit le carton de vase dans le coffre. Elle ne savait pas trop pourquoi. Au volant de sa voiture, elle riait en pleurant. La légèreté qui s'emparait d'elle l'enivrait et lui donna tellement le tournis qu'elle était au bord de l'évanouissement. Rire, pleurer. Vivre. Depuis combien de temps n'avait-elle pas ri ni pleuré ? Un sentiment de liberté extraordinaire la saisit, une impression de puissance, comme si plus rien ne l'atteindrait, plus jamais. Elle rit encore alors tandis qu'un flot d'injures traversait son cerveau. Elle démarra au quart de tour, les larmes plein les joues, des rires frénétiques secouaient son thorax. Elle souffla de tout son corps sur le volant, haletant les vitres ouvertes, tandis que la voiture amorça son mouvement vers les rues assombries de Paris.

2
Mina

Le Capri, un petit dancing familial situé quelque part en Auvergne, lourdement décoré de velours pourpre, de statuettes de plâtre représentant le dieu Cupidon, dieu de l'amour souvent assimilé à un Dom Juan mais dont on ne disait pas assez qu'il avait su dépasser les interdits et déjouer les subterfuges diaboliques de sa Vénus de mère pour rejoindre sa bien-aimée Psyché. On trouvait aussi sur ses murs quelques photos signées de musiciens réputés. Le Capri fut un établissement très couru dans les années soixante-dix. Bon nombre d'accordéonistes célèbres comme André Verchuren, Primo Corchia y ont fait virevolter des femmes et hommes, des amants et maîtresses, des déesses et des dieux, des félins et des panthères, toute la nuit pendant des années. Primo Gorchia, ses tangos, dont Bandonéon Arraballero, orchestrait les vibrations des fesses des femmes et de leurs regards. Les frémissements d'excitation de leur dos et de leur nuque droite et gracieuse, ordonnaient l'ondulation langoureuse et sensuelle contre, tout contre, le bassin des hommes ; de leurs hanches lancinantes, harcelantes, éprouvantes, évaporantes contre, tout contre celles des hommes, narguant le viril panache, le bassin détaché tout juste, in extremis, pour ne pas que l'honneur ne s'entache mais que le désir s'enrache, fugace puis tenace. Leur regard de braise excitant le mystère codé de leur chorégraphie : « je te veux, je ne te veux pas, suis-moi, regarde-moi, non, pas tout de suite, je pars, reviens, viens… Oui, je veux ! » Sourires, yeux embrumés, lèvres gonflées, ports de tête élégants, les danseurs virevoltaient toute la nuit. Les vieux amoureux comme Simone et Albert, revivaient à l'infini le tango de leur amour, tourbillonnant tous les deux au-dessus de leurs années, s'aimant comme au premier jour, à jamais, à toujours, leur petite voix chevrotante rythmant en chantant chaque pas, avec toujours le même sourire et les yeux brillants. Au petit matin, lorsqu'ils sortaient du Capri, les danseurs allaient trouver les bons croissants au beurre frais du père Jamard. Simone et Albert, eux, rentraient se reposer. Simone cuisinait alors une soupe à l'oignon en y rajoutant une tomate, sa petite touche personnelle, et bien sûr, plein de gruyère râpé et de croûtons frottés à l'ail. Albert, lui, préparait deux bassines remplies d'eau salée. Il noircissait son bol de Viandox et ils dévoraient alors leur soupe en silence, leurs pieds déformés dégonflaient paisiblement en quadrille sous la table. La pendule de la cuisine indiquait cinq heures moins vingt. Il était temps de se coucher, chacun avec un paracétamol pour éviter les courbatures. Les quatre temps de la valse laissaient place dans un soupir, aux grondements désynchronisés de leur respiration tandis que debout sur le trottoir, la faim au ventre et les vêtements collés par la sueur, les odeurs de tabac, d'alcool et de quelques résidus d'after-shave, de laque ou d'autre chose, peu importe, les autres attendaient.

Cinq heures. Cinq heures et le père Jamard ouvrait la petite fenêtre de son fournil qui se trouvait à même le trottoir. Il passait sa tête sertie d'une chevelure brune coiffée à l'italienne, c'est-à-dire superbement gominée et brillante dans laquelle se reflétait la lumière du réverbère d'en face en hiver, leur tendant un panier de croissants tout chaud. Accoudé sur les rebords, il prenait son petit noir, qui dégageait une odeur de café d'antan de robusta légèrement brûlé, sa belle veste blanche tout enfarinée. Avec son sourire doux et généreux, sa dent en or, il regardait chaque visage et se demandait qui fermera discrètement une porte de chambre cette matinée-là. Il faut dire que son angle de vue si bas, finalement, lui permettait de se figurer les choses autrement. Qui se baissait, ne se baissait pas, s'asseyait, le regardait, le toisait, regardait par-derrière le fournil blanc, contemplait hagard le taxi qui venait de passer, l'horloge de la Mairie, qui cherchait à fuir ses souliers, qui souffrait d'urée ou d'ampoules, qui serait bien rentré dans la chaleur du fournil… Il souriait, il aimait prendre cette pause et manger ses croissants avec ses clients de l'aube. Certains, toujours les mêmes, commençaient par croquer les bouts, les petits bras des croissants, retirer la croûte pour qu'il ne reste plus que le cœur tendre et beurré encore chaud. D'autres tiraient légèrement sur la pointe feuilletée pour la décoller, puis déroulaient l'opercule croissantine afin de pouvoir lécher le cœur de la pâte tout juste cuite, fondante de beurre en soupirant. « Oh, père Jamard, qu'ils sont bien bons vos croissants. » Et ils restaient là, tous sur le trottoir, souriant dans l'aube, dans cette extase de douceur lotie au fond de leurs gosiers de noctambules et de leurs lèvres beurrées et entiédies qui réchauffait tout leur corps.

Paul était présent comme souvent quand il ne jouait pas. Le père Jamard connaissait bien Paul qu'il avait pris sous son aile paternelle et auquel il louait son petit F3. Paul, l'amant naïf de la femme du pharmacien, Jacqueline. Il ignorait que Jacqueline aimait tous les hommes. Tous, sauf un, son mari. Et au final, il s'en moquait. Cela faisait bien jaser la poissonnière d'en face, à côté de la pharmacie. Raymonde Buleaud, jalouse à en mourir. Enfin tellement jalouse, qu'elle aurait été capable de mourir pour pouvoir ressusciter de sa jalousie. Et pour sûr, elle ressuscitait souvent, très souvent même, Raymonde Buleaud. Elle était jalouse de tout, de toutes les femmes plus jolies et plus cultivées qu'elle, et pour sûr, il y en avait, toutes sauf celles comme Jacqueline, envers qui elle se sentait supérieure car pour elle, Jacqueline n'était qu'une pauvre fille sur laquelle elle parvenait aisément à prendre l'ascendant. Ses changements de couleur capillaire et de coupe de cheveux ne suffisaient pas à lui donner une estime d'elle-même qui lui eut permis de vivre le regard moins douloureux et moins centré sur ce qu'elle pensait avoir en moins que les autres. Mais « avoir en moins », supposait le fait « d'avoir », « n'avoir rien » Quelle expression curieuse d'un sentiment d'un dû imaginé, fantasmé, promis, égaré, un sentiment de rejet gargantuesque peut-être à l'origine de cette méprise alimentant alors, cette infernale jalousie qui provoquait la cécité de ce que l'on avait réellement et exacerbait la vision de ce que l'on n'avait pas. Ceci dit avec ses effets capillaires, elle créait ainsi l'événement, l'actualité du jour qui orientait un instant les conversations, les seules positives dont elle fut capable. Pourtant, elle était une poissonnière hors pair, professionnelle, une bonne acheteuse de produits, du sérieux, du solide… Ça, « faut pas dire » ! Oh, non ! Ne pas médire ! C'est qu'elle connaissait son métier, la Raymonde, comme on disait dans le cru auvergnat. Raymonde, le cœur et le corps lourd, des seins plats accrochés comme deux médailles à un cou de taureau, une voix tantôt grelottante, chevrotante, voire susurrante, lorsque le client était un mâle, et un tantinet « casque à pointe » avec les dames, même si elle tentait de se montrer aimable, tout de même, vous pensez bien dans le commerce ! Et Paul qui ne la regardait jamais, même lorsqu'elle lui rendait sa monnaie pour ses deux filets de merlan hebdomadaires, avec un immense sourire complice qui finissait par être adressé à elle-même, toute seule et qu'elle ravalait de justesse l'obligeant alors à renâcler de sa voix de ténor bovidé « à bientôt… Pôlleuh. »

Paul, le visage triste, l'âme déchirée sur des paupières gonflées, comme si l'on sentait un long cri en lui qui s'extirpait par spasmes harmoniques depuis son saxophone, cris qu'il modulait de plus en plus expertement, dissimulant au moins émotif le gouffre si ancien de son désespoir si profond. Le saxo remplissait le vide, faisait éclater les vases sinistres pour reconstruire d'autres contenants comme le souffleur de verre créait des harmonies de formes autour du vide. Paul, l'affable, le gourmand. Paul, le bon vivant et le danseur musicien.

Paul aimait aller au Capri tout habillé de blanc, cela faisait si élégant, surtout ce soir-là.

« Bonjour. Moi, c'est Paul. »

« Viviane. »

« On danse, Viviane ? ».

« Oui, Paul », le chatouillant d'un regard sucré à la Bardot. Il sentit sa folie, cette absence de limites, quelque chose qui à la fois, l'effraya par l'intuition de sa violence mais aussi qui l'attirait vers une fusion passionnelle infinie et surnaturelle, quelque chose qui allait au-delà de leur condition de femme et d'homme, qui les dépassait, une évidence, bien trop forte pour eux deux. À cet instant, Paul sut qu'il était surpris, pris, le cœur épris. La voix de Mina, la diva italienne, déchirait la piste de danse, juste à ce moment, douce et forte, pleurante et criait à l'infini passionnément :

« … No, no, no
non credere,

non gettare nel vento
in un solo momento
quel che esiste fra noi.
Se lei t'amasse, io
se lei t'amasse, io… »

Mina désespérément sensuelle, criait : « no no no » quand leurs corps hurlaient « oui, oui, oui. ». Ils s'étaient rapprochés, collés, agglutinés. « Io, io ». Ils étaient bouleversés : « aime-moi, prends-moi ». C'était si fort. Trop fort. Leurs deux corps vibraient sur le même rythme sensoriel et passionnel. Pas une fausse note. Ils avaient fait l'amour dans un champ, un même champ harmonique, juste en face de la discothèque. Elle avait joui, il avait ri. Viviane avait laissé ses bas qu'ils n'avaient pas retrouvés dans la nuit obscure. Ils avaient bien rigolé en imaginant le paysan le lendemain, découvrir sa paire de bas noirs surmontés d'un bandeau de larges dentelles, gisant là, quelque part dans son champ. Paul lui avait laissé ses coordonnées. Elle les lui avait rendues en inscrivant : « Tu m'as prise cette nuit. Rends-moi. » Il en était resté interloqué, ne comprenant pas bien la phrase mais tout en lui, il sentait son corps se disloquer à nouveau, se briser comme des vitres de pare-brise dans un accident, une alarme douloureuse, une douleur terrible.

« Io » « io » « io » résonnait encore sans tête, comme la voix déchirante de Mina qui enflammait l'espace et les cœurs et le souffle haletant et chaud de Viviane au creux de sa nuque quand il lui offrit sa fulgurance dans le creux de son ventre. Io. Ego. Chacun le suivit son Ego rendu. Oui. Io. Viviane était aussitôt repartie chez son mari, le corps signé à vie de la musique intime de son saxophoniste. Elle avait préféré rentrer au plus vite, ne pas rester. Son mari, Georges, un maçon creusois mais d'origine portugaise qui ne savait jamais sous quelle étiquette se vendre, tout dépendait des moments et des lieux pour ses chantiers, était rarement présent. Viviane avait l'intuition que George était une clé pour son avenir ambitieux, elle ne savait pas encore comment, hormis le fait que suivre cette clé était une évidence bien plus forte que l'amour déchirant et si profond qu'elle ressentait pour Paul.

Viviane ne le savait pas encore mais elle serait enceinte. Quand elle l'apprit, elle sut tout de suite que sa fille qu'elle nommerait Mina serait un obstacle. Un obstacle à sa liberté à elle, à l'amour des hommes, à ses ambitions, qu'elle serait une rivale, une compétitrice, qu'elle serait certainement trop jolie, trop intelligente, trop, trop tellement trop qu'elle ne pourrait le supporter, qu'elle aurait envie de la tuer. Elle ne voulait pas devenir mère, simplement être une femme, choisir sa vie, rire, n'avoir personne de dépendant qui l'entraverait dans sa liberté. Et puis, elle serait incapable de l'aimer cherchant trop à combler ses failles, elle y ferait tomber sa fille, elle le sentait, elle le savait. Il était trop tard pour « faire passer le bébé chez les anges », elle essaya bien quelques remèdes mais cette sangsue de Mina était bien trop accrochée comme la mélodie qui hantait souvent ses nuits « io, io… Non credere ». Elle prétexta la maladie de cœur de sa sœur pour aller l'aider tandis que Georges, surpris par cet élan soudain de charité, partait confiant en chantier à Paris. Elle accoucha de Mina et presque aussitôt, prit sa voiture avec le couffin dans le coffre, afin que personne ne la voie. Mina avait cinq jours et elle entendit pour la première fois le son de la voix de sa mère. Elle chantait : « non credere » en pleurant sur le volant de sa Fiat 500. Ce jour-là, le matin très tôt pour ne pas être remarquée, elle déposa Mina, devant la porte de l'appartement de Paul. Une paire de pantoufles roses brodées

Mina et un quarante-cinq tour. « Non credere » de Mina l'Italienne. Mina la diva libre.

« No, no, no
non credere »
« Non, je ne peux pas le croire ».

Si. Elle l'avait fait.

Paul, ce matin-là, ouvrit comme à l'accoutumée sa porte, mal réveillé comme souvent, la nuit souvent hantée par Viviane, afin de récupérer sa bouteille de lait cru certainement déposée par Martha, la laitière, tôt ce matin. Un effluve de parfum qu'il reconnut, et tout son corps hurla dans un battement de tambour silencieux. Le cœur palpitant, il faillit trébucher sur un petit bout de chose enveloppé dans une couverture de mohair rose. Pas de mot, mais il comprit quand il vit la pochette du disque. Il sut aussi qu'il était inutile de lui courir après, qu'il ne la reverrait jamais. Il aima Mina tout de suite comme il aimait encore Viviane. Il pleura à nouveau longtemps et beaucoup, en cachette, mais tout le monde voyait bien ses yeux gonflés et ses paupières grisées. Viviane, la seule femme jamais aimée, qui lui avait pillé puis brûlé le cœur, lui avait laissé leur bébé de cinq jours, qu'il allait devoir aimer avec chacun des morceaux de son cœur torpillé.

Tout le monde aima Mina, si jolie et souriante. Tous, sauf Raymonde Buleaud qui prit d'emblée le nourrisson en grippe. Oh, elle essaya bien au début de la materner, une place à prendre, l'occasion était trop belle. Mais Mina lui vomit tous ses biberons sur ses corsages tout bien repassés, elle insista stoïquement et Mina pleurait à chaque fois qu'elle s'approchait. Alors, elle ne s'approcha plus.

Le père Jamard l'avait prise sous l'aile déployée de son grand cœur tout comme il aimait Paul comme son propre fils. Mina devenait ainsi sa petite-fille. Il savait que Paul avait perdu ses parents tôt dans un accident, il avait été trimbalé de famille en famille d'accueil, de foyer en foyer. Il l'avait trouvé un jour seul sous la pluie, sur la route de Clermont-Ferrand avec sa petite valise cartonnée grise, le visage tuméfié. Sa sœur, Cerise, l'avait gardé, et ensemble, ils avaient essayé de lui donner tout l'amour dont ils étaient capables, et ils en avaient beaucoup à donner, mais réparer les blessures de cet adolescent avait été bien difficile, et parfois, impossible. Ils lui avaient offert des cours de musique et ce fut une révélation. Il rentra très vite au Conservatoire, ses professeurs croyaient en lui. La musique le sauva et lui permit de s'accrocher à la vie. Le père Jamard savait bien alors que pour Paul, abandonner Mina, sa fille aux services sociaux, c'était comme mourir une seconde fois, perdre à nouveau ses racines si difficilement fixées. Et puis, devenir grand-père, c'était pour lui une aubaine inespérée. Le père Jamard avait contacté tous ses amis et clients pour récupérer en urgence des affaires afin d'accueillir Mina, un lit, des vêtements, certains allèrent acheter des biberons, du lait maternisé, d'autres des couches, même Jacqueline lui porta des affaires de toilette, du lait Mustella qui sentait si bon, des savons, des petits gants, du coton.

Paul dut apprendre aussi vite qu'il avait appris qu'il était père, à vivre à deux et surtout à s'occuper d'un nourrisson. Être papa quand on n'en a pas eu, ce n'était pas facile. Mais il y avait ce lien, ce lien si intense, qui s'était créé dès qu'il avait vu le bébé sur son paillasson. Il l'avait senti très fort partir de ses entrailles, de son ventre, remonter vers le cœur et parcourir toute sa peau, s'immerger dans ses chairs, comme une vague chaude, électrique prenant la forme d'un chêne qui se déploie, enraciné dans son abdomen, son pénis, la pointe de sa colonne vertébrale.

Chaque brisure de son cœur s'était liée entre elles, ressoudée, unifiée pour créer ce chœur qui chantait à l'unisson, battant le rythme de son amour pour sa petite Mina. « Io, ma Mina, te amo »... « Non credere ». Encore, parfois, il n'y croyait pas. Tout avait été si rapide. L'attention de Paul était à présent totalement dirigée sur Mina et il arborait depuis un sourire épanoui qui caressait et illuminait doucement la tristesse de son regard, alourdi par ses nouvelles responsabilités. Cela lui donnait tellement de charme, il ne s'en rendait pas compte mais toutes les femmes étaient amoureuses de lui, un physique viril, bourru et une sensibilité à fleur de peau...

Mina grandit chichement, mais avec beaucoup d'amour et surtout les croissants du père Jamard, qu'elle adorait. Le père Jamard la prenait en photo, les lèvres beurrées, grasses sur lesquelles se collaient les petits morceaux de pâte feuilletée. Ça le faisait rire. Il lui réalisait des petits albums de famille qu'il achetait chez la mère Ranty avec une couverture matelassée rose et dorée et des feuilles transparentes autocollantes que Mina s'amusait à décoller et recoller. Le père Jamard rouspétait, mais qu'il l'adorait, sa Mina, son rayon de soleil. Il avait aimé lui aussi une seule fois et avait trouvé un jour sa femme Francine dans son lit, avec le laitier Herbert, qui lui fournissait le beurre, un matin en rentrant plus tôt parce qu'il avait attrapé une gastro. Il avait changé de fournisseur de beurre, de farine et d'amour. Enfin, il s'était arrêté là pour l'amour, bloqué par la peur de la malédiction du boulanger. Plus jamais, il ne s'y refrotterait, pour sûr ! Il disait en rigolant : « le mariage c'est pour les chrétiens et moi... Ben, je suis un crétin. » Il se la jouait gros dur le père Jamard, mais chaque croissant était la femme qu'il aimait, à qui il avait envie de faire l'amour, glisser sa langue sur l'opercule, remonter vers le cœur et susurrer des mots doux tout beurrés d'amour. Il n'avait pas eu d'enfant. Enfin maintenant, il avait Paul et Mina.

Et puis, il y avait la mère Ranty. Personne ne connaissait vraiment son prénom. Une figure aussi, la mère Ranty ! Encore une célibataire endurcie ! Elle racontait bien les jours de fêtes et de rouge limé qu'elle était tombée amoureuse d'un soldat de l'air comme elle disait, Antonin, un pilote, abattu en Algérie. C'est ce qu'elle disait à qui voulait entendre son histoire, mais personne n'arrivait à l'imaginer avec le bel homme blond figurant sur la photo en noir et blanc, bien visible sur le comptoir de sa boutique-appartement, et qui prenait fièrement la pose, les bras croisés, sur une moto, une Triumph Tiger T100. Poilue du menton, éloquente, grandiloquente de son accent berrichon feint car elle était née en Auvergne mais qui lui donnait du volume supplémentaire, elle était une femme crainte mais respectée, droite et qui surtout, en avait connu des misères. Quand Mina rentrait à la maison, elle ramenait toujours un sac bleu en papier tout froissé sur lequel était inscrit : « Mammouth écrase les prix, la mère Ranty écrase Mammouth » et qui contenait des bâtons de réglisse et des cocobats. C'était le slogan de la mère Ranty, inscrit en gros sur sa vitrine et elle attendait le client sur le perron du haut de son mètre quatre-vingts, la jupe grise remontée au-dessus du ventre, les seins énormes enserrés dans un corsage anthracite au col Claudine blanc, que son tablier sans manches, bleu et violine avait peine à dissimuler. Tout le monde rentrait en baissant les épaules, sauf Mina qui n'était pas impressionnée. Lors de la saison des cassis, elle faisait toujours porter à Paul une petite bouteille de liqueur de cassis de son jardin et Mina avait droit à un petit fond de verre qui lui rendait les joues toutes rosies. Mina quand elle n'était pas à l'école où elle était une très bonne élève, partait faire ses devoirs dans l'épicerie de la mère

Ranty. On y trouvait de tout chez la mère Ranty, de tout, tout mélangé : de la quincaillerie, des chapeaux de paille d'une ancienne mode sertis de fleurs séchées, des glaces, des boutons et du fil, des canevas, des vêtements, des asticots et des bouchons de pêches, des vis, des outils, des boîtes de raviolis et de corned-beef parfois un peu périmées, des sachets de Tang, des outils, des piles, des bocaux de bonbons, de la quincaillerie, des ustensiles de cuisine. D'énormes bocaux posés sur le vieux et immense comptoir de bois, remplis de bâtons de réglisse, de petit-pois au lard anisés, des colliers aux couleurs pastel, de boîtes de cachous Lajaunie, des berlingots, des sucres d'orge et des pastilles de Vichy, des fraisettes au goût de fraise des bois, des souris au caramel, des sucettes tétines, des bonbons Stoptout et bien sûr, des guimauves et des nounours. C'était une caverne d'Ali Baba, le paradis des enfants qui ne manquaient pas de rentrer et de passer du temps à choisir, leur pièce de vingt centimes de franc collée dans leur paume. Ils aimaient bien s'arrêter chez la mère Ranty même si elle était impressionnante. Tous les enfants s'y sentaient bien, et elle, malgré sa maladresse un peu rustre, les aimait tous, et ils le savaient. Mina y restait des heures, aimait servir les dames quand elles demandaient du lait ou des œufs qu'elle déposait avec soin dans les boîtes à œufs.

« Voilà Madame, cela fera trois francs cinquante. » Et elle adorait rendre la monnaie sur des pièces de cinq francs ou de dix. Elle descendait d'elle-même à la cave chercher la limonade et le soda Pschitt lorsqu'il n'y en avait plus dans la boutique. Du soda Pschitt Orange, c'était bon, elle en avait un verre pour le goûter dès qu'elle arrivait à la boutique, ou bien du Cacolac qu'elle buvait en dégustant son pain de seigle aux fruits secs qu'elle passait prendre chez le père Jamard. Elle y restait assise à écouter avec son cœur cette ambiance si feutrée comme si le temps s'écoulait doucement sur les nappes de gros coton enroulées derrière le comptoir. Ça sentait la poussière, le bois, le vieux, l'anis et les roudoudous qui colorent la langue. Ce foutoir la rassurait, c'était comme le ventre de sa mère, comme elle disait lorsqu'elle était adolescente. Si Viviane l'avait entendue, elle, qui par l'entremise de son mari, avait rencontré un riche promoteur et qui à présent, écumait les folles soirées tropéziennes.

La mère Ranty était décontenancée par la simplicité et l'énergie de Mina, elle n'avait aucune idée de la manière de s'occuper d'une enfant, elle n'en avait pas eu, elle avait beaucoup de mal à exprimer sa tendresse. Elle faisait comme elle le sentait, et Mina semblait s'épanouir, elles étaient très complices sans même beaucoup se parler. Souvent, elle se demandait si Mina souffrait du manque de sa maman, de l'inexpérience de ses trois parents. Mina n'en parlait jamais sauf une fois. Un soir, qu'elle gardait Mina pendant que Paul jouait, Mina s'aventura dans une vieille remise, rarement ouverte, dans laquelle Madame Ranty déposait tout ce qu'elle n'utilisait plus, une foule d'objets cassés, inutiles. Elle entendit Mina hurler, la mère Ranty courut pour la première de sa vie. Lorsqu'elle arriva, elle trouva Mina terrorisée, tremblante devant un buste de mannequin sans bras, sans jambes et sans yeux.

« C'est ma maman ? » demanda Mina terrorisée.

Elle prit Mina par la main. Et lui caressa la tête. Les bisous, elle ne savait pas trop faire. Mina la suivit sans rien dire. Madame Ranty lui prépara son tapioca à la vanille qu'elle aimait tant et du coin de l'œil, surveillait sa petite protégée qui s'était assise au coin de la table de chêne usée recouverte d'une toile cirée décorée de pâquerettes. Tandis que Mina dégustait son tapioca les yeux plein de larmes, Madame Ranty lui parla avec gentillesse et douceur.

« Tu sais, ce n'est qu'un mannequin en plastique, ce n'est pas une personne pour de vrai. Il y a longtemps, ce buste me servait pour proposer des corsages avec des cols montants, tu sais comme les dames anglaises que tu aimes bien regarder dans les films avec leurs petites ombrelles en dentelles, mais cela ne se fait plus aujourd'hui, alors je l'ai remisé. »

Mina opina et ne laissa plus rien paraître. Paul sous l'impulsion de la mère Ranty, finit par expliquer la vérité à Mina, qui resta silencieuse, mais Paul l'entendit pleurer pendant longtemps les soirs et il ne savait que faire, se sentant impuissant et connaissant que trop bien cette douleur. Puis, ce fut de moins en moins régulier, de plus en plus espacé. Mina, dans sa placidité et ses facultés d'adaptation prenait ce qu'on lui donnait, tout et le rendait bien.

Tout le monde l'aimait. Elle était pleine de joie de vivre, de simplicité et de candeur. Tous sauf Raymonde toujours, que la vue de Mina suffisait à déclencher de tels relents de haine qu'elle peinait à les ravaler, son énorme cou de taureau s'écrasant à l'intérieur de son buste sans poitrine. Dès que Mina fut en âge d'aller à l'école, Raymonde ne ratait pas l'occasion de critiquer Mina, la rendant responsable de tous ses maux. Elle était une obsession. Elle attisait subrepticement les commérages sur la famille de Paul pour être sûre d'être au fait de tout et finalement de rien. Former des clans la stimulait, elle existait, exultait. Rien de tel pour faire émerger les potins, créer ceux qui rassuraient, excitaient jusqu'au manque du prochain ragot comme la dernière cigarette apaisait tandis qu'elle organisait en secret l'appel inexorable de la suivante. Régner, diviser, diffuser pour asseoir son petit pouvoir, juger, définir une valeur de prestige pour chacun, condamner unilatéralement sans recours possible, se procurer ainsi un sentiment d'importance et de supériorité qui lui faisait oublier sa petitesse, subterfuge puissant mais peu persistant, voire éphémère, qui l'obligeait sans cesse à recommencer. Aussi, Raymonde était devenue forte habile dans l'art de questionner de manière insidieuse, prêchant le faux pour savoir le vrai, tout en s'arrangeant pour tirer les vers du nez des gens naïfs et surtout, et c'était là, le cœur de son art, sans pouvoir en être incriminée directement. Les clients sortaient parfois hagards de la poissonnerie, souvent un peu décontenancés et mal à l'aise d'avoir été trop loin dans leurs paroles et confidences. Certains n'y remettaient plus les pieds, souffrant de honte et de culpabilité, certaines personnes avaient l'art et la manière de faire ressortir le plus mauvais de soi-même, et le sentiment de complaisance vis-à-vis de la méchanceté et de la ragotterie pouvait être traumatisant quand on n'y était pas préparé, on se sentait sali, manipulé, en traîtrise. D'autres revenaient quand même, mais restaient sur la défensive et puis, tous les autres. Raymonde réunissait d'autres vipères que la mère Ranty appelait le Tribunal des Salopes, qui pensaient que donner leur avis était une nécessité pour le village : la postière, la pharmacienne, l'épicière de chez Stock du bourg, l'assistante médicale, quelques bourgeoises au « cul crotté » se prenant pour des archiduchesses… Elles jetaient sur la table des ragots comme on abat ses cartes au poker, toutes leurs nouvelles fraîches, galvanisées par une rivalité et une compétition sans limites. Toute la vie des villageois était retracée tel un jeu de Cluedo à travers les « on-dit » et les achats que le Tribunal des Salopes considérait comme autant d'indices laissés : la marque de la bombe à raser, le savon, l'eau de Cologne et la marque choisie, la vaseline, les slips neufs, le nombre d'œufs, la crème fouettée, les épingles à nourrice, les gâteaux secs, le nombre de feuilles des rouleaux de papier toilette, les ardoises, et les changements d'habitudes ! Ah ça, c'était intéressant les changements. Jacqueline faisait le point des courses en pharmacie : fongicides, antibiotiques, vermifuge, médicaments pour des maladies sexuellement transmissibles, pour le diabète, les virus, les hépatites, les hématomes, les ulcères. La postière brillait souvent grâce à son compte rendu des courriers envoyés, des colis reçus : émis par qui et pour qui, et surtout celui sur des lettres recommandées, en attente, que l'on récupérait légèrement décollées, constituant ainsi une source d'information bien croustillante. On y découvrait les ennuis conjugaux d'untel, les problèmes financiers d'un autre, les querelles de voisinage ou d'héritage. Et tous ces secrets bien gardés se propageaient miraculeusement comme une traînée de poudre, le tribunal prenant un air savamment travaillé, un rien contrit et humain, assenait son jugement sans retour rajoutant un : « oh, la pauvre ou le pauvre » en soupirant, « c'est bien malheureux tout ça, si je pouvais l'aider, je le ferais. Tellement de souffrance, ce n'est pas pensable ! Avec leurs quatre enfants… »

Et elles en ont aidé certains, qui se sont suicidés réglant ainsi définitivement tout problème, ne pouvant faire face à la fois à leurs difficultés et aux regards pointus des gens qui savaient tout et plus. Morts sur leur dignité volée, cette dignité qui les faisait tenir en leur donnant du courage et que ce Tribunal des Salopes avait torpillée sans état d'âme pour un moment d'existence, pour un moment d'importance. Les voleuses d'âmes, des vampires, les laissant à nu et à terre, dans le froid et la solitude. Un être humain perdant sa dignité était un humain mort. C'était tout. À leur enterrement, les assassins étaient devant, bien présents, de gros bouquets de fleurs onéreux mis en avant, pour lesquels elles avaient organisé une quête, les rendant intouchables et importantes, la larme à l'œil, assurant jusqu'au bout cette puissance assassine. Du grand théâtre ! Pas besoin de chercher bien loin pour trouver des meurtres parfaits, non pas besoin.

Le père Jamard, lui, ne faisait certainement pas partie de ce groupe d'aigris-riquiquis qui jouaient au « cluedoris » comme il s'amusait à les tacler. Ses viennoiseries comme le personnage étaient réputées au-delà de la petite ville. Tout se faisait naturellement et simplement. Chez le père Jamard, lorsque le cœur de pâte à peine cuit des croissants exultait son beurre au fond du palais des clients salivant de désir, entraînant un orgasme gustatif guttural, alors les yeux du Père Jamard s'illuminaient jusqu'aux larmes. Il voulait voir les yeux des gourmands presque se retourner, les traits se reposer et les sourires se déposer dans l'émotion partagée. Cela lui suffisait. Il avait bien travaillé. Et les clients étaient satisfaits, reconnaissants du bonheur donné.

Mina grandissait sereinement au milieu de cette famille, de cette triade de personnalités remplies d'amour et de principes, pas toujours dans la norme, mais fortes de valeurs, de dignité, de justesse. Elle devint une jeune adulte, et s'était bien rendu compte de l'attitude de Raymonde qui n'avait de cesse de ragoter sur tous les aspects de sa vie. Avec ses amies, elles décidèrent d'aller chacune, tous les jours acheter une boîte de préservatifs et ce pendant plusieurs semaines, chez Jacqueline, la pharmacienne, qui n'avait ni la langue ni le clitoris dans la poche. La poissonnière était blême quand elle voyait rentrer l'une des jeunes filles rosies, pleine de vie comme un appel à l'amour charnel, à la joie, la beauté juvénile et l'insouciance. Les filles rigolaient bien, se moquant de la pauvre jalousie de cette femme qui selon Jules, l'adjoint au maire, n'aurait jamais levé ni la jupe ni le jupon. « Raymonde, la vierge Limonde », l'appelaient-elles. Raymonde attendait patiemment que Mina grandisse, ravalant son vinaigre, elle finirait par quitter son nid et laisser le champ libre auprès de son Paul. La mère Ranty la poussait aussi à prendre son envol, mais surtout à rester libre et droite. « Surtout ne pas se faire happer par les lumières de Paris, hein, tu m'entends, Mina ! Des diables, ceux-là, des bourriques, ces Parigots qui ne vivent que dans la luxure de la nuit ! ». Elle imaginait encore le Paris des rues sombres, des coupe-gorges et des cabarets qui plongeaient les gens dans le superflu et la luxure.

Elle se prenait souvent en cachette le bec avec le père Jamard qui l'air de rien (pensait-il) formait sa fille de cœur à la boulangerie dans l'espoir de la lui léguer un jour. Paul laissait faire, faisant confiance à sa fille. Parfois, il était un peu triste et jaloux. Il aurait voulu transmettre à sa fille son goût pour la musique. Ils essayèrent le piano, l'accordéon, le saxophone, la clarinette, le tambourin, les percussions, le violon, la guitare mais rien n'y faisait. Mina préférait passer son temps à l'épicerie ou à la boulangerie plutôt que sur des partitions. D'un côté, il aurait aimé au moins partager le plaisir d'une découverte musicale avec elle, l'extase provoquée par les prouesses d'un musicien sur un morceau très technique. Il se demandait alors ce qu'il avait bien pu lui, lui transmettre. D'un autre côté, il aurait beaucoup angoissé si sa fille avait eu la même vocation que lui, car il savait à quel point, il était difficile de vivre de la musique. On avait plus besoin de boulangers que de musiciens, c'était comme ça. Paul ne savait pas vraiment que c'était à lui, son père, de lui ouvrir les portes de l'ambition, de lui donner confiance et la force pour grandir à l'extérieur et avec les autres. Il avait pris le rôle d'une maman, lui donnant ainsi la chance inestimable qu'elle méritait d'être aimée, qu'elle avait une valeur et qu'ainsi, quoiqu'il se passe, elle ne devrait jamais en douter. Il lui avait donné ce qu'il lui manquait le plus, la légitimité d'exister, la légitimité de l'amour. Il voulait surtout lui éviter ce sentiment de rejet qui l'avait conduit à bien des difficultés, par auto-sabordage, par désistement, par inhibition. Paul en savait quelque chose, le nombre de fois où il s'était inscrit au concours de l'orchestre de l'Opéra de Paris, vivement encouragé par ses professeurs et qu'arrivé devant, soit il fuyait, soit il se trompait de station de métro, soit il oubliait son saxophone. Si la voix de son père lui avait alors soufflé : « Vas-y mon fils, tout va bien se passer. Je serais là à t'attendre quoiqu'il se passe, et si tu n'es pas pris cette année, on reviendra ensemble l'année prochaine. » Un jour, Paul avait vu un reportage sur un nid d'oisillons. Ils étaient trois. La maman était affaiblie, le papa avait été tué par un prédateur, elle ne pouvait nourrir seule les trois bébés. Lorsqu'elle partit chercher de la nourriture, les plus forts tuèrent le plus faible pour pouvoir survivre. Paul avait été traumatisé, car il sentait qu'il était ce troisième oisillon, celui qui serait mal nourri, mal aimé, celui qu'on achèvera ou qu'on sacrifiera, qu'on laissera sur le bord de la route. Il fallait être fort et encore plus lorsqu'on était une femme. Paul savait tout cela et s'inquiétait de ne pas être assez solide pour soutenir Mina, peur de lui transmettre cette part de fragilité, elle qui en plus, avait été abandonnée par sa mère. Les victimes étaient souvent désignées, rarement par hasard. Finalement, la famille de Mina, Paul, la mère Ranty et le père Jamard formaient une belle équipe pour donner à Mina tout ce dont elle avait besoin pour devenir une adulte solide.

Jusqu'au jour, où Mina choisit son orientation seule et par défaut, un peu par opportunisme, mais au très grand désespoir du père Jamard et de la joie de la mère Ranty : des études de communication/marketing. Cela avait été un peu décidé avec l'aide de la conseillère d'orientation-psychologue, une décision pas si ridicule et dans l'air du temps, mais sans trop d'emphase, juste parce que Mina trouvait drôle que les gens rachetassent des biscuits malgré leur déception, celle entre la promesse faite de l'image affichée sur l'emballage et le goût final banal, voire insipide. Ce biscuit dégoulinant de crème, de chocolat ou de caramel représenté sur les paquets et savamment retouché par les graphistes pour qu'il soit terriblement alléchant, qu'on en salivait déjà. On recherchait la promesse du plaisir et on découvrait que l'intérieur ne ressemblait pas à ce qu'on avait vu, le plaisir était modeste, voire inexistant. Et pourtant malgré la déception, on en rachetait, croyant à nouveau à l'appel de l'image, peut-être dû à la confusion de l'envie et du désir, le pouvoir de la frustration qui créait l'espoir et la peur de la perte, obligeant à se satisfaire d'un rien pour simplement avoir, cherchant à rectifier l'erreur, la dissonance entre le goût attendu et réel, en vain. Cela la fascinait. Ce fonctionnement si mystérieux qui mettait en échec toute rationalité. Ce besoin de croire en des promesses que l'on savait déjà intenables, cette prédominance du visuel sur la pensée, ce manque de respect pour soi-même, ce besoin d'exister, de se retrouver à travers l'hégémonie d'une marque prenant le contrôle sur les fêtes, les anniversaires, les goûters… C'était fort quand même ! Quand elle était petite, elle n'avait jamais eu d'œufs ou de barres Pinklife, elle avait été traitée de pauvre à l'école parce qu'à la place, elle avait un petit pain de seigle aux raisins. Tout le monde mangeait des Pinklife, et la marque avait su créer un monde merveilleux et surtout incontournable. À Pâques, à Noël et puis en fait, tous les jours… La mère Ranty refusait d'en vendre car une fois, elle avait vu une publicité et elle avait remarqué que tous les acteurs étaient blonds, les enfants et la maman, parfaite en jupe et en tablier forcément, dans sa cuisine tendant les chocolats à la place d'un verre de lait, promettant un monde mièvre et enchanté. Cela lui faisait trop penser aux dérives hégémoniques d'un monde parfait, ce n'était pas possible pour elle. Ce n'était pas son monde. Il ne lui en fallait pas plus, ce serait non !

Mina était attirée par cette puissance de la publicité. Cette puissance fantasmée. Elle n'y voyait pas de mal, trouvait même que ce monde imaginé avait une forme de poésie. Elle s'extasiait des slogans avec ses amies, les reprenant en chantant, c'était si nouveau et si moderne, il faut dire que c'était l'âge d'or de la créativité publicitaire, la période où l'on attendait avec impatience certains spots comme des créations artistiques de génie. Et puis, des études de marketing et de communication, c'était s'assurer d'exercer un métier d'avenir ! Le père Jamard était en colère, déçu, il se sentait trahi pour plusieurs raisons. D'abord, son rêve de transmettre la boulangerie à Mina s'écroulait. Et cela était terrible pour lui, terrible. Il avait tout misé là-dessus, lui avait montré chaque machine, chaque recette. Mina à dix ans, savait exécuter un croissant comme un pain au chocolat, connaissait la différence entre les différentes farines, céréales, types de cuisson, etc. Et elle avait l'air d'aimer ce métier. Elle lui posait des questions, retenait bien, revenait avec plaisir, était minutieuse et attentive. Il y croyait dur et avait même secrètement fait préparer l'enseigne : « Chez Mina. » Il lui aurait fait la surprise après son BAC pro de Boulangerie qu'il pensait qu'elle ferait en apprentissage chez lui. Mais voilà, elle avait choisi l'ennemi, tout ce qu'il n'aimait pas, tout ce qu'il haïssait. Le factice. L'illusion. Ce n'était pas faute d'avoir essayé de l'éduquer en lui parlant pendant des heures durant de ces faux produits, de ces abîmes, de ces miroirs de désespoir, de ces ingrédients chimiques de mauvaise qualité, de ces futures fabriques de malades. Peut-être l'avait-il trop fait en boucle, et cela avait-il lassé Mina. Non, il ne comprenait vraiment pas. Il l'avait même un jour emmenée dans une grande surface au rayon des bonbons.

« Regarde Mina, regarde bien la place occupée par les bonbons Copulo. Regarde. Tu crois avoir le choix mais tu ne l'as pas. Avant tu trouvais de vrais bonbons anglais, ma gourmandise, il y avait des ronds à la noix de coco, des bâtons noirs, des petits à l'anis. Des goûts et des textures différentes. Aujourd'hui, Copulo fait des copies, il pond de la gélatine comme un chien pose sa merde, qu'il met en forme et qui ont le même goût que les paquets d'à côté, déguisés en nounours, alligators ou autres formes ridicules… Le drame, Mina, le drame, c'est que personne ne semble s'en rendre compte. Tout le monde accepte cela. Personne ne regarde l'ensemble et pourtant, c'est criant. Regarde l'espace qu'ils prennent dans les rayons, Mina, regarde, cela s'appelle de l'hégémonie, de la dictature ! Aucune petite marque sauf pour les bonbons pour vieux et encore pas sûr qu'ils n'appartiennent pas au même groupe. C'est très grave ce qui se passe ! L'illusion du choix, c'est pire que de ne pas en avoir. Cela endort l'esprit de rébellion. La diversité et la gastronomie se perdent et c'est un drame, Mina. Même les boulangers se mettent à faire des baguettes insipides et uniformisées. Il nous faut résister, tout ce qui est nouveau, n'est pas forcément une bonne chose, Mina ! Reste toujours critique. »

Le père Jamard se sentait trahi, un coup de poignard dans le cœur, mis à la poubelle, lui et ses engagements, incompris, vieux et rejeté. Il avait le cœur à nouveau brisé, se sentant déjà mort, dans la tombe, humilié tel un résistant déchu qui a échoué à ce qui lui semblait essentiel dans la vie : continuer à faire du bel ouvrage et le transmettre. Mina était passée du côté de l'ennemi, brillant et obscur. Elle avait choisi sans qu'à aucun moment, il n'ait pu identifier un signe de sa traîtrise. Il était passé à côté et se demandait bien comment il avait pu s'y prendre pour ne s'apercevoir de rien.

Quelques jours après le baccalauréat obtenu avec succès par Mina, Paul décrochait un contrat dans un piano-bar à Paris. La chance de sa vie. Ils partirent durant l'été, très rapidement. Mina eut l'impression d'une fuite. Cependant, l'arrachement fut terrible pour elle, qui en pleurant, serrait fort la mère Ranty et son père Jamard, un peu sur la réserve. Quelque chose se brisa en elle, le jour de son départ, mais elle ne sut pas quoi. Et elle ne parvenait pas à se réjouir de sa nouvelle vie qui allait démarrer à Paris.

Ce soir-là, le père Jamard et la mère Ranty se retrouvèrent dans l'arrière-boutique du Mammouth fatigué. Tous deux étaient bouleversés. Assis autour de la vieille table de cuisine, la mère Ranty leur servit deux verres de son breuvage spécial coups durs. Un alcool de prune dans lequel elle rajoutait un surplus de Calvados afin « d'aider les mauvaises idées à fuir à l'étranger », disait-elle. Les verres Duralex posés sur la nappe, ils burent en silence n'osant se regarder.

« Elle m'a trahi », dit le père Jamard, amer.

« Mais non Tanguy, elle t'a entendu. Elle est jeune et comme tous les jeunes, elle a besoin de faire son propre chemin, de commettre ses propres erreurs, de voir le monde pour mieux comprendre les leçons que tu lui as données. Elle reviendra, je le sais. Mais elle reviendra avec ses idées à elle, inspirées et construites avec ce que tu lui as transmis mais aussi, celles de son temps, de sa génération. Mais pour cela, elle devait partir. »

« Ma chère Josépha, tu as certainement raison, mais le temps passe si vite. Si vite. Je n'ai rien vu, j'aurais dû lui parler de la boulangerie, c'était si évident que je n'ai rien dit. »

« Cela me fait étrange d'entendre mon prénom. Il n'y a que toi Tanguy, qui le connaisse. Cela me fait… Toute tremblante lorsque je l'entends, je pense à Cerise. Elle me manque tant, ma Cerise. Tu sais, depuis qu'elle est partie, je ne m'en suis jamais remise. Elle est là, toujours avec moi. Je lui parle toujours de tout. »

« Oui, moi aussi, ma petite sœur Cerise. Une chose que ton fameux Tribunal des Salopes n'a jamais devinée, c'est que vous soyez toutes les deux homosexuelles ! Vous l'avez bien caché et sur une sacrée durée. Et pour sûr, vous vous aimiez, Cerise et toi. Il faudrait que je retrouve des photos. Ma Cerise, ma sœur, mon cœur. »

« J'ai préparé un album pour Mina avec mon carnet intime, je lui ai raconté toute mon histoire, elle la lira quand je partirai rejoindre ma Cerise. Je vais vendre la boutique, je suis fatiguée et tu le gardes pour toi mais je suis malade du cœur. Et c'est bien ainsi. Tu sais bien, le monde a beaucoup changé, beaucoup trop vite. Je sais bien ce que tu dis. Les gens viennent encore parce qu'ils trouvent chez moi ce qu'ils ne trouvent pas ailleurs en quincaillerie et surtout par obligation et devoir. Mais aujourd'hui, tout s'achète et se jette, tout vient de Chine, les savoir-faire français sont bradés au plus offrant, non pas comme des échanges, non, c'est du pillage, organisé par notre propre pays. Je le vois. Je n'ai plus l'âge de résister, de m'adapter. Et puis, les gens ne veulent ou ne peuvent plus mettre le prix. Ils râlent du chômage mais refusent de payer le travail effectué, râlent pour un rien de toute façon mais se satisfont de financer des formes d'esclavages, ailleurs dans le monde. On en est là. Les gens sont rassurés par les grandes marques et boudent l'artisanal, brûlent les meubles de chêne et achètent du jetable indémontable… Tout le monde rêve de modernité, sans vraiment trop savoir ce que c'est. Il faudrait réinventer les commerces. Faire différemment, je n'ai plus la force et l'énergie. Place aux jeunes, Tanguy, place aux jeunes. Nous avons fait ce que nous avons pu. Je sens mon temps se finir et il faut l'accepter. C'est la sagesse de la nature, mon ami. Je suis sûre que Mina le fera, laisse-lui le temps de naviguer entre les deux mondes, d'apprendre, de prendre du recul, de savoir quoi garder et quoi jeter. Laisse-lui le temps. »

« Ah là, je te suis bien. Même la Raymonde vend maintenant des produits dits artisanaux dans sa poissonnerie, des plats tout préparés à base de poisson. Quand tu lui demandes comment et avec quoi ils sont faits, elle n'en sait rien. Peut-être que ce n'est pas si mal. Après tout, il reste des gens qui essaient de faire des choses de qualité même en industriel. Comme on trouve aussi de l'immonde avec la bénédiction de l'appellation "artisanat local". Voilà, le marketing, le boulot que va faire Mina. Et si c'est de la merde ? Hein ? La gastronomie, Josépha, ah, toute notre culture s'effondre… Rien. Zéro pointé vers l'infini… Enfin, je m'énerve, je m'énerve… Un jour, en voyage, j'ai acheté une gâche dans une boulangerie. J'ai demandé en quoi c'était une spécialité de la région. Je n'ai jamais su. On m'a répondu : il y a beaucoup de beurre ! Nigaudines ! Du beurre, on en trouve dans toutes les pâtisseries. Et encore, il y a beurre et beurre ! Comment peut-on réaliser des spécialités sans s'intéresser au minimum à son histoire. Tout se vide de sens, de curiosité, l'humanité devient un vase que les décideurs et lobbies remplissent comme bon leur semble avec l'approbation évidente de la compromission. Je suis terrifié. Mais me voilà en train de rouspéter alors que je suis encore plus triste ma Josépha, d'entendre que tu es sur le chemin du départ, ou plutôt à la fin de la route. Josépha, ma sœur d'adoption. Quand tu seras partie et que je serai parti, il ne restera plus rien de nos valeurs. Tu es si malade ? »

« Oui. C'est le principe de la vie Tanguy. C'est le principe de la vie. Il faut l'accepter et ne pas y penser, sinon on se fait du mal. Mais tant que tu es en vie, tu as des choses à faire et à transmettre. Et puis, je crois que tu devrais aussi raconter ce que Mina ne sait pas. Je pense qu'elle aimerait aussi que tu lui écrives ton histoire et celle de Cerise et celle de ton lien avec cette boulangerie et tes fameux croissants. Tu sais Tanguy, nous autres les Anciens, on ne parle pas assez. On se tait, et comme tu dis, on croit que ce que l'on pense, est tellement évident, que l'autre le sait, comme par magie. »

« Josépha, c'est loin, si loin. S'il n'y avait pas eu cette guerre horrible, cette chasse aux juifs, je serais devenu anthropologue comme Claude Lévi-Strauss. Voyager, comprendre comment pensent et font les autres hommes. Ah, j'aurais tellement aimé cela… »

« Oui mais vois le bon côté des choses. Toi et Cerise, dans votre malheur vous avez eu une sacrée veine. Cela s'est joué à peu de chose pour vous deux. Je me rappelle bien, tu sais, j'étais là, j'ai tout vu. La maison de ton père, située en Bourgogne, avait été bombardée. Ton père, Nestor Levy s'est enfui avec toi et Cerise et se réfugia ici. Le grand-père Jamard avait besoin d'un boulanger, il embaucha, ton père, ému de le voir seul avec ses deux petits : Cerise et toi, mon Tanguy car il venait de perdre ses deux petits-enfants. Ta mère était morte en couches. Vous étiez à peine installés, que les Allemands, rancardés par de “charmantes consciences” vinrent arrêter ton père. J’étais sur le trottoir. Le grand-père Jamard leur a dit que vous étiez ses petits-enfants, venus en vacances. À ce moment-là, te rappelles-tu, tu ouvris la fenêtre du fournil qui donne sur le trottoir dans laquelle tu aimes tant te blottir, et on a aperçu ton petit bout de tête brune et ton petit bras tendu avec un croissant que tu avais confectionné toi-même. Ton tout premier, tu avais à peine sept ans et tu le donnas au soldat allemand avec un grand sourire tout fier : “c’est moi qui l’ai fait, il est tout chaud !” Le soldat fut touché parce qu’à ce moment, il s’est certainement souvenu qu’il était d’abord un homme, lui aussi papa. Il se baissa et prit ton croissant, tandis que derrière, ton père te regardait, jeté sans ménagement dans le camion des SS pour être achevé quelques jours plus tard dans une geôle de torture. Tu as offert ton sourire et ton premier croissant à l’homme qui a tué ton père, Tanguy. Je crois que cela te suivra toute ta vie, cet amour au-delà de la haine… Sauf pour l’industrie de la consommation », se moqua Josépha. « J’ai tout vu, j’étais là, parce que ce soldat allemand s’appelait Franz et que c’était mon père. Pendant que naïf, tu regardais ce grand soldat sans comprendre, le sourire désarmé, je lisais la peur et le désespoir de ton père de ne savoir ce qu’il t’arriverait à toi, si petit et à ta sœur. »

« Pourtant tu étais toute petite. Cerise et moi sommes devenus ainsi des petits Jamard et tout naturellement, mon père adoptif m’a transmis la boulangerie et surtout ses savoir-faire, nous avons été aimés avec cette simplicité des gens rustres qui savent que dans la nature, on ne choisit pas, on fait avec. Et ils nous ont pris comme un cadeau et ont fait pour nous le mieux qu’ils pouvaient. Ils risquaient leur vie. Par chance, personne dans le village n’avait vraiment connu leurs véritables petits-enfants, décédés dans le bombardement de leur quartier, ensevelis dans leur cave. Ma haine de l'industrie de masse, je la tiens, je crois, de l'analogie que j'en fais avec le nazisme, l'hégémonisme qui justifie tous les moyens dont la destruction de la nature, le mensonge, l'empoisonnement, la normalisation au-delà des pays, la construction de fausses croyances, la manipulation par d'autres, les pouvoirs, piller et prendre, effacer l'histoire, construire de faux mythes. Tout finit par se ressembler, ça me fait si peur, parce que derrière toutes ces images de bonheur feint, ce sont des morts en cours ou à venir. »

« Tu sais Tanguy, je me suis demandé comment tu ne m'en as jamais voulu d'être la fille du soldat qui a arrêté tes parents et comment tu as fait pour être mon ami de toujours, toujours aussi fidèle. »

« Parce que je pense que ton père faisait ce qu'on lui demandait, et qu'il n'avait pas le choix ou bien alors, celui de choisir la guillotine, et il y avait vous : toi et ta maman. Je crois, moi aussi, qu'il savait pertinemment que nous n'étions pas des Jamard mais des Lévy. J'en étais sûr à la manière dont il avait de me regarder et de s'inquiéter du passage d'autres soldats dans le coin. Il nous a protégés, ton père, Josépha. À ce moment-là, il a pu choisir à sa manière de désobéir, un acte de libre arbitre en accord avec ses émotions et ses idées. Il a su dire non et il l'a fait. Il risquait sa vie. J'ai su après qu'il avait sauvé d'autres enfants. En cela, ce n'était pas un monstre car il y a eu de l'humanité dans cette guerre terrible. Il y avait de l'amour dans ton père même s'il a participé à des monstruosités qu'il est bien difficile d'oublier, impossible même. Et tu tiens ça de lui Josépha. J'évite toujours de penser à ma famille, ma famille biologique, à mon père surtout, cela me fait trop de mal. Je m'en voudrais toute ma vie de ne pas lui avoir dit au revoir, de ne pas lui avoir fait un sourire tandis qu'il me voyait donner ce croissant à ce soldat. Pourquoi ne lui ai-je pas donné, à lui ? Lui qui a dû mourir de faim dans ces affreuses geôles. Pourquoi ? Je m'en veux tellement Joséпha, que parfois, je pense que le monstre, c'est moi, et cela m'empêche de le sentir près de moi. J'ai honte. Tellement Josépha. » Et le père Jamard pleura longtemps sa honte sur la bouteille vide de liqueur de Josépha. Et il reprit :

« Alors, ne pas chercher les survivants de ma famille, je ne sais pas si cela n'a pas été une erreur. Nous avions tellement eu peur Cerise et moi et que nous étions devenus de vrais Jamard jusqu'à presque oublier nos origines. Parfois, je me suis demandé si je n'aurais pas dû essayer, mais je me rappelais que mon père avait perdu ses parents tôt. Peut-être, s'il restait de la famille, auraient-ils été heureux de connaître des survivants, de nous connaître Cerise et moi. Mais je n'ai pas pu, je me sentais trop coupable, d'avoir survécu, d'avoir trahi mon père. Comment leur expliquer ce croissant tendu à celui qui a fait arrêter l'un des leurs ? J'ai pris la vie qu'on me donnait, je l'ai portée et je l'ai aimée. Cerise aussi et avec toi. »

« Tu n'as pas à avoir honte de ton innocence, Tanguy, tu avais sept ans, tu ne pouvais pas deviner ce qui allait se passer. Les enfants ont cette chance de vivre au moment présent, tu venais de sortir ton premier croissant et c'est tout. Ou bien, peut-être as-tu eu senti que cet instant te sauverait la vie et celle de ta sœur. Tu as eu l'intuition de l'humanité de mon père, ce soldat allemand. Pour ton papa, le mal était fait par d'autres, tu ne pouvais rien y faire, ni mon père, je pense. Les adultes sont des êtres bien complexes et ambigus. Ma mère s'est suicidée après avoir été tondue, elle avait aimé cet homme, mon père, qui venait en cachette me voir. Parfois, il ramenait de la nourriture, des vêtements, tout ce qui pouvait nous manquer. Et tu as raison, il savait et oui, avec ma mère, ils organisaient le sauvetage d'enfants ! Il était doux avec nous et jouait avec moi. Il aimait vraiment ma mère. Et puis, les gens n'ont pas cherché à comprendre, à nuancer, ils se sont jetés sur ces femmes sans savoir. Elle en est morte, de honte. Et c'est pour ça que je ne veux pas que l'on m'appelle par mon prénom mais par mon nom, celui de ma mère, Suzanne Ranty, et que je garde la distance et impose le respect aux autres, je n'ai pas ta miséricorde ni ton amour des autres, tu sais Tanguy. J'ai perdu ma mère, j'avais huit ans, j'ai repris la boutique à treize et je me suis débrouillée seule et ensuite, il y a eu Cerise. Je l'ai fait pour moi, pour ma mère et puis aussi pour Cerise, pour protéger notre idylle. Penses-y Tanguy, mais raconte ton histoire, quand je serai partie et toi aussi, plus personne ne saura. Je ne sais plus si nous en avions parlé mais c'est le père de Raymonde qui a dénoncé ton père, ainsi que mes parents. Un soir de beuverie, il avait été surpris en train de violer sa fille. Et elle, elle le sait. Et je crois que ce poids est encore plus lourd pour elle. Le soir, où ton père a été emmené, le père de Raymonde a voulu fêter ça, ivre il a cherché à la forcer à nouveau. Elle s'est enfuie, il lui a couru après. Elle s'est dirigée vers le lavoir et l'y a poussé. L'eau était glaciale, sa tête a certainement dû heurter les bords de pierre, je ne sais plus. Il est mort sur le coup. Personne n'a su que c'était un meurtre, si on peut parler de meurtre ou de légitime délivrance… Personne sauf moi, ma propre mère et sa mère à elle. Raymonde ne nous a pas vues. Mais sa mère elle, nous a vues et c'est elle, toujours, qui a dénoncé ma propre mère et mon père. La fine garce, cette mégère. Une femme d'une méchanceté et d'une cruauté sans pareil. Raymonde t'a vu être cajolée par les Jamard tandis qu'elle astiquait le sol de la poissonnerie de sa mère qui savait tout, qui ne l'avait jamais protégée et qui surtout, la haïssait pour avoir non seulement détourné son mari d'elle mais de l'avoir tué. Et elle lui a fait payer plus que de raison. Son silence n'a jamais été pour protéger sa fille mais pour se protéger des "on-dit", se protéger elle. Jamais, elle ne s'est comportée comme une mère. Jamais. »

« Pauvre Raymonde, parfois les gens ont des vies difficiles, mais arrivent à se trouver des portes de sortie ensoleillées, d'autres les évitent, en ont peur et deviennent eux-mêmes des monstres. Elle ne sait même pas qu'elle est âgée, comme si elle était restée une petite fille amoureuse à l'obsession de Paul. »

La fenêtre ouverte malgré les moustiques, une petite mésange bleue rentra dans la pièce et se posa longtemps dans la main du père Jamard.

« Tu vois Tanguy, la mésange représente la trahison, mais aussi le message que les choses iront mieux. Mina reviendra. »

Et sur ce, le père Jamard se leva et sortit, la mésange toujours dans le creux de la paume de sa main qui s'envola quelques instants plus tard.

Le père Jamard titubant légèrement, rentra chez lui, la tête fourmillant de souvenirs, des secrets divulgués par Josépha et le cœur lourd. Josépha se coucha dans son réduit qu'elle occupait depuis la mort de Cerise, laissant intact leur lit d'amour depuis le décès de celui de sa vie. Elle se sentait bien lasse ce soir. Bien lasse et seule. « Bientôt ma Cerise, bientôt ».

De désespoir et par souci de placement personnel, voire de revanche sentimentale, assommée par le coup de traître que lui avait assené Paul en partant à Paris presque du jour au lendemain, Raymonde, la poissonnière qui vendait à présent des plats tout préparés, épousa le propriétaire de la petite casse automobile du coin, Gilbert. Un passionné de véhicules qui passait ses temps libres dans la mécanique. Ils contemplaient avec amour ses cadavres de fer tandis que d'une main ferme, il claquait en propriétaire les fesses de Raymonde, raide comme une pelle de cimetière, contemplant les rides de sa vie et jalousant à l'obsession la vie de Mina qu'elle considérait comme étant la sienne volée. Le week-end, il l'emmenait visiter les garages des copains, souvent des voitures de collections, et parlait des heures durant de bougies et de systèmes d'allumage. Raymonde s'ennuyait, il n'aimait ni les restaurants, ni le cinéma, ni les voyages, seulement « la belle carrosserie », comme il disait, et la belle mécanique, le sourire fier et heureux. Et il vibrait de vivre sa passion accompagnée de sa femme Raymonde. Il ne s'était jamais posé la question de ce qu'elle aimait, elle. Un jour au catéchisme, le curé Augustus avait expliqué qu'Ève venait de la côte d'Adam et que du coup, c'était à lui de décider pour elle parce qu'elle était une partie de lui. Il n'était pas méchant avec Raymonde et faisait ce qu'il pensait être bien pour un homme : lui laisser de l'argent pour les courses, ses vêtements et avoir un bel intérieur bourgeois, plein d'objets chargés et rassurants, il n'allait pas voir ailleurs, et c'était tout. Raymonde avait alors encore plus de temps pour penser à Mina. Tout lui appartenait, la beauté de Mina, sa joie de vivre, son bac, ses études supérieures en marketing, ses petits amis, son appartement. Tout était à elle et lui avait été volé. Mais surtout, Mina lui avait volé son homme, le sien, le seul amour de sa vie. Paul. Et elle passait ses journées à se demander comment récupérer son dû, à cacher sa folie grandissante sous des sourires mielleux. Mais lorsque les rideaux tombaient sur le soir, le regard acéré, son pauvre esprit délirant dessinait des grimaces sous le visage lisse et dépoli.

Mina était adulte aujourd'hui, toujours à Paris, elle avait terminé ses études et trouva un emploi rapidement. Son père allait repartir, son contrat se finissait et on lui avait proposé un poste de professeur de musique au petit conservatoire de leur ville en Auvergne. Elle travaillait dans une grande société parisienne comme directrice de marketing. Le travail et la ville l'avaient absorbée. Trop absorbée. Elle n'était jamais revenue en Auvergne. Les années avaient passé, dix, quinze peut-être. Elle ne se rendait même plus compte qu'ils lui manquaient, tous. Elle ne ressentait plus rien. Elle avait même raté l'enterrement de la mère Ranty et celui de Gilbert, mort étouffé par un os de poulet. « Bio, pourtant. » Raymonde avait cru devoir le préciser pour ne pas entacher sa réputation. Mais l'enterrement de la mère Ranty… Son cœur s'est arrêté une nuit noire sans lune, Lilith lui avait chanté une douce chanson et son cœur s'adoucissant jusqu'au firmament avait rejoint celui de Cerise. Même pas une larme, Mina avait foncé dans son dossier ultra-urgent et en était ressortie trois mois après pour rentrer dans un nouveau. Pas une larme, pas une pensée. Paul fut surpris, le père Jamard, meurtri et écœuré, alors il écouta Josépha et écrivit son histoire.

Mina avait beaucoup de responsabilités dans l'entreprise pour laquelle elle travaillait. Elle y passait ses journées, ses soirées, une partie de ses week-ends. Elle était respectée par ses collègues et sa direction constituée d'une lignée d'hommes. Elle avait fait sa place petit à petit, grâce au fameux sens du travail bien fait, le sens de la responsabilité et du professionnalisme enseigné par le père Jamard. Elle avait démarré chef de projet et gérait aujourd'hui de gros projets de plusieurs millions d'euros en tant que directeur de projet, sous la direction directe du P.D.G., Fabrice Tatebite, ce qui attisait de terribles jalousies. Un jour, en discutant à la cantine, elle se rendit compte qu'elle était sous-payée et sous-valorisée. Elle était Directrice de Marketing, Fabrice l'avait encore fièrement présentée de cette manière et, mais administrativement, elle était chef de projet Marketing. Cela constituait une énorme différence en termes de statut, puisqu'elle aurait dû être cadre supérieur et en termes de salaire, l'écart était conséquent ! Un oubli certainement. À l'occasion d'un point avec sa direction, elle aborda le sujet relativement et naïvement, sûre d'elle, puisqu'elle était dans le vrai. Fabrice se mit à rire.

« Mina, il n'y a pas de femmes chez les cadres supérieurs. Toujours numéro 2, les gonzesses, c'est cela le Vrai. Les chevilles ouvrières. Regarde autour de toi. Les femmes servent. Et on aurait tort de s'en priver, elles bossent dur et font du bon boulot, c'est vrai. Mais sous l'égide d'un homme. Ta demande n'est donc pas envisageable. Je t'augmenterai au prochain bilan annuel mais tu restes chef de projet en faisant le même travail, que tu réalises très bien, tu le sais, je te l'ai déjà dit. Ne complique pas les choses. Je te laisse, j'ai une "conf call". Ciao ! »

Mina fut anéantie. Elle pensait à la manière dont elle avait appris à travailler. Elle en prit conscience d'un coup, comme si le choc de ce rendez-vous avait ouvert la porte de son anesthésie émotionnelle. L'amour du travail bien fait avait été remplacé par les indicateurs de qualité, des chiffres, des statistiques décontextualisées. Un vase creux. Il était perdu le temps de peaufiner, de l'amour, de la fierté, il fallait compter, compter et rendre compte des compteurs et compter les compteurs des compteurs, lisser les détails, généraliser toujours plus haut, plus haut pour ne pas voir et laisser choir. Et dans ce système-là, le sens de la responsabilité et du travail bien fait amenait subrepticement à l'asservissement sans contrainte à un système qui entraînait l'aseptisation des émotions, des sentiments, de la personnalité, le rejet, la culpabilité. Oui, tout cela l'avait enchaînée avec une rapidité tel un tsunami. La fabrique des monstres. Elle en était là, elle était devenue un. Elle pensait que son travail lui donnait de la liberté, elle était soumise et dissociée.

Elle ne dormit pas de la nuit, réfléchissant aux arguments. Elle ne voyait que son travail, son dévouement, ses capacités à avancer. Et l'injustice. L'injustice insupportable. Mais peut-être la testait-il afin de vérifier qu'elle soit à la hauteur de la promotion. Oui, cela devait être cela, une épreuve. Le lendemain, Fabrice Tatebite était seul dans son bureau, elle rentra sans sommation et s'assit tranquillement.

« Je suis une femme. Et alors ? Je fais le boulot, et tu es le premier à trouver que je le fais bien. Je mérite ce poste et tu le sais. »

Fabrice prit alors son air hautain et ennuyé et lui répondit sèchement :

« Tu n'as toujours pas compris ? Écoute Mina, soit tu restes comme ça et on n'en parle plus. Soit je crée une fonction de Directeur de marketing avec un statut de cadre supérieur sur laquelle je nomme un homme de paille. Tu continueras le même travail mais tu relèveras de sa hiérarchie. »

Mina était atterrée, une envie de vomir, de courir, de s'enfuir, de crier, de taper. Mais elle resta figée. Assise droite sur sa chaise. Fabrice, un sourire cynique, la dévisagea comme un joueur d'échecs jaugeait son adversaire, échec et mat. Il jouissait, certainement d'un début d'érection.

Mina répondit : « Jamais. Jamais je n'accepterais une telle humiliation. »

Moins d'une heure après, le DRH la convoqua. Fabrice était présent. Il lui dit tout fier : « Tu es mise à pied pour faute grave. Désobéissance de cadre. Tu n'es pas dans un espace public, mais dans un espace privé. Je peux te réintégrer durant cette mise à pied. À toi de décider. »

Mina, le regard enflammé droit dans le sien, debout et droite comme la mère Ranty devant son épicerie :

« Désobéissance ? Moi, désobéissance ? À quelle règle ? Celle d'être exploitée parce que je suis une femme ? C'est ça la faute grave ? Où est inscrite cette règle qui légitime la soumission des femmes On en est toujours là ? De plus, la décision de réintégrer ou non une personne relève de ta responsabilité, pas de la mienne. Et toi, tu es tellement lâche et pervers, que tu me demandes de porter cette décision. »

« Tu n'as rien compris. Où tu acceptes la règle en tant que femme et tu restes ou tu t'en vas. C'est tout. »

« C'est tout. »

Fabrice partit et un agent de la sécurité vint la chercher, lui prit son matériel, ses clés. Elle put récupérer quelques effets personnels, un gilet pour les soirs ou le chauffage était réduit dans l'entreprise, ses crayons, elle ne sait même pas pourquoi elle avait pris ses crayons, mais elle avait toujours aimé en avoir plein, surtout des crayons de papier avec la mine bien pointue. Le vigile l'accompagna jusqu'à la sortic dcvant tous ses collègues, il ne manquait plus que les menottes. Il fallait marquer le coup, calmer les éventuelles rébellions du personnel féminin, montrer l'exemple à ne pas suivre. Personne ne dit mot. Personne. Mais tout le monde regardait ce qui se passait. Violence ordinaire dans un monde pas si ordinaire. Violence banale, les gens qu'elle avait aidés, non, personne ne mouftait, tous des gens sympas et sérieux, non personne ne mouftait. Pas même un léger sourire, un regard chaleureux. Tous des complices, des collabos dans le silence assassin des moquettes des couloirs des entreprises. Il suffirait que quelques-uns disent non, barrent le passage, aillent assaillir le bureau de Fabrice. Mais non, ça ne se produisit pas. Ça ne se produisait jamais, la menace du placard et du licenciement pour l'exemple était bien rodée. La petite fabrique des monstres ordinaires.

Mina était en état de choc. La tête lourde, des fourmillements dans tout le crâne. Elle ne sentait plus son corps, elle ne sentait plus qu'une immense souffrance qui jaillissait comme un cri avec la même violence que son humiliation. Sa poitrine lui faisait mal. Elle avait le sentiment de n'avoir plus rien. Le vide. Elle prit conscience qu'il n'y aurait plus de demain, de café avec ses collègues. Plus de réveil. Plus de mails. Elle était pestiférée. Motif officiel : « désobéissance de cadre ». Elle, qui passait ses heures pour l'entreprise. Elle qui s'assurait que chaque détail de chaque projet était carré, contrôlé des heures et des heures. Et ces mots qui résonnaient : « Désobéissance… Femmes désobéissantes. Soumission. Faute. »

Le garage en sous-sol. Elle eut envie de tout casser. Elle rentra dans sa voiture. Les larmes se bloquaient dans sa gorge. Rien ne sortait ni les cris qui implosaient en route dans sa poitrine ni les larmes qui se cabraient sur l'injustice insupportable, la perverse infamie.

Tout cela résonnait dans la tête de Mina. « Désobéissance… Femmes désobéissantes. Faute. » Elle était vide, elle était choquée, mais fière, fière de s'être relevée, levée, dressée, d'avoir désobéi, même si elle le payait cher. Oui, fière et dans sa tête, elle revoyait Madame Ranty qui la regardait alors, un mouvement d'approbation de la tête, et elle la sentit si proche tout d'un coup. Comme elle avait honte de son absence. Elle lui manqua soudainement, affreusement.

La voiture démarra, mais resta à l'arrêt. Mina était déboussolée, ne savait pas où aller. L'angoisse du néant qui s'empare de celui qui a perdu son agenda. Il n'y avait plus rien. Mais qu'avait-elle perdu finalement ? Plus de routines, plus d'habitudes. Mina prenait progressivement à grands coups de battements cardiaques la mesure de l'ampleur des vides qui s'étaient créés pendant ses années, des conséquences de tout cela comme son délaissement de Madame Ranty, de son père, du grand-père Jamard, de sa région, de ses amis… la culpabilité mais surtout de ce grandiose devoir d'imposture qu'on imposait de jouer aux femmes. Et cette force si vive qu'elle ressentait en elle, lorsqu'elle s'est adressée à Fabrice Tatebite, peut-être ce qu'elle avait fait de mieux ces dernières années, dire enfin : Non. Être en vie. Avoir envie. S'opposer pour exister.

La petite pantoufle rose brodée Mina accrochée au rétroviseur semblait lui faire signe. L'autre était dans la voiture de son père. Mina crut sentir une odeur de croissant. Une illusion certainement, mais les croissants du Père Jamard apparurent quelque part dans son esprit, leur douceur, l'amour, leur chaleur. Aller sur la tombe de la mère Ranty. Enfin. Le périphérique. Direction A10. La radio allumée, une vieille chanson des Béruriers Noirs : « Porcherie ! »

« Le monde est une vraie porcherie
Les hommes se comportent comm'des porcs
De l'élevage en batterie
À des milliers de tonnes de morts
Nous sommes à l'heure des fanatiques
Folie oppression scientifique
Nous sommes dans un état de jungle
Et partout c'est la loi du flingue
Prostitution organisée
Putréfaction gerbe et nausée… »

3
Charline

Charline se tenait debout, devant la fenêtre de son petit salon cosy parisien. Ce soir, la Lune était énorme, brillante, une étrange promiscuité presque menaçante, fascinante. Depuis combien de jours, ses cauchemars avaient-ils recommencé ? Quelques nuits seulement avant la pleine lune ? Avaient-ils vraiment cessé ? Plus jeune, elle mettait des heures à s'endormir, les problèmes tournaient dans sa tête en boucle, de manière obsessionnelle. Elle avait peur de dormir et de mourir étouffée, de cesser de respirer, alors elle veillait, contrôlant le souffle d'air, s'affairant à ce qu'il pénètre au plus profond de ses poumons. La quarantaine approchant, elle avait surmonté cette difficulté en apprenant à différer, et s'endormait à présent plus rapidement. C'était après que tout se jouait. Pendant longtemps, les souvenirs des traumatismes, les terreurs muettes se frayaient tels des fantômes, une brèche à travers les boucliers que Charline s'était fabriqués. La douleur était toujours aussi terrible. Elle se réveillait, terrorisée, les larmes inondant son oreiller, comme si c'était hier, comme si c'était aujourd'hui, demain, toujours. Depuis quelques nuits, c'était différent, son sommeil était scandé par une série de courts métrages, frôlant parfois l'horreur ou porteurs simplement d'une phrase, ou juste d'une émotion vive, des rêves très réalistes, brefs mais émotionnellement et intensément désagréables et qui la perturbaient toute la journée jusqu'à la prochaine fournée. Elle appréhendait à nouveau les soirées, si bien que souvent, elle s'endormait sur le canapé, la télévision allumée et n'allait dans sa chambre que vers trois ou quatre heures du matin, quand son dos lui intimait de prendre soin de lui. Sur le canapé, elle se sentait en sécurité, comme si les rêves ne pouvaient l'attraper, comme si son inconscient était muselé et attendait le silence de sa chambre pour s'égosiller de messages qu'elle n'avait pas envie d'entendre. Alors dès qu'elle était dans son lit, et qu'elle fermait les yeux, le festival démarrait.

Alors oui, debout devant sa fenêtre, contemplant la nuit tombante, elle tremblait à l'idée de passer encore une nuit difficile, et ce, avant la grosse journée-événement de demain, la journée de présentation du nouveau médicament pour guérir miraculeusement des hémorroïdes du groupe pharmaceutique *MarshMedocs*, avec tout le gratin de la société et du monde médical concerné, le tout dans la salle de conférences d'un chic hôtel parisien, privatisé pour l'occasion. Courbettes, café, conférence, courbettes, petits fours et alcools divers mais à gogo, courbettes et distribution de documentation et de cadeaux. Échange de sourires, un offert pour un entendu et deux sous-entendus, et plus après les digestifs, les hommes repus d'abus, les traits tirés, le front suintant, le regard à la fois morne et aigu, les rires rocailleux roulant sur une haleine chargée, des regards de plus en plus appuyés, qui déshabilleront son corps tendu, en alerte. La nausée. Le show habituel. La nausée. Elle en était déjà lassée, blasée, avant même que la journée ne se soit écoulée. Elle savait qu'elle rentrerait en se sentant comme une putain. Non pas qu'elle couchait avec ses clients, mais elle savait que son physique était plus utilisé par son entreprise que ses talents de négociation. La frontière était ténue. Elle serait présente demain pour accompagner l'excitation de la journée qui serait bien vite confondue avec la découverte du fabuleux nouveau médicament. Décousue, son corps en pâture et son cerveau en vadrouille, ailleurs, très loin. Non, décidément, ça n'allait pas fort.

« Bon, un coup de blush, d'anticernes et de fard à paupières, mon costume gris de flanelle masculin rayé blanc assorti de Zizis blanches. Ça le ferait », pensait-elle. Un peu d'ambiguïté la protégerait, elle aurait préféré y aller en survêtement du dimanche trop large, noir et hideux. « Comme toujours ! Faire semblant, faire bonne figure ! » Ses cheveux blond foncé, raides et brillants, accrochés indubitablement en queue-de-cheval ne dissimulaient rien de son visage et de ses grands yeux bleus. Charline. Charline, l'ambiguë, Charline, l'insolente, Charline la rebelle, la passionnée, la tendre, la provocatrice, la sensible, la méchante. Charline la sauvageonne, l'animal sauvage blessé et apeuré se cachant sous une sérénité solaire, faussement apparente. Irréprochable, responsable, perfectionniste, un excellent élément de l'entreprise pour laquelle elle travaillait en tant que visiteuse médicale. Elle était « trash », entière dans ses émotions, ses propos, ses références si imagées, un peu comme des dialogues d'Audiard réécrits par San Antonio, et qui tranchaient avec sa finesse qu'elle exprimait peu. Elle flirtait entre dégoût et séduction, telle une funambule, en constant équilibre, elle obéissait à ce qu'on lui demandait, serrant les fesses et coupant tellement sa respiration qu'elle en avait tous ses muscles constamment contractés. En apnée. La nausée. Elle tomberait, elle le savait.

« Oui, ça le ferait demain », pensait-elle, cherchant un sursaut d'optimisme mais frissonnant de ses cauchemars de corps amputés morts, de tête coupée pendue à des arbres, de cerveau aspiré par des araignées noires gigantesques. « De vrais scénarios de films d'horreur, dignes du festival de Deauville ! » se dit-elle en souriant. Elle appuya son front sur le chambranle de la fenêtre en soupirant :

« Ce soir, la nuit viendra à peine effleurer les persiennes, la Lune affichera son ingérence dans le monde mystérieux des rêves et celui de l'obscurité terrestre. Le gigantisme de la sphère si proche et si présente ce soir, rappelle l'existence si folle de cet espace immense fini ou infini dans lequel notre petite planète tourne, tourne. » Ces cauchemars lui parurent presque dérisoires dans cet instant où elle prenait à nouveau conscience des immenses secrets de l'espace et de ses mystères, des trous noirs de conscience du cosmos, qui lui rappelaient sa petitesse à elle et celle de sa planète mais qui la reliait indubitablement à l'Univers. Elle regarda la Lune, et son éclat, la lumière des projections des rayons solaires l'enveloppèrent et elle ressentit un amour immense, qui la ragaillardit un instant.

Elle alla choisir un vernis à ongles pour colorer ses ongles de pied dans la salle de bains. Transparent ? Beige ? Rose ? Rouge vermillon ? Rouge sang ? Rouge sang, comme le sang qui coule dans ses veines, le sang des racines. Quelles étaient les siennes ? Elle ne savait pas trop le dire. D'ailleurs, elle tombait souvent, comme si elle n'était pas ancrée sur cette terre, collectionnant les entorses des chevilles comme on collectionnerait des boîtes à musique. Elle alla se caler dans son canapé en velours à grosses côtes couleur vieux rose, son plaid en laine sur le dos et s'attela à la tâche. Même si personne ne voyait ses pieds, elle aimait bien qu'ils soient peints, pour elle, seulement pour elle, alors que ses mains finalement, elle s'en foutait. Enfin pas tant que ça. C'est ce que l'on voyait, alors, elle les laissait neutres et puis surtout, elle avait peur que le rouge n'incite les clients masculins à plus d'approches, comme si le vernis rouge était un signal : « je veux baiser ». C'est dommage, elle aimait bien pourtant, elle trouvait que c'était joli mais elle préférait se protéger et n'en portait qu'en vacances. Ni trop ni peu. Devenir un caméléon en essayant de ne pas trop se perdre dans le désir des autres.

« Tiens la plante de mémé a besoin d'eau, les feuilles tombent et sont mollasses, comme moi ce soir », remarqua-t-elle. D'un pas, enfin deux voire un ou deux de plus sur les talons mais pas trop fort pour ne pas déranger le voisin d'en-dessous, les doigts de pied écartés pour ne pas abîmer le vernis en train de sécher ni de tacher le beau parquet ciré, elle remplit une bouteille qu'elle vida aussitôt dans le pot. C'était la seule plante qui survivait chez elle. C'était celle de sa mémé Albertine, Charline s'en sentait responsable et s'il lui arrivait quelque chose, elle aurait l'impression de faire mourir à nouveau sa grand-mère. Cela lui mettait la pression. De surcroît, elle n'avait pas la main verte. En fait, elle oubliait surtout de les arroser, et avec elle, il valait mieux être une plante indépendante, ce qui somme toute, était un phénomène assez rare lorsqu'elle se trouvait enfermée dans un pot. « À moins d'être une plante en plastique, mais le plastique, ce n'est pas CHIC ! » s'amusa-t-elle en digressant.

La plante arrosée, elle se revit plus jeune à l'école, en cours de sciences naturelles, elle n'aimait pas les expériences sur les animaux, et si beaucoup s'offusquaient d'avoir à disséquer une souris morte, un œil de bœuf, un foie de mouton, personne ne pleurait l'écartèlement, les déchirures des feuilles des arbres pour en observer les nervures nourricières, la noyade de la chlorophylle dans des éprouvettes, le séchage des fleurs dans les herbiers. Non personne, sauf Charline qui demandait à chaque fois en pleurant au professeur : « mais Monsieur, elles ne souffrent pas les plantes ? » Le prof se moquait un peu, et répondait en souriant : « ben non ! Une plante, ça ne souffre pas ! ». Il faut dire qu'à cette époque-là, ce n'était pas une question que l'on se posait. Pardi, il avait quand même fallu attendre les années soixante-dix, pour avoir l'idée d'anesthésier les bébés car l'homo-scientificus de l'époque, souvent d'ailleurs masculin, était persuadé que l'absence de parole impliquait l'absence de conscience et donc l'absence de souffrance. L'idée perdura de nombreuses années, jusque dans les années quatre-vingt-dix au moins. Ouf, aujourd'hui, la torture des bébés est terminée. Aujourd'hui, on pouvait espérer à présent que la souffrance physique des femmes et des personnes âgées soit mieux prise en compte. C'était tout de même un avancement mais aussi un aveu de la faiblesse de la rationalité scientifique face à la culture et ses stéréotypes. Alors, la question de la souffrance végétale, vous n'y pensez pas ! Le végétal, c'était un peu le monde entre les cailloux et le pot de rillettes, la pilosité terrestre sans le cerveau des bigorneaux, et encore ! Des objets un peu vivants mais surtout sans Intelligence. Ah ça, oui, l'Intelligence, un grand sujet, une grande préoccupation de l'homme, savoir s'il y avait plus intelligent que lui. Après avoir éliminé de la compétition, les femmes, les gens de certaines ethnies jusqu'à aller mesurer la taille de leur cerveau, il s'était arrangé pour que la réponse soit non et qu'il soit le Maître. La question était donc facilement réglée pour un peu qu'on n'y mettait pas trop de curiosité et qu'on y couchait le cachet Science. À part projeter sur les différentes espèces le besoin de domination et de quelques bribes d'intelligence humaine, enfin selon les définitions en vigueur, les humains leur attribuaient surtout des valeurs. Par exemple, il y avait les plantes chics, les plantes haut de gamme de la haute société des plantes, les plantes à mémères et de jardins de campagne, les plantes faussement rusti-chic, les plantes choc pour les assassins, les plantes nuisibles, les plantes de merde qu'on ne regardait jamais parce qu'on les trouvait insignifiantes, bref on reproduisait à l'infini un système de classes humain sur toutes les espèces, et surtout on s'arrangeait pour faire corroborer toute observation avec ce modèle en criant à l'anthropomorphisme, vis-à-vis de celui qui voulait sortir du modèle… dominant. Par définition humaine et occidentale, la Nature s'opposant au monde des humains, était dans son ensemble jolie, décorative, mignonne, dominatrice, écervelée, prédatrice voire vampirisante, alors que l'Homme, lui ne l'était pas du tout. Concernant les arbres, cela avait presque évolué. « Presque ! » pensa Charline, « grâce au regard de certains qui petit à petit, infléchissaient les représentations du monde végétal, surtout celui des arbres, décloisonnaient les cases, brouillaient les ordres définis de la pensée commune, de la culture, déconstruisaient pour mieux reconstruire. Les scientifiques commençaient tout juste à entrevoir la complexité de leur monde, leur système de communication, leur souffrance, leur organisation sociale, leur entraide… L'arbre devenait presque une personne, autonome, coopérante, pensante. Néanmoins, Charline remarquait encore très souvent que s'il fallait citer une chose qui énervait le plus une bonne partie du genre humain, c'était simplement d'affirmer que ce qui ne serait pas humain pourrait être intelligent, en clair les mondes végétal et animal. Charline l'avait expérimenté à plusieurs reprises. L'agressivité et la colère que cela déclenchait étaient remarquablement offensives, violentes, clivantes, étrangement sensibles de par leur intensité, la mettant systématiquement en position de traîtresse au genre humain. Il y avait des phrases types : « ceux qui aimaient les animaux n'aimaient pas les humains. » Comme si tous les humains qui n'avaient pas d'animaux aimaient leurs congénères, comme si tous les humains qui vivaient avec des animaux haïssaient les hommes... Une fois à la cantine, elle fut violemment prise à partie par une jeune femme qui lui demanda : « mais si un enfant et un chien se noyaient dans un lac, qui sauverais-tu si tu ne pouvais en sauver qu'un ? » C'était fréquent, Charline parfois répondait avec provocation, parce que ce type de dilemme était d'une perversité implacable : « le chien », parce qu'elle voyait bien que toute discussion était impossible, et que la seule stratégie de l'autre était de valider son modèle de traîtrise, son modèle de domination.

Charline frissonna, elle exécrait ces positionnements simplistes et binaires qui excluaient tout mode de pensée différent, complexe à la faveur des schémas de causalité unitaires, simplistes et unidirectionnels, ce besoin d'exister en détruisant ce qui était considéré de manière arbitraire comme inférieur. Ces réactions l'étonnaient beaucoup, cette manière de réduire, d'annihiler pour régner et légitimer son existence. Cette tendance que beaucoup d'humains avaient d'organiser la pensée du monde comme étant de facto une réalité oubliant que le monde n'était que concepts et de ne pouvoir imaginer que d'autres vrais mondes moins cartésiens puissent exister, coexister, s'interpénétrer. Elle se rendait compte alors qu'elle en avait une extrême conscience, mais que cet égotisme partagé, était aussi en elle, à la fois bien utile mais aussi insidieux. Et ce paradoxe était d'autant plus pénible qu'elle n'en trouvait pas l'issue pour se libérer et voir autrement, librement, s'en nettoyer, ne garder que l'utile mais comment le définir. Être libre, affranchie de ces barrières qui bloquaient la profondeur de la compréhension. Fallait-il tout comprendre ? N'était-ce pas là le piège ? Elle ne savait pas.

Quoi qu'il en soit, pour revenir à sa sensibilité végétale de son enfance, personne ne se moquait bizarrement de Charline, les enfants acceptaient plus facilement l'originalité de certains sujets jusqu'à un certain âge. D'autre fois, lorsque des copains s'amusaient à écraser les fourmis, Charline fermait les yeux et s'enfuyait, elle avait peur que les fourmis ne se parlent entre elles et qu'un jour, ne se vengent, la tuent aussi parce qu'elle serait tenue comme étant complice de leur génocide, lâche, complaisante. Cela la terrifiait avec la même force que l'étrange empathie qu'elle avait pour la souffrance végétale et animale qu'elle ressentait à vif dans son corps.

Charline pensait aux arbres qu'elle imaginait d'une solitude autistique, les racines bien plantées, droit au vent alors qu'ils étaient grégaires, protecteurs, bavards. Mais elle, depuis quand éprouvait-elle cette solitude extrême ? Une solitude profonde et une insécurité depuis sa naissance, elle le ressentait ainsi. L'impression que sa mère souhaitait si fort sa mort quand elle était dans son ventre. Puis, la peur du contact avec sa mère, l'impossibilité d'établir un lien avec elle. La sensation d'un rejet immense et profond. Cet impossible lien biologique si nécessaire à se sentir en sécurité, aimée, existée, légitimée. Comme une patelle sans son rocher, perdue dans les courants des marées ou du vent à marée basse, dépendante ce qu'elle trouvait pour s'accrocher, s'attacher. Du meilleur comme du pire… Et souvent du pire. Sans ancrage précoce, les êtres vivants n'apprenaient pas à se protéger et ne savaient pas distinguer le rocher du requin. Ils fonçaient tête baissée vers tout ce qu'ils pensaient être une accroche potentielle, sans discernement, avec un espoir et un enthousiasme démesurés, portés par leur instinct de survie, leur besoin d'amour et de reconnaissance, d'existence, sans méfiance, se liant avec tout y compris ce qui pouvait les dévorer, jusqu'à ce que trop de blessures n'effondrent alors leur élan vital mis à mal.

Elle aimait bien regarder les reportages sur les animaux et la nature, enfin ceux dans lesquels la parole des animaux n'était pas singée par les humains. Et ils étaient rares. Entre les dialogues à la Disney, ou ceux toujours focalisés sur la prédation avec cet air faussement choqué du speaker qui va regarder un film d'horreur la bouche pleine d'un hot-dog à la moutarde de Dijon en provenance de Roumanie. Inutile d'évoquer ceux sur un ton zélateur-alarmiste-people racontant le vol de la mouche comme on raconterait un fait divers criminel sur un ton de commère délatrice. Elle zappait, elle ne supportait plus ce style utilisé uniformément quel que soit le sujet : la recette du cassoulet, les orages dans le sud de la France, le système de reproduction des moules, la culture des tomates, les prix des fournitures scolaires, les marées du Mont-Saint-Michel, la restauration des cloches des églises, le même ton que ce soit pour le récit d'un meurtre d'une personne ou celui de la prise de cellulite des starlettes de l'été. … « Depuis quand ne prenait-on plus la peine de différencier les rythmes et les styles de discours en fonction des types d'informations présentés ? Depuis quand ne différencions-nous plus les genres entre l'histoire, le récit, la pédagogie et le divertissement. Depuis quand laissons-nous les médias maltraiter nos émotions, les contrôler ? Depuis, quand avait-on introduit les anglicismes et appauvri le vocabulaire jusqu'à trouver suspect celui qui de temps en temps, prononçait un mot un peu plus précis par mégarde certainement ou par nostalgie », se dit-elle. Et puis, les reportages, franchement, aucun n'affichait la date de réalisation sur les images et cela la mettait en rogne, surtout quand on le prenait en cours, ce qui était souvent le cas. « Un manque de rigueur inexcusable qui laissait penser que les connaissances étaient immuables, ancrées sur l'infini, acquises et irrémédiables », pensait-elle. Comme si resituer un reportage dans sa période de création n'était pas utile pour pouvoir prendre du recul. Parfois, il y en avait des biens quand même sur les animaux et elle était toujours étonnée des espèces dont la progéniture était apte dès leur naissance à être autonome, sans avoir aucun besoin de maman. Mais elle, elle était un mammifère. Et chez les mammifères, parfois, cet ancrage ne marchait pas. Chez les humains, c'était même fréquent et sous-estimé en raison de la pression exercée sur les mères. Combien de mamans en difficulté, diagnostiquée avec l'excuse facile des modifications hormonales, masquant une dépression, un sujet tabou, souvent par la surdité des autres et par la peur d'être jugée mauvaise mère… Un déni, encore.

Quand avaient commencé les violences psychologiques puis physiques ? Elle ne savait plus trop, bien après le vide du lien. L'interdiction d'une relation affective. Depuis toujours, Charline se sentait en trop, à côté, illégitime. Elle se vivait comme le négatif de la photo, en pré-vie, comme si au moment de naître, on lui avait interdit de vivre, la première injonction paradoxale reçue. Elle passait toujours après les autres. Elle se sentait objet, passive, en trop ou faire-valoir selon les situations. Cela avait commencé comme ça, le vide en héritage. Charline était différente, et elle avait fait comme elle avait pu avec des blessures dont la béance n'avait d'égale que la marée des équinoxes et l'impossibilité pour sa mère de survivre à sa fille sans l'écraser, la dévorer, l'impossibilité d'un amour dont elle aurait eu bien besoin et qui auraient peut-être évité une enfance terrible pour Charline. Elle adorait l'école, les moments où elle existait enfin, elle aimait apprendre. Pour elle, apprendre, c'était être libre et indépendante, se remplir d'autre chose que du désir violent de sa mère, découvrir son soi à elle. Elle était douée. Du coup, comme cela entretenait le narcissisme exacerbé et sans fond maternel, elle avait alors le droit aux livres. Alors elle lisait. Elle avait appris la vie à travers les livres. Enfin, elle se faisait des idées de ce que c'était, la Vie. À dix ans, elle avait lu ses premiers Freud, tout Zola, Balzac, Kundera et elle dévoraient. Et puis grâce à l'école, elle avait des copines. Et des fois, quand elle n'était pas punie, ce qui était rare, elle allait chez elles. Et là, Charline absorbait tous les liens maternels, elle se faisait buvard des attentions, dévorait les goûters comme pour créer le lien nourricier, le premier fondamental. Se remplir d'amour. Ces moments où à travers ce goûter, il y avait de la gentillesse, de la douceur, du maternage, de l'attention, de la chaleur qui tranchait avec la froideur extrême de sa mère. Charline buvait, mangeait, mangeait tout, à outrance, mais ce qu'elle mangeait c'était bien autre chose quand elle était chez quelqu'un, elle comblait ce manque du complexe de la patelle. Le seul lien qu'elle connaissait était celui d'un lien pervers, sadomasochiste. Elle avait commencé à voler de la nourriture petite, chez elle. Sa mère étant toujours au régime, elle l'était aussi, avec en bonus la projection des interdits alimentaires. Charline avait l'impression d'être obligée de se priver de goûter et de toute nourriture que sa mère rejetait, une injonction trop forte pour elle, déjà privée de la sécurité du lien maternel. Et puis, le céleri à l'eau, c'était tout sauf de la nourriture qui réchauffe. Charline se mit à détester les légumes. Alors, elle allait voler ce qu'elle avait l'impression qu'on lui devait, qu'on lui prenait de manière injuste, des morceaux de sucre, des gâteaux, des morceaux de liens pour combler les manques dans son corps. Elle avait six ou sept ans.

La boulimie avait commencé comme ça. Elle ne supportait pas non plus le simulacre de repas de famille modèle parce qu'il y avait son père. Quand il n'était pas là, c'était une biscotte-vache-qui-rit seule dans la cuisine pendant que sa mère était dans le salon regardant la télévision. La froideur. Le vide encore. La solitude. La table nettoyée, elle remontait vite pour se cacher dans sa chambre et dans l'escalier, une seule phrase criée depuis le salon : « tu t'es lavé les dents ? » brouillant à peine le son de la télévision.

Dans sa chambre, seule avec sa solitude, Charline avait aussi la tête dans la Lune et la Lune dans la tête. Depuis toute petite, quand elle ne savait pas répondre aux questions de la vie, elle convoquait la Lune et le Soleil dans sa tête. Si les deux astres se superposaient, alors c'était gagné, s'ils restaient éloignés alors ce serait un échec, et quand ils se superposaient légèrement, ce n'était pas encore joué. Elle évoquait la Lune de manière naturelle, de manière animale, comme si c'était sa mère.

Sa mère biologique, une belle femme qui plaisait et aimait plaire, aimait par-dessus tout se mirer dans les miroirs, des heures durant. Miroir, mon beau miroir, qui est la plus belle ? Un jour, qu'elle s'extasiait de son reflet « que je suis belle », la petite Charline qui regardait sa maman lui demanda : « Et moi ? Je suis jolie ? » La mère lui répondit : « toi, non. » Charline resta muette. La méchanceté clouait. Si le sacrifice de Jésus Christ, était censé servir d'exécutoire à la violence des hommes, Charline n'en avait pas bénéficié. Sa place à elle, c'était d'être celui de la folie maternelle ni plus ni moins. Une agonie quotidienne étouffée dans l'indifférence générale. Une lente exécution perpétuelle qui rongeait comme un cancer insidieux, qui dévorait avec méthode et persévérance chaque cellule saine de son corps. Charline aurait préféré être exécutée une bonne fois pour toutes, pour que le supplice finisse, surtout celui de l'espoir, l'espoir d'être aimée, protégée mais elle était à la fois un jeu, un paillasson, une poubelle. Blanche Neige et l'affreuse reine, sauf qu'elle n'avait rencontré aucun nain pour la sauver. La reine mère avait convaincu son père que Charline était la verrue de la famille, le vilain petit canard, la folle, la méchante récalcitrante, elle était désignée pour porter les rancunes et la folie de chacun. Outsider, mise au ban, la honte familiale, comme si sa présence devait être légitimée à chaque moment et qu'on lui faisait l'aumône de bien vouloir la garder mais qu'on aurait préféré l'abandonner. C'était bien pratique et pour tout le monde. Le piège était parachevé. Charline était l'ennemie, et elle qui ne supportait pas l'injustice, rêvait de rétablir la vérité un jour mais certainement jamais. Elle mit des années avant de comprendre qu'avec ces gens-là, ça ne fonctionnait pas, mais elle en souffrait encore. Son père lui, n'entendait pas à travers le discours de sa femme, qu'elle considérait Charline comme une rivale, une menace qui s'accentuait plus au fur et à mesure que Charline grandissait. Charline, enfant, avait été salie, si salie. « Tu es une truie, comme ma mère. Tu es une pute. » Un jour, sa mère lui dit en tremblant dans une sorte de transe, de la bave et de l'écume sur les lèvres : « tu es Satan. » Et elle partit se mettre nue dans le placard. Charline resta stupéfaite, abasourdie. Elle se dit que si elle était Satan, alors elle aurait le pouvoir de stopper sa mère et que donc elle mentait. Elle avait compris et sa mère semblait avoir également compris qu'elle savait. Et ce fut pire. Quand son père arrivait de voyage, tout redevenait normal en apparence. Charline ne connaissait pas d'autres modèles que celui de la manipulation et l'emprise. Toute son enfance et son adolescence, sa mère d'ailleurs lui martelait : « tu réussiras à l'école mais jamais dans ta vie affective. » Tous les jours. Tous les jours. Et tout le reste, chaque phrase la détruisait au lieu de la construire.

Vers dix ans, les violences physiques se sont amplifiées. Charline vivait comme un animal à la maison. Quand sa mère montait les escaliers, elle essayait de sentir selon le son de ses pas sur les marches, comment celles-ci craquaient, si elle allait la frapper ou juste se diriger vers sa propre chambre. Mais sa mère montait doucement, quelques craquements sur l'avant-dernière lame, terrible celle-là puis, les pas absorbés par la moquette du couloir. Là, assise sur le sol contre son lit avec un livre, le cœur de Charline battait au rythme de la peur, la traversée du couloir semblait à la fois si longue. Où allait-elle aller ? La terreur se manifestait subrepticement puis intensément quand elle arrivait devant sa porte fermée. Son petit corps se contractait tandis que son cœur battait de plus en plus fort. Ce moment d'attente où elle devenait à la fois tendue et inerte était en soi une torture. Lorsque la porte s'ouvrait enfin si l'on puisse le dire ainsi, révélant un visage maternel démonté de haine, transformé par la violence. Alors la terreur l'enfermait dans son silence, passive. Chaque fois, Charline était saisie de la transformation de ce visage, la transfiguration. L'incompréhension à laquelle on ne pouvait jamais s'habituer. La décharge de violence commençait. Les cheveux d'abord, elle aimait la prendre par les cheveux et la secouer, puis la jeter sur le radiateur, de l'autre côté du lit, contre le mur, puis finissait par des claques, des coups sur tout le corps. Parfois, elle était traînée et jetée dans l'escalier. Ensuite, la porte se refermait sur le silence à nouveau. Le silence Au début, Charline pleurait longtemps. La douleur physique, elle apprit à ne plus l'entendre. Mais la peur, la peur, elle, ne s'en alla jamais, marquée à jamais dans chaque parcelle de son corps. Une fois sa mère redescendue dans le salon, calmée, Charline se glissait doucement dans la salle de bains sans faire de bruit pour faire couler de l'eau au robinet. Regarder l'eau s'écouler lui faisait du bien, elle plaçait ses mains sous l'eau chaude, et restait longtemps en état de choc. Au moindre bruit, elle allait se cacher dans la chambre, ne pas bouger, ne pas l'inciter à revenir, ne pas attirer l'attention, ne pas exister, disparaître. Caméléon. Sauvegarder l'impulsion vitale sous le déferlement des pulsions maternelles. Charline devint encore plus sensitive, toujours en hypervigilance, en alerte sauf quand son père était là car sa mère ne montrait jamais cet aspect d'elle-même à son mari. Puis la violence s'installa tous les jours, devint un rituel, une obligation. Charline finit par arrêter de pleurer, son corps resta contracté et elle devint stoïque, passive tandis que sa mère redoublait de violence cherchant à la faire plier, prenant son indifférence apparente comme une provocation, une dureté, n'ayant à aucun moment de l'empathie et l'intuition de l'agonie psychologique de Charline. Ne plus rien ressentir, plus rien, plus jamais. Seul le corps de Charline se soumettait, vidé, désarticulé. Son cœur, ses émotions étaient pourtant toujours bien là, comme un cheval fou et sauvage caché sous un corps anesthésié. Un jour, sa mère lui avait donné le livre « David Copperfield », « tiens lis, tu verras si tu es si malheureuse. Ingrate. On se sacrifie pour toi et tu te plains ». Sa mère aimait utiliser le mot ingrat en faisant rouler le « r » sur le « g », gutturalement baveux, comme si la haine faisant rouler ce terrible « r » lui procurait une jouissance absolue, faisant ainsi planer la menace, la culpabilisation. Charline était prise au piège, l'emprise terrible comme une étoile d'araignée. Elle était l'insecte, que l'araignée regardait agoniser avec délectation dans sa toile en la vidant de sa substance. Toute attitude était transformée de manière à ce que sa mère soit toujours la victime. Plus aucune perspective de survie ne lui était laissée. Aucune.

Pffffff. Charline d'un bond se leva, pour écarter toutes ses pensées tristes : « fait chier. Pourquoi elle ne m'aime pas ? » Elle regardait la Lune qu'elle pouvait voir au fond de la rue. « J'aurais tellement voulu avoir une maman aimante ! » Séchant une larme, elle se laissa capter par les aspérités de l'astre, troublée par cette présence si forte. La Lune semblait lui souffler : « elle t'aime comme elle le peut, et elle ne peut pas beaucoup plus. Toutes les Reines mères ont aussi été des Blanche Neige. » Son vernis semblait sec, elle s'allongea sur le canapé. La télécommande, un zapping, rien de bien intéressant. Les JT, TF1, toujours très paternaliste, vilipendant les mauvais ouvriers qui osaient prendre des congés maladie, ces fonctionnaires qui coûtaient cher à l'état, et la répétition des expressions : « ça coûte, ça coûte, combien ça coûte… » « Et ça me broute, ces conneries ! » siffla Charline. Sur France 2, la redondance financière était moins présente, on opacifiait un peu plus le discours, mais on parlait quand même des « obèses » comme des gens qui au final, coûtaient cher à la société, un reportage sur la sortie du nouveau portable à plus de trois mille euros. Que venait faire cette information dans un journal ? C'était drôle, ces juxtapositions. En écoutant simplement la manière dont chaque information était construite sur le plan de la communication, de la grammaire, et du au vocabulaire en fonction des chaînes d'information, il était possible de déduire qui vraiment, parlait à qui et pour faire passer quel message, quelles représentations, quelles injonctions, quelles classes sociales étaient visées et comment. Il suffisait d'écouter, d'entendre et d'observer. Charline zappa sur une autre chaîne. Une interview d'un chanteur en direct. Le commentateur :

« mais je sais que vous n'aimez pas que l'on parle de votre père qui est mondialement connu, et je ne le ferai pas, mais quand même qu'est-ce qu'il dit de votre album, votre père qui rappelons-le est la star la plus célèbre qui… blablabla. » Un instant bref d'une ombre sur le visage du fils de. Pris au piège d'un jeu pervers, l'interview continua sur « le père de », le « fils de » essayant de faire bonne figure et de glisser sur son propre album, sans cesse freinait par l'apparente bienveillance de l'animateur : « mais quand même que dit votre père ? ». Cela révulsa Charline, des manières de faire immondes, quelle perversité, quelle violence larvée. Elle éteignit la télévision. « Ras le bol de ces conneries ! » pensa-t-elle. Elle ferma les yeux, toujours allongée sur son canapé, elle adorait. Être enveloppée dans le tissu doux, la tête calée sur un coussin. Tranquille, en sécurité comme sous sa couette quand elle était petite, un refuge, on disait « pouce » et rien ne pouvait arriver, c'était la magie. Elle l'avait gardé même adulte, et les peurs aussi. Ne pas laisser les pieds sortir de dessous la couette, être toujours bien enveloppée. « Surtout que les pieds ne dépassent pas ! » Comme si un monstre sortit de la pénombre allait les lui happer pour les dévorer. Cela la fit rire. C'était ridicule mais elle continuerait. Personne ne la voyait. Elle ferma les yeux et repensa à ses rêves éveillés, des histoires fabuleuses qu'elle s'inventait pour fuir et se faire du bien, soulager ses souffrances, réaliser à travers ses multiples scénarios, la vie qu'elle aurait rêvée avec ses valeurs à elle, son univers qu'elle pouvait enfin choisir. Il y en avait une qui revenait souvent.

Quelque part, en Irlande peut-être, ou dans un pays du Nord, peu importe, au-dessus d'une côte rocheuse qui ressemblait à un fjord, la lande s'évanouissait plus loin en une forêt sauvage et immense. Un château marquait le passage entre les deux paysages ainsi que des champs agricoles et des villages, blottis au creux des collines d'herbes et de mousses rasées par le vent. Son château, tout en pierre de granit bâti, gris, austère faisait face au vent et à la mer. Elle se foutait bien d'être une reine ou une princesse, ce qui lui plaisait, c'était que ce château soit son refuge et qu'elle y soit libre. Le règne, l'autorité, ne lui donnaient aucune satisfaction. L'endroit dans lequel elle vivait était une enclave hors du temps dans une époque contemporaine. Les gens avaient décidé d'y vivre autrement. Une enclave paisible dans la folie du monde. Elle mettait à disposition ses terres pour les agriculteurs qui lui rendaient en services et nourritures. Et chacun s'organisait en troc et partage. Il n'y avait pas vraiment de chef, pas de hiérarchie, de classements sociaux. Chacun faisait ce qu'il aimait. Dans son histoire, on ne voyait pas l'intérieur du château sauf les escaliers de granit, les poutres solides de chêne. Cela lui suffisait, la rassurait. Le reste, le luxe, du détail dont elle ne s'encombrait pas. Le luxe entretenait les clivages, l'envie, les comportements impropres. Et puis, l'intérieur ne l'intéressait pas sauf pour la sécurité qui lui assurait, et il fallait qu'il soit solide. Côté vestimentaire, elle faisait aussi rustre et simple, un pantalon noir, son manteau, des bottes, surtout pas de robes et de coiffures compliquées. Elle vivait la plupart du temps à l'extérieur, avec son cheval blanc tacheté de gris, emmitouflée dans ses grands manteaux car l'air y était glacial. Son pur-sang et elle, galopaient dans les bois, sur les landes, se réfugiaient sur la falaise face à la mer, abrités par les ajoncs. S'enivrant des odeurs spécifiques de chaque endroit, l'humus, les fougères, les plantes asséchées par le vent salé des pentes rocheuses abruptes et des landes. Elles passaient des heures à contempler la mer, les oiseaux des falaises. Un jour, une louve grise, superbe, se dressa devant elle, alors qu'elle était descendue de cheval. Son regard fixa Charline avec intensité. Charline avait eu un peu peur sur le coup mais elle savait parler aux animaux de manière instinctive. Et elle sentit très vite que la louve ne cherchait pas à l'attaquer. Elle la laissa la jauger, souriant à sa jument pour la rassurer puis patienta les yeux baissés au sol. Au bout d'un moment, la louve lui fit comprendre qu'elle avait besoin d'aide pour soigner son petit qui présentait une déchirure au niveau du flanc. Elle se mit à trépigner et faire des allers-retours en la fixant de son regard d'acier, afin de lui indiquer de venir. Ce que fit Charline, s'approchant en douceur du louveteau. Il était impossible de le soigner sur place, la blessure était trop profonde, elle prit la décision de ramener le petit loup au château. Charline le lui expliqua en mentalisant son intention que la louve comprit et accepta. Elle emporta le bébé sur son cheval, suivie par sa mère et la meute. Pendant les quelques jours nécessaires à la convalescence du petit, les loups restèrent non loin, à quelques mètres, à la limite des champs et de la forêt. Cela ne posait pas de problèmes, ni avec les loups ni avec les hommes. Charline était connue pour son grand respect des animaux et elle était aimée pour cela car elle était autant liée à la nature qu'à son château tout comme chacun des habitants qui avait appris à vivre en paix et affection avec chaque espèce. Les loups patientaient et les hommes s'en adaptaient. Chacun avait sa place dans le monde, une place suffisante pour vivre en équilibre sans haine ni sang, de manière égale et simple. L'avantage dans un imaginaire d'enfant, c'est que l'équilibre était parfait. Les jours passèrent, Le louveteau se remit petit à petit de sa blessure puis, alors Charline le déposa à quelques mètres de la louve grise. Il courut vers sa maman, qui le lécha pour l'imprégner à nouveau de l'odeur maternelle et chasser l'odeur humaine. Puis, elle regarda longtemps Charline de ses yeux magnifiques et la meute repartit en direction des bois profonds. Parfois, lorsque Charline galopait à cheval à travers la forêt, les loups courraient avec elles, grisés par la liberté, les grands espaces, l'air glacial. Toujours dans le silence si plein d'une extraordinaire connivence, le même plaisir d'être sans entrave, d'être en mouvement, de parcourir la terre, leurs terres. Lorsqu'elle s'arrêtait dans les fjords pour regarder des heures la mer, tapie dans son endroit préféré à l'abri du vent sous des rochers couverts d'ajoncs, de prunelliers et de genêts, la louve la rejoignait et s'allongeait à côté d'elle et elles restaient des heures durant. Charline lui parlait parfois. Sinon, elles se laissaient toutes deux enveloppées par leur silence, ne faisant qu'une, ne faisant qu'un avec la falaise, l'air, la mer, le Cosmos. Toutes deux comme deux sœurs unies d'un lien d'amour immense qui enflammait l'Univers, une confiance absolue, le bonheur d'être juste d'être là à ce moment-là, toutes deux si présentes l'une envers l'autre. Les autres loups n'étaient jamais loin mais n'approchaient pas. Puis, lorsque les rayons du soleil déclinaient et que le froid se faisait plus mordant, chacune repartait vers son refuge, sa tanière. C'était le volet de son histoire imaginaire le plus reposant, qui la rendait fière et en paix. Cette histoire-là était en elle, dans son être le plus profond, et personne ne pouvait la lui dérober. L'autre volet était plus angoissant, plus cathartique. Les jours s'écoulaient, hors du temps, en paix puis, la lumière sur le château et les terres se mit à décliner progressivement, les oiseaux partirent et les loups aussi, pressentant le danger. Charline souffrit de leur disparition. Toute la vie se vida. La forêt était devenue étrangement silencieuse, pas ce silence qui fait du bien, celui qui était plein et qui vous pénétrait en réchauffant les cœurs. Non un silence terrible, celui qui évidait, effrayant de froideur. Des insectes énormes et noirs arrivaient de partout, s'abattant sur les murailles du château en crépitant d'un bruit infernal, laissant place à une odeur pestilentielle. Les chamanes annonçaient la fin du monde qui glissait dans les ténèbres des forces du mal. Charline se demanda où elle avait pu trouver cela et se dit qu'elle avait dû inconsciemment assimiler à son compte des histoires qu'elle avait lues ou entendues. La nuit se faisait plus dense, enveloppant le jour toujours un peu plus jusqu'à ce qu'il disparaisse complètement. L'heure était grave. Leur monde était en péril. Elle réunit tous les habitants des terres afin qu'ils viennent se réfugier au château. Elle, elle devait combattre ces forces du mal. C'était son rôle, sa mission, elle le savait, ils le savaient tous. Elle le leur devait. Alors, elle alla chercher son épée, enleva son grand manteau qui la gênait, laissant apparaître sa silhouette vêtue d'un pantalon de cuir et d'une chemise noirs. Elle chassa la peur car elle nourrissait les forces obscures et là-haut sur les remparts, elle attendit, celui qu'elle devait combattre, le Prince des Ténèbres. Il apparut dans un rire cynique, tout vêtu de noir également, une lourde cape à capuche masquait son visage qu'elle ne parvenait pas à distinguer. Elle ne percevait que sa méchanceté et son machiavélisme qui irradiaient de ce personnage au fur et à mesure que l'obscurité occultait la vie, ouvrant un néant avide de sang et de lumière. Le combat fut long et rude. Il dura des jours entiers. À chaque coup d'épée, il riait tandis qu'elle luttait avec acharnement. Elle ne cédait pas, mais le combat était de plus en plus déséquilibré, Charline perdait de la force tandis qu'il semblait en gagner. Les villageois étaient terrifiés et hurlèrent lorsque Charline fut blessée d'un coup d'épée dans le ventre. Ils la crurent morte mais elle se hissa alors sur le bord de la muraille, et se relevant digne dans la souffrance, le regard acéré comme celui de la louve, elle leur cria : « ne montrez pas votre peur, plus vous aurez peur, plus vous lui donnerez de la force. Voyez la lumière, voyez la victoire, donnez-moi votre confiance et votre amour et de cette force, je gagnerai avec vous et pour vous. » Alors, les villageois se tinrent tous la main et se mirent à chanter. D'abord timidement, puis leurs chants se firent plus assurés, presque gais, narguant le sadisme en honorant la paix. Le combat dura encore, elle s'affaiblissait malgré son courage, perdant de plus en plus de sang qui sous le regard du guerrier sombre, bouillonnait sur la pierre grise, le sang attirant le sang dans lequel les insectes venaient se repaître. Dans un dernier coup d'épée, mobilisant toutes ses dernières énergies, elle réussit à le tuer, l'épée plantée droite dans le cœur du monstre. Il disparut alors emporté par tous les insectes, dans une nuée noire et sifflante. Le soleil réapparut sous la clameur des villageois. Agonisante, elle réussit à monter sur son cheval qui l'amena se réfugier dans l'Église de granit. Alors, elle s'écroula sur le sol devant l'autel, inerte. Un des chevaliers, qu'elle devinait être son amoureux prit soin d'elle des jours durant et par l'amour, elle revint petit à petit à la vie, mais quelque chose s'était brisé dans son corps, une énergie absente, sans qu'elle ne sût quoi, comme si elle était entre les deux mondes. La blessure faisait qu'elle n'était plus ce qu'elle était. Les chamanes savaient que la blessure serait indélébile et qu'elle en souffrirait toute sa vie. Elle le pressentait aussi. C'était ainsi. Une grande fête avait été organisée pour célébrer le retour de la lumière et de la vie paisible. Et tandis que les habitants ripaillaient de bonnes chères et de joies retrouvées, Charline repartit sur sa jument au galop, à travers les landes, les forêts, les falaises, retrouver la louve revenue.

Charline était surprise de certains détails de ce rêve éveillé… Elle n'avait jamais été trop croyante, alors pourquoi l'Église et puis petite, elle craignait de rentrer dans ces endroits qu'elle trouvait si froids. C'était curieux. Elle adorait l'image du cheval rentrant dans la petite église. C'était fort, une image souvent réservée aux hommes d'ailleurs. Et puis déjà ce modèle de liberté, d'indépendance, de ne pas coller aux codes des princesses, aux codes des filles, des clans, sauver, donner, être un peu à côté, jamais loin mais libre, avec les autres mais pas trop, solitaire mais pas misogyne. Son immatérialisme et la magie, son besoin de sauver pour exister de manière noble et chevaleresque et de fuir les joies et les festins, un côté masculin très fort dans sa manière de se représenter l'amour à deux, dans le mouvement, sans attache ni codes hormis celui de la loyauté et de la simplicité, parce qu'il en était ainsi.

« Ouais bon. … Dans la pratique, c'était autre chose », pensa-t-elle. Ce n'était pas folichon du tout même. L'amour, c'était compliqué. Certainement à cause de son histoire, elle aimait mais bloquait sur le fait d'être aimée. Cela lui faisait peur, comme un animal sauvage alors elle pouvait mordre, se montrer insupportable pour faire fuir, par peur panique, pour vérifier qu'elle n'était pas quelqu'un que l'on pouvait aimer, sinon pourquoi sa mère ne l'aurait pas aimée. Adolescente, elle aurait voulu être un homme car elle avait bien compris que ce serait beaucoup plus facile de s'imposer dans ce monde. Elle n'avait jamais rêvé d'être maîtresse d'école, maman, hôtesse de l'air et surtout pas princesse mais plutôt d'être aventurière, archéologue, partir découvrir les secrets des pyramides, des temples Mayas jusqu'à ce qu'elle découvre à travers le journal d'un archéologue spécialisé en civilisations précolombiennes, qu'il fallait gratter la terre des jours durant et être aux prises avec des insectes dangereux et ça, c'était hors de sa portée.

C'était difficile d'être libre. Presque impossible. Tout la rattrapait. La ramenait, la cantonnait à un rôle. Formée dès le plus jeune âge aux tâches ménagères, les courses avec le jeu de la marchande, le ménage, à être une bonne mère avec ses poupons, les petits livres de Nounours avec Maman Ours au fourneau en tablier et Papa Ours sur le canapé, les petites filles et les petits garçons étaient conditionnés très tôt à intégrer des modèles qui ne leur convenaient pas forcément. Être douce, posée, jolie, « entretenue », réservée mais pas trop, empathique, serviable, maternelle. Des modèles présentés comme étant tellement naturels, que cela ôtait toute velléité de pouvoir se poser la question : « et moi dans tout ça ? Qui suis-je ? » La vacuité du genre construit et imposé qui commande d'épouser un vide savamment orchestré et naturalisé. La grand-mère de Charline qui l'avait élevée petite, mamie Germaine, lui enseignait l'abnégation. Une valeur sûre pour se marier. Une femme devait savoir souffrir, encaisser, faire l'amour sans désir mais par devoir pour tenir l'époux supposé volage par nature, ne pas avoir d'identité propre, d'ambitions, si ce n'est celle de la totale soumission, de se résigner, d'être « le sujet de » et pouvoir alors en espérer un peu de liberté. Comme si la forme de son vagin et de son utérus impliquait l'absence des désirs féminins, un trou noir aspirant leur substance et les transformait en réceptacle de celui des hommes. Alors, elle voulut devenir écrivaine. Elle aimait lire, tellement. Et écrire lui permettait de dire ce qu'elle ne pouvait pas dire, toutes ses émotions si intensément ressenties, sa fougue passionnée et puis tout le reste, écrire pour parler de tout, de rien. Écrire pour rire, pleurer, rêver, dénoncer, jongler avec les mots, remplir le vide. Le langage était une arme, son langage à elle, il faisait peur. Il était son épée acerbe qu'elle pouvait plonger en plein cœur. Et puis, aujourd'hui, écrire, c'était presque être à contre-courant, en résistance. Le monde avait développé une stratégie d'attrapemots, bien plus terrifiante que tous les monstres de Lovecraft réunis ensemble et pourtant si effrayants et tortueux. Une épuration de la grammaire, un hégémonisme du style, des amputations du vocabulaire. Son monde à elle, elle s'efforçait d'en pousser sans cesse les limites.

Quand elle put fuir, et ça lui a pris du temps, elle voulut étudier la philosophie. Pour elle, le chemin de la Liberté et de la Vérité peut-être allait passer par cette voix. Mais la pression financière de son indépendance l'obligea à s'inscrire dans une formation de « visiteuse médicale ». Elle travaillait donc comme commerciale, appelons ce métier tel qu'il est. Elle gagnait bien sa vie, mais elle se sentait amputée d'une partie d'elle-même. Elle n'écrivait plus. On l'a tôt remise à sa place :

« Les intellos n'ont pas notre place ici chez *MarshMedocs*. Alors tu fais comme tout le monde et tu écris comme tout le monde. Standard. OK ? Tes tournures on s'en branle. Pas de mails longs aux phrases alambiquées qui prennent du temps à lire. Et le temps, c'est de l'argent. Alors tu es mignonne, tu es certainement intelligente, mais on s'en fout. Ce qu'on veut c'est ton joli minois pour séduire les médecins et un discours commercial solide qui te fassent tenir tes objectifs de chiffre. C'est clair ? Sinon, tu es virée. Parce que franchement, tes mails à rallonge ça nous faisait rire au début, mais là, ça nous fatigue ». Alors, elle avait abandonné l'idée de devenir auteure. Pour devenir écrivain, il faut aimer ses personnages, parce qu'il faut les faire naître, les porter jusqu'à ce qu'ils nous portent, qu'ils aillent parfois ouvrir des portes interdites et que de cet amour, naisse l'envie réciproque de vivre cette histoire que l'on imagine ensemble qui nous échappe et nous revient parfois en pleine face, nous surprend, nous fait rire, nous choque parfois. Alors ils vivent, et racontent eux-mêmes leur histoire à travers le corps de l'écrivain qu'il le leur prête, il faut suffisamment les aimer pour accepter qu'ils soient libres et qu'ils se détachent petit à petit. Charline ne s'aimait pas. Alors écrire n'était pas possible. Pour le moment. Et puis Écrire, c'était un besoin qu'elle n'entendait même plus car il lui semblait qu'elle n'y avait pas droit. Parce ce que pour elle, écrire c'était prendre la place d'un homme, pouvoir parler librement comme un homme, comme un Cendrars ou un Camus, sans apparence, sans contrainte de genre, les excès valorisés sans être rapportés à l'hystérie, aux hormones sinon au génie, la colère impressionnante sans être affublée d'un « tu as tes règles ou quoi ? » être admirée pour son esprit et non pas pour sa tenue ou ses fesses. Quand on est une femme, on n'a pas le droit d'être un personnage, surtout en plus, si vous n'êtes pas moche. Rares sont les femmes écrivaines qui en sont devenues. Alors, elle se disait : « je suis un homme-femme conteuse, une oratrice à qui on a coupé la langue, je suis une écrivaine amputée dès la naissance » tout comme on coupait le clitoris à d'autres femmes en Afrique. Enfin, en France, le clitoris n'est pas représenté sur les planches d'anatomie, on l'excisait dans la pensée par déni, c'était plus doux et feutré mais efficace, la castration par l'inhibition acquise.

Charline se sentait comme un dé qui oscille entre le chiffre 1 et le 2 sur le plateau. Mais pourquoi choisir ? Quelle stupidité de se laisser emprisonner dans ces classifications, pourquoi des obligations de hiérarchiser ? Par lassitude, Charline avait branché le fameux pilotage automatique. À, quel moment l'avait-elle fait ? La mémoire flanchait. Donner le change. Elle s'endormit sur le canapé, trop angoissée d'aller dans son lit, éteindre la lumière, se retrouver plongée dans le noir et le vide de la pièce, de son lit que ses cauchemars rempliraient jusqu'à l'explosion. Le souvenir de son autre grand-mère, mamie

Albertine, violée par son beau-père pendant toute sa jeunesse lui vint à l'esprit. Encore un qui dormait paisiblement dans un cimetière. Elle s'endormit mais la nuit fut encore agitée, elle se réveilla mal et sans souvenirs, la nuque raidie, les yeux collés de larmes. Elle partit dans la salle de bains tel un automate. Sa douche lui fit du bien, sentir sur sa peau la chaleur de l'eau salvatrice, elle adorait. Elle se maquilla, enfila son tailleur. Lorsqu'elle sortit de chez elle, comme une funambule, un automate, choquée, sidérée. L'astre lunaire était encore présent dans le ciel bleuissant. Elle partit à pied, l'hôtel où était organisé le congrès de présentation du suppositoire Précipice n'était pas loin. Elle fit le vide. Il fallait faire bonne figure, tel un Yucca dans une salle d'attente. L'endroit était superbe, une grande salle Art déco sous de grandes verrières. Des couples, des voyageurs y prenaient leur petit-déjeuner. L'ambiance était douce. Un garçon l'accompagna jusqu'à la salle. Encore une horrible salle, crème, aux plaquages imitant le faux marbre. Des couleurs fadasses que l'on retrouvait dans toutes les salles de séminaires, quel que soit l'endroit. Elle détestait ces ambiances, ces décors factices qui donnaient l'air faussement riche mais d'une neutralité terrifiante. Des chaises noires à l'assise bleue, les mêmes partout. La salle était pleine. Heureusement, les participants prenaient encore leur café car elle était en retard. Elle fut accueillie avec des moqueries. Elle avait oublié de mettre ses chaussures, ses pantoufles au pied ont fait rire tout le monde. Des ballerines en tissu mousseux bleu avec des pompons violines et rouges, le pied droit était légèrement déchiré au bout laissant passer un bout d'orteil et d'ongle verni. Elle se figea. Son esprit enfui, elle était presque hagarde, insensible aux moqueries et au ridicule de la situation. Heureusement, la première intervention démarra et elle se força à assister à cette présentation qui la mettait mal à l'aise et qu'elle avait essayé d'esquiver depuis des jours sans comprendre pourquoi. Les intervenants se remplacèrent tout au long de la matinée. Elle n'entendit rien. Puis la pause déjeuner s'imposa. Tout le monde se dirigea vers le buffet d'apéritifs. Un petit groupe se constitua autour d'elle. « Une prouesse technique contre les hémorroïdes », disait l'ingénieur-qualité accompagné de son équipe de médecins venus spécialement pour l'occasion et pour le champagne et petits fours de chez *Duchmallow*. « Un cul totalement rénové, comme neuf, disruptives les hémorroïdes de papa ! » rigolaient les visiteurs médicaux dans la salle. Charline étouffait, était ailleurs sans savoir où. Un médecin accompagné de collègues la rejoignit et plaisanta d'un air de croissant pas frais : « héhéhéhéhé, avec le suppositoire Précipice, les nanas ne pourront plus refuser les sodomies. À nous la spéléo ! » Des rires gras, le visage de quelques femmes parfois souriant. D'humour ou de convenance ? Charline observait leurs yeux tantôt fuyants tantôt vides. Que pensaient-elles vraiment ?

La nausée. Le rejet. La nausée qui monte d'un coup vous envahit. STOP ! STOP ! « Je n'en peux plus ! » cria une partie de Charline. « De l'air ! Stop, fini, arrêtez, vomir, ne plus garder cela en soi ! » Charline transpirait, suffoquait, la panique la gagnait. Stop ! De l'air, de l'air !

Partir, partir, fuir, mais partir où ? Charline courut vers l'extérieur, l'air frais la soulageait, elle était dehors, à terre mais libre, partie, partir loin. Elle courut chez elle, prit les clés de la voiture, toujours ses pantoufles au pied et sans réfléchir, redescendit en courant. De l'air. De l'air ! Stop ! Que cela finisse !

Dans sa voiture, ses pantoufles au pied, Charline se mit à hurler. Hurler pour rouvrir ses poumons et faire entrer de l'air.

Hurler de douleur, des secousses électriques traversaient le bas de son ventre douloureux. Où aller ? Jamais elle ne pourrait revenir dans cette entreprise, jamais. Quelque chose se brisa dans sa tête, comme un mur de granit. Ne plus jamais subir. Ne plus jamais tricher. Elle pleura encore et encore. Mon Dieu, quelle souffrance sortait tout d'un coup de son tout corps secoué, de chacune de ces cellules. Respirer, partir, dormir au calme. La tombe de mamie Albertine dans le Limousin. Oui, aller sur la tombe de mamie Albertine.

Ivry-sur-Seine. Direction Orly, A10. Téléguidée, comme dans un film, Charline filait à travers la circulation, aveugle. Partir. Fuir. À la radio, Jean Louis Aubert, de sa voix frêle, chantait : « voilà... C'est fini ! » Et les larmes coulèrent à nouveau.

II
Des pantoufles et des hommes

***

Les mortes eaux se sont évanouies alors que la Lune grossissait de nuit en nuit. Un disque gigantesque, très jaune qui semble se rapprocher dangereusement de la Terre. Des nuits blanches à la noirceur évaporée. De la lumière qui fait briller l'estran dénudé. Des réveils, des rêves courts et acculés, une tension palpable dans la Baie, les chevaux qui hennissent, inquiets. Quelque chose se prépare.

Les grandes marées.

L'onde implacable amène les vagues narguer les humains en venant happer leurs territoires appropriés qu'elles ramènent avec elles. Le marnage, quatorze mètres. Presque la coupole du Sacré-Cœur. Ce soir, la puissance de la main d'écume enlèvera les agneaux, les oiseaux surpris et affaiblis, les arbres écorchés, rapprochés, offerts au sacrifice depuis la dernière marée. Ce soir, les roulements des galets se feront entendre au loin. Ce soir, après que l'hélicoptère aura sonné le retour des derniers pêcheurs à pied, la solitude de l'estran se couvrira d'une agitation aveugle, sourde, frappant les rochers et les falaises, cassant les digues et les dunes. Elle se calmera cette nuit, et retournera dans son lit emportant avec elle la Terre, laissant le sommeil conquérir à nouveau les nuits noircies. Une courte accalmie, un bref repos.

Elle, ses grondements, sera de retour demain matin. Ses grosses vagues redoubleront d'écume, rouleront les R des pierres dans un bruit de tonnerre. « La mer gratte », dit-on ici-bas. Elle gratte, elle gratte les pans de plage entiers, les sols marins, s'enfonce pour mieux se redresser, droite et vorace.

Des hommes, des femmes seront là, attirés, fascinés par le magnétisme de la puissance de l'eau. Immobiles, figés, rivés par le mouvement du bras de la mer. Puis ils iront voir les dégâts, compteront les plots et barrières détachés, les morceaux de dunes arrachés, les rochers et cailloux déportés sur la plage par la seule force des vagues.

Ce soir, la mer reviendra…

***

1
Au Violon d'Indre

Treize heures. Les nuages gris l'accompagnaient depuis son départ de Paris. Les mornes plaines céréalières, les éoliennes, les champs plats se confondaient avec l'horizon jaune et gris auxquels succédaient les forêts aux arbres dévorés par les chenilles processionnaires. Puis le retour des champs, ocres égayés sporadiquement par de petites touches vert olive. Charline ne remarquait rien. Encore choquée, elle tenait le volant de son Austin Mini comme agrippée à ce qui la liait encore à la réalité. Son ventre gargouillait, elle avait faim, envie de faire pipi et surtout mal aux pieds. La semelle fine de ses pantoufles ne maintenait pas sa plante des pieds, elle avait des crampes. De plus, la déchirure s'effilait et coinçait ses orteils entre des fils devenus coupants. « Une pause s'imposait », comme dirait l'autre qui n'était jamais nommé. Charline passa devant les grandes stations d'essence. BOF. Pas envie de cafétéria. Trop de monde, trop impersonnel. Elle se souvint d'un grand routier vers Châteauroux où sa famille s'arrêtait parfois. Ils y commandaient de vrais sandwiches « mayo-poulet-crudités ». Du poulet découpé devant les clients, du vrai blanc, pas du cartilage amalgamé et aplati par des rouleaux compresseurs. Non, de la vraie viande, de la mayonnaise maison, pas celle non plus aigre, qui transpire dans des grands pots avec une odeur écœurante de vinaigre rance dont l'odeur colle sur les mains. Ce serait un vrai festin dans un lieu qu'elle appréciait. L'idée de ce réconfort la rassérénait. Encore quelques kilomètres, et elle pourra enfin garer sa voiture et ne plus entendre ce bruit de moteur, ne plus ressentir ses vibrations qui finissaient par fatiguer son corps. Elle sourit en pensant à son imminente arrivée au restaurant en chaussons. Elle irait plus tard acheter des chaussures, mais pour le moment : ras-le-bol ! Et puis, entre midi et deux, en Province, tout serait certainement fermé, pensa-t-elle. Elle cachera ses pieds sous une table. Tant pis, ce n'était pas pire que le reste. Son estomac criait famine, c'était bon signe. Lui ne s'arrêtait jamais de vivre, rien ne le contrariait ou presque. Il n'avait peut-être pas tort finalement, la vie continuait envers et contre tout. Charline passa Châteauroux et repéra la sortie pour rejoindre le routier : « Le Violon d'Indre ». Un immense parking, avec un nombre incroyable de camions et de voitures. Il faut dire que ce restaurant était réputé. Plateaux de fruits de mer, service à toute heure du jour et de la nuit, prix défiant toute concurrence. Ça tournait là-dedans, un service assuré non-stop jour et nuit, le rendez-vous incontournable des voyageurs. Allait-elle retrouver tous ses souvenirs ou bien le restaurant avait-il cédé aux sirènes de l'industrialisation de la « malbouffe » et servir ces horribles « American sandwich », le nouveau nom pour le sandwich viande crudités avec des ingrédients tous préformatés ? « American sandwich », pourquoi ? À cause des steaks hachés ? Comme si on ne mangeait pas de bœuf en France. Même pas de sauce à l'américaine ou d'ingrédients typiques des USA : de la mayonnaise et du gruyère mais American Sandwich quand même. Cela désespérait Charline. Ah lalala, le sujet énervait Charline. « La bouffe, le langage et le vocabulaire, c'est la base de la liberté et de la créativité, merde, bon sang ! » se dit Charline tandis qu'elle se garait. Il y avait autant de véhicules légers que de camions. La honte avec ses chaussons ! Elle se souvenait d'un vieux cours de philo, sur Sartre peut-être, elle ne savait plus : « la honte dépend du regard des autres. Je vais donc les ignorer et passer super vite ». Sortie de la voiture, Charline courut les jambes serrées jusqu'aux toilettes, s'empêchant de mettre la main sur son pubis pour se retenir, les doigts de pied entortillés et douloureux. Elle s'imagina bousculer les gens devant les toilettes en criant « laissez-moi passer », forcer le passage pour éviter la catastrophe et puis, par chance, personne. Charline se détendit sur la cuvette, le soulagement déclenchait une onde de plaisir et de libération intense puis, elle arrangea ses pantoufles, détricota les fils devenus couteaux. Affronter la salle à présent. Un coup d'œil dans la glace, pendant qu'elle se lavait les mains. Elle était pâle, les yeux gonflés et les traits serrés. La porte lourde avait du mal à s'ouvrir. Il fallut pousser fort et Charline se sentait faible. Un coup d'œil sur la salle : elle était pleine. Catastrophe ! Quelques places libres au comptoir, mais là non, elle serait trop exposée et elle n'aimait pas s'asseoir sur les sièges de bar, trop hauts, les pieds n'étaient pas assez calés et puis bien trop en vue dans le contexte du jour. Pas envie d'être remarquée, se cacher pour souffler, lâcher prise dans le brouhaha des paroles, des bruits des assiettes et des couverts. Elle repéra une grande table au fond, une jeune femme brune aux cheveux courts l'occupait, le regard au loin, un sourire sur les lèvres, elle avait gardé un imper beige sur elle. Quelque chose de presque décalé, diffus mais impossible de savoir quoi, peut-être son allure perdue et immobile, alors que la salle s'animait autour des repas, les fourchettes alimentant les ventres affamés, et cette femme, impassible dans son imper, comme immuable, figée comme hors du temps dans cette ambiance virevoltée, telle une passagère d'un autre espace-temps, un personnage sorti d'un tableau de Hopper. Charline s'avança et s'adressa à Anna :

« Bonjour, puis je m'asseoir au bout de cette table, s'il vous plaît ? »

Anna regarda Charline, d'abord le regard vague puis elle la détailla de haut en bas, elle fixa ses pantoufles et sourit. Elle pensa aux pantoufles mauves déchiquetées une journée plus tôt et son regard repartit scruter l'infini suspendant Charline perplexe, à sa décision, Anna se rappelait ce titre de Kundera : « l'insoutenable légèreté de l'être » qu'elle ressentit tout d'un coup, à la fois cette liberté et cette chape de plomb qui venaient de lui tomber dessus tandis qu'elle regardait Charline hagarde en pantoufles, droite devant elle, se ratatiner de détresse. Elle acquiesça, libérant ainsi Charline de la tension de rester debout devant tout le monde. Soulagée, Charline s'assit, enleva son manteau, détendit ses jambes et ses pieds sous la table en ôtant ses pantoufles. Voilà, elle pouvait se livrer à son exercice préféré : déconnecter son cerveau. Les bruits autour d'elle devenaient lointains, de plus en plus lointains et finissaient par former un halo sonore rassurant, sécurisant qui l'enveloppait à distance, ni trop loin ni trop près. Alors, son esprit se mettait à flotter, elle arrêtait de penser, elle n'était plus là ni même ailleurs et pourtant présente, diffuse comme une brume vaporeuse qui descendait sur le sol et le caressait. Charline adorait cet état. Comme un coma, une conscience flottante au-dessus de son corps, autour, partout et nulle part. Sans objet ni finalité. Une voix stridente la dérangea, une mère vitupérant contre son fils, emplissant à elle seule cet espace, d'une négativité électrique :

« Théo, ne mange pas avec tes doigts. Écoute depuis qu'il est parti en vacances chez ta mère, il est insupportable ! »

« Tu me fais goûter ton dessert ? » lorgnant les trois profiteroles de son mari qui venaient d'être posées sur la table. Et sans attendre la réponse, elle enfouit sa cuillère dans la coupelle et la délesta d'une.

« BOF, ce n'est pas super bon. » Et elle replongea aussitôt sa cuillère qu'elle remonta d'un autre chou garni, prenant soin de l'enduire d'un maximum de coulis de chocolat.

« Le chocolat, ce n'est pas du fait maison, tu ne crois pas ? »

« Je n'ai pas encore goûté et vu ce qu'il reste… Mais pourquoi tu ne prends pas de dessert ? » s'enhardit-il à lui rétorquer d'un ton quelque peu las et retenu, dépité mais résigné, constatant le vide frustrant flotter sur des restes de coulis de chocolat, le décor détruit, son désir aussi et le plaisir d'attaquer son désert en premier, lui-même, d'être l'aventurier qui aurait la primeur d'en découvrir son goût, de gâter son esthétique. Il regretta aussitôt connaissant la réponse assenée quasi instantanément.

« Je suis au régime, comme si tu ne le savais pas ! Et tu ferais bien de t'y mettre, tu as pris un de ces bides. Tu as repris deux fois du bourguignon chez ta mère, et trois fois de frites. Tu m'as fait honte. » Et elle se retourna vers son fils. « Tu es si lent pour manger. » Le petit rentra les épaules, la tête baissait sur l'assiette, les épaules tendues. Le père regardait au loin, absent. Ils se détendirent quand elle alla aux toilettes, et osèrent se regarder et sourire. On ne savait pas qui soutenait qui dans l'histoire en les voyant là, se regarder, un brin moqueur pour braver la gorgone. Il aurait pu dire : « tu nous fais chier » et prendre son fils par la main et partir. Mais il resta muet.

« Quoi tu n'as pas fini, mais tu es mou, comme ton père. » Les yeux se baissèrent. Puis le silence à nouveau. Charline attendit que les « deux mous » se risquassent à lui envoyer leurs restes de repas à la figure, mais ils n'en firent rien. Ils obéirent, la tête baissée, tous les deux comme deux enfants, penauds, devant le despote masquant à peine le sourire de sa victoire, calculant déjà sa prochaine provocation. Emprise, emprise quand tu détiens…

Sur la droite, un groupe de retraités trinquait au chablis devant d'énormes plateaux de fruits mer reposant sur des banquises intactes chapeautées par des demi-citrons aux bords ciselés et quelques rince-doigts toujours trop petits pour quelques dizaines de doigts. « À nos vacances à l'île d'Oléron ! Santé, les gars ! Pétanque et surtout, merde au cancer de la prostate ! Ça va valser dans les bungalows ! » Les bruits des verres qui s'embrassaient, certains regards fuyaient pleins de larmes et d'espoirs, mais rigolant quand même, enfin un peu, car pour certains, la rémission n'était pas encore gagnée mais ils y croyaient. Les dernières chimios, les bonnes nouvelles de la guérison et puis les blocages qui rendaient impuissants à redresser la barre. Se marrer pour faire un pied de nez aux cauchemars et trinquer, allez zou ! Ainsi va la vie.

Sur la gauche, un homme seul, qui jouait sur son téléphone, ça faisait des bings et des splounchs. Il ne se rendait même pas compte que depuis cinq minutes, il portait jusque dans sa bouche une fourchette vide, parfois une nouille chinoise parvenait à s'y accrocher. Vers le comptoir, le bruit des hommes de la route qui parlaient des prévisions de la météo de demain, de l'après-midi, s'échangeaient des tuyaux pour anticiper les radars et les contrôles. Les nouvelles des grèves, les barrages, des endroits de verglas. Les attentats et les bruits de guerre ailleurs dans le monde mais sur Scandales TV quand même, heureusement non perceptibles depuis la salle du restaurant. « Au moins, les clients ont le choix de la télé ou non », pensa Charline qui se laissa happer à nouveau par les bruits des tasses de café, le porte-filtre du percolateur qui claquait sur la poubelle à marc de café. L'eau qui bouillait, le son de la pression qui montait et qui annonçait les crépitements de l'eau brûlante qui infusera les grains moulus, exhalant l'odeur suave du café. Les verres sur le comptoir, les bruits des pas des serveurs, à la course, les assiettes qui se posaient, qui claquaient sur les plateaux. Les réceptions des plats : « Marcel, la 1 » « Simon, la 12 » « Sarah, la 8 ». « Chaud, chaud, chaud devant. » Et l'odeur de frites se mêlant à l'odeur iodée des fruits de mer.

Cette sensation de paix dans un monde en ébullition, comme si elle était un fantôme contemplatif. Être là sans être là, flotter. Ne plus avoir conscience d'aucune lourdeur, oublier son corps, ses lobes frontaux en constante ébullition, la pression de son cerveau, les injonctions du Je et des Autres, ne plus être en constance adaptation, se diffuser sans se perdre, sentir et laisser filer les sensations sans les retenir, sans les interpréter, de temps en temps s'arrêter sur une puis continuer. Et pourtant avoir conscience d'être, tout simplement…

Le repos salvateur fut interrompu par l'arrivée d'un homme mince qui s'assit en face du joueur aux nouilles chinoises. « Pas mal », se délecta tout de même Charline, un visage sympa, légèrement mutin et un regard qui semblait taquiner le monde, l'air droit et simple. Aussitôt assis, il déplia de grands plans d'architecte sur la table tandis qu'il décrocha son téléphone.

« Ici Pierre Dangle, oui ? Quoi ? Mais non, là et maintenant ! Qu'est ce qui leur prend à la société *Faitdetravers* de ne pas suivre les plans ? Bon, j'arrive. Vous stoppez tout et vous m'attendez ! »

Il replia ses plans et repartit aussitôt, le temps de commander un sandwich, un jambon beurre tout de même, et avec des cornichons, nota Charline. « Même avec les lèvres pincées et le regard furibond, il fait sympa », se dit Charline presque déçue de son départ aussi prompt. Elle pensa à tous les Pierre qu'elle connaissait de près ou de loin et se dit que si elle avait un fils elle l'appellerait Pierre. Pierre Perret et sa sensibilité poético-drôlesque, « vous saurez tout sur le zizi », on aurait aimé qu'Annie Cordy nous fasse la même sur le « clicli ». Pierre Desproges et son humour grinçant de mec à la sensibilité à fleur de peau, sensible et cynique, souffrant à la fois de l'impossibilité d'aimer mais de vouloir trop être aimé. Pierre D'ac, le roi de l'absurde un tantinet sarcastique qui avait dû se prendre bon nombre de portes dans la figure par des amis perdus : « Parler pour ne rien dire et ne rien dire pour parler sont les deux principes majeurs et rigoureux de tous ceux qui feraient mieux de la fermer avant de l'ouvrir ». Pierre Tchernia, ouais… Pas top sexy mais brillant et cultivé. Pierre Cosso : « Ah oui, la Boum, trop mignon, oh les beaux yeux bleus ! » Pierre Arditi, la classe, Pierre Soulages, magnétique et mystique… Pierre, le si sensible Mac Gyver… Bref le prénom Pierre, une valeur sûre !

Charline lança un coup d'œil à Anna toujours droite et absente, et ce sourire posé sur ces lèvres, immuable, mystérieux. Anna avait pourtant scruté Charline pendant son voyage en lévitation, son beau visage, sa tristesse, son désarroi. Cette femme en pantoufles sur une autoroute. Puis, elle replongea dans sa propre torpeur, dans son voyage nébuleux à elle.

Un « Bonjour, puis-je m'asseoir ? » d'une voix mélodieuse mais ferme sortit Charline de son voyage vaporeux dans la salle. Charline jaugea la femme debout devant elle. Cheveux longs ondulés, jolie et joviale, le visage et la silhouette ronds. Un tailleur uniforme typique des fourmis du quartier de la Défense, les traits tirés et pâles. Un coup d'œil sur Anna, toujours son sourire décalé, provocateur, un peu étrange, un peu tendue. Charline devinait un état d'excitation latent qui tranchait avec la fadeur extrême de son pardessus beige sage et « moche ». Elle lui sourit quand même, sourire qu'Anna lui rendit et ensemble, toutes deux fantômatiquement, répondirent « OK ». Mina s'assit au milieu sur la banquette. Elle semblait épuisée. Vidée. Le regard mort. « Décidément, pensa Anna, c'est le rendez-vous des paumées ». Chacune se jaugeait discrètement, ressentant la tragédie de chacune à un tel point que la situation en devenait d'abord angoissante puis comique, un comique de situation, un comique de l'énorme, du trop sous lequel à tout moment pouvait débouler un rire nerveux. « C'est toujours gênant un rire nerveux en société tout de même », pensait Anna. « Mais c'était quand même bien là que c'était le meilleur. Il fallait juste pouvoir en sortir à temps, avant que les autres émotions ne prennent le pas. »

Dans une tornade digne d'un coyote de dessin animé américain, le serveur arriva sur la table, contrecarrant à point nommé les rires nerveux que chacune tentait de réprimer avec force.

« Mesdames, que puis-je vous servir ? »

Hésitations des trois femmes, « ah, ben oui tiens, commandons. Euh, au fait la carte. »

Le serveur se marrait silencieusement en les fixant chacune respectivement avec aplomb tandis qu'elles parcouraient la carte plastifiée. C'est qu'il en voyait passer des malheurs, des bonheurs aussi, mais des malheureux comme si leur fardeau les amenait tous sur la route, sur les aires d'autoroute, les lieux de pause dans des lieux de passage, de vitesse, des endroits où l'on ne reste pas, des gares de triage d'éperdus en transition. Les flux, le mouvement, la vie, se sentir vivant même écorché mais vif.

Alors il les voyait stopper ici, tous les jours, les mêmes regards, les mêmes visages, rassurés mais seuls, tristes et ailleurs. Il s'était armé contre toutes les détresses et de toute façon n'avait pas le temps d'épancher les cœurs, il était payé pour nourrir la soif et les estomacs et le service était toujours en tension. Anna commanda des moules frites, « un truc bien gras qu'elle mangerait avec les doigts », se dit-elle. Charline son fameux sandwich poulet crudités. Et Mina, euh… Une quiche salade, comme au boulot. Pendant que le serveur notait sur son calepin, les commandes, le regard de chacune d'elles tomba et pointa sur les chaussures du serveur, qui repartit tel un tourniquet. Des espèces de Derby noires à lacet au bout immense et pointu mais à la pointe coupée à la serpe, la transformant en proéminence acérée au bout rectangulaire, encore un qui n'arrondissait pas les angles. Une longue extrémité, de fait, non remplie par les quelques orteils de chaque pied qui du coup se pliait à la limite des orteils et de la pointe australe pour s'élever au ciel en quête d'aurores peut être boréales. « Quelle horreur ! » pensèrent-elles en même temps. Des pieds immenses, agressifs relevés par deux guiboles aux mollets de coq, sèches et nerveuses, et une tête aux mâchoires carrées noyant de trop fines lèvres serrées éclairées par une coupe à la brosse toute neuve, offrant un dénivelé nuancé plus bas sur le front et plus long sur le haut du crâne. Leurs pensées firent tellement de bruit simultanément qu'elles s'en rendirent compte. C'était marrant comme les pensées médisantes permettaient de créer des liens et des connivences parfois très fortes entre les gens. Elles se mirent à rire de bon cœur, les hideuses et vulgaires chaussures à bout pointu et carré tombaient à point pour dévier leur agressivité désespérée et entamer la conversation.

« Tue l'amour mais bon, c'est à la mode ! Faut de tout pour faire un monde ! » s'exclama Charline.

« Aucune sensualité, aucune rondeur, des lignes droites, trop d'agressivité ! Typique chez les commerciaux, j'ai remarqué. On dirait des chaussures de clown qui se font faites rouler dessus par une trottinette électrique », enchérit Mina.

« Laid », continua Anna en s'affranchissant de tout développement dont elle n'avait plus l'habitude et dont elle prit conscience à ce moment-là. Du coup, elle enchaîna. « Moi, je trouve qu'on dirait des chaussures qui ont donné des coups de pied aux fesses et qui ont perdu leur pointe coincée dans l'anus des heureux récipiendaires. » Charline, pourtant coutumière des impromptues et impertinentes fut presque choquée de ce décalage entre l'impudence de cette femme et son apparence. Anna s'en foutait. « Hum, des moules, cela fait des lustres que je n'en ai pas mangé. Ça va me faire penser à ma Normandie d'origine. »

Mina lui demanda poliment si elle était de Deauville.

« Non, de la Manche, mes parents m'ont laissé une petite maison à Champeaux dans la baie du Mont-Saint-Michel. Je n'y ai pas remis les pieds depuis qu'ils sont décédés quand j'avais dix-huit ans. Ces Parisiens, toujours à penser que la Normandie s'arrête au Havre et à Deauville ! »

Un petit chouïa de gentille provocation dans l'œil que capta aussitôt Mina. « Ben, je ne suis pas parisienne, mais Auvergnate. Quand je suis arrivée à la fac à Paris, on m'a demandé s'il y avait des supermarchés à Clermont-Ferrand. J'ai dit, non, que nos mères allaient chercher du lait dans la ferme des alentours et étaient obligées de traverser des routes enneigées tous les matins, les mains gelées portant les seaux de lait comme elles pouvaient, dans la neige froide. J'ai aussi raconté que les képis des gendarmes étaient en pente comme les toits des chalets pour éviter que la neige ne stagne dessus, ce qui avait le désavantage de leur créer des tendinites dans le cou. Ils m'ont crue. »

Les trois femmes rirent de bon cœur, imaginant les gendarmes cachés dans des congères, frigorifiés, le képi sous vingt centimètres de couche de neige, une pomme de pin en guise de décoration au sommet et pourquoi pas, un écureuil.

« Moi, je suis du Limousin, c'est encore pire. Personne ne sait où c'est. Ou sinon tu as le droit à un Meuh la vache et exceptionnellement, on te parle de la porcelaine… » soupira Charline.

« Les gens sont si curieux ! » se surprit Mina à exprimer de manière impulsive.

Anna rit, cela faisait longtemps. Elle osa : « j'ai envie d'avoir les doigts gras qui sentent la moule ! » Charline et Mina échangèrent un regard perplexe et toutes éclatèrent de rire à nouveau sentant la fragilité d'Anna et décelant dans cette jovialité un peu trash, un arcus de larmes cherchant à s'évaporer dans un bruit de tonnerre provocateur.

« Vive la moule ! » dirent-elles de concert. Et sur ce, le serveur à la coupe en brosse et aux chaussures carrées arriva sur un air de Bip Bip le coyote, un déhanché plus tard pour rééquilibrer l'arrêt du plateau, « et hop » la casserole de moules de bouchot débarqua sur la table, ouvertes, prêtes à la dégustation accompagnées de frites qui avaient l'air bien croustillantes. Le sandwich, un demi-pain au moins, rempli de mayonnaise, de poulet et de tomates d'hiver anémiées. Puis la quiche salade. Mina la regarda et dit :

« En fait, je regrette, ça me gonfle les quiches. Et d'être prise pour une quiche aussi. Hihi ! Je n'aurais pas dû commander ça. »

Anna lui suggérera doucement de commander autre chose et de demander à faire emballer sa quiche pour plus tard, qu'elle l'apprécierait sur la route, dans la voiture quand elle aurait faim. « On a toujours besoin d'une petite quiche avec soi ! »

« Ahaha, ça, c'est une bonne idée ! » s'exclama Mina soulagée.

D'un œil sur la carte, elle choisit une blanquette de veau et du riz à la normande, c'est-à-dire nageant dans la crème fraîche qu'elle alla de ce pas commander au comptoir avec une bouteille de blanc et de rouge. Lorsqu'elle revint à table, la mine rosie, elle lança :

« Les filles (comme si elles se connaissaient de plus d'une heure), je nous ai commandé du blanc et du rouge. À moi, la blanquette ! Fini Paris, les repas de cantines où les cadres sont obligés de se taper du poisson en papillote et des courgettes congelées à l'eau pour faire croire qu'ils contrôlent leur ligne, leur alimentation et donc tout le reste et qu'ils sont donc des gens bien et surtout d'une certaine classe sociale, parce que tout le monde épie ce que chacun mange ! Merde aux diktats et aux normes ! À mort les papillotes à la vapeur, vive la crème fraîche et les frites grasses ! »

Charline se dit qu'elle allait lui plaire celle-là ! Anna aussi.

« Moi, c'est Anna. »

« Mina. »

« Charline. »

Et hop, les assiettes, verres et couverts se rapprochèrent de la fenêtre comme trois vieilles copines déjeunant sur une aire d'autoroute des vacances.

Charline dit alors : « il faudra quand même que je m'achète des chaussures, j'ai gardé mes chaussons ce matin en partant. »

En s'esclaffant, Anna rajouta qu'elle souhaitait changer son pardessus qu'elle ne pouvait plus supporter et le brûler car c'était celui de sa belle-mère !

Charline : « ah ben OK, je me disais aussi que tu avais dû l'acheter dans une boutique située dans l'ex-Allemagne de l'Est. Il ne te manquait plus qu'un vieux bonnet en laine gris foncé et des chaussettes en grosse laine assorties. »

« Non, mon mari excelle dans l'art de m'acheter des vêtements tue l'amour ou de recycler les vieilles nippes de sa mère ! Une fois dans une grande surface, je lui ai dit : j'ai besoin d'acheter des slips. Je suis allé prendre les plus moches, les grandes culottes de mamie premier prix. Je les ai posées bien en vue dans le chariot. Il a juste dit : "parfait" en consultant l'étiquette du prix ».

Mina, qui cherchait toujours à arrondir les angles : « il ne voulait peut-être pas te contrarier ? »

« Non, je ne crois pas. Il m'ajuste épousée comme on embauche une employée à domicile, le sexy, c'était avec ses maîtresses. »

Anna songea qu'elle n'avait pas pensé à lui depuis qu'elle était partie hier soir. Elle avait roulé et était arrivée vers quatre heures du matin après s'être perdue à Châteauroux. Que venait-elle faire là ? Nulle idée, elle avait pensé revenir à Champeaux, mais à Chartres, elle s'était trompée de route. Elle était trop surexcitée pour être attentive aux panneaux. Elle avait pensé prendre un café et repartir mais elle s'était endormie dans la voiture jusqu'à l'heure du déjeuner. Son portable était rempli de messages dont elle se moquait royalement. Maxime une dizaine de fois, le D.R.H, et le supermarché qui annonçait qu'il était en rupture de taboulé à l'orientale pour la livraison de samedi. Elle irait d'ailleurs changer d'opérateur et de téléphone. L'arrivée des bouteilles et de la blanquette servies illico presto par Bip-Bib la ramena au Violon d'Indre. Elle quitta son imper. Les verres s'emplirent, les yeux s'illuminèrent d'une lumière étrange, de la joie, des larmes, de la colère et de l'excitation, de la lassitude, de la peine, et une soif de liberté. Elles se sentaient heureuses de s'être rencontrées.

Elles trinquèrent, et trinquèrent encore. Les assiettes se vidèrent alors que les verres semblaient ne jamais s'épancher. Charline recommanda une bouteille puis ce fut au tour d'Anna. Les voix s'élevèrent, devinrent plus aiguës. L'après-midi se passa au rythme de blagues potaches. Comme si elles se connaissaient depuis toujours. » Chaussures carrées-pointues continuait à arpenter le sol sur des coussins d'air, Bip Bip, les commandes affluaient de toute part. Huîtres, moules, palourdes, bourguignon, entrecôte, hamburger, rillettes, œuf mayonnaise, la 8, la 3, la 5. Tout l'après-midi. Les assiettes se vidaient et les ventres faisaient le plein avant de repartir sur la route. Des routiers aux gros bras tatoués, des hommes d'affaires, des familles, des groupes, des bandes d'amis, des commerciaux en vadrouille.

Et Charline, Mina et Anna qui reprenaient des couleurs au rythme de conversations légères, de rigolades, esquivant tout sujet grave. Légers, légers les dialogues. Légers.

2
Born to be wild

L'après-midi touchait déjà à sa fin. Anna avait la tête qui tournait. Elle n'avait pas trop l'habitude de boire et n'aimait pas ça habituellement. Perdre le contrôle lui faisait peur, mais elle avait eu envie exceptionnellement de se griser, de lâcher tout. Tournoyer tel un derviche tourneur pour relier la terre et la lumière et remuer l'air pour créer son propre vent, celui qui chasserait les mauvais souvenirs et l'emporterait vers de nouveaux horizons. Peu importe, elle dormirait à nouveau sur le parking plutôt que de reprendre la route. Après tout, plus rien n'était prévu, plus d'agenda réglé au millimètre près, plus rien sauf peut-être le vertige, le vertige de tout ce temps pour soi et avec soi qu'Anna ne savait pas comment utiliser, et elle en ressentait déjà les premières angoisses qu'elles écartaient pour le moment pour ne pas les voir. Elle profitait de cette solitude rompue et de ces deux rencontres, occasion qu'elle n'avait jamais eue depuis des années. Maxime n'avait pas d'amis et n'aimait pas inviter pour ne pas salir et ni faire de frais. En rigolant mais prenant un air sérieux, elle déclara à ses deux acolytes en bégayant légèrement :

« Personne ne vous attend vous aussi, a priori ! Vous ne savez peut-être pas où aller, tout comme moi ? »

Elles rirent, l'œil grave. Les souvenirs glacèrent les fronts et les pommettes rougies.

Mina demanda à Anna : « pourquoi tu t'es perdue, toi ? Tu faisais quoi ici. »

Alors Anna se mit à parler, parler comme elle n'avait jamais parlé. Les flux de paroles ne rencontrant que les écueils des balbutiements de son ivresse, elle se livra sans retenue, pour la toute première fois. Ses parents décédés en Normandie, un environnement rustre et cul-béni. L'éducation d'accord, mais une éducation concrète car « faut que ça serve », que ce soit utile, palpable, pas des trucs d'intellos qui ne servent à rien. Du vrai, du terrien. Une éducation rythmée par la bonne morale populaire soutenue par des phrases sentencieuses, au verdict sans appel et cassant : « comme on va au lit, on se couche ! » ou « qui vole un œuf, vole un bœuf ! », « la Marie-couche-toi-là », « Au paresseux, le poil lui pousse dans la main. ». Une enfance douce mais morne et sans fantaisie rythmée par les messes, les processions, les confessions, la bêtise et les silences. C'était la Normandie de Stendhal et elle, elle rêvait d'être Lamiel, intelligente, rebelle, fuyant les contraintes de sa société, les carcans, aventurière de l'amour, de littérature, de tout sauf de rien. À la mort de ses parents, elle partit à Paris poursuivre ses études. Elle se prenait pour peau d'Âne et rêvait de trouver son prince héroïque qui la porterait dans la lumière. Elle rencontra peau de Vache, et se maria avec son fils sous les reflets des ampoules à économie d'énergie. En mauve. « Oh, les filles, le mauve, je ne peux plus, mais alors plus ! » Elle raconta la belle-mère, qu'elle surnommait la mère Raquin, l'entreprise de peinture, Maxime et ses maximes de comptoir à deux roupies, le bal des morues autour du P.D.G. qui devaient certainement goûter du hareng à son insu avec la bénédiction de sa Raquin de mère « un homme a des besoins tout de même, ce n'est pas comme une femme » ! Elle raconta l'appartement feutré de moquette mauve, le tableau de belle-maman épiant chacun de leurs gestes, les repas organisés et minutés, la vie avec Maxime, les vases vides, le mauve à nouveau dans la salle de bains partout, jusqu'aux pantoufles, son confinement réglé d'une semaine sur l'autre. Un long silence s'ensuivit. Mina et Charline crurent presque apercevoir des larmes dans les yeux d'Anna pendant un instant, fugace. Puis Anna raconta comment elle s'était échappée, la chute du portemanteau comme un signe, puis celle de la pantoufle, le déclic du départ, du commencement, du commencement ou de la fin ? La pantoufle était tombée à plat, ceci dit une pantoufle tombe toujours à plat. Puis, la fuite, les pantoufles déchirées comme le tableau de la Raquin à la poubelle, le transfert des comptes et sa décision de quitter Maxime et de changer de vie. À ces mots, Anna trembla à nouveau. Elle n'avait aucune idée de quoi faire, où aller hormis dans la maison familiale de Normandie, certainement en piteux état. Dieu et l'Église à travers ses parents avaient d'abord organisé sa vie et sa destinée toutes tracées et traçables, puis Maxime et sa mère avaient poursuivi l'ouvrage, le modelage comme un potier créant son vase. Aujourd'hui, c'était à elle de le faire, de prendre ses propres décisions, de se remplir mais de quoi ? En était-elle capable ? Mais comment s'y prendre ? Un étrange malaise s'empara alors d'elle, une peur sourde comme une fièvre, une panique profonde. Que vais-je devenir ? Anna cessa de parler. Elle avait tout dit, brisant des années de silence. Elle en avait la voix cassée ou bien était-ce les émotions qui affluaient à nouveau partout dans son corps, gonflant ses veines, ses organes. Ou bien le vide. Peut-être un peu de tout. Un long silence, le désarroi d'Anna était palpable.

Charline sensible, lui servit un autre verre dont s'empara Anna pour se donner contenance. Elle continua : « je vais certainement revenir à Champeaux, dans la petite maison de mes parents. Je ne sais pas si elle est habitable. J'ai de beaux souvenirs de la nature là-bas. Je vais peut-être me retrouver ou alors tout liquider. Je vais réfléchir à tout cela, je ne sais pas en fait. C'est le seul objectif que j'ai trouvé pour le moment. Cependant les filles, avant, je me vais racheter un pardessus. Un que je vais aimer. Et surtout pas une grosse doudoune mauve ! »

Les filles rirent en chœur : « si tu veux, dit Mina en lui prenant la main, on ira brûler celui-là avec les pantoufles de Charline ! »

Elles pouffèrent à nouveau. « Tu es quand même un peu loin de ta Normandie, va falloir que tu ailles vers Tours puis direction Le Mans. Parce que là, tu es partie à Limoges ou Toulouse ! » « Oui, Mina, mais pour le moment, haha, je vais me reposer. J'ai trop bu. Et toi que fais-tu à Châteauroux ? »

« Moi aussi, je me suis trompée de route à Vierzon, je voulais aller en direction de Clermont-Ferrand, je me suis retrouvée sur l'A20. J'ai été virée comme une "merde" par ma boîte, parce que je suis une femme et que j'ai demandé la reconnaissance de statut en accord avec mon travail. Je me suis cognée dur sur le fameux plafond de verre, pan, virée comme une bandite, pour l'exemple, pour avertir les autres, les éventuelles rebelles. Pour DÉSOBÉISSANCE, REFUS DE SOUMISSION. Voilà, c'est tout. Moi, je veux rentrer chez moi et revoir mon papy d'adoption, qui fabrique les meilleurs croissants du monde. »

« Waouh, tu es un héros, une banditine ! » s'exclama Anna.

« Meilleurs croissants du monde ? » Charline au taquet. « Ah bon ? Raconte ».

Mina les fit saliver en leur parlant de l'amour du père Jamard pour ses croissants et ses clients. Ses grosses mains rougies qui caressaient le beurre et la pâte, une couche de beurre, une couche de pâte, une couche de beurre, une couche de pâte. Du beurre frais, du vrai beurre bien jaune, bien gras. De la farine du coin. Sa manière qu'il avait de faire pénétrer le beurre sans traumatiser la pâte, en douceur. Des alliances de matières pour tendre vers l'harmonie. Il disait que si les ingrédients étaient maniés avec douceur alors ils sauraient retourner cette douceur dans le palais de clients. Et c'était si vrai que le beurre fondait sur les langues, lorsque le cœur du croissant s'offrait dans toute sa tendreté, le cœur tout délicat des croissants du Père Jamard. Les gens venaient de toute part chez lui pour en acheter. « Tiens en parlant de peau de vache, faut que je vous parle de Cou de Taureau… » Et elle raconta la poissonnière, sa jalousie extrême, sa méchanceté, le coup des préservatifs ! Et puis enfin la tendre mère Ranty. Mina se mit à pleurer, tout son corps fut secoué par de longs spasmes, de sanglots, des regrets et des remords. « Ma Mémé-maman Ranty est morte. Il y a deux ans » « Surmenée » par ses responsabilités, elle n'avait marqué aucune émotion lorsque son père lui apprit son décès. Ce n'est que maintenant que Mina réalisait ce qu'elle avait perdu. Elle pleurait à chaudes larmes. Que c'était si terrible de perdre quelqu'un que l'on aimait et de le dénier mais, et si bon à la fois de ressentir enfin des vrais sentiments, même si désagréables.

« Je suis moi-même une ordure, je l'ai laissée mourir seule, je ne me suis pas déplacée, je n'ai rien fait. Alors qu'elle était tout pour moi, ma maman d'adoption, ma mamie. Elle a veillé sur moi tous les jours. Je suis un monstre. Entre le moment où je suis partie et son décès, je ne l'ai pas appelée une seule fois. » Et de pleurer, secouée de culpabilité durant de longs moments devant les filles médusées et impuissantes qui restaient silencieuses, ne sachant que dire devant l'immense peine de Mina.

Au bout d'un moment un peu long, il faut en convenir, les larmes se tarirent enfin et Mina parla de son père, de cette mère qu'elle n'a jamais connue et qui l'avait laissée dans son couffin avec une petite pantoufle brodée Mina. Charline ne put retenir un : « la salope ! »

Elles reburent un coup. La soirée s'amorçait. Charline enquilla sur son histoire. Ce fut déconcertant. Charline parlait d'horreurs vécues avec humour et dérision, des sourires et des blagues emphatiques, trop, rendant difficile pour Anna et Mina la compréhension et l'imprégnation émotionnelle, ne sachant pas si elles devaient vomir, pleurer ou rire. C'était surréaliste. Charline raconta l'emprise, la folie, les délires, la perversité de sa mère, les coups et les paroles assassines. La lâcheté de son père subjugué par la beauté et la folie de cette femme. Et puis la terreur quotidienne, le visage qui se transforme, la bouche énorme remplie d'écume de colère. Charline pleura aussi au final, grâce à l'alcool certainement. Le souvenir lui déclenchait des douleurs au niveau du pubis et dans tout le corps. Son enfance laminée, froide, sa prison égayée par les livres. Puis le craquage, hier au séminaire, un ras-le-bol général, un rejet de l'humiliation, de cette médiocrité des rapports humains, de toute cette mocheté qui l'avait faite fuir, comme si son corps s'était rebellé en masse, un non massif qu'il était impossible de ne pas écouter. Un énorme STOP. Elle ne sait pas comment, mais elle ne veut plus jamais subir tout cela. Plus jamais. Elle expliqua aux filles qu'elle souhaitait aller sur la tombe de son arrière-grand-père. « J'irai pisser sur sa tombe à ce salop. » Et elle raconta comment sa grand-mère fut violée depuis toute petite par ce beau-père sous l'assentiment de sa mégère de mère. Comment elle tomba enceinte par deux fois et qu'on l'obligea à se marier. Sa vie dure, à la dérive, des enfants en souffrance dans la grande saleté du foyer qui reflétait à quel point sa grand-mère avait été salie et combien elle se sentait sale elle-même, et pourtant un cœur plein d'amour avec elle, mémé Albertine qui voyait bien que sa petite fille était malheureuse. Pas revancharde ni aigrie mémé Albertine et pourtant, elle en avait subi. « Elle voulait que je sois libre et libérée. » Elle prenait tous les malheureux sur son aile, les cassés, les victimes, les vilains petits canards.

Mina, d'un air grave et les yeux mouillés : « Charline, je suis désolée. Tu sais avant de repartir en Auvergne, je te propose de t'accompagner pisser sur la tombe de cette ordure, si tu le veux. » Anna renchérit : « oui, moi aussi, je viens avec vous. »

Cela fit sourire Charline : « OK, les filles ! Alors demain on ira pisser sur la tombe de cette enflure ! » Et toutes se levèrent pour trinquer !

Elles recommandèrent des bouteilles et des assiettes de frites avec du pâté de campagne et des cornichons ! La nuit tombait et l'alcool les grisait plus qu'il ne le fallait. Excitées, elles chicanaient sur les comportements des hommes et des femmes de cette société de patriarcat, balayant l'ensemble des clichés existants mais peu leur importait d'être stupides, ce soir, elles se défoulaient. Les stéréotypes leur permettaient d'éviter les vrais sujets, ceux compliqués et qui faisaient mal. L'alcool, en général de mauvais conseils, leur insuffla d'aller acheter des boîtes de cassoulet à l'épicerie et de les jeter dans les pare-brises des routiers qui affichaient des calendriers pornos. Elles en rigolaient d'avance comme des gamines. Les sacs pleins de boîtes de conserve achetées à la supérette du restaurant, elles décidèrent d'aller prendre l'air sur le parking.

« Le cassoulet va faire péter ces enculés de misogynes ! » chantonnait Mina. Elles titubaient, ce n'était pas très beau à voir, mais quand on a bu, on ne s'en rend pas compte, c'est l'avantage. La voiture de Charline était garée devant. Elle ouvrit la portière et mit un CD. Born to be Wild des Steppenwolf.

« Get your motor runnin'
Head out on the highway
Lookin' for adventure
And whatever comes our way
Yeah Darlin' go make it happen
Take the world in a love embrace
Fire all of your guns at once
And explode into space »

Surexcitées, les filles montèrent sur la voiture et debout sur l'Austin Mini, elles se mirent à hurler « Born to be wild ».

Anna levait les bras au ciel, et montée sur le toit telle une déesse égyptienne recevant les pouvoirs d'Amon-Râ, le dieu Soleil. Mina vociférait en brandissant un poing levé au ciel !

« *Like a true nature's child*
We were born, born to be wild
We can climb so high
I never wanna die ».

Enfiévrées, les filles repassaient la chanson en boucle hurlant de plus belle, dansant prises en transe sur la musique endiablée et la voix si sexy d'écorché vif du chanteur. « *We were born, born to be wild* ! »

« Like a true nature's child
We were born, born to be wild
We can climb so high
I never wanna die
« We were born, born to be wild » !

Elles ne remarquaient pas les observateurs, les curieux au regard compatissant ou désapprobateur, enfermées dans leur monde. Maniaques. Comme en transe. Quand l'un des routiers, excédé arriva vers elles :

« Je t'en foutrai des Born to be Wild, bandes de connasses bourrées ! Vous allez les fermer vos gueules de morues ! On veut dormir nous, on bosse ! Espèces de foldingues »

Un autre enquilla : « ouais, c'est ça, les morues plutôt que de sucer la bouteille, venez plutôt me sucer, c'est du pur wild aussi ! »

Des rires gras fusèrent, embuèrent la Lune qui pourtant brillait cette nuit-là. Anna prit une boîte de cassoulet et la lança sur le type graveleux.

« Et ça, ce n'est pas du cassoulet pur wild, connard ! »

« Mais elles sont totalement cinglées ! » cria l'un des routiers.

« On va te les calmer, ces morues ! »

« Elles ne vont pas en revenir des étoiles, ces connasses, on va leur montrer notre bite. » « Ouais, elles vont voir qui sont les maîtres ici et qui décident ! »

Mina et Anna s'enfuirent avec le stock de cassoulet qu'elles balarguaient sur les types en hurlant : « bande de connards, vous n'êtes même pas dignes d'être des porcs ! » Le stock épuisé, Anna courut à sa voiture : les vases de la Raquin allaient enfin avoir leur utilité ! Et hop, les voilà devenus goupilles, s'éclatant au sol en mille morceaux par la maladresse d'Anna. Tiens celui-là avec des dieux égyptiens, pan ! Éclatés sur le sol les bustes d'Osiris, Isis, Anubis. Et celui-là avec les mauves et les volutes de fleurs : pof, lancé sur le connard, qui l'évita de justesse. Et celui, avec des anses avec des roses et des aubergines, enfin des volutes de je-ne-sais-quoi. Les gars commençaient à s'énerver, les muscles se tendaient mais les filles n'y voyaient que du feu et continuaient d'envoyer des pots, riaient de la forme de leur munition. Charline dans la voiture réenclenchait la chanson en hurlant : « je suis un terroriste de l'amour ! »

L'un des gars la sortit brutalement de la voiture par le bras et la coucha sur le capot de la voiture.

« Tu vas me sucer maintenant connasse. »

« Like a true nature's child
We were born, born to be wild
We can climb so high
I never wanna die
« We were born, born to be wild » !

Charline ne sentait pas le danger et sur un ton provocateur, elle cria :

« Vas-y, ouais montre-moi ta bite, gros tas que je te la coupe ! Tu crois que tu me fais peur ! Ben non ! Je suis plus forte que tu ne le crois ! »

L'homme s'énerva et resserra son emprise, son haleine fétide de levure et de tabac se rapprocha dangereusement, Charline tressaillit en sentant son sexe dur sur son ventre. Deux hommes s'approchèrent d'un pas ferme. Ils échangèrent quelques mots secs avec la bande au spectacle qui déguerpirent tous. L'un des deux hommes poussa l'homme qui se tenait sur Charline par la nuque et l'entraîna vers son camion. Le second alla chercher les deux autres filles.

« Maintenant, ça suffit, vous stoppez vos conneries. Vous vous rendez compte de ce qui allez-vous arriver ? C'est n'importe quoi ! Vous allez ramasser les débris tout de suite. Par chance, pas de grosse casse. Vous allez prendre une douche, prendre un café et dormir, on reparlera de tout ça demain. »

Charline leur fit un doigt ! Et Anna les insulta : « Et ho, tu nous prends pour qui ? Blanc-bec ! On n'est pas des gamines !

Non mais, oh ! » Et de s'effondrer à moitié sur Charline qui vacillait aussi en vomissant. Mina renchérit alors : « Et ta mère, elle mange du pâté ? »

Le blanc-bec répondit en riant : « Ma mère mange du pâté hallal. Et je vous prends pour des nanas complètement saoules qui font et disent n'importe quoi. Merci d'ailleurs pour l'expression blanc-bec, en général on m'appelle le Bicot ou le basané. Moi, c'est Ahmed et lui, c'est Lucas. Allez, vous ramassez qu'on en finisse. »

Les filles s'exécutèrent sous le regard des serveurs du restaurant et remplirent de grands sacs-poubelle de boîtes de cassoulet et des morceaux des vases. « Heureusement que j'avais dit : plus jamais d'humiliations », maugréa Charline.

Lucas lui rétorqua : « ben là, vous l'avez cherché, vous réparez juste vos conneries. Ça marche comme ça la vie. »

Les sacs jetés dans les bennes, Anna fit un adieu aux vases chéris sous un magistral : « va au diable ainsi que tes raquineries, salope ! » Et elle jeta par-dessus son imper et sa fadeur. « Adieu mocheté ! »

Une fois terminé, Ahmed leur expliqua qu'ils leur avaient pris une chambre d'hôtel où elles seraient en sécurité. « Allez hop, une douche et au lit ! Vous avez des bagages ? »

« Ben non » répondirent les filles en cœur comme trois gamines écervelées.

« Wouah wouah wouah, c'est du grand n'importe quoi. On va vous prêter des affaires de toilettes. Allez, go ! »

Les deux hommes les accompagnèrent devant leur chambre et les laissèrent :

« On vous voit demain. Allez, filez ! »

L'eau chaude retentissait sur les têtes meurtries et embuées d'alcool, tombait sur les épaules lourdes, les corps meurtris et pourtant jeunes, ces corps non désirés, mal aimés depuis toujours. Les larmes se mélangeaient à nouveau à l'eau chaude, les lavaient, ravinaient les joues dans une odeur de bain-douche au magnolia et à la fleur d'oranger. Anna alla vomir, puis Mina. Charline s'endormit telle quelle, suivie par les deux autres dans un épais ronflement soulevant une nappe d'odeurs alambiquées d'abus non maîtrisés.

3
Ahmed et Lucas

Toc toc. Les coups sur la porte résonnaient dans les têtes des filles. Les corps lourds tentaient de ne rien entendre, la tête migraineuse et la bouche pâteuse. Où étaient-elles ? Ah, oui la chambre d'hôtel. La soirée, l'alcool. Trop, beaucoup trop. Le foie embrouillé, les cerveaux pétrifiés par la honte, elles ne se souvenaient pas de tout, mais elles sentaient que ce n'était pas extraordinaire quand même. Enfin, il paraît, selon le philosophe Nietzsche que l'oubli est la condition du bonheur. « Cela expliquait peut-être le nombre de personnes malades de trop boire ou de trop vouloir oublier », pensait Charline, clouée dans son lit. Toc toc. Pff, Charline fulminait, personne ne bougeait. Elle finit par se lever et alla ouvrir. Elle ne reconnut pas vraiment Ahmed et Lucas, elle n'avait pas fixé les traits de leurs visages la veille au soir. Elle prit le temps de l'observation. Ahmed avait un visage très curieux mais très beau. Les traits africains, un nez épais, une bouche ronde et rieuse, suave et gourmande mais le teint clair et de grands yeux bleus perçants, les cheveux presque rasés, pas très grand, mince et musclé. « Pas mal le mec », se dit-elle. Lucas était plus grand, une silhouette athlétique, roux avec de belles taches rousseur sur le nez et les yeux en amande bleu vert. Charline, prit conscience qu'elle devait être… Très moche, à moitié rhabillée, les cheveux en l'air, une haleine de chacal. Tant pis va le pire ! En tout cas, ils avaient l'air de trouver la situation fort amusante.

Lucas fut le premier à ouvrir sa bouche souriante : « les filles, on vous attend dans une heure pour le petit-déjeuner. Ne tardez pas, on doit finir notre tournée. Demain, c'est vendredi. On rentre chez nous. On vous a pris un truc pour la tête, ça devrait vous faire du bien. » Et il déposa la petite boîte de médicaments sur la commode insipide de la chambre d'hôtel en bois mélaminé clair.

Charline referma la porte. Elle courut prendre le cachet salvateur. « Ils sont vraiment adorables et prévenants ! » Les deux corps à moitié morts affalés sur leur lit une place, les bras écartés et la bouche ouverte que faisaient à peine frémir les ronflements puissants de Mina, commençaient à remuer péniblement. Charline s'écria : « Allez on se lève. Alleeeez ! Go, go. Je prends une douche. Après, c'est vous. Les garçons nous attendent pour un petit-déjeuner. »

Charline sous la douche, essayait de se remémorer la soirée. L'image d'un type menaçant, le cassoulet, le carton de vases mauves qu'elles ont projetés heureusement à côté des camions. Ouais, le retour dans la salle de restaurant allait être pénible. De retour de la salle de bains, elle tomba sur Anna qui patientait assise, les yeux boursouflés et collés.

« Salut », dit-elle d'une voix d'outre-tombe. « Je ne me souviens de rien, c'est l'horreur. Un petit-déjeuner avec qui ? »

« Pas grave, t'inquiète ! » lui rétorqua Charline, « ça va revenir ! » Anna se doucha, puis réveilla Mina écrasée dans son lit, la couette enroulée autour de son corps.

« Oh la lalala, ma tête, quelle horreur ! »

« Tiens prends un cachet. Et va te doucher, ça va te faire du bien. » Charline était déjà rhabillée, ses chaussons troués au pied, les deux cette fois.

Une heure plus tard, les filles se trouvaient dans le restaurant, penaudes, pâlichonnes, angoissées des regards que le personnel du restaurant leur jetterait. Mais chacun eut l'élégance de ne pas en rajouter et fit en sorte de faire comme si rien ne s'était passé.

Après un bon grand café, Lucas et Ahmed leur racontèrent toute la soirée.

« Les filles, on a bien compris que vous n'alliez pas bien, on était derrière vous hier soir dans la salle de restaurant, on a entendu vos histoires. C'est moche ce que vous avez vécu. Vraiment. On a eu mal pour vous. Bon, on passe sur vos propos sexistes et franchement idiots. On a bien compris que vous aviez besoin de vous défouler et l'abus d'alcool n'a jamais rendu intelligent. Mais franchement après, vous avez été trop loin, beaucoup trop loin. Charline, tu aurais pu te faire violer. Et vous aussi, Anna et Mina. Vous étiez inconscientes. Tous les mecs ne sont pas des salops, loin de là, mais il y en a qui pensent qu'en tant que dominant et chasseur. Pour eux, toute provocation est une demande, un "oui". Pour certains, être une femme est déjà en soi une provocation. La bande d'hier, ce n'étaient pas des fins. Franchement, de les braver ainsi, c'était se jeter dans la gueule du loup », sermonna Ahmed.

Anna, cramoisie, reprit : « on ne se rappelle plus trop mais on est désolée. »

Charline en colère, blessée dans son orgueil, lui rétorqua : « ouais, mais enfin, il n'était pas non plus obligé de me violer ! Si ? Cela aurait été de ma faute aussi ? »

Ahmed était agacé : « Bien sûr que non ! Mais quand vous avez la possibilité d'identifier que vous vous trouvez avec des hommes qui potentiellement pourraient passer à l'acte, est-ce vraiment nécessaire de les provoquer plutôt que de fuir et de vous mettre à l'abri alors que vous pouviez le faire ? Enfin, sauf que vous étiez dans la phase d'ivresse dite de la phase du Lion, qui vous donnait l'impression d'être des « surfemmes ». Mais bon, quand même, il y a bien trop de femmes qui sont prises au piège et qui ne peuvent pas s'échapper, alors quand on peut anticiper, merde les filles, on n'y va pas ! »

Lucas plissa les yeux, soucieux : « on se fout que vous soyez désolées, ce n'est pas pour nous qu'on s'inquiète. C'est pour vous, vous vous mettez en danger, et c'est grave, vous n'en avez même eu pas conscience. Il y a des connards, vous êtes bien placées pour le savoir. N'allez pas en chercher d'autres, les pires, non de non ! »

Charline savait que c'était pour elle. Elle n'ignorait pas qu'elle ne savait pas se protéger. Pourquoi ? Elle ne le savait pas : « Je pensais que j'aurai le dessus, que je saurai être plus forte que lui. »

Ahmed s'étonna irrité : « Mais non de non ! Tu crois vraiment que c'est une question de joute pour savoir qui va dominer l'autre, les femmes sur les hommes ? Oh, reviens sur terre ! Elle est où ton épée ? Tu n'en as pas. Il y a des jeux auxquels on arrête de jouer quand le risque est bien trop grand ! Surtout quand le jeu fait celui de l'autre. À celui-là, c'est toujours le même qui perd. Et si en plus, des témoins te voient le provoquer, je ne te dis pas le chemin de croix pour faire reconnaître un viol. C'est pervers comme fonctionnement. La seule chose à faire hier, c'était de mettre son orgueil dans sa poche, de se calmer et de rentrer vous mettre à l'abri. Mais bon, vous étiez trop imbibées pour vous en rendre compte. Et puis, l'éternelle rivalité et domination entre les hommes et les femmes, va falloir que ça s'arrête. En t'entendant parler au début de la soirée hier avec tes amies, je te voyais comme quelqu'un de différente Charline. Après, franchement, c'était d'une médiocre banalité. »

Charline ne supportait pas la honte d'être mise face à ses contradictions bien qu'elle appréciât la franchise et la droiture d'Ahmed et Lucas et qu'elle trouvât qu'ils avaient raison. sur le fond. C'était bien la première fois qu'on lui expliquait comment prendre soin d'elle, elle en était toute déconcertée. Alors elle fit la seule chose qu'elle savait faire : elle lui proposa de rembourser la chambre, tout en sortant son portefeuille.

« Ça ne va pas ! On l'a fait avec Lucas parce qu'on veut que vous ne détestiez pas tous les hommes. Vous avez rencontré des salops et aussi de belles salopes, n'oubliez pas les femmes et des hommes qui ne le sont pas. Les amis comme les passeurs. Et puis, vous nous avez touchés, et vous êtes de chics nanas, ça se voit. Quand vous n'êtes pas bourrées, parce que dans ce cas, franchement vous rejoignez le lot des pétasses et des nigaudes. » Les filles rirent en chœur, vexées mais ravies de cette franchise.

Le petit groupe finit de prendre leur petit-déjeuner en silence. Pas top les croissants, des « pas au vrai beurre » maugréa Mina ! Quelques cafés supplémentaires, le groupe se détendait, parlant de tout et de rien.

« C'est vraiment gentil ce que vous avez fait pour nous, reprit Mina, merci encore ! » avec un beau sourire respirant l'amour.

« Oui, merci, merci ! » s'écria Anna. Charline soupira : « comme j'aimerais voir un compagnon comme vous, beau et chevalier ! »

Lucas et Ahmed sourirent.

« Nous sommes mariés tous les deux, Mademoiselle Charline. Et j'adore ma petite femme. » Ahmed sortit une photo de son portefeuille qu'il contempla avec des yeux qui devenaient tout brillants.

« Elle est belle, non ? C'est ma Zora. J'ai dû l'enlever et la faire fuir de son village », expliqua Ahmed.

« Tu l'as enlevée ? » demanda Mina perplexe.

« Je suis kabyle et elle, arabe, impossible pour nous de nous marier en Algérie. Nos villages étaient pourtant à quelques kilomètres, trois pour être précis, mais le mien était situé en petite Kabylie et le sien côté arabe. Une ligne imaginaire entre deux origines culturelles que l'Algérie n'a pu pendant longtemps unifier. Sa famille a refusé notre mariage et nous nous aimions éperdument. Alors, j'ai dû la ravir et pour éviter le déshonneur de nos familles et les conflits, nous nous sommes enfuis en France. J'étudiais les lettres à Alger, j'adore la littérature, j'allais terminer mon master. Ce n'était pas si évident, à Alger il était interdit de parler le tamazight, c'est-à-dire la langue kabyle. En fait kabyle, c'est une désignation arabe raciste pour désigner le peuple berbère d'Algérie comme vous, vous diriez les bougnoules en parlant de nous. Il fallait se cacher pour écouter les poètes chanter, Idir, Maktoub Lounes. Une fois, j'ai été surpris à parler ma langue dans la rue, j'ai été jeté en prison trois jours. Juste pour avoir parlé dans ma langue naturelle. Vous voyez le racisme, la violence, c'est partout. Et puis, on est parti avec ma Zora, j'aime bien dire que je l'ai enlevée, c'est une manière de préserver son honneur et puis, pour nous, il y avait un côté romantique et chevaleresque. Dans la réalité, elle était plus que partante, elle a sauté toute seule de sa fenêtre avec son baluchon. Et nous nous sommes enfuis ici en France. Pour nous, la France, c'était notre voyage de noces. Et nous sommes devenus tous deux des bougnoules en France. La bougnoulitude a effacé nos différences ethniques Berbère et Arabe, comme quoi ! On a eu quelques difficultés au départ, la vie est dure ici. Personne ne nous attendait. J'ai trouvé un boulot de chauffeur routier, ce n'est pas si mal, je bosse beaucoup et je gagne bien ma vie. J'ai ma Zora et des projets. »

« Waouh ! » s'exclama Charline, « c'est beau et courageux, quitter son pays, sa famille, pour pouvoir s'aimer ! »

« Et toi Lucas », se risqua Anna.

« Ah, ah, moi… Si Lucas est le bougnoule, moi je suis le cassos français, le fainéant qui vivait au crochet de la société, vous savez ! »

Les filles furent interloquées de ce ton sarcastique.

« J'habitais à Saint-Ouen, un vendeur de sommeil nous louait une cave remplie de cafards qu'on partageait avec mes parents qui vivaient de petites allocations. Il n'y avait qu'une petite fenêtre, une espèce de SAS très en hauteur, qui donnait au niveau de la cour, et qui était protégée par des barres de fer auxquelles était attaché un chariot avec une grosse chaîne métallique, il y est resté pendant vingt ans. On n'apercevait que les pieds des gens. Mes parents étaient tous deux schizophrènes. Ils étaient naïfs et faisaient confiance à leur escroc de loueur qui s'était arrogé un droit de tutelle officieux sur leurs revenus. Ils ne se rendaient pas compte, on aurait pu vivre mieux, dans un vrai appartement. On avait le droit à des aides, des soutiens mais cette ordure nous volait tout avec la totale crédulité de mes parents. On entend toujours aux infos des histoires de schizophrènes qui tuent dans leur phase de délire. C'est rare pourtant et si les personnes prennent leur traitement, ça le fait. On ne parle jamais du nombre considérable de ces personnes qui sont escroquées et elles sont bien plus nombreuses que celles qui passent à l'acte. Cette ordure, à moi, m'a volé mes rêves d'avenir. Je rêvais de devenir philosophe, mais je suis dyslexique. J'ai été en échec très tôt à l'école. Il aurait fallu l'aide d'une orthophoniste, mais le loueur avait expliqué à mes parents qu'ils n'avaient pas d'argent pour payer les consultations et que de toute façon, ça ne servait à rien. À l'école, j'étais le cancre mal habillé, qui sentait le moisi, le nul qui ne comprenait rien, sans parents pour le défendre. J'étais le benêt, le sot, le déficient. De surcroît, j'étais roux. Et tout le monde sait bien qu'un roux sent la fourmi et moi, je sentais en plus l'odeur de la cave humide dans lequel le linge ne séchait pas et pourrissait. Et pourtant, mes parents eux, étaient fiers de moi, sincèrement. J'étais le seul à ne pas être schizophrène. Pour eux, j'allais aller loin sans la maladie, pas comme eux, et ils en étaient soulagés. Ils pensaient que sans cette pathologie, tout était possible pour moi. C'était leur manière de m'aimer, ils ne voyaient pas comment faire autrement et surtout ne comprenaient pas ce qui se passait à l'extérieur, ils ne sortaient jamais. Personne à l'école n'avait songé à me demander si j'avais besoin d'aide. Les services sociaux passaient une fois par an, restaient une demi-heure. Et c'est tout. On me disait : « tes parents sont ce qu'ils sont mais ils ne sont pas maltraitants. » C'était vrai mais après ? Je ne lisais pas donc j'étais idiot, après tout, j'étais fils de schizophrènes, cela devait être normal d'être déficient. Personne ne cherchait plus loin, se contentant de ces préjugés qui évitaient à chacun de faire des efforts. Je me suis enfui de l'école. Je rentrais chez moi le soir, personne ne se rendait compte de rien, mon père ne savait pas lire non plus et je lui racontais n'importe quoi lorsqu'un mot était écrit concernant mes absences. Je lui racontais qu'il fallait acheter du matériel pour essayer d'obtenir quelques sous et me payer un pain au chocolat ou des cocobats lorsque j'arpentais les rues de Paris. Puis, je me suis mis à rentrer en douce dans un grand lycée parisien où ils étaient tous bien habillés. J'avais repéré la salle d'un professeur de philosophie, Monsieur Catin. Jouxtant la classe, il y avait un placard à balais souvent ouvert. Je me cachais dedans. Je me suis fait prendre une fois par l'agent d'entretien, Souleymane. Il m'a regardé un long moment, blotti à moitié en haillons dans le placard. Je l'ai alors supplié : « s'il vous plaît, j'écoute chanter la philosophie dans ma tête. » Il a refermé la porte et ne l'a plus jamais verrouillée. Mes parents sont décédés et je dormais la nuit dans le placard. Souleymane l'avait remarqué, il me laissait des biscuits, des barquettes de plats africains. J'écoutais des heures les cours en mangeant les mafés froids. Quand j'avais quelques sous, je lui laissais des cocobats ou des carambars. Lorsque je revenais, ils avaient disparu. Et j'écoutais, j'écoutais comme un buvard boit son encre. J'apprenais tout, l'histoire de la pensée, la remise en question des idées toutes faites, les querelles des dogmes… C'était bien plus passionnant que les cours de grammaire et d'orthographe que j'avais eus à l'école… Jusqu'à ce que j'entende ce professeur de philosophie parlait de la grammaire de l'intention : « parler c'est agir, la parole est un acte ». Choisir une forme grammaticale plutôt qu'une autre était une action qui traduisait une intention. La maîtrise de la syntaxe permettait d'exercer son pouvoir, l'affirmation du Je, mais aussi de citoyen ! Je parle donc je suis et je peux choisir qui je suis et l'effet que je veux produire grâce aux nuances offertes par la grammaire française. Je vis alors la grammaire comme le pinceau du peintre, la sémantique comme sa palette de couleurs, et l'orthographe comme le chevalet. Chaque phrase était une œuvre. Tout d'un coup, je compris à quoi enfin, servait la grammaire, devenir le stratège éclairé de sa propre communication, faire un pied de nez à la stratégie sournoise des élites de rendre impossible l'apprentissage du français par le petit peuple en raison de sa complexité. Mais pourquoi ne l'explique-t-on pas tel quel aux enfants au sein de l'école de l'égalité des chances ?

Pour survivre, je faisais la manche quand je sortais du lycée. À l'époque j'étais punk, l'Iroquoise rousse hissée sur mon crâne rasé et un perfecto décoré de pin's des Bérus et des Sex pistols. Un jour, alors qu'il faisait très froid, une belle jeune femme brune au visage ovale et doux s'est approchée de moi, comme si elle sortait tout droit d'un bouquin de Victor Hugo, un visage romantique avec un je-ne-sais-quoi de profond, de triste, un air de spleen slave et un front noble. Elle m'a offert un chocolat chaud et un sandwich dans un café. Je lui ai raconté ma vie. Charlotte était professeur de théâtre et comédienne. Elle m'a pris rendez-vous auprès d'un centre spécialisé et le diagnostic de dyslexie a enfin été posé. On m'a fait passer un test d'intelligence. J'étais surdoué. La surprise ! Charlotte me donnait des cours de théâtre pour m'aider à apprendre de beaux textes, la poésie de Victor Hugo. Ah lalala, j'en ai pleuré, j'avais l'impression que c'était de la musique dont je savourais chaque note et puis, Samuel Beckett que j'apprenais par cœur. Je prenais des cours de lecture avec le centre d'alphabétisation. Zora travaillait là-bas comme éducatrice et elle m'a aidé à passer mon permis poids lourd en m'adressant à une association qui aidait les jeunes comme moi. Et tout naturellement, j'en suis arrivé à rencontrer Ahmed, c'était du bonheur. Son patron cherchait un nouveau gars, Ahmed me fit rentrer dans la boîte et depuis, on travaille toujours tous les deux à cause des déchargements. Quand je conduis, il me lit des livres compliqués car c'est encore difficile pour moi la lecture. Actuellement, il est en train de me lire le Pendule de Foucault d'Umberto Eco. Et quand il conduit à son tour, je lui parle philo, je lui raconte les cours et on parle de notre projet, de notre rêve. Et puis j'ai rencontré Yasmina, l'amie de Zora qui est esthéticienne. On s'est aimé, on s'est marié. Ahmed, Zora, Yasmina et moi, nous sommes une famille maintenant, une vraie famille. Et une fois qu'on aura fait aboutir notre projet, on agrandira la famille ! Une ribambelle de cousins roux et bruns ! ».

Un grand silence. Les filles étaient sous le charme de ces deux hommes, de leur entrain, de leur simplicité et de leur exaltation, de cet élan de vie qu'ils insufflaient, un sourire émerveillé éclairait leurs visages. Mina demanda :

« Et tu as revu cette femme brune, Charlotte ? Et Souleymane aussi ? »

« Je n'ai jamais revu Charlotte, elle avait d'autres projets et avait quitté Paris. Je ne sais pas où elle est partie. Mais je regarde toujours quand je vais dans un lieu public, je n'ai jamais oublié son visage. Je crois qu'elle faisait partie des « passeurs », les gens que tu croises à un moment où tu es au pied d'une montagne ou au fond d'un précipice, et qui sans te connaître, te lancent une corde et puis s'en vont. À toi de décider si tu vas utiliser cette corde et ouvrir le passage sur un autre monde, un monde plus lumineux ou rester dans le noir. Pour Souleymane, lorsque j'ai été embauché, avec mon premier salaire, je lui ai acheté plein de bonnes choses que j'ai été lui déposer dans le placard avec un mot : « merci », écrit de ma main, le premier que j'ai écrit pour quelqu'un ! Et lui non plus, je ne l'ai jamais revu. Je suis parti à fond sur les routes, et quand je n'y suis pas, je suis avec ma femme, au chaud à la maison, notre maison avec des fenêtres d'où l'on voit le ciel et la cime des arbres ! »

Charline sembla triste, elle si affective, qui avait tant de mal à terminer une relation, alors laisser partir les gens, c'était pour elle une grande souffrance. Elle cherchait à retenir ce moment avec eux.

« Et sinon les mecs, c'est quoi ce fameux rêve, dont vous n'arrêtez pas de parler ? »

« Oui, Lucas et moi, ainsi que nos femmes, on bosse comme des fous, pour pouvoir nous acheter un hammam. On n'est pas souvent à la maison mais dès qu'on aura assez d'argent, on stoppe et on se lance. Yasmina et Zora confectionnent des cocas algériens, des bricks, des pâtisseries algériennes qu'elles vendent sur le marché pour contribuer à notre projet. Ça marche bien aussi ! »

« Un hammam ? » s'esclaffèrent les trois femmes.

« Et voilà ! » s'offusqua Ahmed. « Vous vous dites progressistes, mais vous riez aussi de stéréotypes, vous êtes bornées finalement. Tiens regardez en France. Aucune loi n'interdit à un garçon de s'inscrire dans une école d'esthétique pour devenir esthéticien. Sinon, ce serait la discrimination et la loi sur la discrimination ne le permet pas. Sauf que dans les faits, aucun ne le peut car sa demande est rejetée au motif de la pudeur sexuelle. Vous le saviez ? Je suis sûr que non, vous êtes habituées à ne pas voir d'homme dans les salons sauf s'il est patron. C'est normal, vous l'avez intégré sans même vous en rendre compte. Et bien Mesdames, c'est de la discrimination sexiste ! Et oui ! Et pourtant, il y a bien des gynécologues hommes ? La frontière est ténue, elle varie juste selon la manière dont la culture contextuelle influence la pensée. Regardez les coiffeurs hommes, parce qu'ils exercent un métier dit féminin, ils étaient tous considérés comme étant homosexuels. Et comme ils étaient particulièrement appréciés des dames, fut un temps, c'était un bon coup marketing pour le commerce qui tentait de recruter des hommes avec ce profil-là. Du coup, une grande partie des coiffeurs hommes étant homos, cela a renforcé l'idée qu'un homme ne pouvait devenir coiffeur que s'il était homo. Aujourd'hui, le stéréotype perdure alors que la réalité est différente, et heureusement.

Vous les Occidentaux, vous placez l'intimité corporelle à une distance qui frise avec l'idiotie. Tout le corps est sexué, tout rapprochement est sexuel. Pas chez moi, en Afrique du Nord. Je pense que vous savez toutes que l'Afrique du Nord n'est pas réputée pour son manque de pudeur, bien au contraire. Et pourtant nous pratiquons le hammam depuis des siècles. Le vrai hammam, pas le faux à la française avec une fausse décoration marocaine et des esthéticiennes qui n'ont jamais mis les pieds dans un vrai hammam. Le vrai avec les trois salles. La première, une pièce chaude. Tu y entres, tu t'enduis de savon noir et tu laisses ton corps s'habituer à la chaleur. Les corps sont là, assis, tous se voient mais personne ne se juge. Les corps jeunes, vieux, beaux, moches, ronds, maigres, abîmés, plissés. Tout le monde s'en fout, parce que tout le monde redevient un humain comme les autres. Quand tu es prêt, tu rentres dans la pièce bouillante. Et tu ressors quand tu n'en peux plus. Tous à la même enseigne, les gouttes de sueur perlent sur les visages et les corps se vident de leur saleté. Personne ne parle pour mieux apprécier cette détente, cette sensation d'être nettoyé en profondeur, du corps et de l'âme que tu sois notable ou servante, c'est la même sensation. Et à ce moment-là, tu ressens l'Amour universel, une sensation de plénitude et de calme, de bienveillance douce et feutrée. »

Charline interrompit Ahmed. « J'ai essayé une fois. Je pense un peu deviner ce que tu expliques mais dès que j'ai commencé à me détendre, un groupe de nanas excitées, venues faire un enterrement de vie de jeune fille, ont fait tellement de bruit, que j'ai été gênée. J'étais agacée, en colère contre la direction du hammam qui aurait dû privatiser le hammam pour ce genre d'événement. De rage, je suis allée me faire masser, je commençais à nouveau à me détendre quand la masseuse interrompit son massage et me dit tous azimuts : « Madame, à votre âge, vous devriez faire quelque chose pour votre cellulite ! C'était fini, je me suis rhabillée et je suis partie mortifiée, je n'y suis jamais retournée et pourtant l'expérience avait bien démarré. »

« Effectivement ! » Poursuivi Ahmed « tu as vécu tout ce qu'il faut éviter dans un hammam, c'est bien dommage. Chez nous, c'est différent, après la salle chaude, tu reviens dans la première pièce, tu te rinces, tu t'allonges. On s'occupe de toi, on t'enduit à nouveau de savon noir, on te passe le gant pour gommer la peau, on applique le rhassoul. Au pays, ce sont les gens entre eux qui se font les soins. C'est la culture méditerranéenne, les femmes s'épilent entre elles, les gens se frottent le corps. Il n'y a ni gêne, ni jugement, ni barrières sociales. Prendre soin du corps des autres, c'est aussi prendre soin du sien, accepter l'autre et s'accepter. Il n'y a aucune ambiguïté. Ça, c'est thérapeutique. Puis, tu vas dans la salle de détente, tu t'allonges sur des coussins, tu bois un thé, manges des pâtisseries, lis des livres, tu te fais masser, tu rêves, tu t'endors, tu penses. Quand tu décides de partir et que tu regardes l'heure, tu te rends compte que tu as passé cinq heures sans t'en apercevoir et que tu es bien. Ton corps va bien. Ton esprit est léger. Détendu par la simplicité, l'authenticité, la levée des barrières rigides de l'intimité sans y porter atteinte à aucun moment. Au début, les Occidentaux sont gênés, et une fois qu'ils ont senti qu'il n'y avait aucun regard lourd, aucun regard tendancieux, qu'il suffisait d'être là, ici et maintenant, avec les autres, ils jettent leur peignoir et assument leur nudité et de ne plus se cacher, presque comme si leur peau nue suffisait à les habiller, que le corps n'était pas une cuirasse, un lieu de guerre entre l'extérieur et l'intérieur, alors tous se détendent. Ce corps parfois si lourd à supporter, une fois débarrassé de toutes ces complications, devient juste ce qu'il est. C'est la vraie libération. Redevenir soi et s'oublier en ayant conscience juste qu'on est là, une forme de méditation corporelle. On est libéré de toute contingence. Les gens sont bien, et quand ils sont bien, ils deviennent bienveillants tout naturellement, comme si le mauvais partait avec la sueur et le savon noir. Le noir avec le noir. Cela devrait être remboursé par la Sécurité sociale. L'idéal aurait été de pouvoir faire des hammams mixtes, mais il suffit d'un regard qui renvoie du désir pour mettre en péril tout l'équilibre des autres et leur donner à nouveau envie de se cacher. C'est pour ça qu'il vaut mieux séparer les hommes et les femmes, même si je trouve que c'est dommage car il est aussi possible de vivre ces sensations dans la mixité, ça fait du bien aussi de ne pas être entravé par le désir et le fossé créé entre les hommes et les femmes et d'être tous ensemble. Je l'ai déjà expérimenté mais ça a fini mal en raison d'un mec qui a voulu séduire une nana et qui du coup, la regardait de manière sexuelle, l'expérience a pris fin car tout le monde s'est mis à se cacher, comme Adam avec sa feuille, et chacun est retourné de son côté. C'était dommage. Vraiment. Et puis, moi, je pense qu'après un hammam, après s'être débarrassé de la contrainte du corps, alors l'être humain peut commencer à philosopher. Ainsi, nous voudrions créer un vrai hammam comme au bled avec des salons de philosophie et de littérature. Le hammam de l'Amour, au sens général, la philosophie, c'est de l'Amour de soi et des autres. On peut aussi parler de couscous de l'Amour, Il ne faut pas prêter attention à ceux qui souhaiteraient le couscous sans les « Bougnoules », le Maghreb sans les Arabes ! Beaucoup d'immigrés, en ont marre qu'on leur parle de ce plat, ils se sentent réduits mais ils oublient que c'est aussi un élément de culture, de partage, de chemin vers l'autre comme on représente le français avec sa baguette, son camembert et son saucisson. Il ne faut pas le rejeter, c'est une porte qui peut et doit s'ouvrir sur toute la culture. Il faut bien sûr ne pas se laisser enfermer mais profiter du camembert ou du couscous pour ouvrir des brèches l'un vers l'autre. Et la culture du hammam, voilà ce qu'on aimerait vous transmettre, parce que c'est beau, parce que ça fait du bien, parce que c'est la Paix. »

Il but une gorgée de café, essoufflé par son emballement aux odeurs de fleur d'oranger.

Mina prit la parole : « je vois bien que c'est compliqué. Dans la boîte où je travaillais, j'adorais bosser avec un collègue, Nassim. J'adorais son intelligence et son humour. Un jour, qu'il rentrait de vacances, je le croise et je lui dis spontanément : waouh, tu as vachement bronzé ! J'étais sincère et sans arrière-pensées lorsque je lui ai dit cela. Lui m'a répondu en colère : « ouais, c'est parce que je suis un bronzé que tu me dis ça ». J'ai tellement été sidérée que je suis restée un moment sans pouvoir rien dire puis je lui ai simplement expliqué que non, je constatais juste qu'il était plus hâlé comme je l'aurai remarqué pour n'importe qui d'autres. Je me suis dit, le jour où on pourra dire à une personne originaire du Maghreb qu'elle a bronzé sans que celle-ci le rapporte à son origine, on aura gagné ! En tout cas, ça m'a fait mal, je ne me rendais pas compte de cette violence. »

Lucas reprit : « tu connais la glottophobie ? Tiens en ce moment, chaque chaîne nationale fabrique sa série qui passe le soir. Elles sont toutes basées dans le Sud : Marseille, Sète,

Montpellier. J'ai regardé par curiosité. Aucun accent du sud ! Aucun élément de culture hormis quelques plans de paysages et de rues, et encore. Même la bouffe, on ne voit que des salades composées avec des salades et des rondelles de tomates, comme si tout le monde était au régime. Pas de clichés mais finalement une uniformisation totale. »

Ahmed continua : « oui, ça me fait peur. Nous, on va dans toutes les capitales européennes. Avant tu sentais vraiment les cultures différentes, Londres, Prague, Bruxelles. Maintenant, tu trouves les mêmes bars avec les mêmes décorations type lounge, les mêmes boutiques de fringues. Les mêmes plats. Au début, c'est presque rassurant, tu as l'impression d'être en terrain connu, tous les gens se ressemblent, sont fringués pareils, et puis, tu commences à flipper, tu sens que quelque chose se passe, de profond, de terrifiant, comme un tsunami qui est déjà sur nous mais que personne ne voit ! »

Lucas reprit : « oui, comme une hégémonisation. On finit presque par regretter les stéréotypes et par avoir envie de chanter « fais-moi du couscous chérie ! » Haha ! L'hégémonisation progressive comme instrument de domination qui fait le jeu des grosses multinationales et la guerre des prix. Garantir des prix bas, c'est acheter en Asie en masse, plus tu massifies, plus tu as des prix bas, plus t'écrases les autres et plus, tu retrouves la même daube partout, alors la massification prend du terrain, au départ elle était nationale puis, les pays se groupent pour acheter et ainsi de suite, c'est pour ça qu'on trouve les mêmes choses partout. Et plus tu as besoin d'acheter plein de choses, alors plus tu cherches des prix bas, et la boucle est bouclée. C'est terrifiant et pourtant, nous, ça nous fait bosser en même temps. On gagne bien notre vie, on vit de ça. Pas simple ! L'hégémonie autorise le déni des identités, elle impose une norme au nom d'une forme de bienveillance qui interdit les accents, la langue, notre culture est une grande partie de notre identité qui se trouve réduite comme une peau de chagrin, toujours plus. La réponse à l'hégémonisation : le communautarisme et ses dérives nationalistes qui ne font que prendre du terrain. La violence perverse contre la violence visible des minorités. Vous remarquerez que celle issue des couches plus élitistes est toujours basée sur la soumission librement consentie manipulée par les injonctions paradoxales et les jeux pervers. Elle est bien plus larvée, invisible. Celle en réponse des minorités : la violence directe qui finit toujours par se retourner contre elle. Au final : qui perd, toujours les mêmes. Le commun n'interdit ni le partage ni les spécificités qui sont d'autant de richesses qu'elles sont partagées, tant que l'on n'aura pas compris ça ! Aller se faire frotter le dos dans un hammam, n'ôte pas son identité française non, elle crée juste une expérience différente du temps, de l'autre, du rapport à soi et aux autres. C'est ça, l'expérience de la philosophie concrète. La philosophie du hammam, c'est la vraie démocratie ! Le hammam, c'est l'arme absolue contre les communautarismes, l'hégémonisation et les extrémismes ! Yala ! »

Tous rirent.

Anna était ailleurs, elle réfléchissait à tout cela. La nudité. Elle faisait l'amour à moitié habillé avec Maxime et sous les draps, heureusement, c'était rare. Alors nue au hammam, elle ne s'y voyait pas. Elle ne se rappelait même pas avoir vu son propre corps en entier. Mais les propos d'Ahmed lui ouvraient des pistes, lui donnaient des envies d'autres choses. Elle se trouvait devant eux comme une enfant devant le père Noël, ébahie. On ne lui a appris qu'à se laver, au gant avec du savon de Marseille et à le cacher, ce corps. Ne pas oublier derrière les oreilles, le nombril, les chevilles et puis les dents, comme une chose sale que l'on devait porter, un fardeau, sans parler des parties génitales. Effacer chaque odeur comme autant d'indices de l'existence de ce corps, de la vie.

« C'est fou quand même ! » interrompit Anna. « Ma vie était un long silence, j'ai croisé des milliers des gens comme s'ils étaient simplement des figurants dans un film sans son ni lumière. Et depuis hier, j'ai croisé Charline et Mina puis vous. Et… »

« Et quoi ? » dirent-ils tous ensemble

« Ben, je ne trouve pas les mots, c'est tellement étrange, et plein de vie. Je ne sais pas, je suis bouleversée. » Quelques larmes coulèrent sur les joues d'Anna qui se reprit aussitôt : « Les gars, dès que vous l'ouvrez, votre hammam, je suis votre première cliente ! »

Charline reprit : « moi, je ne suis pas trop d'accord avec ce que tu as dit sur la mixité. Tu vois la gêne, elle vient aussi de celui va regarder ta cellulite, tes bourrelets ou ton bras amputé, du coup, tout ne vient pas non plus de la mixité. »

Mina enchaîna : « séparer les hommes et les femmes pose aussi un souci. Ce raisonnement repose sur le fait qu'on considère qu'on est tous hétérosexuels. Ce qui est faux. Mais c'est aussi une forme de lissage hégémonique de faire comme si tous avaient la même sexualité, et du coup, on nie les autres qui sont tout de même nombreux. On en revient toujours au même problème en fait. »

« Peut-être dit Ahmed, c'est vrai que l'on raisonne comme si tout le monde était hétérosexuel. En fait, tu as raison, le problème, c'est l'incapacité de certains à mettre de côté leurs désirs, les préjugés qui nous gâchent tout ! Mais comment faire ? »

Anna continua : « Peut-être qu'en fait, qu'on n'a pas l'habitude ici en France, on n'a pas appris à faire autrement. Être nu n'est pas naturel, donc cela génère de l'ambiguïté de facto. Après les pénibles, il y en aura toujours, comme les voyeurs dans les camps de naturistes. Je crois qu'ils apprennent à faire avec, et régulent eux-mêmes pour se protéger. Ils font passer l'équilibre du groupe avant leur désir. On reporte trop la protection sur les directions, les autorités, on leur donne trop de pouvoir et on s'en enlève. Si par exemple, dans un hammam les gens se liaient tous pour sortir celui ou celle qui devient gênant, parce que le but commun, c'est de profiter du hammam pour ce qu'il est, la mixité pourrait être envisagée. Au lieu de cela, personne ne se sent responsable, la victime n'ose pas se plaindre et s'en va souvent sous le regard des témoins bien muets. Cela veut dire beaucoup de changements à opérer de l'individuel au politique ! C'est peut-être cela la philosophie du hammam, le hammam de la démocratie ! »

« Et les filles, on parle, on parle, et on doit bosser ! Allez zou, Lucas, on part, on est en retard ! »

Charline leur dit : « les gars, c'est de la bombe votre hammam, c'est la vraie révolution ! »

Ils s'échangèrent leur numéro de téléphone. Une amitié très forte s'est créée. Pour la première fois, Charline et Anna ressentaient de l'admiration pour des hommes, Mina, elle, était la seule qui avait eu la chance d'avoir son père Jamard et son papa Paul. Ils se quittèrent ravis de ce beau moment. Les filles accompagnèrent les deux chauffeurs jusqu'à leur gros camion et les regardèrent partir tristes, les larmes aux yeux, surtout Charline, mais tellement heureuses de les avoir rencontrés. Elles restèrent longtemps à regarder le vide laissé par le gros semi-remorque déjà englouti par l'autoroute.

« J'irai bien m'acheter des affaires avant de partir sur la tombe de mon arrière-grand-père. Pas vous ? » proposa Charline.

« Si si », répondirent en cœur Anna et Mina. « Allez go, on a vu une affiche d'un centre commercial pas loin. »

Les trois voitures démarrèrent, cap vers le Grand Achat Center. Anna put enfin s'acheter un manteau comme elle aimait, une coupe américaine oversize, gris, et une veste de laine. Des pulls, des baskets mode, un jean, du linge de maison et des affaires de toilette. Elle était ravie. Charline se choisit des ballerines Repetto comme elle adorait. Et une paire de baskets. Des affaires de toilettes également. Quant à Mina, elle refit aussi sa garde-robe. Finis les tailleurs pantalons, jeans en velours, pulls, du chaud, du couvrant, du réconfortant, et elle acheta aussi des mugs thermos de café pour la voiture ainsi que pour ses deux nouvelles amies.

Charline sourit. « Bon les filles, prêtes ? Pour un concert urinaire ! Haha, on aurait dû s'acheter des asperges ! »

« Yep, opina Mina, prête pour arroser ce salop. On a nos mugs de caféines, on a de quoi faire ! »

« C'est parti pour moi aussi ! Marre de tous ces cimetières remplis de monstres qui vivent en paix alors que leurs victimes ne l'ont jamais été et que leurs descendants continuent à payer pour leurs méfaits sans comprendre ce qui leur arrive. Feuille de route, capitaine Charline ? » s'enquit Anna

« Toutes au cimetière de Mortemort ! » Le GPS réglé, les trois bolides des trois femmes firent entendre leur démarreur. Embranchement de l'A20, direction Limoges. C'était parti. Nulles ne savaient ce qu'elles allaient faire après, elles savaient juste qu'elles allaient pisser sur la tombe d'un violeur dans un cimetière, à Mortemort.

III
J'irai pisser sur ta tombe…

La brume épaisse tombe sur les vagues, m'enfouissant dans un profond silence. J'avance dans l'eau fraîche, ma peau se durcit, cisaillée de sel. Les sons semblent assourdis, engourdis par cette brume qui semble flotter. Mon ventre se raidit et frissonne, je pénètre dans l'eau. Une ultime souffrance, je plonge dans le gris qui s'assombrit. Mon visage semble posé à la surface de la mer sur lequel reposent les nuages blancs vaporeux.

Le silence… Rompu par l'arrivée d'une série de vagues.

Une énorme d'abord, je plonge dessous. Et ressors, fière d'avoir contré la masse énorme de l'eau, guettant son retour sous mes pieds ainsi que les sensations de chatouillis provoqués par sable qui file, comme s'il fuyait, prenant le large, rompant avec l'estran. Puis des jumelles, d'affilée légèrement décalées, des vagues pointues, plus basses mais plus fortes, la peau de leur crête un peu fripée, elles me secouent. La troisième, un peu plus grande, plus carrée et bien droite. Je plonge.

Ma tête heurte un mur liquide, mon cou puis mon corps vrillent. Elle me ramène vers la plage avec elle, tel un chasse-neige. Elle me secoue, me pousse, je vire. Où est mon corps ? L'eau pénètre par mes narines, rentre dans ma gorge puis dans mes poumons. Je tousse, prise dans une eau ensablée, j'étouffe. Affolée, je panique. L'eau se retire alors, je reste sur le sable, crachant de l'eau tout en en suffoquant. Je m'allonge un plus haut sur le sol granuleux que je sens coller sur ma peau.

Respirer. La brume tombe toujours plus bas. J'aperçois quelques courlis cendrés insensibles à ma posture, mon désarroi, ramasser leur pitance dans la mousse restante du ressac. Je ferme les yeux, les petits cris des oiseaux, les grands des goélands. Les vagues. Je respire. La brume m'enserre de ses bras humides et glacials. J'ai froid.

Au loin, une enseigne s'allume et avec elle, les bruits des tasses et des verres rebondissent sur un comptoir et des rires comme des petits crépitements au loin, des voitures qui se garent. Je me lève, le sable me picote la peau. Quelques derniers rayons de soleil percent les nuages. Je me dirige vers cette lumière qui pétille dans cette curieuse journée d'été automnale. Je ris.

1
Mortemort

Mortemort, ce petit village de la Haute-Vienne, était traversé par une grande rue qui n'en finissait pas. Comme tous ces bourgs clivés par une longue artère, c'était triste. Peut-être avait-il été jadis un village animé avec son garage central, son grand hôtel mais aujourd'hui, le lieu basculait dans la désertitude, n'accueillant même plus les caravaniers en partance pour l'île d'Oléron. Ayant dépassé les monts du Limousin, Charline s'attendait à des paysages montagneux comme le village de sa grand-mère lové dans des collines peuplées de châtaigniers centenaires. C'était plat. Infiniment plat et pas très loin non plus des déchets d'uranium de la COGEMA, laissés presque à ciel ouvert autour de Bessines en Gartempe. La Gartempe, cette rivière qui faisait rêver les romantiques, surtout après avoir lu les romans de Régine Desforges. On y rêvait liberté au rythme des courants et des clapotis sur les cailloux, allongés sur les rives ombragées dans les filins de soleil que les châtaigniers daignaient laisser passer. Sauf que là Mortemort, ça ne faisait pas rêver. Le vide. La grisaille. L'église. Une petite bâtisse. Rustre, sans fantaisie qui laissait deviner les prêches d'antan du dimanche dans ce Limousin pauvre et très croyant, plein de morale, de menaces et de culpabilisations envers les croquants et les croquantes du Limousin, les pieds glacés dans la paille de leurs sabots garnis de papier journal ou pour ceux qui avaient un peu plus les moyens, des souliers de gros cuir qui serraient les chevilles et comprimaient les orteils, parfois trop grands, parfois trop petits parce qu'ils servaient de génération en génération. Les phrases péremptoires rebondissaient sur les murs de granit et en écho, grondaient tel un orage, les « accepte ton maître », « honte à vous, brebis égarées », « il n'y a qu'une voix, c'est celle de Dieu, ailleurs c'est l'enfer pour les mécréants », « l'enfer pour ceux qui n'ont ni Dieu ni Maître », le petit curé de campagne en roulant le « r » d'enfer comme un boulet de forçat roulant sur des galets, le doigt menaçant et accusateur dressé vers son public terrorisé et frigorifié. Les hommes allaient alors se réchauffer et se réconforter au café autour d'un rouge limé et les femmes autour de leurs fourneaux, patientant du retour de leur époux, en s'activant pour préparer le repas dominical et familial auquel elles ne s'assiéront certainement pas, s'affairant en cuisine et espérant qu'à l'heure de la belote, les hommes leur auront laissé quelques victuailles dans les plats avant de s'atteler à faire la vaisselle.

Le temps d'attendre les filles qui étaient allées faire le plein d'essence, Charline s'inventa l'histoire de son arrière-grand-mère Léonie, qu'elle ignorait. Ses dix-huit ans avaient jaugé l'après-Première Guerre mondiale. Elle était amoureuse de Léon qui partait à l'armée. Ils devaient se marier à son retour, alors ils ont fait l'amour dans la grange de la mère Pujaud. Juste avant qu'il ne parte, les larmes dans le ventre comme s'ils se voyaient pour la dernière fois avec passion et désespérance. Il partit se former au tir à la mitraille, et les seins de Léonie se durcirent comme deux obus. Elle était enceinte, et lui envoya une longue lettre pour le lui annoncer, tout heureuse de cette belle nouvelle.

Elle ne sut jamais s'il avait reçu sa lettre. Elle se disait que ce bébé était une nouvelle étape, un beau présage, une évidence pour un homme de la campagne qui revient de son service militaire. Un beau mariage d'amour, un enfant puis deux et plus. Ils seraient heureux à trois. Il lui tardait de revoir son Léon, si beau avec son sourire enjôleur, ses grosses mains de palefrenier et ses yeux bleu azur éclairant un visage taillé à la serpe. Les jeunes revenaient tous de faire leur service, Léon lui ne revenait pas et le ventre de Léonie poussait jusqu'à ce que sa mère ne la pousse, elle, dehors en lui disant :

« Sale putain, traînée, on ne va pas continuer à t'engraisser et nourrir une bouche de plus, un rejeton, un bâtard. Le bâtard de la honte qui s'abat sur nous, ta famille. Pourquoi tu nous as fait ça, à nous ? C'est pire que la guerre. Tu as sali à jamais notre famille. Va-t'en et ne reviens jamais. Ton bâtard et toi, on n'en veut pas. »

Et Léonie partit. Elle survécut de petits emplois dans les champs, les vergers, les ménages et accoucha au milieu d'une grange sous le regard concupiscent des vaches, accroupie, sans larmes, ni cris, ni joie. La petite Albertine tombée sur le sol pleurait mais doucement sentant que tout son serait malvenu. Sa mère la couvrit d'une couverture de gros coton noirci de cambouis. C'était tout ce qu'elle avait trouvé, un mécanicien chez qui elle avait fait du ménage la lui avait jetée avec deux pommes en guise de salaire. « Tiens traînée, avait-il dit. ». Elle enroula Albertine autour de sa taille sans un mot ni un regard. Sans homme ni honneur acheté, une femme n'était rien et se trouver à la merci du bon vouloir des autres. Cela dura huit ans. Huit ans durant lesquels Albertine souffrit du silence bruyant de l'absence de la voix de sa mère. Albertine dormait contre sa mère pour se tenir au chaud mais une barrière invisible l'empêchait de poser une main sur elle. Elle aurait tant voulu, la toucher, sentir sa chaleur, un bisou, un câlin, un regard, se blottir entre ses énormes seins, bien calée, en sécurité. Léonie travaillait dur, partout où elle passait, les phrases des commères résonnaient : « regarde la fille-mère », « fille-mère », « fille mère ». Ce mot tombait comme un couperet comme putain, traînée, honte pour cette faute d'avoir tant aimé qu'elle avait si naïvement commise, cette honte qui emplissait le ventre de ces filles-mères abusées, rejetées, abandonnées alors aux forces des vents mauvais. Elles serraient les cuisses sous les regards méprisants, comprimant alors les décharges électriques déclenchées par leur corps dans le bas de leur ventre pour se rebiffer contre cette honte ressentie qui voudrait bien faire disparaître ces organes qu'elles sentaient si sales, si souillés qu'elle en avait des fuites urinaires. Le fauteuil du Diable.

Léonie en même temps qu'elle perdait l'espoir de retrouver son Léon, perdit ses émotions et tomba dans l'aigreur. À huit ans, Albertine, une gentille fille habituée à ne pas avoir ni désir, ni souhait, ni identité, eut un beau-père, Gaston Couilloux. Léonie mit au monde huit autres enfants et chargea Albertine de les élever. Tous. Albertine n'allait pas à l'école pour pouvoir s'occuper de ses frères et sœurs. C'était la petite souillon de la famille. Le ménage, les repas, les devoirs, les coutures et les claques. Elle se couchait après tout le monde et se levait avant tout le monde, il fallait allumer le feu, lancer la marmite de pain à la soupe, amener les enfants à l'école, ramasser les légumes dans le jardin, faire le ménage, aller au lavoir et récupérer les enfants à l'école, couper du bois et le soir préparer la soupe pour faire chabrot avec du vieux pain frotté à l'ail. En épousant Léonie, Gaston légitimait Albertine qui le lui faisait payer en s'octroyant le droit d'usage du corps juvénile d'Albertine qu'il s'était indexé depuis sa nuit de noces qu'il avait partagée entre la mère et la fille. Humiliée, Léonie haïssait encore plus sa fille qui lui faisait honte, doublement honte d'être la fille de celui qui l'avait abandonnée, la poussant à la rue, et honte de séduire selon elle, son propre mari, le seul qui voulut d'elle et lui assurer un toit et un honneur enfin retrouvés. Et pourtant finalement, cela l'arrangeait bien de partager le priapisme de son mari qui ne tarissait pas en vieillissant alors qu'elle n'en pouvait plus d'être enceinte. Mais Albertine porta les fautes de tous, elle était La Faute. Terrorisée dans son lit sommaire, alors que tout le monde dormait, elle attendait que la porte s'ouvre. Il la prenait sans caresses, comme un dû, une chose. Elle ne se souvenait de rien, sauf du bruit de la braguette remontée qui annonçait sa courte délivrance. Cela dura des années. Albertine eut deux enfants de ces viols à répétition. Le premier fut abandonné sous X, le second fut naturalisé par un mariage de convenance. Ce n'était pas le beau mariage de Cendrillon. Albertine avait-elle connu l'amour ? Peut-être, on ne sait pas, en dehors de son mariage, quelques gentils amants ? Avait-elle fini par apprendre qu'elle avait le droit de dire non, de ne pas toujours acquiescer, qu'elle comprenne que son corps n'était pas un dû. Elle s'allongeait, parce qu'elle avait appris très tôt et à tort que c'était la seule façon d'être avec un homme, que c'était un devoir, une obligation qui allait de soi, parce qu'elle était une femme. Certains hommes étaient gentils avec elle, d'autres la méprisaient pour son manque d'hygiène, sa naïveté, sa facilité, sa docilité, sa fragilité. Certains lui contaient fleurette, étaient-ils sincères ? Albertine le croyait. Elle n'eut jamais le droit au statut de victime. Elle avait eu des enfants avec son mari. Elle ne savait pas bien s'en occuper, mais faisait avec le peu qu'elle avait appris. Elle les aimait cependant. De petite souillon, elle était passée à mère souillon, sa maison était sale et la famille très pauvre était la risée du village. La mère de Charline, Christiane en avait souffert, ce qui n'avait pas arrangé ses failles narcissiques béantes et sans fond. À dix-huit ans, Christiane rencontra Herbert, un jeune bourgeois citadin, fasciné par la folie sauvage de cette campagnarde à la beauté étrange. Elle tomba enceinte très vite les obligeant à se marier. Les parents de Christiane refusèrent de participer à son mariage car le père ne pardonnait pas à sa fille d'avoir couché avant, comme une maudite répétition du passif familial. Christiane devint celle qui portait à présent la faute, la putain, la fille-mère, et dès sa fille née, elle lui refila aussitôt ce poids trop lourd.

Charline était née par forceps, un accouchement douloureux qui sentait la mort, imprégnée à jamais dans son corps comme la douleur dans le corps de sa mère. Un traumatisme supplémentaire pour la mère et l'enfant, les pinces étant vécues et présentées à l'époque comme un instrument de torture moyenâgeux. « Le bébé ne vient pas, vous allez avoir droit au forceps ! » Et la mère voyait l'outil arriver et le sourire vécu comme sadique du médecin, se contractant d'avance de peur d'avoir ses entrailles déchirées par le fer en sus de la souffrance fœtale, l'étouffement que Charline avait vécu, coincée dans le vagin de sa mère, le manque d'air, des effluves d'odeurs de poisson liées à une infection vaginale grave, l'avait aussi traumatisée. D'ailleurs, elle détestait le poisson de manière phobique et avait constamment besoin d'ouvrir les fenêtres. Un besoin d'air permanent, la peur d'étouffer. La sage-femme avait cru devoir en rajouter : « ah, ben celle-là, elle sera difficile et dure, vous allez en baver, je vous le dis, moi. » Cela avait marqué Christiane qui le prit pour argent comptant et ces propos contrarièrent malheureusement son lien primaire avec son bébé comme un maléfice de la fée Carabosse penchée sur son berceau. Charline à son tour, fut celle qui porta l'histoire familiale, elle devint l'exutoire, responsable des viols commis par Gaston, la méchanceté et la maltraitance de Léonie, la faute de sa mère Christiane, sa folie, les difficultés d'Albertine, ses manquements, etc. Bref, dès qu'elle fut née, sa chair fut marquée par les mots « putain, sale, folle, tu n'es qu'une traînée, une truie et par la peur du viol comme si elle portait dans sa propre chair ceux de sa grand-mère jamais punis » sans qu'elle puisse comprendre d'où cela venait. À dix-sept, dans le village de sa grand-mère elle tomba enceinte avec un cousin de la famille de l'arrière-grand-père. La répétition encore, infernale, la boucle inconsciente d'une histoire familiale dont les secrets ne protègent que les ordures et transforment les victimes eux-mêmes en bourreaux. Elle n'eut pas le choix de le garder sous peine d'être mise à la porte. L'histoire fut rejouée, encore et encore. Charline avorta, sans vraiment comprendre, en téléguidage, absente d'elle-même. Mais elle regretta, longtemps. Elle voulait plus que tout stopper ce fil barbelé toxique qui liait toute sa famille en l'écorchant de l'intérieur. Ce cancer systémique.

Un petit grain obscurcissait le pare-brise. Un petit coup sur le carreau et le visage souriant de Mina apparut.

« Anna arrive. Y a-t-il un endroit où prendre un café, histoire de se réchauffer un peu ? » Charline sortit de la voiture. Un petit café de village, sinistre, avec deux tables et trois chaises les attendait, un peu miteux. Ça sentait une odeur de café désagréable, du robusta réchauffé à la cafetière. Le patron au visage tellement vérolé qu'il ne parvenait plus à sourire, leur servit trois tasses en Arcopal décorées de fleurs bleues et orange. Le café sentait trop fort et pour une fois, l'odeur convergeait avec le goût. Les filles furent prises d'une bonne crise de fou rire qui les secoua pendant bien dix bonnes minutes sous l'œil médusé du petit Vérolé. Les Limousins sont souvent petits ! Elles finirent à moitié leur café trop infect et se dirigèrent vers le cimetière, bras dessous dessus.

Personne dans le cimetière. Des tombes de granit, de la pierre grise parfois égayée d'une multitude de fleurs. Sinistre le cimetière de Mortemort. Charline chercha la tombe de Gaston Couilloux. Elle le trouva enfin, accompagné de Léonie. Des fleurs, tiens, peut-être la branche de la famille qui avait été aimée, choyée. Avait-il violé d'autres de ses enfants, de ses petits-enfants ? Charline en larmes et en colère, jeta des cailloux sur la croix.

« Ordure, salop, violeur, tu nous as bousillées la vie. Monstre, comment as-tu pu ? Et toi la salope, tu n'as pas protégé ta fille si innocente, tu l'as servi sur le plateau de la servitude avec la méchanceté d'une gorgone. Vieille mégère, tu m'as méprisée petite ainsi que tous les enfants de ta propre fille, ton cœur de mégère les a tous privés d'amour ».

Et elle s'accroupit sur la tombe de faux marbre, et pissa de tout son corps, de toutes ses humiliations.

« Je te noie, ordure, que ton cadavre pourrisse et me retire toute cette pourriture que toi et à travers ma mère et de ma grand-mère, tu as injecté dans mon propre corps. Puisse te salir à jamais de tous les déchets sordides que mon corps a amassés à cause de toi. Ravale tes miasmes. Ordure ! Va en enfer ! »

Et Charline continuait d'uriner. Elle n'en finissait pas. Puis Anna et Mina inondèrent à leur tour sa tombe. Elles regardèrent les flux jaunes envahir les pierres, s'introduisant dans les interstices des joints, se frayant un chemin à travers les mousses et les pissenlits qui poussaient entre les pierres, les flux se ralliant pour disparaître dans le gravier. Mina et Anna se serrèrent contre Charline et toutes trois ne formaient plus qu'une devant la monstruosité, pissant à l'unisson avec un plaisir scandé par des déflagrations de spasmes de soulagement.

Le silence fut rompu par Charline qui, d'un ton sarcastique dit :

« Ça se trouve, ce monstre en profiter pour mater nos chattes depuis sa tombe. »

Elles frissonnèrent ensemble à cette image.

« Tu es bête », dit Mina, il est mort, qu'il pourrisse en enfer. » Et elles se rhabillèrent aussitôt. On ne sait jamais, les pervers étaient tellement malins et opportunistes.

Charline prit une bombe de peinture vert fluo dans son sac et inscrivit sur la pierre : « violeur impuni, complice impunie. Nous pissons sur vos tombes. » Anna pensait aux autres de la famille, étaient-ils au courant ? Décidément, ces monstres faisaient du mal bien au-delà des temps. Les trois filles prirent par la main. Elles se connaissaient à peine, mais leur chaleur leur faisait du bien. Elles devenaient actrices, actrices de leur vie. Charline emmena les filles vers l'extérieur

« Cela suffit. Je voudrais à présent aller dire à ma grand-mère qu'elle est vengée, je pars au cimetière de saint Fremice Chaudère. Vous venez ? »

En route, Charline acheta un bouquet d'arômes, les fleurs préférées d'Albertine chez une fleuriste sympathique, ex-cadre en communication parisienne venue se remettre de son burnout à Bessines, ainsi que des tartelettes à la crème de marrons type Mont-Blanc d'un pâtissier de luxe qui semblaient exquises. Et les voilà parties voir Albertine, la vessie vide, soulagée.

Le petit cimetière qui accueillait Albertine au pied des collines boisées de châtaigniers était beaucoup plus joli. Sa tombe était simple, perchée tout en haut, au pied de la forêt. D'ailleurs, cela sentait l'humus, les sous-bois et les champignons. La tombe était juste composée d'un bord de ciment rempli de cailloux gris, une petite plaque. Mais des fleurs, plein de fleurs. Charline s'agenouilla.

« Mémé Albertine, nous t'avons vengée. Nous avons été pissées sur sa tombe, tu nous aurais vues, tu aurais bien ri ! »

Elle déposa les arômes et mangea les tartelettes, assises sur le bord de sa sépulture. Charline en laissa une bonne part sous la plaque funéraire, sa grand-mère était très gourmande. Le silence. Une légère brise secoua soudain les fougères et une biche en sortit. Elle s'arrêta devant les filles, à moins d'un mètre, fixant Charline droit dans les yeux. Ses grands yeux noisette étaient étonnamment brillants et d'une grande douceur. Elle ne bougeait pas. Anna entendit Charline murmurait « Mémé, c'est toi ? » La biche ne regardait que Charline, calme, sereine. Il sembla qu'elles restèrent une éternité sans bouger, figées dans cet instant magique. Puis la biche partit d'un bond à travers les grandes fougères et disparut. Plus aucun bruit ne venait interrompre le silence.

« Wouah, wouah ! » souffla Charline, haletant d'émotion.

« Ouais, ouais », enquilla Mina.

« Sacré truc », ponctua Anna.

Les trois femmes se mirent à marcher, spontanément. En descendant du cimetière, elles montèrent la route de Saint Plissé. Des forêts de châtaigniers accompagnant une route sinueuse. Oh, c'est que ça grimpait sec ! Mais cela faisait du bien, libérait les corps de toutes les tensions : la route, les émotions, les cimetières, la biche. Charline la guettait encore, espérant qu'elle revienne mais pressentant bien qu'il fallait qu'elle se contente de la dernière apparition, de ce dernier regard de sa grand-mère.

Elle souriait au fond d'elle, nourrie de cet amour, fière d'être sa petite-fille. Petit à petit puis désespérément, les sous-bois riches et denses de fougères se mirent à se tarir. Des grands sapins plantés en lignes parfaites telle une armée faisaient de l'ombre aux pans entiers de collines défrichées, déchiquetées. Une scène d'Amazonie dont personne ne parlait ici aux infos. Des hectares de châtaigniers coupés, des collines amputées. Des sous-bois appauvris par les aiguilles de pin, plus aucune végétation. Il faisait nuit sous les sapins. Morts les fougères, les tapis de mousse, les girolles, les cèpes, les buissons de myrtilles sauvages, les mûriers, les muguets. Le sol était sec, arraché par des mains d'hommes spoliant d'autres hommes de leur maison nature. Un carnage dans le silence de la campagne limousine. Un génocide d'arbres centenaires. Les filles étaient médusées, en larmes, un charnier de souches, de branches jonchant le sol sur des ornières creusées des tracteurs tout puissants. Le paradis était devenu enfer. Quelques coups de bulldozers et personne n'avait crié ? Que font les hommes de leurs collines ? De leur bois ? Charline qui n'avait pas vécu longtemps dans le Limousin avait pourtant le cœur qui saignait. Celui des humains limousins battait-il aussi dans l'indifférence générale ? Ou plutôt dans ce consentement par défaut, par dépit, par impuissance acquise, par l'emprise de ceux qui ont le pouvoir et contre lesquels on sait qu'on ne peut lutter. Les Limousins pourtant, avaient fait naître de grands résistants, avaient-ils perdu leur sens de la rébellion et cédé leur honneur et leurs terres aux sourires opportunistes et cyniques des groupes financiers ? Les filles redescendirent la route, bien silencieuses. Retrouvant avec plaisir les châtaigniers survivants, les fougères, les fossés emplis de myosotis. Elles photographièrent de leurs yeux si vivants ces rescapés de cette guerre, de ce pillage monstrueux que menaient les hommes contre la nature. Les petites fleurs clochettes vrillaient au vent, les coquelicots partout dans les fossés, que c'était beau tout ce bleu égayé de fleurs vermillon et jaunes. Un écureuil roux traversait en vitesse la petite route de gravier pour grimper sur un beau noisetier. Des abeilles, un chat sauvage. Charline proposa d'aller dîner à Limoges et de trouver un hôtel pour dormir. Pas vraiment envie de tomber sur sa mère, on se sait jamais, elle pourrait venir au cimetière. Que lui aurait-elle dit ? Aurait-elle compris son désir d'aller pisser sur la tombe de ses arrière-grands-parents ? Non, elle l'aurait encore réprimandé, traité de folle encore et encore, tout ce que faisait Charline était nulle de toute façon. La faim tenaillait les estomacs vengeurs. Le froid et l'humidité tombaient sur leurs épaules en même temps que la fin de l'après-midi. L'angélus raisonnait sur les collines. Toutes les lumières des maisons s'allumèrent de concert. On imaginait les préparatifs des dîners, puis les infos, la publicité et les lumières qui s'éteindraient toutes en même temps après le film et le pipi du soir. Il était temps de partir.

Anna s'arrêta un moment devant sa voiture fixant le village de granit s'enfonçant doucement dans l'obscurité de la soirée au cœur des monts qui laissaient monter une brume : « cela ressemble à ma Normandie natale. »

« Tu nous feras visiter. Allez, zou, direction le vieux Limoges. Un peu de vie nous fera du bien ! »

2
Au petit Châtaignier

Après avoir trouvé un petit hôtel plein de charme vers le quartier des anciennes halles de Limoges, les trois femmes déambulaient dans les rues pittoresques et médiévales de la vieille ville. Maisons hautes à colombage dans le pittoresque quartier de la Boucherie, des ruelles étroites s'évasant sur des cours pavées. Des petites rues piétonnes qui montaient et qui descendaient à partir de la rue du clocher jusqu'aux églises, dévoilant de belles places accueillantes et une odeur de cuisine qui happèrent les narines de Charline.

« Hum, j'ai vraiment très très faim. Pas vous ? »

Anna repéra l'entrée du petit restaurant d'où émanait ce fumet délicieux et qui affichait l'enseigne « Au petit Châtaigner ».

« Ça vous dit ? »

Et hop, en quelques minutes, elles furent accueillies, installées autour d'une table massive en chêne. Le patron, pas très grand, un ventre légèrement brioché, en jean, chemise blanche, chaussures de luxe et dent en or les salua jovialement.

« Mesdames, installez-vous, j'arrive avec les cartes. »

Un homme passa la tête rapidement dans l'embrasure de la porte.

« Et Ventru, ce soir au Nérolis après le service ? »

Ventru répondit d'un oui teinté d'un accent du nord du sud, bref du nord du territoire de la langue d'oïl, un rien terreux, un rien chantant, l'accent faisant grimper la fin des phrases comme une balle de beach-volley :

« Mesdames, voici les cartes. Souhaitez-vous un apéritif ? »

Elles commandèrent un kir à la châtaigne servi avec des petites tartines de culs noirs, « un porc du Limousin élevé en liberté », expliqua le patron. Mina l'interrogea alors sur les collines massacrées.

« La population ne se mobilise pas ? »

« Pas évident ici. Les Limousins n'ont pas su conserver leur identité régionale culinaire hormis la viande Limousine, que des jeunes essaient aujourd'hui de retrouver à travers l'exploitation de la châtaigne ou du sarrasin qui était complètement abandonnée. Les forêts sont sur des terrains privés, revendus souvent après le décès des Anciens. Difficile de lutter. Et les Limousins ne sont pas trop rebelles, ils n'ont pas vu venir les conséquences des eaux polluées par la COGEMA, et des plantations de sapins qui ont complètement modifié l'écosystème. Les gens ne sont pas très riches ici, alors un peu d'argent, est toujours le bienvenu. La Haute-Vienne, qui était un département très humide est en passe de devenir limite aride si cela continue. On n'a pas su se réunir pour dire stop. Passifs, résignés. Notre région perçue comme une région de culs-terreux a été traitée sans égards par les gros groupes parce qu'on n'a peut-être pas su l'aimer assez pour la préserver. C'est en train de changer. Est-ce trop tard ? »

Le patron respira un grand coup, pour sûr, la passion lui clouait la respiration.

« Vous n'êtes pas du coin. Alors je vous propose le menu "spécial" découverte du terroir limousin. Velouté de châtaignes. Il n'y a pas de châtaignes en cette saison mais nous le faisons nous-mêmes à l'automne et le congelons. Du pâté de pommes de terre ou du boudin noir aux châtaignes. En dessert, de la flognarde, une sorte de clafoutis aux pommes. »

Les filles n'eurent pas le temps de répondre que Ventru embraya.

« Voyez, c'est comme le pâté de pommes de terre… Le plat emblématique de notre région. Il faut une pâte spéciale, une sorte de pâte briochée, typique de chez nous. Eh bien, elle est de plus en plus remplacée par de la pâte feuilletée industrielle ! Cette pâte douce n'altère pas ni la sensation et ni le goût de la pomme de terre relevé par une crème crue aillée et persillée, alors que la pâte feuilletée plus croquante s'oppose trop à la crème aillée et prend le dessus. Pire ! Il n'y a pas si longtemps, on trouvait dans nos boulangeries, les chaussons aux pruneaux et aux pommes avec cette pâte briochée. Que nenni, faut se lever tôt pour trouver une boulangerie qui en fait toujours… Ah par contre, vous trouverez des chaussons aux pommes, les mêmes qu'à Colmar, Nice, Rennes et peut-être même Roubaix ! Ah, cela me fout en colère. On a fondé avec des amis la confrérie du Goût et de la Qualité ! Parce que derrière la bouffe, Mesdames, ce sont des savoirs culturels, une économie, des savoir-faire, de la philosophie ! Oui, Mesdames, on peut philosopher à partir de la cuisine parce que "manger", "préparer" synthétisent tout : la société, les cultures, les époques et les individus pris individuellement. Pas besoin de boule de voyance. Dis-moi comment tu manges et je devinerais qui tu es, comment tu penses ! Politiquement, économiquement, socialement, intellectuellement, psychologiquement. Nous, on pense que préserver notre culture gastronomique, c'est préserver notre humanité et aider à changer le Monde de l'uniformisation et de l'industrialisation de masse. Oui, Mesdames. Limoges d'ailleurs à travers sa frairie des Petits Ventres, crée un véritable hommage à sa culture gastronomique, Girot, boudin aux châtaignes, tête et fraise de veau, langue de mouton, couilles de mouton, pâté de pommes de terre, galétous, flognarde ! La couille de mouton Mesdames ! Ça, c'était osé et ça a marché. Les gens viennent de partout ! »

Ventru s'étouffait d'enthousiasme et de colère. Le rouge lui étant monté au cou, il menaçait de s'étendre jusqu'aux régions frontales. Charline était sous le charme. Philosophie et bouffe, ouais, c'était pas mal çà ! Les joues de Mina rougissaient de plaisir, elle enquilla sur le père Jamard et ses croissants. Lui décrivit avec fougue le miracle toujours reproduit du cœur beurré des croissants auvergnats. Ventru salivait. Des amoureux du goût, et leurs palais s'arrondissaient, comme on se courbe pour faire honneur aux ripailles. Ventru leur offrit un autre apéritif et prit la commande. Un peu de tout en vrac pour goûter. Un peu à la libanaise mais sur une table Limousine. La bonne humeur remplissait la pièce, une serveuse stimulait le feu de la cheminée, une douce chaleur pénétrait leur corps refroidi par l'humidité de la soirée. L'alcool aussi réchauffait, les hasards des rencontres. Le velouté de châtaigne arriva. Une merveille ! Un mélange de subtilité, de douceur presque maternelle, qui de la crème ou de la châtaigne exaltait l'une ou l'autre ? La combinaison parfaite, la suavité de la crème fraîche et la densité de la châtaigne. Une superbe découverte. Puis les autres plats ! Des mets délicieux mais roboratifs. Trois nouvelles ventrues étaient affalées sur la table, riant aux éclats en buvant un verre de vin rouge. Quelques personnes finissaient de dîner, des couples, des habitués. Ventru vint s'asseoir avec les filles ramenant des petites douceurs limousines. Eau-de-vie de Dédé, des chocolats de la rue du Clocher aux feuilletages de crêpes dentelle, des petits biscuits moelleux aux noisettes. Un rien désinhibée, Anna se risqua :

« Dites donc, Ventru, comme petit nom, ce n'est pas trop sexy ? »

Ventru rigola. « Haha, ici en Limousin, on se donne tous des surnoms. C'est comment disent les scientifiques, c'est atavique. Héhéhé, j'ai fait un DEUG de biologie ! Celui qui est passé vite fait ce soir, c'est Quenotte, il n'a plus de dents et n'a pas les moyens de s'en acheter d'autres. Et parmi la bande potes de notre association, vous avez Fleur de Roussette, parce qu'il s'est fait une entorse au poignet en mettant la main dans le cul de sa vache Roussette pour la soigner, je crois, ou l'aider à mettre bas, je ne sais plus. Tête de verrue plantaire, il semble toujours ébahi et ronchon. Minerve, parce qu'il prend son cou pour un perchoir. Petit salé, parce qu'il s'appelle Salé forcément. Dédé la Gerçure car il a toujours les lèvres gercées à force de goûter son eau-de-vie, Bafouille, Le Renard, MichonRonron, Galipette, le beau zèbre, Zézeille, la Goulite, l'Écureuil, Le Chessoux du Fourré, Bibi la moule, Topinoux, Marçoux la Chenille, Guenilles, Frangipane, Tête de Bouillie, la Dedette aux mille facettes, la Flyne, Bebert, la Purée, Choucroute dégarnie, etc. On est tous affublés de surnoms. Dans les campagnes, c'est la tradition. Moins en ville peut-être. Cela vous étonne ? Un surnom, c'est une reconnaissance dans un village, souvent dans le temps les surnoms ont donné naissance aux patronymes. Les patronymes ont été fixés par l'administration mais la coutume de donner des surnoms perdure encore. »

« Ouais mais enfin c'est jamais super gentil, comme surnom », objecta Charline.

« C'est vrai, mais c'est aussi ce qui nous fait rire. Le surnom naît surtout d'expressions ou de situations burlesques, grotesques, caricaturales parfois. C'est en général consensuel. Ça fait rire tout le monde. »

Anna : « Ouais mais il y a un côté humiliant tout de même. »

« Ici, on se moque, mais on rit ensemble et chacun a le sien sobriquet. On boit un coup et on s'en fout. Celui qui veut se faire appeler Perceval ou Gauvain n'a qu'à changer de région ou alors occire tous les fast-foods de mes deux et les rayons surgelés des grands magasins ! Et puis chaque surnom raconte une histoire, ça fait partie de la transmission orale. »

« Ouais mais c'est jamais valorisant, je ne suis pas sûre que je ne sois pas vexée si on m'appelait autrement qu'Anna ».

« Ne le prenez pas de haut. Vous n'êtes pas habituées, voilà tout. Nos liens d'amitié et de respect sont très forts. Vous êtes bien des Parisiennes. Haha ! »

Ventru leur servit un autre verre de gnole de Dédé la Gerçure et leur proposa de venir avec eux au Nérolis.

« C'est un dancing à la périphérie de Limoges, une boîte de campagne, pas de petits jeunots sur la techno, pas de bobos limougeauds, des gars comme nous ! Sur de la musique de notre époque ! Ça vous dit les filles ? Je vous laisse réfléchir, je vais remettre en place la salle. »

Anna riait. Son visage prenait petit à petit de la couleur et ses pommettes se faisaient plus douces, plus jeunes. Elle changeait à une allure folle se disait Mina qui l'observait. Sa froideur semblait petit à petit s'effondrer, par morceaux comme la banquise à l'épreuve du réchauffement climatique. Parfois par saupoudrage léger, parfois par de grands blocs qui se détachaient d'un coup, peu importe si cela créait un raz de marée. Elle sentait chez Anna, sous ces attitudes encore très effacées et convenues, un air de désinvolture, de soif de liberté. Elle aimait ça.

« Pourquoi pas, j'étais fatiguée après cette journée et ce repas, mais finalement, danser, cela fait des années que je n'ai pas osé. Ça vous dit, vous ? »

Mina opina : « Pareil ! Ça marche, et si on en a marre, on rentre. Prenons alors chacune nos voitures, comme ça pas de souci ! »

« OK ! Mais je me serais bien tapé une transe à la Charline sur de la techno, histoire de me vider l'esprit. Ça risque d'être plus dur sur "Capitaine abandonné" ! »

Les deux autres filles éclatèrent de rire.

« Allez ça peut le faire ! On se lâche, on s'en fout ! Avec un peu de chance, on aura "Vas-y Francky, c'est bon, bon, bon" ou "Les Jardins du Ciel" de Jaïro. »

« Haha, tu es conne ! » s'esclaffa Charline en chantant « on est arrivé dans les jardins du ciel, j'ai marché pendant mille années. Entends chanter l'éternité… … C'était ton chemin… Ton chemin de liberté ».

« Ah ben je vois que vous êtes prêtes les filles ! Allez, c'est parti. Je ferme le restaurant. »

Les trois femmes s'acquittèrent de leur ardoise, puis chacune dans leur voiture, direction le Nérolis. Une vieille discothèque décorée de manière un peu kitsch. Les damiers argentés des boules à facette étaient un peu décrépis. Des fausses plantes, des imitations de yuccas séparaient les canapés de velours pompeux et élimés. Deux pistes de danse, une à l'extérieur à côté de la piscine gardée par des Apollons en faux plâtre. La clientèle plutôt cinquantenaire se partageait pour le moment en clans. Les gens étaient plutôt habillés, les femmes très apprêtées, maquillées au brushing parfait. Les hommes sentaient le parfum de luxe, la chemise bien repassée. Elles, elles faisaient un peu décalées avec leur jean et leur visage sans maquillage. Mais elles s'en foutaient. Elles étaient toutes jolies et on les regardait. L'heure n'était pas encore à la chasse mais plutôt à celle de l'installation de la tablée et du seau à champagne. Les filles firent connaissance du groupe, certains accompagnés de leurs compagnes. Tous sympas. Soudain, Ventru se leva.

« Ah p… je vais danser… Le DJ vient de mettre Blondie, *One way or another.* » Et il partit allumer le dancing, suivi par tous qui attendaient qu'il y en ait un qui se lance. La piste se remplissait autour de Ventru déchaîné sur Blondie.

Anna se mit à sauter comme un rejeton de Nina Hagen et de Mick Jagger, faisant rire Mina et Charline qui l'accompagnèrent de bonne grâce.

« One way or another, I'm gonna get ya (where I can see it all, find out who ya call, I'll get ya, get ya, get ya, get ya

One way or another, I'm gonna get ya (where I can see it all, find out who ya call)

I'll get ya, get ya, get ya, get ya.

One way or another, I'm gonna get ya (where I can see it all, find out who ya call)

I'll get ya, get ya, get ya, get ya.

One way or another, I'm gonna get ya (where I camps see it all, find out who ya call)

I'll get ya, get ya, get ya, get ya."

Puis, le DJ enquilla suivi sur magistrale reprise des Dépêche Mode « *people are people* » puis de Madness "*One step beyond*". Et bien sûr Desireless, Indochine, Boney M., Ottawa… Tout le monde dansait de bon cœur depuis plusieurs heures quand la voix du DJ retentit. « Allez, les topinoux, vous avez bien sué. Maintenant le quart d'heure slow que vous attendez tous ! On y va, on y va ! On démarre avec… Avec… avec… Allez Scorpionnnnnnnnnnnnnnnnnn… *Still Loving You* ! »

Excitée Charline en riant : « ce soir les filles, j'emballe ! Je rentre avec un mec ! Histoire de remettre les compteurs à zéro et de ne pas rester sur de mauvais souvenirs ! »

Cela scotcha Anna qui n'avait pas pensé encore à cette étape, mais effectivement « se faire un mec » ce soir, c'était encore trompé Maxime puisqu'ils étaient mariés. Et rien que ça, c'était jouissif, en fait !

« Ah ben moi, aussi, ce soir j'emballe ! »

Mina riait à pleines fossettes. « Ça marche les girls, moi aussi j'emballe du croissant frais cette nuit ! » Elles se tapèrent dans la main chacune, et se mirent en position sur la banquette, le regard vague, droites mais détendues, un mi-sourire genre : « je t'attends coquinou ». Charline faisait du repérage, le côté concours de la plus belle vitrine la gonflait, elle n'aimait pas attendre. Ventru était seul, elle alla l'inviter sur le regard médusé d'Anna et Mina ! « La salope », dirent-elles en riant ! « Ben les filles, fallait y penser plus tôt, première arrivée, première servie ! » Allez zou, Charline emballa Ventru sur la piste de danse tandis que *Brother in arms* de Dire street faisait son apparition à travers les notes de *Still loving You*. Pas trop dans le feeling Love, pensa Charline, mais elle s'en foutait, c'était sensuel à fond cette guitare qui déchirait l'espace et qui appelait les corps à se coller pour se réconforter, le sexe en avant l'un contre l'autre. Ventru et Charline dansèrent enlacés durant tout le slow, tout doucement. La guitare hurlait, les sons vrillaient, déchiraient les larmes ou les passions cachées. Submergée d'émotions, Charline posa la tête sur l'épaule de Ventru trop fier de son rapide succès avec cette blonde au visage magnétique et surprenant. Quelle ne fut pas sa surprise d'ailleurs quand Charline lui proposa d'emblée à la fin du slow :

« Tu es sympa Ventru, je t'aime bien. Tu as l'air doux et tu as de la gouaille ! On va baiser dans ma chambre d'hôtel ? » Ventru fut un peu décontenancé tout de même. « Ces Parisiennes n'ont pas froid aux yeux ! On va plutôt chez moi ! » Ça ne se faisait pas trop comme ça d'habitude, mais qu'importe. Charline et Ventru quittèrent la discothèque, Charline eut le temps de voir Mina avec son potentiel croissant. Un grand brun avec lui aussi une chemise blanche. Un Stéphane a priori, qui lui n'attendit pas la fin du slow pour lui proposait une sortie anticipée. Ils quittèrent les lieux presque en même temps que Charline et Ventru, laissant Anna aux prises avec un petit bonhomme, probablement un commercial nomade, loin de chez lui. Ils buvaient un cocktail au bar. Anna alla voir le DJ et demanda une chanson spéciale de Willy De Ville qu'Anna adorait, Willy De Ville « Heavens stood still », un pur joyau !

« This magic time between night and day
I wait all day long 'till you're mine again
The minutes like hours, the hours like days
'Till the stars come out and the sunlight fades. One dream of my life
One night in eternity
The wind whispers soft to me
And heaven stood still
One Side of the dawn
Knows that all this belongs to me
One celestial rhapsody
And heaven stood still »

Anna prit la main de son commercial esseulé, étonné de cette profondeur non recherchée dont il n'était que l'instrument mais son ego lui conseilla de prendre ce soudain engouement comme la réponse à son absolu charme : « Pour toi, viens avec moi dans l'éternité de la piste de danse ! » Anna ferma les yeux, se livrant à la voix susurrante et rauque de Willy Deville. Frémissant à chaque pliure de voix, chaque son cassé. Un appel à l'amour cette chanson. Parfaite. Le commercial la rapprocha de lui, et commença à l'embrasser dans le cou. « *And heaven stood still* ». Anna le prit par la main, direction la sortie.

Affaires rondement menées pour l'équipée de sauvageonnes parisiennes qui rentrèrent chacune de leur côté, accompagnées, afin de profiter amplement du produit de leur chasse, somme toute relativement aisée, comme on chassait finalement des faisans d'élevage.

3
Je peux ?

Arrivée dans sa chambre Anna se rendit vite fait dans la salle de bains. Le commercial voulut la suivre. Mais elle refusa, elle n'avait pas l'habitude d'utiliser la salle de bains à des fins romantiques. Elle lui céda la place rapidement, habituée aux ablutions efficaces et rapides. Elle n'avait pas de vêtement de nuit. Elle l'attendit nue. Lorsqu'il sortit de la salle de bains, nu également, elle le jaugea. Un ventre rond, des hanches peu marquées, les fesses plates, le pubis un peu renflé et gras, mais des épaules carrées et des bras musclés. Ce n'est pas ce qu'elle préférait, tant pis, elle ferait avec. Lorsqu'il la vit nue, il banda aussitôt. Elle s'approcha et ils s'embrassèrent, longuement, doucement puis fougueusement. Il descendit dans son oreille, dans son cou, sur sa nuque, lui caressa le dos. Anna sentait sa peau frémir sous les caresses de cet homme qu'elle connaissait à peine, sentant son pénis durci contre son ventre. Des émotions nouvelles. Il lui prit dans les mains ses mamelons qu'il suça puis descendit sur son ventre et son pubis. Il glissa sa langue sur son clitoris. Elle fut surprise, n'ayant pas l'habitude, mais déjà étourdie par ces toutes nouvelles sensations qu'elle ressentait dans son bas-ventre. Les contractions de son vagin et un désir intense qui irradiait tout son ventre humidifiaient ses lèvres. Il se releva. Souriant, fier. Ils s'embrassèrent à nouveau. Puis, Anna glissa sur son torse. Caressa de sa langue ses épaules, ses bras, puis son ventre. Elle lui caressa les fesses, ses fesses qu'elle eut soudain envie de fesser. Lorsqu'elle arriva au niveau du pubis, elle regarda la verge droite, dressée à la perpendiculaire grimpante. « C'est marrant, se dit-elle la ressemblance de la forme du pénis avec la forme des doigts et des orteils. Faudra la prochaine fois que je fasse le test pour vérifier si les formes des extrémités sont toujours cohérentes. » Les doigts du commercial étaient épais, renflés au milieu, pas très longs mais costauds et semblaient robustes. Tout comme son pénis, renflé au milieu, relativement court mais solide dégageant une impression de pragmatisme et d'efficacité. Il gémissait de plaisir dans l'attente de l'oraison sexuelle promise. Elle s'arrêta, à genoux, elle leva la tête et le regarda en souriant.

« Je peux ? » en pointant son pénis du regard.

Il fut surpris, perdit de sa contenance. Répondit en bégayant : « euh ben oui, bien sûr… ».

Trop tard ! La bérézina. Le retrait des troupes s'était déjà amorcé. La verge droite habituée à être servie s'était recroquevillée sur la courtoisie insolite d'Anna. Le commercial était marri, déconfit, contrit. Il caressa son pénis pour le réanimer. Peine perdue, son corps resquillait sous la politesse du désir de l'autre. Anna s'était relevée, déboussolée. Elle murmura : « je suis désolée ». Il s'allongea sur le lit en silence, espérant tout de même une nouvelle oraison après ce faux départ.

« Quelle idée as-tu eu de me demander si tu pouvais ? Bien sûr que tu pouvais me tailler une pipe. Je n'attendais que ça. »

Anna fut un peu mal à l'aise de l'expression utilisée qu'elle trouva brute. « Ben oui, mais je pensais qu'avant d'introduire ton corps dans ma bouche, il était plus sage et courtois de te le demander, peut-être n'aurais-tu pas été d'accord. Je n'aurais pas voulu ni te choquer ni t'offenser. »

Il regarda cette jolie femme étendue nue devant lui, la mine défaite et sincèrement désolée. « Mais tu viens de quelle planète Anna ? Toutes les femmes pratiquent la fellation, c'est juste normal ! »

« Ah, ben je ne savais pas. On ne se connaissait pas, je ne voulais rien faire qui puisse te mettre mal à l'aise ! »

« Ah, ben c'est raté ! Je peux ? Non mais j'aurais tout vu ! Bravo en tout cas ! »

Il s'adoucit, une fois lui avoir mis la responsabilité de sa reddition sur le dos.

Anna ne répondit pas, pensive. Son corps était redevenu froid et meurtri. Elle ne connaissait pas les codes, peut-être. Pourquoi était-il si grave de demander si elle pouvait introduire son sexe dans sa bouche ? Elle était perdue et ne savait plus comment faire pour rétablir l'entente courte et la connivence qui semblaient avoir été pourtant établies.

« Pff »

« Pourquoi tu souffles Anna ? »

« Ben je suis déçue, c'est tout. C'était bien le départ. »

« Tu sais Anna, ce n'est pas un drame. Tu es mariée, tu portes une alliance ? Moi aussi, remarque. »

Anna lui raconta son départ. Sa vie de couple. Mais ne dit rien sur la tombe de Mortemort. C'était entre Charline, elle-même et Mina. Un long silence s'ensuivit. Le commercial déplorait le manque de questionnement d'Anna à son sujet qui eut pu flatter son ego et lui témoigner un peu d'intérêt. Mais Anna s'en foutait. Son cerveau s'absenta comme souvent quand elle ne parvenait pas à résoudre une situation. Elle pensait à un article sur l'intrication quantique qu'elle avait lu rapidement sur internet.

Elle adorait tous ces sujets. Elle avait l'intuition que beaucoup de choses pouvaient s'expliquer par ces phénomènes comme les mystères de la communication animale, de l'intuition, etc. Elle prit la parole :

« Tu te rends compte qu'une même particule peut être visible dans deux états différents au même moment. C'est l'intrication quantique. Ça, on ne peut même pas l'imaginer. Mais peut-être, pourrait-on expliquer comment chaque année les éléphants du Serengeti arrivent à se communiquer les coordonnées du point d'eau de rassemblement qui varient d'une année sur l'autre sur des milliers de kilomètres ! C'est fou. Malheureusement, il y a peu de chances que ce soit testé sur les sciences du vivant, moins lucratives que l'informatique et l'aérospatial ! Peut-être que c'est mieux ainsi, que certains mystères restent à jamais des mystères. »

Puis elle posa sa tête sur son torse en caressant son ventre et descendant sur son sexe décidément peu coopératif. « Cette fille est étrange, pensait-il. Comment pouvait-elle me toucher tout en me parlant de bidules quantiques ?

« Tu es complètement perchée ma pauvre ! »

Anna se releva : « ben dis donc, je suis certes plus perchée que ta queue en ce moment ! »

Vexé le commercial se leva, se rhabilla et vociféra en sortant en claquant la porte. « Et quand tu veux baiser, penses à t'épiler la foufoune, vu la jachère à l'abandon, tu pourrais y héberger des vaches, Miss Perchée ! » Clac la porte ! CAO !

Anna s'allongea et prit toute la place dans son lit. Elle se rendit compte qu'elle ne connaissait même pas son prénom. Elle se mit à rire en regardant son pubis qu'elle n'avait jamais vraiment regardé ni épilé. C'est vrai qu'il était touffu ! Elle alla le raser dans la salle de bains, découvrit alors son pubis, ses lèvres dans le miroir au-dessus du lavabo, hissée sur la baignoire. Le sommeil la gagnait, elle plongea dans ses draps, écarta les bras et les jambes pour prendre tout l'espace du lit, ferma les yeux et n'entendit même pas Mina vociférer.

***

Mina était arrivée avec son grand brun dans sa chambre également. Il n'avait pas tardé à la déshabiller. Relations standards, toujours le même scénario, des baisers, fellation, cunnilingus, bref le standard de la baise opportune : scénarisée, chronométrée, respect des temps de parole. Pas d'emphase ni d'extase à la hauteur d'un désir timide et paresseux. Mina ne s'impliquait pas plus que ça, en mode télécommandé. Elle connaissait la suite prochaine : la pénétration… Allait-il crier, haleter… ? Ben non, pas du tout !

« Insulte-moi ! »

« Pardon ? »

« Insulte-moi, vas-y, dis-moi des mots grossiers, des mots méchants, cochons violents. Vas-y ! »

« Euh… Connard ? »

« Ben non… »

« Ah ! » Mina restait stupéfaite. Qu'est-ce que c'est truc ? Qu'est-ce qu'il voulait entendre ? Elle ne se voyait pas vociférer des insultes pendant l'amour ! Cela la fit rigoler.

Il semblait agacé. « Insulte-moi, vas-y lâche toi ! »

« Mais je ne vois pas quoi te dire. Tu es con ? »

« Mais non, dis-moi des vilaines choses, vas-y ose ! »

« Putois ? »

« Ben pas sur ce ton-là, c'est nul ! Vas-y, insulte-moi ! »

« Écoute, ce n'est pas mon truc. Alors le seul truc méchant que je peux te sortir c'est : dégage et tout de suite ! »

Il insista : « quoi maintenant en pleine action ? »

Mina sortit de ses gonds et elle hurla « Dégage, connard ! »

Jamais elle ne pensait avoir une telle colère qui sortait de je ne sais où. « Dégage putois ! » Et elle prit ses affaires et les mit sur le palier. Il sortit nu dans le couloir en lui disant qu'elle était définitivement folle. Elle ferma la porte. Sauta sur son lit et se glissa sous les draps. Elle entendit vaguement dans le couloir le mot « jachère » au loin dans une autre chambre et la porte claquer ! Elle s'endormit dans une crise de fou rire au milieu du lit, un oreiller sur le ventre.

***

Ventru avait amené Charline dans sa garçonnière, dans une maison médiévale du vieux Limoges pas loin de son restaurant. Un joli studio avec des tommettes et le sol tout arrondi d'avoir trop travaillé. Des vieilles poutres. Ventru lui propose un bain dans une baignoire à remous, une bouteille de champagne et deux belles de coupes de cristal. « Ce soir, c'est la fête. » Les deux corps se dévêtirent, le corps de Charline et ses courbes, et celles de Ventru qui ne tarda pas à rentrer dans le bain. Charline aussi. Ils s'embrassèrent. Charline glissa sa main sur le sexe de Ventru. Dur mais… Court, vraiment très très court. Charline fut déçue, et Ventru anticipant la déception, noya la surprise dans une coupe de champagne. Ils riaient, Charline dans le doute retesta la forme pour appréhender l'impact sur le fond. Ventru dévia en l'embrassant. C'était sans compter sur la hardiesse de Charline qui se prit à le chevaucher, impatiente de savoir. Elle dirigea le sexe nain dans son vagin, cherchant la sensation de pénétration, la dureté de son pénis disparut aussitôt, Ventru avait joui. Rapidement. Son sourire béat lui dit merci. Cela énerva Charline :

« Toi, tu fais partie des gens qui prennent et qui s'enfuient. Tu te fous des autres. Que moi je n'ai même pas eu le temps d'avoir du plaisir, ça ne te décoiffe pas. Tu es un petit jouisseur égoïste. »

« Ben non, c'est l'excitation. »

« C'est ça. Tu n'as pas trop fait d'efforts ! Petit PEP va ! »

« Petit quoi ? »

« Petit Pep : petit éjaculateur précoce ! »

Et Charline sortit du bain, fâchée. Se sécha, se rhabilla. Ventru la rappela « mais reviens, tu n'as pas bu ton champagne ! Toi aussi, tu es égoïste, tu voulais ton plaisir tout de suite. On a toute la nuit ! Reste, ne pars pas fâchée. »

Elle ne prit pas la peine de répondre, claqua la porte d'un geste orgueilleux et prit la direction de sa chambre d'hôtel qui n'était pas très loin. Tandis qu'elle se tordait les chevilles sur les pavés de la vieille rue, la fenêtre de Ventru s'ouvrit : « tu n'es pas cool Charline ! Ça ne se fait pas ! »

Une fois arrivée à l'hôtel, elle s'empara de son lit, bras et jambes en croix, occupant tout l'espace et se disant : « merde aux cons ! » Elle entendit une première porte claquer, des mots comme « foufoune… perchée… ». Elle n'était pas trop sûre et elle se mit à rire sans pouvoir s'arrêter jusqu'à ce que dix minutes, une autre porte claquât sur un « Dégage, connard ! ». Le fou rire fut à nouveau terrible. Visiblement, aucune d'entre elles n'avait passé une soirée de rêve ! Vidée par les spasmes du rire à défaut de celui du plaisir sexuel, elle finit elle aussi par s'endormir comme un bébé.

Le lendemain matin, Charline patientait dans la salle du petit-déjeuner, dégustant une énorme part de brioche avec une grande tasse de café. Lorsqu'elle vit arriver Anna et Mina, elle ne put s'empêcher de sourire.

« Alors ? » demandèrent-elles de concert. Des rires.

« D'abord moi, aussi un café et de la brioche, si Charline nous en a laissés, je vais voir, tu en veux Mina ? »

« Oui et prends des croissants aussi ! »

« Je m'en doutais, je commence à te connaître ! »

Rassérénées par le café et les viennoiseries, toutes trois se souriaient l'œil malicieux.

« Une cata ! » dit Anna.

« Pareil ! » et Mina relata son histoire de putois qui fit bien rire les filles.

« Non mais quand même, il voulait que je lui dise quoi ? »

« Il devait être fan des relations SM, je ne sais pas ! Tu aurais peut-être dû essayer morue ! » Les filles éclatèrent de rire !

« Ben moi aussi, je vais vous faire bien rire. » Et Anna de raconter son « je peux ? »

« Mais qu'est-ce que j'ai fait de mal ? »

« Ben tu l'as surpris, comme si tu avais voulu prendre le contrôle peut-être, je ne sais pas, qu'en penses-tu Mina ? »

« Ben, moi je me dis que quand tu demandes je peux, tu induis chez l'autre la possibilité de dire non. Non, tu ne peux pas. Et ça, ça doit couper l'envie, de réfléchir ! Par contre, embrayer sur de la théorie quantique, c'était violent pour quelqu'un qui n'était pas préparé. »

Et de rire de plus belle, imaginant la tête de l'homme sans nom.

Charline en rajouta, en racontant sa courte rencontre balnéaire avec l'opercule de Ventru versus Flamby. Anna imagina la languette d'un Flamby toute retournée et sourit :

« Oh la lalala, quelle gabegie ! On est nulle, non ? »

« Mais non, on n'a pas trop réfléchi. Ce n'est pas bien grave. Personne n'est parfait. Je crois qu'on ne prend pas le temps de se connaître. Le sexe, ce n'est pas du prêt à l'emploi, dès que tu sors des clous, ça coupe tout. Nous ne sommes pas des machines et nous avons été trop vite. Nous n'avions pas de désir, juste l'envie de consommer, et ça, ça nous rend violentes, inhumaines, moches et surtout on passe à côté de belles choses. » Répondit Mina

« Je me suis dit pareil, renchérit Charline. On a voulu « baiser », absolument, mais c'est notre tête qui a décidé, parce que je ne sais pas, on voulait faire les folles, se prouver des choses en tant que femme, s'amuser, tourner des pages. Mais notre corps n'a pas suivi, on ne l'a pas écouté. Si je l'avais écouté, j'aurais été juste boire un verre avec Ventru que je trouvais fort sympathique mais je n'aurai pas été plus loin. On aurait refait le monde toute la nuit et on se serait endormi bourré. Au lieu de cela, je l'ai humilié. Il n'avait pas été méchant avec moi. »

« J'ai ressenti des choses, quand même, s'écria Anna, vraiment, je n'étais pas habituée, c'était la première fois. Et rien que pour ça, c'était une expérience qui m'a apporté. Mais les codes, je ne les ai pas. Et puis, je ne sais pas, je croyais que quand on faisait l'amour, on pouvait parler de tout à livre ouvert ! »

Mina et Charline explosèrent de rire : « soit tu es vraiment naïve Anna, soit tu es en avance sur ton temps quant à l'égalité des hommes et des femmes dans leur rapport sexuel. Vraiment. Tu peux parler de tout à quelqu'un avec qui vous partagez des sentiments. Sinon, les discussions sont plutôt légères, voire inexistantes, et finalement assez standardisées. »

Elles rirent encore comme des adolescentes. Puis chacune plongea dans un long silence. Elles sirotaient leur café. Mina goûta son croissant : « Encore de l'industriel. Pff… Et les filles, ça ne vous dirait pas d'aller manger des croissants chez le père Jamard ? »

« Ouais, allez en Auvergne ! »

« Et puis aller sur la tombe de ta grand-mère m'a ouvert les yeux. Surtout quand j'ai vu la biche. Il est temps que j'aille sur celle de la mère Ranty, ma mère Ranty. »

Anna lui passa la main dans le dos affectueusement « oui ! On t'accompagne ! » Et Charline l'embrassa.

Les filles réglèrent leur note et récupèrent leur voiture.

Charline demanda : « alors les tombeuses, on met le GPS pour où ? »

« Cap sur l'Auvergne, dès que vous sentez l'odeur de bleu, vous vous garez… Non, je rigole ! »

« Ouais ! »

« Ouais ! »

« On te suit Mina ! »

IV
Ainsi va la vie…

J'aime marcher dans la boue. Avec des bottes bien sûr, parce qu'en ce moment ça s'enfonce pas mal dans les chemins de mon coin de Normandie et que ça glisse quand même un peu. Au début, je faisais en sorte qu'elle ne se projette pas trop sur mes vêtements et puis, je me suis mise à ne plus faire attention, et puis, à presque aimer les taches qu'elle laisse çà et là sur le bas de mon hideux survêtement. La boue. La boue, c'est de la terre, de la terre tellement mouillée qu'elle vient se sécher sur vos mollets, sur vos tibias. Elle vient se réchauffer sur nous, elle nous accompagne le long des chemins des forêts de hêtres et d'érables, des charmilles de chez nous. Alors, je la laisse et je savoure cette fusion, ce moment de lui prêter corps, parce que c'est en hiver qu'on la sent le plus, cette terre. Au printemps, le soleil, les essences végétales prennent les devants de la scène et la terre ne s'assèche de n'être plus regardée.

Je me promenais donc ce matin en compagnie de ma boue embarquée, quand apparut une racine en sang, turgescente. Zut. Impuissante, ce rouge sang brillant sous ce soleil peinant à réchauffer l'air gelé m'a fait mal au cœur. Je pense alors à ces endroits sublimes qui deviennent des mirages et dans lesquels il est impossible de prendre racine, ces endroits qui font saigner jusqu'à plus sang et qui ont ce pouvoir étrange d'attiser le plus sombre, le plus douloureux, de le révéler et dont il faut s'enfuir et ne pas se retourner pour ne pas se pétrifier, ne pas devenir exsangue. Fuir comme ces histoires d'amour perdues qui nous serrent tant le cœur mais dont on sait qu'on n'y retournera jamais parce que ce serait comme faire l'amour avec la mort.

Et puis il y a ces endroits simples, où parfois en se promenant on voit des buses traverser là, juste devant nous, des renards qui s'en foutent bien aussi de nous. Des grands arbres, des oiseaux, une petite rivière qui chante au fond d'une vallée après avoir taquiné le lavoir. Et miracle, sur les petites taches de boue apparaissent des petites racines toutes fragiles mais intrépides. Le sang circule à nouveau, nourrit les racines, ça fait du chaud. Ça fait chaud au cœur.

C'est peut-être ça l'Amour…

1
Birou

Charline dans son Austin, suivait la voiture de Mina. La fréquence radio s'était d'emblée positionnée sur une radio limousine qui diffusait des chansons rétro. Les « maçons de la Creuse ». « Tiens, c'est marrant », se dit-elle, « mémé Albertine la chantait souvent. » Puis Lucienne Delyle enchaîna « Sous les ponts de Paris ». Son cœur se mit à battre, sa grand-mère l'aimait tellement cette chanson. Elle se surprit à chanter, se rappelant étonnamment des paroles :

« À la sortie de l'usine
Julot rencontr' Nini,
Ça va-t-il la rouquine,
C'est ta fête aujourd'hui
Prends ce bouquet, quelques brins d'muguet,
C'est peu mais c'est tout' ma fortune,
Viens avec moi, j'connais l'endroit
Où l'on craint même pas l'clair de lune
Sous les ponts de Paris
Lorsque descend la nuit
Comm' il n'a pas d'quoi s'payer un' chambrette
Un couple heureux vient s'aimer en cachette
Et les yeux dans les yeux

Faisant des rêves bleus
Julot partag' les baisers de Nini
Sous les ponts de Paris. »

Puis suivit la voix fredottante de Frehel : « *Si tu n'étais pas là, comment pourrais-je vivre ? »*

« De qui pourrais-je dire ça ? Personne… Si, de moi-même ! » Et Charline éteignit la radio, songeuse.

Mina, en tête, au volant de sa petite Panda bleutée fonçait, le cœur excité de rentrer au berceau, dans ses terres. Passé Aubusson, elle fit pénétrer les filles dans une région montagneuse dans lesquelles les vallées commençaient à se dessiner jusqu'à faire apparaître des montagnes au flanc tondu, vert, des sommets arrondis et pelés, des rochers, des cascades. Quel changement de paysage ! Plus elles montaient, plus le paysage se dégageait en ruptures verticales, la végétation changeait. C'était beau ! Une pancarte de village : Besse en Chandesse. Mina se gara à l'entrée de ce magnifique village médiéval fortifié construit de pierres noires. Le soleil brillait, l'air encore frais, un air de montagne. Mina souriait, les traits relâchés. Elle vibrait au rythme des palpitations de son cœur. Anna remarqua même comme un tic de marche, un léger soubresaut à chaque avancée du pied droit, comme un petit retour d'une excitation de petite fille. Cela la fit sourire. « Tu habites vraiment là ? »

« Non, en fait, je n'ai pas encore appelé mon père pour l'avertir de notre arrivée. J'appréhende. J'ai besoin de procéder par étapes. Et j'avais très envie de vous amener ici, j'adore cet endroit. » Arrivées sur une place remplie de terrasses cernant une fontaine d'eau glacée, sur laquelle s'ouvraient des ruelles égayées par les échoppes d'artisans médiévales et de tanneurs de peau de vache, elles prirent place autour d'une table ronde, rosies par le soleil, au plus près du bruit des jets d'eau. Charline se laissa aller à son passe-temps favori, se laisser filer au son des promeneurs qui passaient, respiraient, s'arrêtaient prendre des photos. La voix de Mina loin, si loin, si loin : « ne bougez pas, je reviens. » L'air pur et mordant sur ses narines, sa gorge, ses pommettes. Anna quelque peu abandonnée, commanda trois grands cafés, et partit choisir des cartes postales. Des cartes postales ? Anna ne voyait pas à qui elle put en envoyer. Mais elle s'en moquait, elle avait envie d'avoir le plaisir de les choisir, de faire tourner le tourniquet, d'en prendre, d'en reposer, puis de se raviser, celle-là, oh non celle-ci, oh puis, tant pis je prends les deux. Elle en sélectionna finalement cinq. Une de la maison de la reine Margot, une d'une échoppe médiévale, Anna était en adoration devant les vitrines voûtées en basalte, une de la petite place où elles se sont installées, une du lac Pavin qui fit étrangement tressaillir Anna, et une autre de la tour du Beffroi. Elle revint vers Charline, toujours loin et détachée, un demi-sourire sur le visage. Un stylo et une gorgée de café et Anna se mit à écrire pour la première fois une carte postale. Ah mais quel plaisir ! Quel ravissement, ce petit rectangle cartonné et vernissé, sur la droite l'adresse du destinataire qui aura l'honneur de recevoir ce souvenir et sur la gauche le carré du texte juste sous la légende de la photo. Quelle excitation nouvelle ! Anna adorait ça. Elle prit les cinq cartes et commença à rédiger, heureuse : « Coucou, je vais super bien. De passage en Auvergne, je vous envoie ce petit souvenir. Je pense à vous. Des bises. Anna ». Le sourire d'Anna disparut : « je pense à vous. » Mais à qui ? Elle se rendit compte qu'elle n'avait même pas pensé à Maxime. Pas une seule fois. Au final, c'était plutôt une bonne nouvelle. Elle rangea les cartes dans leur petit sachet.

Peut-être en enverrait-elle une à Pauline. Elle fixait Charline qui continuait à déconnecter doucement.

« Charline ? »

« Oui ? »

« Ça va ? »

« Oui. » Sur ce oui assertif, Mina revient les bras chargés de sacs de boulangerie.

« Des gâteaux à la tomme et une belle tarte aux myrtilles. Les gâteaux à la tomme de Saint-Nectaire. Mes préférés de tous. J'en suis dingue. La tomme de saint Nectaire remplaçait le beurre pour constituer la matière grasse, c'est du saint Nectaire qui n'a pas encore de goût, juste pressé. » Les filles goûtèrent de bon cœur. Mina exultait, Charline aussi.

« Hum, c'est si doux, cette tomme dans ce gâteau, une sensation tellement, euh, tellement… »

Anna rétorqua en riant : « Grasse ? »

Charline : « non, non, douce, si douce, si onctueuse, si… Maternelle. » Le mot était lâché laissant Mina scotchée. « Maternelle ». Peut-être elle aussi, cherchait-elle un lien maternel à travers la texture si particulière de la farine et du beurre ou de la tomme. Cette texture enveloppante, sécurisante, ni trop forte, ni trop neutre, la tradition, les racines. Et puis les gâteaux étaient en forme de dôme, comme un sein bien rempli, ferme, un sein nourricier. Anna aussi avait tiqué sur le mot maternel. À l'inverse de Mina et Charline, elle avait rejeté dès l'enfance, peut-être même dès sa naissance, cette mère qui n'avait pas su la prendre dans ses bras, elle avait refusé d'ingérer une quelconque once de cette femme ni douce ni méchante, mais sans émotion. Elle trouva tout de même les spécialités du village délicieuses.

« En tout cas, tu as eu raison de nous amener dans cet endroit, c'est vraiment pittoresque et superbe. On se croirait en vacances, c'est très dépaysant et chaleureux. J'adore ! »

« On va se balader ? Je vais vous montrer la maison de la reine Margot ! »

Elles se promenèrent longuement dans les ruelles, découvrant les fabuleuses voûtes de basalte, les échoppes médiévales les portes d'entrée minuscules. « Dis donc, ils n'étaient ni grands ni gros dans le temps ! Voyons voir, un mètre trente-huit ! Ça ne les rend pas sexy, les soupirants de la reine Margot ! » Fit remarquer Charline. Elles ne se lassaient pas de déambuler, comme hors du temps. Que ce village dégageait une douceur de vivre ! Anna montra ses cartes postales à Mina et notamment celle du lac Pavin. « C'est loin d'ici ? La couleur est fantastique et si… Terrifiante, tu penses que le photographe a rajouté un filtre ? »

« Hé non ! C'est sa vraie couleur, bleu marine et vert émeraude. C'est un lac volcanique très profond, 90 mètres, je crois. Il est très dangereux, le commandant Cousteau n'avait pas pu descendre avec son sous-marin à cause des tourbillons. Et il y a eu plusieurs décès de plongeurs dans les profondeurs, des pêcheurs poursuivant l'omble chevalier. Un lac diabolique, maléfique : il est dit qu'il suffisait qu'une pierre soit jetée pour qu'aussitôt les flots irrités fussent soulevés en vagues furieuses et énormes… Aujourd'hui, on sait que ce n'était pas le Diable mais que c'était lié à une activité volcanique particulière, un truc lié aux gaz, je crois, on avait étudié le sujet à l'école mais je ne me rappelle plus. On dit aussi que le seigneur Roupoudou tomba amoureux d'une jeune fille de Besse qui repoussa ses avances. Désespéré, Roupoudou finit par s'asseoir sur la « chaise du Diable » (des rochers au bord du lac assemblés en forme de fauteuil) et se mit à pleurer toutes les larmes de son corps, à tel point que des ruisseaux se formèrent et inondèrent le village de Besse qui se trouvait au fond d'une cuvette. Roupoudou, voyant le reste du village sous les eaux, pensa qu'il avait noyé sa belle. Il sauta dans le lac, on ne le revit jamais. Pareil, il est fort possible que le lac ait débordé et inondé la vallée en raison de dégazages du lac. Il est toujours surveillé pour ce risque-là aujourd'hui. Il paraît que c'était aussi un lac de sacrifice de jeunes vierges, il y aurait fort longtemps. »

« Ben voyons, rétorqua Charline… » Elle imaginait des jeunes femmes en longues chemises blanches et fines, sur des rochers, pieds nus, poussés par des hommes armés, criant des incantations aux dieux avides… « Bande de salops » pensait-elle renfrognée.

« C'est une légende, on ne sait pas trop si c'est vrai. Bon, ce n'est pas loin, on y va ? »

« Ouiiiiiii ! »

Arrivées au lac Pavin dans les grands parkings visiblement très aménagés, les trois femmes prirent le chemin pour faire le tour du Lac. Sa bleutée majestueuse le rendait impénétrable. Une émeraude dans un écrin rocheux bordé de grands sapins témoignait d'une présence puissante et charismatique. Impassible, presque dédaigneux, mystérieux. Anna imaginait les tourbillons bouillonnant sous ce masque glacial Elle tressaillait, ressentant l'énergie souterraine de ce lac et se colla à Charline. Silencieuse, celle-ci n'en menait pas large non plus, une peur diffuse l'envahissait, ce calme était si terrible, une force puissante se dégageait de ce lieu qu'elle trouvait terriblement magnifique mais qui lui faisait penser au masque terrifiant du visage de sa mère, beau cachant les tourbillons de sa folie. Elle aperçut des pédalos. « Oh, mon Dieu, ils sont fous ! Il ne va rien leur arriver, j'espère ! » Mina plaisanta : « mais non, aucune main crochue ne va sortir de l'eau pour les attraper. »

« Ce n'est pas drôle Mina, j'ai vu que la baignade était formellement interdite. ».

« Ne t'inquiète pas, les seuls accidents qu'il y ait eus, ce sont des accidents de plongée. »

La promenade était jolie, les chemins ombragés laissaient paraître des facettes du joyau vert scintillant sous le soleil, une féerie visuelle. Arrivées sur les rochers de la Chaise du Diable, elles s'assirent pour observer les différents reflets. Ici, ils étaient bleu marine, là-bas émeraude ou bleu lagon. Soudain, un chien apparut, un magnifique setter irlandais qui courrait le long de l'eau. Son poil roux brillait sous le soleil comme un feu follet, que faisaient ressortir les couleurs du lac. Une voix jaillit du chemin : « Basile, au pied ! » Mina se leva instantanément, elle connaissait cette voix. À la grande surprise d'Anna et Charline, Mina cria : « Birou ? Birou, c'est toi ? »

Birou, initialement prénommée Lucia arriva « Mina, oh, ce n'est pas possible ! Ma Mina, qu'est-ce que tu fais là ? Tu es revenue ? Salope, tu ne m'as pas donné de nouvelles depuis des années ! Mais je suis tellement contente de te voir. » Et elles se serrèrent dans les bras l'une de l'autre avec émotion. « Putain, quand même, Birounette, je t'ai laissé plein de messages, tu ne m'as jamais rappelée. »

Mina-Birounette n'eut pas le loisir de répondre. Un cor des Alpes retentit. Puissantes, mystiques, les notes s'emparaient du gouffre d'air emprisonné dans le cratère et semblaient s'étendre en cercle au-dessus de l'eau et s'élever sous la forme d'un cylindre sonore, épousant à la perfection les contours du lac. Un homme debout sur un rocher, droit face au monstre bleu, lui tenait tête de ces sonorités alpines, comme pour dompter ses énergies souterraines, adoucir le monstre en l'étourdissant. Les quatre jeunes femmes se rassirent sur le rocher et écoutèrent. Même Basile, le Setter était revenu et semblait être dans un état extatique. Lorsque le cor s'épuisa, l'après-midi touchait à sa fin. Mina présenta ses amies à Lucia :

« Lucia, je te présente Anna et Charline. Les filles, je vous présente Lucia, mon amie d'enfance, on était ensemble en CE2. »

Charline rétorqua sur un clin d'œil : « Alors comme ça, tu étais avec Birounette à l'école ? »

Toutes rirent. Lucia leur proposa de venir dîner chez elle, elle n'habitait pas loin et était seule car son compagnon était en déplacement. « On pourra parler et remettre les nouvelles à jour ! Non de non, Mina ! »

Mina s'enquit auprès de ses amies si cela ne les dérangeait pas.

« C'est parti… » confirma Anna qui prenait goût aux rebondissements.

« … Mon kiki… » rajouta Charline d'un clin d'œil rieur.

Lucia vivait dans une petite maison pas très loin du village de Besse.

« C'est marrant que tu habites là, tu étais plutôt citadine ? »

« Oui, j'ai suivi mon ami, mais je ne te cache pas que je préférerais habiter à Clermont. Je redescends souvent, ce n'est pas si loin. »

Lucia sortit des verres et une bouteille de whisky. « Comme aux temps anciens, Birounette ? »

« Ja Wohl, birou ! »

Quelques whiskies sour et une volée de chips plus tard, Lucia leur demanda : « ben, alors qu'êtes-vous venues faire ici ? »

Mina raconta son histoire jusqu'au Violon d'Ingres. « Tu sais, je n'ai donné de nouvelles à personne. Je n'ai été à aucun enterrement, n'ai donné aucun signe de vie. » Lucia ne répondit pas, baissant ses yeux verts qui s'étaient assombris. Mina la regardait : « je ne t'ai jamais dit à quel point je te trouvais belle. J'ai parfois été très dure avec toi, pas toujours sympa, mais je t'aime profondément, je crois que je ne te l'ai jamais dit. Les sentiments sont là et seront toujours là, en résonance, même si les chemins s'écartent. Tu es quelqu'un d'important pour moi, quoiqu'il arrive, Lucia. »

Lucia, pudique, répondit à sa manière : « bon ben on va trinquer, on se fait un autre whisky sour, allez c'est parti » et envoya un clin d'œil à Mina qui connaissait suffisamment Lucia pour savoir qu'elle était émue mais qu'elle le cachait.

« Bon les filles, Mina n'a pas eu le temps de vous le dire, mais je suis une brêle en cuisine, donc spaghettis parmiggiano pour tout le monde ! »

« Génial, on va t'aider ». Mina se dirigea vers la cuisine ouverte. Un saucisson sec se tenait fier au milieu de sa planche de bois, replié dans un torchon à carreaux rouges et blancs, à côté d'un vieux laguiole. « Tu as gardé les traditions familiales, je vois ? »

« Et oui, le saucisson du Padre, tu te rappelles ! »

« Oui ! »

Les assiettes furent vite déposées sur la table, à la bonne franquette, l'eau salée était surveillée par Charline tandis qu'Anna mettait la tarte aux myrtilles achetée à Besse au frais et débouchait une bouteille de Bergerac rouge.

Mina parti appeler son père pour l'avertir qu'elles arriveraient le lendemain, ils les attendaient toutes pour déjeuner.

Elles se mirent à table de bonne grâce, affamées. « Et vous les filles ? Qu'est-ce qui vous a amenées à Châteauroux. »

« On a été pissé sur la tombe de mon arrière-grand-père ! »

Anna et Charline racontèrent leurs histoires.

« Oh la vache, c'est beau ! J'aurais aimé vous accompagner, c'est très fort ! »

Les spaghettis étaient délicieux, un plat simple qui avait mis en joie les quatre femmes. La tarte aux myrtilles l'était tout autant. Et comme des gamines, elles firent un selfie d'elles quatre, en souriant, les dents et les gencives noircies par les myrtilles. Et ça les fit rire une bonne partie de la soirée. De vraies gamines.

Anna raconta son « je peux » à Lucia, cela devait la soucier plus qu'elle ne le disait, pensait Charline. Lucia ria : « il m'est arrivé de demander la même chose mais cela s'est bien passé car c'était mon petit copain, du coup, on en a ri. Ne t'inquiète pas pour ça. C'est lui qui n'a pas su rebondir, non plus. Un couilles-molles quoi ! »

Lucia mit de la musique. « Tu te rappelles, Mina, au Phydias, le soir où Gainsbourg est mort ? On y était. » « Oui, c'était un grand moment d'émotions et de tristesse, je m'en souviendrai toujours ! » Lucia plaça un CD de Supertramp en souvenir. Les filles dansèrent un peu en discutant de choses et d'autres, des souvenirs d'enfance : des Poï Poï que Lucia mettait sur ses branches de lunettes en classe pour faire rire tout le monde. Elles parlèrent de la famille, de leurs anciens profs, de leurs premiers amours… Puis la fatigue se fit sentir et Lucia leur aménagea des matelas au sol sur lesquelles elles s'affalèrent comme des alpinistes après une longue traversée sans oxygène.

Au petit matin, Lucia s'éclipsa discrètement pour aller travailler, leur laissant la cafetière pleine et un petit mot : « Birounette, Donne de tes nouvelles. Je t'aime. Birou ».

2
Des mammouths et des roses

Il était dix heures lorsqu'elles arrivèrent à la boulangerie du Père Jamard. Mina ne connaissait pas la vendeuse, mais elle lui fit un clin d'œil et cria par-dessus le comptoir :

« Patron, je veux dix de tes meilleurs croissants ! »

« Ola ! Ils sont tous bons mes croissants ! Non mais oh ! » Le père Jamard sortit de son fournil, le sourire comme un croissant tout chaud avec deux grandes cédilles qui éclairaient ses fossettes et prit Mina dans ses bras : « Enfin Mina, tu es de retour ! Tu aurais dû me dire que tu arrivais. Tu n'as pas bonne mine, c'est la vie parisienne. Venez derrière, je vous fais un café. »

Mina présenta ses amies qui attendaient avec impatience l'extase croissantine, l'orgasme feuilleté tant vantés par Mina. Et elles ne furent pas déçues, elles voulurent en reprendre mais Mina les retint car elles devaient aller déjeuner chez son père et il fallait avoir faim, c'était impératif.

« Venez prendre le petit-déjeuner demain matin ! » proposa le père Jamard.

« Ça marche à demain ! Bisous ! »

Le père de Mina habitait toujours dans son petit appartement en face de la poissonnerie de Cou de Taureau. Lorsqu'elles entrèrent dans la salle à manger, la table était dressée avec attention. Un homme de taille moyenne, cheveux grisonnants frisottants, le visage rond, jovial, la silhouette arrondie embrassa Mina, visiblement très ému. Ils se serrèrent longtemps. « Ma fille, ma fille ! Enfin, tu es là ! » Anna et Charline ne mouftaient pas tant l'émotion était palpable, elles qui n'avaient jamais connu cela. Anna n'entendait pas les « je t'aime ». Elle s'était rendu compte que plus jeune, lorsqu'un garçon lui disait « je t'aime », cette partie de la phrase était effacée dans ce cerveau, n'avait pas sa place, la phrase se perdait dans le vide comme si elle ne parvenait pas à s'accrocher à quelque chose de connu, comme si elle ripait sur une case vide, la case de « il/elle m'aime », la case de l'ancrage. Cela lui faisait une sensation étrange, comme une interférence, et elle demandait de répéter mais rien n'y faisait, elle n'entendait pas. Elle avait fini par s'habituer à cette surdité de l'amour. Et finalement, n'allait que vers des gens qui ne l'aimaient pas.

« Papa, je te présente Anna et Charline, des amies. » Mina n'entra pas dans les détails. Paul embrassa avec chaleur les deux femmes et tous se mirent à table admirablement dressée avec plein d'amour. Des spécialités du terroir leur étaient servies, toutes celles que Mina adorait : un pounti, une sorte de far au lard, pruneaux et cardes, une truffade (des pommes de terre à la tomme de saint Nectaire) et la pompe aux pommes du père Jamard. Tout le monde se régalait sous l'œil heureux du maître des lieux, échangeant des propos joyeux, histoire de faire connaissance avec bienveillance et convivialité.

« Tu cuisines toujours aussi bien, papa ! »

« Merci ma fille ! »

« Bravo Monsieur, de belles découvertes de la cuisine auvergnate ! » approuva Charline.

« Merci beaucoup ! » compléta Anna

Après le dessert et le café, Paul prit un air grave. « Mina, ta mère m'a écrit. Elle veut te rencontrer. » Il lui donna la lettre reçue. Mina la parcourut. Elle était courte, lapidaire. Elle ne dit rien. Elle regarda enfin son père dans les yeux et remarqua qu'il avait pris un tel coup de vieux en dix ans que le remords lui serra le cœur. Elle avait tellement raté de choses en étant partie à Paris. Cela lui faisait mal, si mal à travers sa poitrine que sa gorge se serrait sur des larmes étranglées. Elle posa la lettre sur le bibus.

« Papa, je regarderai plus tard, je n'arrive pas à lire ce qu'elle a écrit, même s'il y a trois phrases. Je suis trop surprise, il y a trop de choses en même temps. Je suis venue parce que je voulais te voir et aller me recueillir enfin, sur la tombe de la maman-mémé Ranty. »

« Comme tu voudras ma fille. Tu veux y aller quand ? »

« Cet après-midi. Les filles, j'aimerais y aller seule, cela ne vous dérange pas ? »

« Non, pas du tout, d'ailleurs, j'aurai bien fait une sieste et puis, j'irai me balader dans ta ville », répondit Anna.

« Pareil pour moi ! Merci Paul de nous accueillir pour la nuit ! »

« Les amies de ma fille sont les bienvenues ! Mina, j'ai encore une lettre pour toi. Cette fois-ci, c'est de Josépha, ta maman-mémé Ranty. » Il sortit d'un petit secrétaire une enveloppe de papier bleuté et un grand album recouvert de velours vieux rose. Sur l'enveloppe, la belle écriture oblique de la mère Ranty : *Mina*.

Mina prit la lettre, très lourde, et l'album qu'elle rangea dans son sac et s'excusa. Elle sortit tandis que Paul et les filles se levèrent pour aller organiser la chambre d'ami et débarrasser la table. « On va vous aider à faire la vaisselle ! »

La tombe de Josépha Ranty était couverte de rosiers, de vieux rosiers aux petites fleurs roses si odorantes qu'elle aimait tant. Les branches fleuries jusqu'à l'outrance retombaient lourdement en cascade sur la dalle centrale, et les multiples corolles de satin caressaient la photo de Josépha, droite sur son épitaphe, son célèbre slogan : « Mammouth écrase les prix, la mère Ranty écrase Mammouth ». Mina rit puis se dit « la mort a écrasé la mère Ranty et je n'étais pas là… » Et elle pleura, longtemps dans le silence du petit cimetière qu'un rossignol vint déranger rapidement. La lourde enveloppe bleue était dans son sac. Elle n'osa pas l'ouvrir sur la tombe par pudeur, comme si elle ne voulait pas que Josépha la voie en train de lire sa lettre, devine sa culpabilité et sa honte.

« Pardon, Josépha ! Pardon ! »

Elle embrassa la photo puis se dirigea vers le lavoir qui se trouvait non loin de la poissonnerie et de chez elle. Il ne servait plus maintenant, mais il avait été restauré et c'était un lieu agréable, un peu à l'écart du bruit et des mouvements, avec des bancs sur lesquels les rêveurs et promeneurs pouvaient se détendre au soleil. Mina décacheta l'enveloppe fébrilement. Josépha avait couvert des pages et des pages de son écriture oblique et régulière. Elle s'attendait à des reproches, elle tremblait. Elle se blottit contre la pierre de basalte dressée derrière le banc, cherchant son appui ainsi que l'éventualité d'une cachette.

« Mina,

Si tu lis cette lettre, c'est que tu es rentrée. Et j'en suis très heureuse car je savais que tu reviendrais, ma Mina. Sache ma chérie, que je ne t'en veux pas, je ne t'en ai jamais voulu. Alors, pardonne-toi. Je n'ai jamais su dire les choses, ma douce Mina. Je suis de la génération de ces gens rustres qui ne savent pas parler de leurs émotions. De la pudeur parfois bien encombrante. Cela me fait drôle de t'écrire sachant que je ne serais plus là, enfin je serai partie. Oui, ma Mina, je suis contente d'enfin tourner la page, je n'ai pas peur même si ne plus te voir me serre le cœur. Alors, ne sois pas triste non plus. S'il te plaît !

Je t'aime, je ne sais pas comment, à la fois comme ma fille et comme ma petite fille. Peut-être par mon grand âge, peut-être parce que tu n'as pas eu de maman et moi pas d'enfants. Je ne sais pas trop quelle place nous nous sommes donné, mais ce qui est sûr c'est que l'amour et le lien que nous avons, seront toujours là au-delà de nos corps et de la Mort. Ne pleure pas ma douce Chérie, je te vois, tiens là maintenant, je perçois ton sourire à travers tes larmes. Ainsi va la vie. Ce n'est pas si grave, tu sais. Non, ce n'est vraiment pas si grave.

Mina, je pensais te léguer tout ce que j'avais mais j'ai préféré tout transmettre de mon vivant à ton père. D'abord parce qu'il en avait cruellement et urgemment besoin et puis, parce que j'ai voulu réparer une injustice, qu'il puisse être comme les autres, avoir un peu d'argent comme s'il en avait hérité de ses parents, et puis surtout, qu'il puisse se reposer. Il le mérite, ton père est un homme bon et plein d'amour. Je n'ai pas l'habitude de parler des secrets des autres mais je voulais que tu saches que pendant ton absence, il s'est passé des choses graves. Je pense qu'il est important que tu en sois au courant. Ton père a eu de graves soucis financiers. Pas assez de rentrées d'argent, il a croulé sous les dettes qu'il accumulait au fil des années, des petites broutilles mensuelles qui ont fini par devenir un boulet de plus en plus important. Il l'a gardé pour lui longtemps, pensant certainement arriver seul à régler la situation. Je voyais bien qu'il était de plus en plus miné. Je pensais qu'il souffrait juste de ton absence mais il ne dormait plus. Il ne trouvait aucune solution, et tu sais quand on est pauvre, les problèmes financiers deviennent des gouffres puis des abîmes, très vite. Très très vite. Une femme, Yvonne, qu'il pensait être une amie, lui a prêté un peu d'argent en lui disant qu'il lui rendrait quand il le pourrait. Elle savait que cela prendrait du temps, ton père le lui avait dit et elle avait été d'accord. Elle a changé d'avis et a exigé qu'il lui rende immédiatement cet argent. Bien sûr, il ne pouvait pas. Alors, elle a raconté dans toute la ville qu'il lui devait de l'argent et à quel point il était surendetté, elle a raconté toutes les confidences qu'il lui avait faites, il s'est senti trahi, violé. Il a été traîné dans la boue, jugé. Et tu n'ignores pas le lien qu'ont les gens avec l'argent. Rends un service qui, s'il était payant, coûterait une fortune, et emprunte ne serait-ce qu'un tiers de cette somme et on ne parlerait que de ça en oubliant le reste. Le jour que j'ai vendu ma boutique, j'ai eu comme un pressentiment. Je me suis rendue chez lui et je l'ai trouvé chez lui, effondré, des boîtes de médicaments devant lui et une corde tendue. Je suis arrivée à temps. Il m'a alors tout raconté. Cela m'a rappelé la guerre et mon histoire, toute l'horreur de ces gens comme il faut. Cela m'a écœurée. Ces gens, ces petits-bourgeois parvenus qui confondent « avoir » avec « pouvoir ». « Avoir » et « Être » comme si « Avoir » se substituait à « Être », « Avoir » pour tenter d'exister ! « Avoir pour paraître. » L'argent a beaucoup trop de valeur, beaucoup trop, il fait oublier tout le reste. Ton père en services et grandeur d'âme, avait largement couvert sa dette, il ne méritait pas ça. Pour ces gens, tout ce qui est gratuit n'a pas de valeur et tombe dans l'oubli ou pire devient un dû et objet de mépris. Ton père en est devenu malade, il avait honte, n'osait plus sortir, s'isolait. La seule solution qu'il avait trouvée, c'était d'en finir. Il avait tout perdu et surtout sa dignité. Il en était là. Je suis allée la voir, cette Yvonne, elle buvait l'apéritif en pérorant avec ses copines qu'elles achètent en leur payant des tournées pour pouvoir jouer à la grande Reine et ainsi avoir sa cour. Quelle bécasse, celle-là ! Je lui ai jeté son argent à la figure, en lui disant : « tiens voilà l'argent de Paul. Tu dois être bien malheureuse pour en arriver là. Sache que tu as poussé Paul au suicide et jamais, jamais je ne te le pardonnerai. » Elle répondit d'un ton orgueilleux : « Il faut payer ses dettes. » Cette saloperie ! Je lui ai rétorqué : « Et toi ? En Faisant semblant de rendre service, de ne rien accepter des autres pour mieux les aliéner, de les acheter tout en t'arrogeant le droit de fixer le prix de leur propre vie ? Quel est le prix de l'emprise et de ta jalousie ? Paul a toujours été là pour toi et t'aimait sincèrement. Trois cent cinquante euros pour la vie de Paul… Hein… Si la sienne vaut ça, alors la tienne, Yvonne, ne vaut à peine qu'un centime. Tiens, voilà une pièce de deux centimes, va, je double la mise, je n'ai pas de monnaie. Et toi, la Claude, toi à qui personne ne veut parler parce que tu es bipolaire, Paul a toujours été aimable avec toi, il était le seul à te sourire et prendre un café avec toi pendant que les autres te rejetaient et tu as été téléphoné à tout le monde pour parler de ses problèmes d'argent, trop fière d'avoir un « scoop » comme tu dis, à annoncer à ceux qui n'étaient pas encore au courant. C'est du harcèlement. Une mise à mort gratuite. Yvonne, et les autres, vous êtes responsables et complices de sa tentative de suicide. Responsables et complices. » Elle a répondu : « il n'y a pas de parole qui vaille lorsqu'il s'agit d'argent, surtout pour ces fainéants d'artistes. Il n'avait qu'à prendre des petits boulots, il a un salaire alors aucune raison de ne pas rembourser. » Et de rire avec ces comparses qui suivaient comme des petits caniches. J'ai préféré partir. Je l'aurai molestée. Tu me connais, je ne supporte pas ces comédies. Heureusement, tout le monde n'était pas aussi stupide, mais cela a causé du tort. Finalement, cette expérience a permis de faire le tri dans les relations de ton père. Et cela s'est bien fini. Ton père a pu résoudre tous ses soucis mais quelque chose a été cassé en lui, sa confiance en l'autre, sa naïveté, sa gentillesse.

Je te raconte ça, je ne veux pas que tu te culpabilises bien que je me doute bien qu'à cet instant, tu dois te sentir mal. Ce que je voudrais, c'est que maintenant que tu aies pu revenir, tu jettes de temps en temps un œil sur ton père et puis aussi, que tu comprennes pourquoi tout cela m'horripile à ce point, que tu me comprennes. C'est important pour moi, alors ne laisse pas la culpabilité te faire perdre du temps, essaie juste de faire mieux et de ton mieux.

Cette histoire, je te disais, m'a rappelé ma propre histoire, m'a ramené à des souvenirs terribles dont je ne t'ai jamais parlé. Je vais te la raconter, parce que je voudrais que tu en sois le dépositaire si tu acceptes cet héritage-là, qui m'est si cher. Tu comprendras pourquoi.

À la différence de toi ou de ton papa, j'ai connu mes deux parents. Cependant, j'étais jeune lorsqu'ils sont morts. Ma maman tenait l'épicerie que tu connais bien et qui n'a guère changé. Pendant la Seconde Guerre mondiale, des Allemands étaient installés chez nous et ma mère tomba amoureuse de mon père qui était un soldat allemand, Franz. Il était un soldat comme beaucoup d'autres, il faisait la guerre parce qu'il n'avait pas le choix, pas par conviction bien au contraire, il n'était ni plus mauvais ni différent des soldats français. Lorsqu'il arriva chez nous avec sa troupe et qu'ils s'y installèrent, les arrestations se sont accélérées soutenues par un service de Gestapo redoutablement efficace grâce au père de Raymonde. Mon père n'avait pas le choix mais il s'arrangeait pour sauver les enfants. Il disait à ma mère : « je n'ai rien contre les Juifs, ce sont des hommes et des femmes comme nous, les envoyer dans les trains de la mort m'est insupportable. J'ai longtemps réfléchi, soit je fuis et je risque à coup sûr la peine de mort. Soit je ferme les yeux mais j'essaie de sauver ce que je peux, je risque aussi la peine de mort mais au moins j'aurai fait quelque chose, faire en sorte que le projet de leur extermination soit contrecarré par le sauvetage et la survie de ces enfants. Et Franz a organisé la fuite des petits avec des résistants et ma mère faisait le lien. À côté de ça, il signait la déportation de dizaines d'adultes entassés vers la mort et les tortures abjectes. Il en pleurait le soir dans les bras de ma mère, devenir un monstre de force, quel choix avait-il ? Les choses dans une guerre ne sont jamais simples. Il n'y a pas que les bons et les mauvais, il y a tout le reste, les nuances et les adaptations humaines, et c'est difficile de juger, très difficile ma Mina. Aurait-il dû déserter et rejoindre la Résistance française ? Difficile à dire, s'il y aurait été accepté, s'il y aurait été plus utile. À la libération, il a cru qu'il pourrait rester en France auprès de nous, que les résistants expliqueraient ce qu'avait fait Franz pour que son jugement soit juste, un jugement qu'il était prêt à affronter, il était prêt à se tenir droit devant le tribunal, à expliquer et à entendre.

Ils n'ont pas eu le temps ni de l'arrêter ni de le juger, la mère de Raymonde l'avait dénoncé à la Gestapo qui, elle, a averti son régiment. Il a été pendu devant l'épicerie par les siens juste avant que les Américains n'arrivent. Puis ma mère a été tondue juste après la libération, deux, trois jours après la mort de mon père, humiliée, portée en pleine rue comme un trophée. Certains savaient qu'elle avait aidé la résistance, qu'elle n'avait jamais trahi personne et au contraire, secourut des enfants. Son seul tort : avoir aimé un homme, ce soldat allemand et finalement d'avoir été une femme. Une femme amoureuse et une mère de « bâtarde de Bosch ». Ceux qui savaient, n'ont rien fait pour la sortir de là, pour rétablir la vérité, rien, Mina. Il fallait des exécutoires à la violence guerre et de la victoire, elle avait été toute désignée. Elle eut tellement honte qu'elle s'est tuée, pendue elle aussi devant l'épicerie sous le même platane que mon père. Elle s'est dit aussi que sans elle, ma vie serait plus simple car avec sa mort, sa faute serait effacée. Ce n'est pas elle qui était en dette. Les parents de Raymonde étaient deux monstres. Le père violait Raymonde, Il est mort tué par sa fille, noyé dans le lavoir, un soir qu'il avait voulu l'agresser, après qu'il avait dénoncé le père de Tanguy. Elle l'a poussé et il est tombé saoul dans l'eau froide. Sa mère a tout vu et s'est arrangée pour anéantir tout témoin dont ma mère. Tu en parleras au Père Jamard, il aura beaucoup de choses à te dire lui aussi. La guerre, c'est une drôle de chose, surtout celle-là. Quand je voyais des anciens de la Gestapo, se pavanaient dans les rues avec la médaille de Légion d'honneur après la guerre et que je pensais à mes parents... Tu sais, même encore, cela me fait si mal. Et je crois que même morte, cela me fera toujours aussi mal. Mon père, qui cachait des enfants, et qui donnait des informations à la résistance que ma mère transmettait à bicyclette. Et ce sont eux qui ont été pendus. Fidediou ma Mina, j'en ai la nausée, même toutes ses années après. Je vais me prendre une petite prune à la gnole, ça fera passera les relents de vinaigre, tiens !

C'est le grand-père Jamard qui m'a ensuite élevée avec Tanguy et sa sœur jumelle Cerise que tu n'as pas connue. J'ai tenu à reprendre l'épicerie, j'avais treize ans. Non pas que je rêvasse de devenir épicière, j'aurais aimé piloter des avions postaux comme Saint Exupéry. Ça m'aurait plu, ça ! Tu vois, je rêvais de grands voyages, de voir la mer qui monte et qui descend et je n'ai fait le tour que de mon épicerie et j'ai quand même été jusqu'au massif du Sancy. Ne ris pas, coquinette ! Je voulais tellement laver l'honneur de ma mère et de mon père. Une idée fixe de réparation pour eux ou de l'orgueil qui m'a peut-être dévorée moi. Je ne sais pas. Être droite et fière et regarder les gens dans les yeux. Peut-être en suis-je devenue psychorigide comme les jeunes comme toi, diraient maintenant. Je crois que tous ces terribles événements que j'ai vécus, enfant, sans tous les comprendre, m'ont figée à jamais dans mes principes. C'est comme ça. Je me faisais appeler Madame Ranty pour qu'on me respecte, pour affirmer le nom de ma mère. Personne ne m'appelait par mon prénom, personne sauf Tanguy, Cerise et ton père. Et puis, mon physique grand, costaud, masculin et revêche m'a aidé et je l'ai enrichi en développant un caractère qui n'engageait aucun compromis. J'adorais être droite devant ma porte et regarder dans les yeux ceux, qui avaient su tourner leur veste au bon moment, ceux qui avaient traîné ma mère dans la boue en les pointant du doigt. Je peux te dire qu'ils les baissaient leurs gros yeux sur le trottoir, ces salops. Je n'en ratais pas un, d'ailleurs tu as dû souvent me voir le faire. C'était ma manière de restaurer la dignité de mes parents.

Je vais te surprendre maintenant et te faire rire, ma poulette. Mon vrai prénom est Aurore, mon père adorait la valse de Belle au Bois dormant de Tchaïkovski mais ce prénom m'était insupportable tant qu'il ne cadrait pas avec mon physique masculin. Mina, je n'ai jamais été amoureuse d'un homme, encore moins celui de l'homme à la moto qui en fait, était mon père. Je suis homosexuelle, j'ai vécu une longue et heureuse histoire d'amour avec Cerise, la sœur de Tanguy. Nous, nous sommes profondément aimées, à la vie, à la mort. C'est pour cela que je n'ai pas peur de la mort, je vais enfin revoir mes parents et ma Cerise.

Je n'ai pas eu d'enfant mais je t'ai eu toi, mon petit rayon de soleil. Je te laisse en te disant : sois tranquille, je serais là-haut bien entourée et où que tu sois, j'aurai toujours mon œil de mammouth et tu sentiras mon gros buste aux seins gainés de cœur croisés qui sentaient la naphtaline au-dessus de toi. Il te suffit de respirer, de penser à ces moments où je me penchais au-dessus de toi lorsque tu faisais tes devoirs pour en deviner l'odeur.

Tiens-toi droite, ma fille, même dans l'adversité, même si tu n'es pas fière de toi, même si tu commets des erreurs. Ne baisse jamais les yeux, tu en auras besoin pour réparer ou faire mieux. Plante tes pieds sur le sol et fixe les gens, ose le faire et ne les laisse jamais te faire peur et penser que tu n'es pas digne de respect et d'estime. Personne, tu m'entends, personne n'a le droit d'estimer ta valeur. Personne. Et surtout pas toi ! Ainsi va la vie ! Comme dirait l'autre qui n'est jamais nommé !

Je t'aime,

Aurore-Josepha-Ranty !

L'album contenait des photos de la maman de Josépha, de son père, de la famille Jamard, de Mina petite à l'épicerie. Un petit carnet intime de sa maman, et des petits mots doux de son papa. Tous les petits souvenirs du quotidien et de la vie sacrifiée de Josépha pour l'honneur de ses parents.

Cou de Taureau arriva sur le lavoir au moment où Mina, en larmes, finissait de lire le mot écrit pour Josépha par sa maman dans son petit carnet.

« Tiens Miss Enfant Prodigue rentre au pays enfin, parce qu'elle s'est cassé la figure à Paris ! Ah, ben ça peut pleurer, tiens, après n'être même pas venue à l'enterrement de la mère Ranty ! »

« Ne prononce plus jamais son nom ! » cria Mina d'une voix froide. « Et toi, tu viens dire bonjour à ton père ? » Elle bondit vers elle, brandissant les feuillets bleus tout en pointant du regard le lavoir de basalte et son eau noire.

« Quoi ? Que dis-tu ? Espèce de folle ! »

« Oh, c'est bon, je sais tout. Tu es bien la fille de tes parents ! »

Raymonde essaya de lui prendre le courrier, rouge de colère. Elle réussit à l'arracher de la main de Mina et voulut le jeter à l'eau quand le père Jamard arriva à ce moment-là, et lui prit le bras.

« Ça suffit, Raymonde. Donne-moi ce courrier. Tes parents ont fait assez de mal comme ça, à moi et à Josépha ainsi qu'à toi-même. N'en as-tu pas marre d'être bouffée de méchanceté Raymonde ? Ta mère a fait tuer mon père alors qu'il avait gardé sous silence ce que tu avais fait, parce que lui ne t'a certainement jamais jugée, tout comme moi. Ta mère a fait tuer les parents de Josépha et toi, tu t'en prends depuis qu'elle est née à Mina. Pourquoi ? »

Raymonde rendit le courrier en colère : « elle, elle est arrivée de rien, de nulle part. Et elle a tout eu, l'amour de tous, et moi, rien, jamais rien ! Elle m'a pris même mon Paul ! »

« Mais Raymonde, Paul n'a jamais été amoureux de toi. D'abord, il aurait pu être ton fils. Et puis, Raymonde, comment veux-tu qu'un homme t'aime tellement tu es méchante. Mina est sa fille, elle était un bébé et toi une adulte. Sa mère l'avait abandonnée, tu n'as eu aucune empathie pour cela ni pour elle. C'était pourtant un acte grave. Il ne peut pas y avoir de rivalité entre vous. Tu es malade, Raymonde. Vraiment. Tu as vécu de terribles choses, mais ça ne te donne pas le droit de t'en prendre de cette manière à Mina et à Paul. Ça tourne à l'obsession, fais-toi soigner à la fin et fous-nous la paix ! »

Raymonde s'enfuit, rouge pincé dans sa poissonnerie et ferma deux heures en avance le rideau de fer de son commerce.

« Tu es arrivé au bon moment, j'ai bien cru perdre la lettre de Josépha. Mais comment ça, ton père a été tué ? Je ne comprends pas. »

« Assis toi ma Mina. » Et il prit Mina dans ses bras. « Je vais tout te raconter. Je ne m'appelle pas Tanguy Jamard. Je m'appelle Fernand Levy. J'avais une sœur jumelle, Sarah Levy. Notre mère est décédée en nous mettant au monde. Notre père nous a élevés comme il a pu et lorsque notre maison a été bombardée, nous avons dû fuir car nous étions juifs et recherchés. Nous sommes arrivés tous les trois ici. Nous avions faim et mon père a essayé de voler un morceau de pain pour nous. Le grand-père Jamard l'a attrapé. Et il nous a amenés dans le fournil. Il avait bien compris que c'était la faim qui l'avait poussé à le voler et pas le vice. Il savait lire les âmes, le grand-père Jamard. Il nous a fait dîner et mon père lui a tout raconté, que nous étions juifs, que nous étions en fuite et recherchés. Il venait de perdre ses deux petits-enfants, Cerise et Tanguy dans un bombardement. Il a alors proposé de faire croire que nous étions ses propres petits-enfants venus se réfugier chez lui et d'embaucher mon père en lui faisant faire de faux papiers. Il verrait ça avec des relations qui lui créeraient une nouvelle identité. Mon père fut soulagé. Je ne sais pas comment les parents de Raymonde ont su pour nous, mais ils nous ont dénoncés le soir à la Gestapo. En fin de matinée, alors que j'apprenais à faire des croissants avec mon père et le père Jamard dans le fournil, des soldats allemands sont venus nous chercher. Ils ont pris mon père, et le père Jamard s'est mis devant nous et a dit que nous étions ses petits-enfants. Le chef, le père de Josépha nous a laissés et ils ont entraîné mon père dans la rue. J'étais occupé à sortir mon premier croissant du four et je l'ai tendu tout fier au soldat allemand à travers la fenêtre du fournil debout sur une chaise devant mon père. Il l'a mangé et ils ont embarqué mon père. Je ne l'ai jamais revu. »

« Oh, mon Dieu ! » Et Mina se serra encore plus contre son papy Jamard. « Tu n'as jamais voulu retrouver ton nom ou ta famille ? »

« C'est tellement compliqué ma Mina. Après l'arrestation de mon père, j'ai compris qu'il lui était arrivé quelque chose de grave, même si on ne m'avait rien dit. Je me suis senti tellement coupable Mina, tellement coupable d'avoir donné ce croissant à cet allemand et de ne pas l'avoir donné à mon père. Même encore d'y repenser, me fend le cœur. »

« Oui, si tu avais crié papa en allant essayer de sauver ton père, tu aurais aussi été arrêté ainsi que ta sœur et vous auriez été déportés dans les camps de la mort. »

« Je sais, et c'est pour cela que je suis devenu dans mon esprit le vrai petit-fils du grand-père Jamard, j'avais tellement peur que j'ai gommé chaque partie de mon ancienne identité. Je ressentais aussi une loyauté envers cet homme qui m'a tout donné, sa protection, son amour et son métier que je lui rendais en devenant un Jamard, en honorant sa mémoire et sa transmission. Souvent, je me suis demandé si je ne devais pas rajouter Levy à côté de Jamard sur l'enseigne. Je n'ai pas eu le courage. Je pensais parfois à retrouver les rescapés de ma famille. Mais j'étais terrifié. Peur d'affronter les souvenirs terribles des rescapés, de voir les numéros tatoués sur leur bras, leur corps et leurs âmes mutilées, coupable d'avoir survécu dans de bonnes conditions. J'avais la hantise de découvrir qu'il ne restait peut-être plus personne. Qu'ils avaient tous été massacrés, décimés… Peur du vide laissé. »

« Je pense qu'ils auraient compris, tu sais. »

« Je le pense aussi, mais tu sais, la culpabilité, la loyauté, la souffrance étaient tellement vives que j'étais bloqué. Je me suis fondu dans ma nouvelle famille, et j'ai travaillé dur pour devenir excellent, comme si tout l'amour que je n'avais pas pu donner à ma famille, je l'avais mis dans ma boulangerie avec toute la reconnaissance que j'avais pour le grand-père Jamard. Comme si je voulais remercier le cadeau qui m'avait été fait, en faisant de cet établissement le meilleur. Et puis, comme si ma punition d'avoir offert mon premier croissant au soldat qui a arrêté mon père, était de faire les meilleurs et au-delà. Mon fardeau et ma bouée. Je ne sais pas. Tu sais, c'est difficile pour moi. Mais retrouver mes origines, j'y réfléchis de plus en plus, il m'aura fallu beaucoup de temps et encore, je ne suis pas prêt. Et je ne sais pas, si je le serais un jour. Je me fais vieux. J'ai vu ce que les gens ont fait aux parents de Joségha, à ton père, je ne sais pas si c'est une bonne chose d'afficher publiquement certains secrets. Les haines sont toujours présentes, tu sais, toujours. Il vaut mieux bien garder les choses dans son cœur, je crois, je ne suis pas sûr. Peut-être ne le saurais-je jamais. »

« Je comprends. »

« Tu sais Mina, je t'en ai beaucoup voulu d'être partie. Je rêvais de te transmettre ma boulangerie. Tu étais douée, tu savais déjà tout faire. J'étais très en colère contre toi. On n'avait plus de nouvelles, j'ai été obligé de prendre des dispositions et j'ai embauché un apprenti, un petit oiseau tombé du nid aussi, un gentil gars, auquel je vais transmettre ma boulangerie. Tu étais partie vers d'autres horizons et je me faisais vieux et il fallait que je pense à l'avenir de ma boulangerie. »

« Je comprends. Mais tu m'en avais jamais parlé que tu voulais que je reprenne ta boulangerie. Du coup, je ne le savais pas. »

« Non, je pensais que ce serait évident pour toi. Et puis, cela aurait-il été utile ? »

« Je ne sais pas. J'avais besoin de partir. Comme si je voulais réussir, exercer un métier brillant et… »

« Et quoi ? »

« Étonner ma mère, qu'elle soit si fière de moi qu'elle regrette de m'avoir abandonnée. »

« Mina, est-ce que tu crois que nous t'aimerions plus si tu faisais un métier si brillant que ça ou si prestigieux ? »

« Euh… Je ne sais pas… Non. »

« Ben voilà. Nous t'aimons. Point. Nous t'aimons comme tu es. Si tu réussis quelque chose, nous serons heureux, si tu es malheureuse nous serons tristes mais nous t'aimerons ni moins ni plus. L'amour ne s'achète pas. C'est autre chose. Tu peux impressionner, tu n'en seras pas plus aimée pour ce que tu es, mais juste pour ce que tu fais. C'est un choix. Il ne faut pas s'y perdre et en connaître les limites. Si tu es aimé juste parce que tu es très belle, le jour où tu vieillis tu n'auras plus personne. Pareil pour ceux qui ont de l'argent ou qui exercent un métier de pouvoir. Il faut en avoir conscience. Ça ne s'arrête jamais, tu seras toujours prise dans une forme de dépendance à la reconnaissance et à l'admiration. Et admirer n'est pas aimer.

Mais lorsqu'il s'agit de ta famille, si on te propose de type de relation, ne le prend pas, fuis le poison ou alors vide-toi de toute émotion, ce qui serait difficile pour toi ma Mina. Ta mère, ta mère… Je ne la connais pas. Mais en plus de t'avoir abandonnée, elle ne s'est jamais enquise de savoir si ton père avait besoin, ne serait-ce qu'un peu d'argent pour subvenir à tes besoins. »

« Elle a écrit une lettre de trois lignes. Je ne suis pas arrivée à la lire. »

« Oui, ton père m'en a parlé, elle est sur le point de mourir et veut te parler. »

« Ah oui, comme par hasard ! »

« Écoute, je crois que tu devrais y aller quand même, sinon tu auras des regrets. Demande à tes amies de t'accompagner. »

« Oui ! » Et Mina lui raconta leur rencontre à Châteauroux, la tombe à Mortemort.

« Vous avez bien fait les filles de pisser sur la tombe de ce salop. J'aurai été là, j'aurai fait de même, et deux fois plutôt qu'une ! Ah, si Josépha et Cerise avaient de ce monde, on l'aurait inondée et en chantant ! Je te reconnais là ma Mina, d'accompagner Charline. Tu as un cœur bon et généreux. Bon, il me semble que vous êtes toutes trois engagées dans une sorte de périple au cours duquel vous réglez chacune vos dettes avec le passé. Alors, va voir ta mère, elle est dans le sud de la France, à Saint-Paul-de-Vence. Et reviens vite. Ainsi va la vie ! Comme dirait l'autre qui n'est jamais nommé ! »

« Jamais ! »

« Non, jamais ! »

« Il se fait tard, je vais rentrer retrouver papa et les filles. On viendra demain déjeuner avec toi. D'ac ? »

« Et dis donc, ne crois pas que tu vas te débarrasser de moi comme ça, ton père m'a invité à dîner ce soir avec vous. J'ai ramené du jambon à l'os et des brioches Polonaises comme tu adores ! »

« Oh, humm mm, merci, merci ! »

Ils rentrèrent à l'appartement de Paul toujours serré l'un contre l'autre. Quand Paul les vit arrivés tous les eux, il fut rassuré. Anna et Charline étaient détendues. Elles avaient passé un bel après-midi avec Paul, adorable, qui leur avait fait visiter la ville et leur avait joué un concert privé de saxo avant de préparer le repas.

Le dîner fut un moment de fête et de soulagement. Un beau repas, gourmand et généreux tout comme les sourires et les propos gais que les convives s'échangeaient. Mina leur fit lire la lettre de Josépha. Et ils en parlèrent durant toute la soirée.

« Quelle belle femme, Josépha ! Quelle superbe femme ! Comme j'aurai voulu la connaître », s'exclama Charline émue. « Elle a raison, le prénom Aurore, ne lui va pas. Non pas pour son physique, mais parce qu'elle n'a jamais vécu endormie, au contraire, elle a vécu debout, peut-être trop. Peut-être. J'aimerais tellement écrire son histoire. Elle est si belle. Un titre simple : Josépha. C'est tout. » Et elle se mit à rêver.

Le père Jamard était emballé. « Je t'aiderai si un jour, tu le fais. Ce serait un beau projet. N'est-ce pas Mina ? »

« Oui, elle le mérite. Et les filles, ça vous dit de partir demain dans le sud de la France ? »

« Hep hep Mina, dit Anna, tu ne vas quand même pas nous spolier encore une fois des croissants du Papy Jamard ».

« Haha, non, on ira avant ! »

« Alors ça nous va ! » reprirent ensemble Charline et Anna.

La fatigue gagnait Mina ainsi que les convives, ses yeux clignaient et Paul s'adressa à tous :

« Bon, je crois qu'après cette magnifique soirée, il est temps d'aller au lit, comme dirait l'autre ! »

« Qui n'est jamais nommé ! » s'exclamèrent-ils tous en chœur.

Les convives se séparèrent presque à regret, mais épuisés. L'appartement rangé, chacun alla se reposer et faire le vide de toutes ses émotions si intenses qui les accompagnaient en ce moment, chaque jour.

3
Du vinaigre, un bridge, un macaron et des oignons

« Prêtes, les filles ? Allez petit-déjeuner à la boulangerie et ensuite direction le Sud ! »

Sur le chemin, Anna osa un « Que veut ta mère ? »

« Je ne sais pas, juste me rencontrer, je crois qu'elle va mourir. »

La boulangerie n'avait pas changé. La devanture bordeaux, « Au père Jamard » en lettres dorées sur une plaque noire. Les pains de seigle avec de belles croûtes brunes et dures, enfarinées en forme de tourte, pas des pains au seigle à la croûte molle qu'on présente à Paris. Les pains étaient disposés dans des paniers d'osier. Elle raconta au père Jamard qu'une fois, elle avait demandé une tourte de seigle avec une croûte dure. La serveuse lui avait répondu : « Madame, on n'est pas à la campagne ici ». Ils rirent tous. « Tu sais Mina, malheureusement, cette croûte molle a envahi les campagnes à présent, en même temps que la mollitude des politiques à encadrer les dérives de l'agro-alimentaire et la défense du vrai artisanat. Impossible de distinguer les vrais artisans des escrocs de la boulangerie qui font de la merde et dilapident notre patrimoine et notre savoir-faire ! On nous vend de la diarrhée au prix du caviar ! Même dans les écoles professionnelles, on apprend aujourd'hui à ouvrir les sachets de poudre et à faire de l'assemblage ! Ce n'est pas ça, être boulanger ! » Le Père Jamard fulminait.

« Calmez-vous chef, ce n'est pas bon pour vous de vous agacer », lui lança son apprenti d'un air inquiet et paternaliste tout en amenant un plateau avec des cafés et des croissants chauds. Le père Jamard leur demanda comment elles trouvaient ses croissants. « Divins, juste divins ! » Et elles appréciaient de manger tout cet amour qui glissait en elles et se diffusait dans tout leur corps. « Encore, encore ! »

Un peu plus tard, les trois femmes quittèrent l'antre fabuleux et chaleureux du père Jamard avec un grand sac bien rempli de viennoiseries « pour la route » et marchèrent d'un bon pas jusqu'à la tombe de la mère Ranty. Mina lui envoya un baiser, en lui disant : « j'ai lu ta lettre. J'accepte et je prends ton héritage dans ma chair. Tu seras toujours vivante pour moi. Moi aussi, je t'aime ! »

« Cap sur saint Paul de Vence ? » Toutes hochèrent de la tête. Un bisou à papa Paul et les filles décidèrent de ne prendre qu'une voiture. L'Austin de Charline était emplie de l'odeur des petites roses que Mina avait cueillies sur la tombe du mammouth sacré et qu'elle avait déposées sur le tableau de bord et des effluves des viennoiseries du Père Jamard encore tièdes.

Direction Saint Paul, pas un bruit dans la voiture. Jusqu'à ce que Mina appelle sa mère. Le dialogue fut court, lapidaire. Rendez-vous le lendemain matin à 9 h 30 à son domicile situé à côté de l'hôtel-restaurant de la Fontaine dans le haut de Saint Paul. Elle appela ensuite l'hôtel pour réserver trois chambres, ce qui, contre toute attente, ne posa pas de problème. La route fut morose, Mina ne desserrait pas les dents, n'avait fait aucun commentaire sur son appel et était angoissée. Anna rêvait.

Charline était concentrée, les pieds rivés sur les pédales de l'Austin.

Au bout d'un moment, Charline s'ennuyait du silence qui l'endormait. « Hep, les filles, j'ai un peu besoin que vous me stimuliez, là ! Ça commence à être un peu longuet ! Mina, tu veux nous raconter un peu ton après-midi d'hier ? » Mina leur raconta tout, la lettre de Josépha, l'altercation avec Raymonde, sa discussion avec le papy Jamard.

« Quelles belles histoires, même si le contexte est terrible. On dirait des personnages de roman, j'aimerais vraiment l'écrire, leur histoire », s'exclama Charline.

« Mais tu es écrivain ? »

« Oui et non, c'est compliqué. Mais je crois que j'aimerais devenir écrivain. Je me sens comme si j'étais à nouveau prête. C'est difficile à expliquer. »

« Peu importe. Je crois que cela lui ferait plaisir à Josépha. »

Il était tard, lorsque la petite auto se pointa aux abords des terrains de pétanque de saint Paul. Il fallait stationner aux portes du village et monter à pied. Heureusement « que nous n'étions pas chargées ». Le village perché avait un charme fou. L'air était doux. Les ruelles en escalier étaient pavées et décorées de galets posés sur la tranche, disposés en fleurs puis en rosaces. Les petites boutiques avec des vitrines arrondies aux pierres aussi claires que celles de Besse étaient noires, exposaient des œuvres d'artistes raffinées. Enfin, la fontaine se montra au-devant de petites ruelles escarpées. L'hôtel de la Fontaine se tenait droit devant. Les grandes marches de l'entrée accueillaient de grandes jarres de terre cuite emplies de basilics merveilleusement odorants. Les trois femmes pénétrèrent dans la salle. Des grandes tables et des hommes en train de boire un Ricard

Un décor en bois vieillot, une salle rustique de chasseurs, à la fois sobre et rassurante, des nappes en tissus ornés de cigales. Une femme âgée, les cheveux châtain foncé, vêtue d'un tablier gris, sortit d'une petite cuisine. La voix haute et perchée : « oui, c'est pourquoi ? » avec l'accent du sud.

« Bonjour Madame, nous avions réservé trois chambres. Est-il possible aussi de dîner », demanda Mina.

« Hein ? Attendez, venez, je n'entends rien ! Je suis en pleine daube ! »

Charline s'avança vers une cuisine minuscule, pire qu'une petite cuisine parisienne. Des grandes marmites partout, ça sentait la tomate, le basilic, les plats en sauce. Un paradis dans un enfer de gamelles entassées et de faitouts en aluminium !

« Je peux regarder ? Vous arrivez à tout faire dans une si petite cuisine ? » s'amusa Charline.

« Eh oui, ma belle. Raviolis à la daube maison, sauce tomate maison, tagliatelles maison au pistou, daube provençale. Ici, on ne fait pas de la cuisine de Chichi. Tiens goûte, ma fille ! » Et elle tendit une cuillère de sauce tomate.

Charline goûta tout. Un régal. Elle se sentait chez elle. « Moi, c'est Charline. »

« Moi, c'est Madame Louise, ou Louise mais ici, on m'appelle Madame Louise »

« Attentionne, attentionne » Un homme âgé en tablier bleu marine replié sur le devant, arriva dans la petite cuisine avec un énorme plat d'oignons farcis. « C'est mon mari, Sergio ».

Sergio, d'origine italienne, n'était pas cuisinier mais spécialiste des petits oignons farcis. Dans sa vie, il avait été peintre, il reproduisait des tableaux des impressionnistes pour de grands musées nationaux ou des collections privées.

« Pour les petits oignons farcis, c'est le meilleur ! Je préfère qu'il les fasse, il n'a pas son pareil pour les faire confire délicatement dans l'huile d'olive. Je ne connais même pas les ingrédients, c'est son secret ! Je ne suis jamais arrivée à les faire aussi bons, et j'ai abandonné ». Madame Louise riait en regardant Charline d'un air complice, tout en s'activant autour de sa grande marmite de sauce tomate tandis que Sergio souriait tout fier devant son plat, faisant mine de ne pas voir le regard de son épouse.

Anna et Mina patientaient assises dans la grande salle, observant Charline ravie et curieuse de tout, excitée comme une petite fille.

« Bon allez, ma sauce peut mijoter toute seule maintenant. Désolée, je vous ai abandonnées, mais je suis toute seule pour tout faire. Je vous laisse monter à vos chambres. Les 12, 13 et 14. Je ne vous accompagne pas, ici, tout est à la bonne franquette, ne soyez pas surprises. Redescendez vite car le repas va être servi sous peu. »

Un peu décontenancées, les filles s'exécutèrent et redescendirent dans la salle presque aussitôt. Étrangement, Charline se sentait chez elle, comme si elle avait toujours habité là. Quelle curieuse et délicieuse sensation ! La table était dressée, une seule, une grande. « Je vous ai mises avec nous, ça nous changera d'avoir des têtes nouvelles avant la saison. Après la saison, on n'en peut plus, on préfère rester entre nous. Haha ». Madame Louise était du genre « franc du collier » et ce n'était pas pour déplaire aux trois voyageuses. L'apéritif fut servi. Pastis, rosé, vin rouge et pour accompagner, quelques tranches de pissaladières, bruschetta à la niçoise, et… Et les oignons farcis de Sergio. Ah, les oignons farcis de Sergio, un rien tout confit, fondants en bouche, une invitation à l'amour. Des touches sucrées qui finissaient par s'effacer discrètement sur une farce salée d'où aucun ingrédient ne faisait de l'ombre à l'autre, une synergie et une harmonie parfaite. Le tout uni pour le meilleur du plaisir. De l'art ! De la perfection ! Un orgasme culinaire et gustatif. Charline sentait les ripailles des peintres impressionnistes qu'elle imaginait truculentes, charnelles, gaies et amicales. Charline fermait les yeux, ce plat c'était elle, elle ne savait pas l'expliquer, mais c'était LA rencontre parmi les rencontres, celle qui vous retient pour vous rappeler qui vous êtes. De l'amour en puissance, de l'amour universel qui relie tous les convives. Elle était… Un oignon farci quoi ! Un oignon qui fait pleurer, rêver, un peu fort peut-être mais qui pouvait être doux, suave, charnu, piquant et qui invitait sans cesse au retour et à la recherche de l'harmonie parfaite ! Oh lalala, quelle émotion. Sergio expliqua : « moi, les oignons farcis, je ne les cuisine pas, je les peins par petite touche. C'est ça le secret ! » Cet homme, cette femme, Sergio et Louise qu'ils sont beaux. Charline en état de grâce, semblait flotter au-dessus de la tablée. Elle goûta à tout le reste : les raviolis à la daube, le pistou. Tout. Charline se remplissait de tout. Les autres aussi. C'était le bonheur. La joie, personne ne se forçait. Tout se passait simplement. La soirée avançait. Madame Louise s'assit enfin à la tablée auprès de son époux, quittant sa petite cuisine en ayant tout rangé.

« Bon pour les desserts, je n'ai rien fait, ce n'est pas mon truc. J'ai pris des cerises au marché de Nice. » Après avoir picoré les belles Burlat, les autres convives se retirèrent. Restèrent Louise, Sergio et les trois femmes. Louise parla de son fils, handicapé. Elle voulait arrêter son activité car elle fatiguait depuis longtemps mais son fils malade avait besoin de beaucoup de soins que sa couverture sociale prenait en charge que très partiellement. Ils avaient finalement sauté le pas. Elle était au bout du rouleau et des acheteurs, il n'y avait que ça, car l'emplacement valait cher aujourd'hui, une fortune même, ce qui devrait les faire tenir aisément, en espérant qu'il en reste après leur mort pour couvrir les besoins de leur fils. C'est ce qui inquiétait Sergio et Louise, partir en laissant seul leur fils dépendant. Elle aurait tellement voulu lui transmettre cet établissement. Mais la vie en avait décidé autrement et elle n'avait pu avoir qu'un enfant. Sergio lui avait des entrées incertaines. Il travaillait beaucoup moins à présent, même s'il obtenait parfois encore quelques commandes. Puis, le couple s'enquit de chacune des trois voyageuses. Anna raconta tout, sans réserve et en confiance. Mina continua. À l'évocation du nom de la mère de Mina, Louise pinça les lèvres ce qui l'empêcha d'ouvrir la bouche, mais elle n'en pensait pas moins. Mina resta interrogative et frémit, Madame Louise ne semblait pas vouloir en dire plus, et d'un signe de la main, éluda tout questionnement. Puis Charline prit l'espace, en feu par les émotions qu'avait suscitées ce repas somptueux et pourtant si simple, par l'impression d'avoir trouvé des parents adoptifs, légèrement décalée de la réalité. Elle semblait comme téléguidée, transportée dans une autre personne mais épanouie. C'était curieux. Elle raconta son histoire en concluant : « C'est de la joie. C'est de la joie. Je suis désolée, je pleure mais ce sont des larmes d'émotions parce que tout ce qui vient de se passer est si beau. Ce que vous m'avez donné là avec vos petits oignons et vos petits plats, c'est la vie. J'aurai presque envie de vous appeler maman et papa ! » Tout le monde fut un peu surpris et gêné. Touché à la fois par l'émotion et l'étrange décalage entre les ressentis de Charline et le contexte de leur rencontre, certes très chaleureux et sympathique mais somme toute assez récent.

Charline ne s'en rendait pas compte et continua : « C'est la liberté. C'est ce que je veux faire, la même chose. Donner cette grâce aux gens. » Charline pleura longtemps. Et si Louise et Sergio étaient habitués à être complimentés sur leurs plats et à susciter des émotions conviviales très fortes, ils étaient un peu surpris de cet effet paroxystique. Cependant, quelque chose s'était passé aussi pour eux avec Charline, une intimité presque immédiate, évidente, ils avaient senti tous les deux sa fragilité, en avait été touchés. Leur âge avancé, leurs expériences et sensibilité leur avaient permis de comprendre à quel point Charline était bouleversée, Ils avaient l'intuition du Kaïros, ce moment unique, qui fait que ce qui se passe devait se passer là, à ce moment précis et avec eux. Et c'était tout. Il était trois heures du matin et Sergio prit la parole : « Que dirais-tu si je te montrais demain ma recette ? Tu seras la première et la seule ? »

« Oh oui, je le veux ! »

Louise enchaîna : « et moi je te montrerais les recettes de ce que tu as mangé ce soir, ça te dit ? » Charline les embrassa :

« Merci, merci ! Vous ne pouvez pas vous imaginer comme cela me touche et me fait plaisir. Mais en suis-je digne ? » Et elle se rassit attristée par cette pensée.

« Écoute Charline, nous, on va s'arrêter bientôt. On souffrait de ne pas transmettre ce que l'on savait faire. Il n'y a pas que les biens, il y a le savoir aussi, et pour nous c'est aussi important. Et tu es arrivée, quelque chose s'est passé, c'est indéniable. Pourquoi, comment. Peu importe. Et c'est à toi qu'on a envie de le donner. On ne te connaît pas, mais c'est comme ça. Faut pas chercher. Ainsi va la vie. » « Così è la vita, ainsi va la vie ! » rajouta Sergio et les trois femmes rirent et dirent toutes ensemble : « Ainsi va la vie. Ainsi va la vie ! Comme dirait l'autre qui n'est jamais nommé ! »

Le lendemain matin, les trois femmes se retrouvèrent les yeux cernés devant un café. Dans un soupir, très fort, elles partirent ensemble chez la mère de Mina qui cette fois, préférait être accompagnée. Mina, le visage fermé, sonna à la lourde porte de bois noire d'une très belle maison à pignon du XVIe siècle. Un cadran solaire ornait la façade. La lourde porte s'ouvrit sur une femme petite et sèche, au visage blanc et émacié, coiffée d'un turban violine en velours, une robe blouse col mao en velours fleuri vert émeraude, noir et blanc ornées d'énormes toucans colorés. « Entrez ! » dit-elle d'un ton autoritaire. « Vous avez cinq minutes de retard ! »

Les femmes entrèrent derrière Mina. Charline, offusquée par cette sécheresse et un rien fatiguée, pensa immédiatement : « ta gueule, morue ! » Elles avaient quand même fait toute la route pour cette mégère mais elle resta silencieuse. Instinctivement, elle haïssait cette femme plus que de raison et elle sentait qu'elle pourrait déborder à tout moment. La petite femme les fit asseoir dans un salon Art déco, sur des petits sofas en velours assortis à son turban. Elle ne proposa rien à boire. Après un silence très long, elle se tourna vers Mina sans un sourire.

« J'imagine que c'est toi. »

Mina fut choquée par la froideur de cette femme et opina, lèvres toujours serrées.

« Tu ressembles à ton père. Tu es grasse, un air de lapin domestique. Il ne faudrait pas que tu grossisses plus. Ça te donnerait l'air nigaud, déjà que… »

Charline l'interrompit, très protectrice : « ça va aller là non ? Vous n'avez rien d'autre à lui dire ? »

Viviane rit : « Et toi, tu ne réponds rien, c'est ta copine qui répond à ta place ? Aucun caractère, gentille comme ton père. »

« Vous n'êtes pas obligée d'être mal aimable, si ? » continua Charline tout en scrutant Mina.

Celle-ci restait silencieuse, de peur que la violence qui commençait à monter doucement en elle ne prenne des allures de raz de marée ou de dégazage de lac du Pavin. Mais aussi, comme si un mouvement primitif qu'elle ne maîtrisait pas la poussait à tenter de reconnaître un lien dans ce visage, ce corps qu'elle découvrait. Celui de sa mère, de cette étrangère. Comme si quelque chose d'animal en elle essayait de se lier à cette chair, de la toucher avec l'esprit, de la sentir au sens propre et figuré, de l'ingérer, de la digérer, de la faire devenir sienne. Comme si le réflexe du nourrisson de recherche de l'accroche biologique se déclenchait maintenant. Et tous ces ressentis contradictoires l'empêchaient de répondre, elle continuait de fixer Viviane d'un air dur, profond, sondeur et différent.

Dans le silence général, Viviane reprit sur un ton aigre en esquivant le regard de Mina et en fixant Charline :

« Je suis malade. J'en ai pour quelques semaines. Je voulais te voir pour t'informer que je te transmettais de mon vivant ce que j'ai, qui est très conséquent, quelques nombreux zéros, la fortune de mon ex-mari. Je n'ai pas envie de te connaître. Pas le temps. Pas envie. N'espère rien d'autre. »

« Je n'en veux pas de ton argent. Tu as demandé à papa, s'il arrivait à payer les factures quand tu m'as abandonnée ? C'est toi qui as payé mes biberons, mes vêtements, mes études ? Tu viens de me dire que tu es blindée et pas un seul moment, tu t'es demandé si j'en avais besoin. »

« Allez, allez, le petit boudin commence les reproches. Pas d'histoires. Ce n'est pas le sujet. Je ne voulais pas de toi. Je ne t'ai jamais voulue. »

« Pardon ? Mais pourquoi tu m'as abandonnée ? Tu ne t'es pas dit que je pouvais avoir besoin de toi, que tu étais responsable de moi ? » s'écria Mina.

« Mina, je n'ai aucun talent pour être mère. J'aime être libre, choisir mes moments. Avec un enfant, ce n'est plus possible, tout devient prévisible, même les taches de vomi sur les corsages haute couture. Quelle horreur, non merci. Je n'ai pas d'amour à donner, je n'en ai jamais eu, et je n'en ai toujours pas. Je n'en ai jamais demandé non plus. Je m'en fous. Non, je ne m'en fous pas, en fait. L'amour, c'est pour les faibles. L'amour conditionne la vie des femmes et les subordonne. Je voulais suivre ma destinée, construire mon propre scénario, choisir. Je n'ai aucun regret. J'aime l'argent et les belles choses, je suis née pauvre, j'ai dû batailler dur pour devenir riche. Et j'y suis parvenue. Sans étude, sans relations, il fallait que je trouve le bon époux, et crois-moi, il faut savoir manœuvrer. Et pour cela, il ne fallait aucun sentiment. C'est pour cette raison que je ne suis pas restée avec ton père, les sentiments réels que j'avais pour lui m'auraient empêchée de devenir ce que je voulais, m'auraient ramollie et je n'aurai jamais atteint mon objectif, être riche, être enfin quelqu'un. Ton père vivotait de sa musique, j'aurai été coincée dans un appartement miteux avec un bébé et un homme désargenté. Tout cela me faisait horreur ! Alors l'amour dans tout ça, quand tu as faim, ça ne nourrit pas. Et moi j'avais très faim. N'attends rien de moi. Surtout rien. »

« Mais pourquoi ne pas me léguer vos biens alors après votre décès ? Pourquoi me faire déplacer jusqu'ici ? »

« Pour éviter les procédures. Je te lègue tout de mon vivant. Tu n'as qu'un papier à signer. Tout est prêt. »

« Ben vous avez raison. Je ne veux rien de vous. C'est trop tard. »

Un silence pesant. « Vous prendrez bien un peu de thé vert à la bergamote avec un petit macaron chocolat lavande, mes préférés ? »

« Non merci », répondit Mina d'un ton sec. Je ne veux toujours rien de vous. »

« C'est trop tard, toutes les formalités sont faites, le virement est déjà parti sur le compte de ton père. Tu n'as qu'un papier à signer, et j'en ai besoin maintenant pour que tout soit réglé de mon vivant. L'intérêt est juste pragmatique. Tu en feras des léproseries si tu le souhaites, sainte Rita. Mais signe, et que cette rencontre cesse, elle m'ennuie. Je n'aime pas les gens, j'aime d'eux qu'ils me divertissent, lorsqu'ils m'ennuient, je les chasse. »

Anna restée impassible jusqu'à présent, prit la parole : « j'ai rarement vu une pisse-vinaigre telle que vous. Mais vous ne m'impressionnez pas. Mina, signe, et tu verras plus tard ce que tu fais de cet argent. Et on part, moi aussi cette rencontre m'ennuie. »

Viviane tendit une assiette de macarons à Anna d'un air provocateur : « mange ma petite, tu es toute maigrelette. »

« Ça va me pourrir, Anna, l'argent de cette femme va me pourrir. »

« Écoute Mina, ça ne pourrit rien car je ne te transmets rien d'autre que quelque chose sans saveurs ni valeurs. Ça s'appelle l'argent. Je ne t'achète pas. Je ne te demande rien et surtout pas que tu te sentes redevable. D'ailleurs, je ne veux pas que tu viennes à mon enterrement. Pas de larmes, ni regrets. Nous sommes des étrangères et nous le resterons, nous ne nous ressemblons même pas, tu n'as aucun goût pour la rareté et l'élégance. Considère que je te rembourse ce que je n'ai pas dépensé pour ton éducation, donnes-en à ton père, si tu le souhaites et à qui tu veux, peu m'importe. C'est notre seule et dernière rencontre. Ne te retourne pas après. Signe et part. »

« Non, je n'ai pas ton goût pour la rareté, et nous n'avons pas la même définition de l'élégance. Moi, mon truc c'est de créer du bonheur avec mes mains, faire des croissants et du pain, faire l'amour avec ma pâte, la faire lever, la regarder, se développer, s'épanouir et ravir les personnes, leurs yeux, leurs cœurs et leurs sens. Partager leur bonheur dans la simplicité, honorer et être fière de ce que l'on m'a transmis avec amour. Elle est là pour moi l'élégance. L'élégance, c'est l'amour ! »

Anna et Charline restèrent de marbre, ne montrant aucune surprise. La mère de Mina esquissa enfin un discret sourire, peut-être même un éclair brillant illumina brièvement ses yeux, crut apercevoir Anna.

Mina signa et partit sans un mot, suivie par Charline et Anna.

« Quelle garce ta mère ! » s'exclama Charline et elle se retourna n'y tenant plus : « Crève la morue ! » en claquant la porte.

« Je ne crois pas qu'elle soit si garce que ça, je crois que c'était une façade ! » dit Anna.

« Tu la défends maintenant ? » cria Mina visiblement peinée et en colère.

« Mais non, pas du tout. Je crois qu'elle a fait au mieux connaissant sa nature. Elle t'en a protégé pour que tu n'aies pas envie de revenir, que tu la détestes et qu'ainsi, tu n'aies pas de regrets, que ta vie ne s'embarrasse pas d'elle, elle t'offre la liberté sans culpabilité. Je me demande même si elle n'a pas eu raison d'agir comme ça. Elle a contré à sa manière tout risque de sentiments trop tardifs. Et puis, elle gère sa fin proprement finalement ! Au moins elle t'aura épargné de vivre la petite phrase terrible des bien-pensants : “ah ben quand même abandonner sa mère. Une mère, c'est une mère !" Personne ne te connaît et c'est aussi bien. Elle t'aura épargné le chantage à la vieillesse et à la maladie, à l'ingratitude et à la pitié. Ça va aller ? »

« Ouais, ouais… Spécial quand même ! » Mais les paroles d'Anna apaisèrent Mina.

Restée seule, Viviane engloutit les macarons d'un coup de colère comme pour chasser l'insulte de Charline « morue » qui l'outrageait au plus haut point, enfin pas tant qu'un vilain et inattendu serrement au cœur qui lui rappelait cette fameuse nuit au Capri ainsi qu'une tendresse toute nouvelle qui faillit durant cette brève rencontre la submerger alors qu'elle n'en a jamais ressenti jusqu'à présent. Cette faille l'ébranlait au plus haut point tandis que l'un de ses bridges se détacha et se colla dans la ganache au caramel au beurre salé pour finir coincé dans son larynx. Elle mourut étouffée, sur cette note de tendresse contradictoire et bien contrariante et n'eut pas le temps de s'en accommoder ni de reléguer cette toute nouvelle sensation aux cachots des sentiments indésirables. Le comble du snobisme, n'était-il pas de faire un pied nez à son cancer quelques jours avant que celui-ci n'ait prévu d'avoir sa peau ! La femme de ménage étant en congé, elle resta longtemps assise sur son fauteuil, figée à jamais avec ses toucans de velours. Mais à présent, elle s'en moquait, débarrassée de toutes ces contraintes matérielles, elle pouvait enfin flotter.

Durant les deux jours qui suivirent, Charline fut aux fourneaux avec Sergio et Louise. Elle était heureuse et dynamique. Elle prenait des notes sur son calepin et enregistrait tous les conseils avec avidité. Quant à elles, Anna et Mina se baladèrent : la fondation Maeght Antibes, Saint Jean Cap Ferrat, Nice, Grasse. La petite Austin filait sur les autoroutes payantes de marché en marché, de plage en plage, de terrasse en terrasse, de village perché en village perché.

« Tu ne trouves pas que c'est étrange l'attitude de Charline ? » s'étonnait Mina tandis qu'elle sirotait un diabolo citron sur la terrasse d'un café devant la mer et les plages de galets à Menton.

« C'est-à-dire ? »

« Ben… Cet engouement soudain pour Madame Louise et Sergio, la cuisine. On dirait qu'elle est à côté de ses pompes. Je ne sais pas trop comment qualifier la sensation que j'ai. Comme si elle était dans un rôle. On dirait une petite fille. »

« Je vois ce que tu veux dire. Je ne pense pas que ce soit un rôle. Je pense qu'elle prend ce dont elle a besoin en ce moment. Et ce dont elle a besoin, ce sont des parents. Elle a besoin d'apprendre à avoir confiance en elle. C'est son étape à elle. »

« Je ne comprends pas trop. »

« Ben tu vois Mina. Je crois que de nous trois, tu es la seule à avoir eu des relations affectives parentales saines qui t'ont rendue solide. Je ne veux pas dire par là que ce n'était rien, le fait que ta mère t'ait abandonnée. Bien sûr que non. Mais tu as pu, malgré cela, avoir une vraie relation avec ton père, Josépha et le père Jamard. Et quelles relations ! Je me demande jusqu'à quel point tu aurais pu le faire, si ta mère avait gardé un contact avec toi. Tu as vécu avec de l'amour et de sécurité. »

« Aucune idée. Mais c'est vrai, j'ai eu de la chance. »

« Charline, non seulement, n'a pas connu ça, mais elle doit vivre avec des blessures, qui, je pense, sont vraiment très profondes ainsi qu'un manque terrible de repères, d'affection et de sécurité. Et puis, je crois que tout ce que nous vivons ces derniers jours la bouleverse profondément. Tout cela la touche, la bouscule, lui rappelle certainement des souffrances, des manques qu'elle comble. C'est peut-être pour cela, le décalage que nous ressentons. Émotionnellement, cela doit être très compliqué pour elle, elle ne doit plus savoir où elle en est. Il faut la laisser tranquille, elle en a besoin, elle est en paix dans la cuisine de Louise. Je vois bien que cela lui fait du bien.

« Oui, on dirait une enfant tout heureuse de faire plaisir et de mériter la fierté de ses parents. »

« Oui, je le pense aussi. »

Un soir, sur la grande tablée du restaurant, Anna et Charline trouvèrent assis Louise et Sergio. Charline était aux commandes du dîner. Tout était confectionné par ses soins. Charline rayonnait. Les pissaladières, les terrines. Le plat de petits oignons farcis. « Un délice, succulent », s'exclamèrent les convives. Et tous firent honneur aux plats de Charline.

« Un petit manque de Sergio, encore », remarqua Charline.

« Sergio répondit : « Non maintenant, c'est toi qui dois y mettre de toi. Tes oignons sont parfaits. Lance-toi, fais-toi confiance. Ose y mettre de toi et tu verras, ça marchera, laisse ton intuition faire. Je suis fier de toi. Continue. Envole-toi Charline. »

Louise la prit dans ses bras et la complimenta : « tes raviolis sont une merveille, ma fille. Bravo ! Tu es douée. Je suis d'accord avec mon Sergio, tu as de l'or et de l'amour dans les mains, et je suis fière de toi. »

Charline pleura encore, à fleur de peau. Jamais ses parents ne l'avaient encouragée comme cela. Jamais elle n'avait senti qu'ils avaient cru en elle. Sa mère la broyait à chacune de ses réussites, comme si elles venaient souligner les échecs de sa mère, alors elle faisait profil bas pour ne pas blesser la bête et s'effacer. Charline se trouvait dépossédée comme de ses émotions, de ses pensées, de tout et d'elle-même.

Ce repas sonna l'heure du départ. Il était de temps de revenir en Auvergne. Lorsqu'ils se quittèrent, les larmes inondaient les bisous d'adieu. Ils voulurent se dire au revoir mais quelque chose leur disait que c'était là et maintenant et à jamais, et que c'était fini. Ils se serrèrent très fort cœur contre cœur. Louise passa la main dans les cheveux de Charline : « ma fille de cœur ! ».

« CAO Saint Paul ! »

La petite Austin quitta Saint Paul. Direction Lyon.

« Au fait, Mina, on n'a pas eu le temps de reparler de ton souhait de devenir boulangère ! » s'enquit Charline.

« J'ai compris en entendant ma mère et en écoutant Madame Louise que ce qui était important pour moi, c'était la transmission de l'art du croissant du père Jamard. C'est venu d'un coup, j'ai été surprise moi aussi par mes mots. Mais au moment où j'ai parlé, je ne sais pas comment vous dire, j'étais sûre de moi. C'était une évidence. C'était clair. Je ne sais pas comment, où, mais c'est ma voie », expliqua Mina.

« Moi aussi. Quand j'ai goûté ses petits oignons farcis de folie, j'ai su que c'était la clé. Et puis l'écriture aussi, je veux renouer avec elle, avec ce que je suis, je ne sais pas encore comment allier les deux. Mais je sens que je dois aller vers ça. Et toi Anna ? »

« Je ne sais pas encore. Je vous regarde évoluer et je m'interroge mais rien ne vient. Je songe toujours à aller dans la maison de mes parents en Normandie, à Champeaux. Je n'y suis pas retournée depuis ma jeunesse, bien que j'en aie toujours les clés dans mon sac. Mais elle doit puer l'humidité et le renfermé ! Ça m'effraie. »

« Écoute Anna, je veux bien t'accompagner là-bas si tu le souhaites. J'organiserai mes affaires après », proposa Charline.

« Oui, moi aussi et comme on dit en Auvergne, ce n'est pas parce que ta maison va puer le « Chicou » que ça va nous faire peur ! »

« C'est quoi le Chicou ? »

« Aucune idée, mais ça doit puer ! »

« Merci Charline et Mina. Cela me fait plaisir que vous soyez avec moi. Ainsi va la vie ! »

« Ainsi va la vie ! Comme dirait l'autre qui n'est jamais nommé ! »

Après quelques heures de route, Charline proposa de stopper sur une aire d'autoroute, histoire de prendre une pause. Arrêt vers Valence. Du monde mais un petit café avec des tables au soleil bercées par les vibrations des flux de milliers de moteurs. Pas de place, les tables étaient pleines de familles qui pique-niquaient. Cette manie de Charline de ne jamais vérifier les horaires ! Elles trouvèrent une femme seule sur une grande table et lui demandèrent si elles pouvaient s'installer. Celle-ci hocha la tête. Si la tristesse et le désespoir étaient faits femme, alors ils prenaient forme dans le corps de celle-ci sur cette aire d'autoroute près de Valence. Les trois femmes n'osaient pas trop parler. Les tasses vides, Anna proposa d'aller chercher d'autres cafés en chuchotant. Les filles approuvèrent presque gênées. La femme n'avait pas bougé d'un iota, telle une poupée de cire transfigurée par le poids des enfers sur ses épaules.

Anna allait partir quand elle hésita et fit volte-face vers la femme pour lui demander gentiment avec une voix douce : « Madame, vous voulez boire quelque chose ? »

La femme fut contente de la proposition et voulut bien un café. Quand Mina revient avec les tasses bien chaudes, elle serra ses mains sur la tasse en fermant les yeux. Puis se mit à pleurer. Toutes ses épaules s'effondrèrent en secousses sur le dossier de la chaise. Les filles se regardèrent, consternées. Elles fixaient cette femme sans trouver mot à dire.

Charline avec sa délicatesse légendaire se risqua à un :

« Moi, c'est Charline. Bon, ça ne va pas fort, on dirait. »

« Moi, c'est Lisa. Non, j'ai si peur. »

« Ah, bon ? Peur de quoi ? Que vous arrive-t-il », s'exclamèrent les trois femmes en chœur.

« J'arrive de Syrie avec mes deux filles de dix ans. Je suis française. Et j'ai laissé mes deux grandes avec leur père à Damas. Elles font des études d'ingénieur là-bas. Lorsque les bombardements ont débuté sur Damas, les deux petites ont été traumatisées, cachées dans les caves. Comme nous étions françaises, nous avons pu être rapatriées car elles allaient très mal. Mes deux grandes ont préféré rester avec leur père. Je les ai abandonnées. Vous avez vu les infos ? Daesh est aux portes de Damas. Elles veulent quitter la ville mais sont terrifiées. Et moi aussi, j'ai tellement peur qu'elles soient enlevées par ces terroristes. Mes filles, elles ont une éducation, elles font des études. La seule solution, c'est de s'enfuir. La mer. Les bateaux de l'enfer des migrants syriens. Ceux que l'on voit à la télé. C'est la peste ou le choléra. Elles peuvent mourir en mer, être violées, devenir esclaves. Je n'ai pas l'argent, son père l'a. Et je n'arrive plus à les joindre. Les communications sont rompues. Je ne vis plus. Je ne sais pas si elles sont parties ou pas. Alors je veux aller sur les camps, pour aller les attendre, être là quand elles arriveront. »

« Mais les bateaux peuvent être débarqués n'importe où. En Italie, en Espagne, à Malte », dit Mina.

« Je sais. Je guetterais depuis Marseille. Mais je serais là, je ne sais pas quand comment. Je saurai où elles se trouvent, je le sentirais, je suis sûre. J'ai si peur pour mes filles. Si peur. Je ne sais pas comment faire pour les aider. Je suis là à attendre, sans savoir, sans pouvoir faire quelque chose, je n'en peux plus. Je voudrais tant pouvoir leur parler Je ne suis pas là, pour elles. Et je dois l'être. »

Anna pensait aux corps trouvés sur les plages, aux bateaux chargés d'humains, aux conditions terribles de voyage entre la mort, la violence et l'horreur, les odeurs de la peur, de la merde et des morts.

Mina imaginait Lisa arpenter les ports, comme cette mère dans le film les Uns et les Autres qui cherchait son enfant désespérément et qui en est devenue folle.

Charline pensait qu'elles avaient de la chance d'avoir une maman qui s'inquiétait tant pour elles au point de perdre tout et sa raison. Mais comment aider cette femme ?

Lisa continua : « Je n'ai plus d'argent. Je suis partie dans l'urgence sans mes affaires, je n'ai pas d'emploi, pas de compte en France. Plus de famille. Je n'ai plus d'essence, pour descendre là-bas, pour chercher mes filles. Je vais descendre à pied. »

Sans un mot, Charline alla lui chercher un plateau pour qu'elle puisse manger. Et spontanément, les filles lui donnèrent toute l'espèce qu'elles avaient et leur numéro de téléphone pour qu'elle leur donne des nouvelles. Elles lui offrirent un plein d'essence et une chambre d'hôtel, afin qu'elle puisse se reposer et prendre une douche.

Lisa presque impassible à tous ces gestes tant sa détresse était fixée sur la survie de ses filles accepta tout.

« Comment puis-je vous dédommager ? »

« Donnez-nous juste des nouvelles, cela nous fera plaisir. »

« Vos filles ont de la chance de vous avoir », souffla Charline émue.

Elles serrèrent le corps absent de Lisa dans leurs bras, qui déjà était partie à la recherche de ses filles et planifiait son arrivée sur le port, peut-être même s'imaginait-elle sur une barque, ramant désespérément pour récupérer ses deux enfants perdus en mer.

Les trois femmes reprirent la route, direction la terre du milieu où les attendaient Paul et le Père Jamard. La route fut très silencieuse. Quelle histoire, quel désespoir, quelle détresse extrême n'avaient-elles pas croisés sur cette autoroute ! Elles en étaient toutes trois saisies, et parler leur parut presque soudainement indécent. Le retour fut pesant. Mais, Paul et le père Jamard les attendaient de pied ferme. Et cette idée les soulageait.

Une fois arrivées, un aligot, les attendait, un plat roboratif qui en général avait bien tendance à raccorder les personnes sur le sol pour autant qu'ils aient tendance à s'envoler. Les deux hommes étaient tous deux inquiets et impatients de connaître les détails de leur périple plus long que prévu. Tous se mirent à table et Mina de raconter sa visite chez sa mère sous le regard soucieux de son père, qui s'attendait à un retour téléphonique de Viviane qui ne s'était jamais produit.

« Mais comment tu as pu tomber amoureux de cette femme, papa ? »

« Tu sais, c'était un amour fulgurant, tant par sa force que par la brièveté de la relation. Quelque chose qui est difficile à expliquer. Comme un raz de marée, ou une lame de fond, ou les deux à la fois. Je ne sais pas, je ne sais plus, mais ce qui s'est passé, aussi rapide fût-il, était de nature à modifier profondément ma vie, de par la force de mes sentiments pour ta mère mais aussi par ton arrivée. »

« Elle a dit qu'elle avait eu des sentiments pour toi, mais que ça ne collait pas à ce qu'elle attendait de la vie. »

« Oui, j'ai tout de suite senti qu'elle les partageait, je n'en ai jamais douté. C'était une évidence autant que je sentais qu'elle niait ce qu'elle ressentait. J'ai perçu à la fois une proximité surnaturelle avec elle mais comme si une vitre épaisse nous séparait, nous empêchait de nous atteindre, de nous toucher. C'était étrange et extrêmement douloureux. »

C'était la première fois que Mina entendait parler son père de son histoire d'amour ancienne.

Puis, elle raconta aussi son envie de suivre les traces du Père Jamard. À ses mots, celui-ci se décomposa.

« Mina, ma chérie, j'ai tellement attendu et espéré ce moment. C'est à toi que je voulais transmettre ma boulangerie. Je suis tellement triste de n'avoir pu le faire. »

« C'est que cela devait se faire différemment. C'est tout. Ne regrette rien, tu as fait les bons choix. C'est comme ça. Et puis, j'ai de l'argent pour faire ce que je veux. Je verrais après ma formation. Que dirais-tu justement de me former ? Je ne vois pas qui pourrait le faire mieux que toi et puis c'est important pour moi. Pas que pour le métier mais aussi, de vous retrouver tous les deux. »

« Ma fille, bien sûr que je le veux. Tu commences quand ? De toute façon, ce ne sera que des révisions, tu sais déjà tout faire. »

« Je monte aider Anna en Normandie et ensuite je reviens, cap sur la formation. »

« OK ma fille. Je prendrais contact avec le directeur de l'école d'apprentissage que je connais bien en t'attendant. »

Les deux hommes étaient ravis et impatients de récupérer leur petite Mina auprès d'eux. Quelle petite tête, celle-ci. Quelle surprise ne leur avait-elle pas réservée !

« Et toi, Charline, veux-tu toujours écrire l'histoire de Josépha ? »

« Oui mais là, je ne suis pas encore prête ! » Elle lui raconta sa rencontre avec Louise et Sergio. Qui d'autre que le Père Jamard pouvait le mieux comprendre ce que Charline ressentait.

Paul lui conseilla : « peut-être, peux-tu devenir critique culinaire ou tenir un blog culinaire, pour allier écriture et cuisine. »

« Peut-être, mais je veux cuisiner, je ne sais pas encore comment. On verra. Faire avec ses mains, ça fait du bien aussi. Je vais laisser infuser tout ça, tout va tellement vite ! »

Lorsque tous partirent se coucher, Paul alla voir Mina : « tu es sûre que ça va… avec ta mère ? »

Mina rétorqua « Ça ne vaut pas la peine de se rendre malheureuse. Vraiment pas. »

« . No, no, no
non credere,
non gettare nel vento
in un solo momento
quel che esiste fra noi.
Se lei t'amasse, io
se lei t'amasse, io… »

Les filles s'endormirent en pensant aux jeunes femmes syriennes, peut-être étaient-elles en train de chavirer sur le rafiot de fortune. Aucune ne pensait à Viviane, assassinée par la complicité d'un macaron et d'un bridge tueurs.

Demain ce serait la Normandie et ses terres de naufrages, ses plages et la maison qui devait sentir si mauvais des moisissures et des souvenirs d'Anna.

V
Champeaux perché…

Dans cette histoire, tout est peut-être vrai. Tout est peut-être faux.

Il est parfois de bien curieux villages. Il suffit de se balader dans leurs rues, de flâner et de laisser poindre la curiosité, son imagination qui va s'emparer des mystères que nous happons comme nous humons l'air de leur bourg.

Champeaux, ce petit village normand, pointe son nez sur la baie surplombée de son Sol Roc envahi de mimosas. Sur son ventre, l'église Saint-Vigor domine le village. Curieuse église entourée de son cimetière, le campanile dressé au vent souligne du son de ses cloches, les temps éveillés. Ce cimetière qui domine le bourg, les morts au-dessus, les vivants en dessous, fait face à la mairie. Les tombes semblant flotter dans les vents d'ouest, se reposent et veillent sur le village. Comme si les vivants voulaient compenser l'impossible verticalité de leurs défunts. Alors ils sont là, dressés au sommet. À Champeaux, les morts prennent de la hauteur, d'âme peut-être ?

Et puis, il y a le café. Le Café de Pays avec sa terrasse qui chante en été sous les glycines. Le café plus bas tourne le dos à l'église, au cimetière, comme pour se cacher. Les rires, les discussions animées, les disputes, les confidences d'un jour semblent se heurter et rebondir sur le mur sourd de granit pour ne pas atteindre le silence paisible des défunts. Par pudeur peut-être ou pour pouvoir laisser filer la vie et ses folies sans être aperçus. Pour séparer les deux mondes, si toutefois, il fallut les séparer, bouder l'immobilité, masquer les égarements, les coups de joie et les orgies, les tristesses, les rencontres improbables, les larmes cachées, les jalousies, les histoires d'amour et d'amitié. Le café montre son derrière au cimetière.

Dans ce cimetière, la tombe étrange du Seigneur de la Hache. Étrange nom. Je ne vois pas celui de son épouse inscrit sur cette tombe imposante en forme de sarcophage. Mon imagination s'emballe alors que je dévale les rues épinglées de roses trémières. Je l'imagine tel le Cavalier sans tête, galopant dans les rues de Champeaux, la hache levée sous la lune mystérieuse si importante dans la Baie, rythmant ainsi le cycle des marées et le temps des vivants, les protégeant alors des dangers de la nuit si noire qui engloutit chaque jour doucement le village. Il les oblige à rentrer dans leur demeure, une fois le café fermé sous peine d'être précipités dans l'abîme sombre et humide des nombreux puits arrondis de Champeaux, retrouvant ainsi la chaleur de leur foyer. Peut-être, si l'on tend l'oreille vers ses gouffres ténébreux, y entendrions-nous les cris des éperdus, des soldats déchirés et le chant des marins morutiers chavirés. Peut-être…

La nuit tombe, sombre, mystérieuse, insondable, impénétrable, aveuglante et sourde. J'entends soudain des chevaux renâcler, s'agiter puis des chiens aboyer. Peut-être le Cavalier de la Hache s'approche-t-il de la reproduction de la grotte de Massabielle, la grotte de Notre-Dame de Lourdes construite par son épouse. Il me semble l'entendre alors pleurer son amour perdu devant les statues de Bernadette Soubirous à genoux devant la Vierge. Bernadette Soubirous et l'eau miraculeuse. Je pense alors au petit Lude qui passe juste en dessous, cette petite rivière si belle qui se jette dans la mer un peu plus loin à Carolles, dans cette merveilleuse vallée au pouvoir si improbable d'apaisement. Cette vallée qui commence à se dessiner là, les reliefs arrondis aux rebords creusés, là, en dessous de la grotte, à Champeaux, surplombée par des hêtres majestueux. Le cavalier de la Hache reste peut-être là toute la nuit, là, assis sur son banc, à converser avec sa bien-aimée. Sous la Lune, le petit Lude fait murmurer ses eaux sur les cailloux ferrugineux. Au loin, peut-être le grondement de la marée s'abattant sur les rochers coupants de la falaise. Les chevaux s'endorment, les chiens, les humains. Quelques bruits : les renards, les blaireaux, les fossés et les haies s'animent de la vie et des joutes de la nuit. Au loin, une chouette hulotte. Le souffle nocturne m'enjoint de m'endormir, bercée par les murmures rassurants du cavalier. J'abandonne en pensée seulement, l'amoureux éperdu.

Bientôt, ce sera samedi. La lumière baignera le village de sa douceur, caressera le granit. Les passages des voitures au petit matin, des vélos électriques, et puis les gens du Café de Pays, debout aux aurores, sortiront les tables de la terrasse profitant de la lumière, été comme hiver, qui à midi, sera emplie de paroles, de rires, des bruits des chaises déplacées, des tables qui se tirent, des arabesques, des ronds de jambe, des mains posées sur les épaules, le bruit des verres et des tasses qui claquent sur le comptoir... Ses fesses tournées vers l'église et le cimetière. Vaines précautions, me semble-t-il, les défunts voient tout depuis leur superbe hauteur, et sourient indulgents... Mais si on s'y balade en prêtant attention aux plus infimes bruits, il semblerait les entendre chuchoter entre eux, riant de toutes ces précautions si mystérieuses des vivants.

1
La lettre de granit

La route était interminable vers la Normandie. Les trois voitures se suivaient, c'était monotone. Champeaux serait certainement le point de séparation, la gare de triage vers des routes différentes. Vers où ? Nul ne le savait encore, mais la perspective de cette séparation angoissait Anna. Elle avait le ventre serré, des spasmes et des nausées l'accompagnaient dans ce périple qu'elle aurait voulu fuir. Elle pensait à Mina et Charline, qui allaient beaucoup mieux. Leurs vies s'étaient miraculeusement métamorphosées, comme si la ligne droite infernale qui les avait projetées hors de Paris, de leurs vies, s'était enfin inclinée, arrondie pour les déporter vers une autre ligne qui leur apportait du sens, qui les emplissait de choses vraies et profondes. Leurs profondeurs à chacune. Une ligne providentielle mais choisie, désirée, qui faisait corps avec ce qu'elles étaient, en fait, qui était déjà dans leur corps. Surtout Mina. Et elle ressentait une forme de jalousie, inhabituelle chez elle, qui l'exécrait au plus haut point et faisait qu'elle se sentait méprisable. Car elle, Anna, elle se sentait encore vide. Et si elle ne trouvait jamais… Et si elle restait sur le bord de la route, tandis que tout le monde passait en voiture sans la voir, oubliée, abandonnée, seule, sans perspectives aucunes. Et si, elle n'avait pas le droit aux bonheurs, s'il était inscrit en elle d'être une ombre en suspens ? Si elle ne faisait que passer, sans ne jamais pouvoir s'arrêter, comme un fantôme errant. Et si… Et si… Anna n'était pas de nature jalouse, mais la joie retrouvée de ses amies lui rappelait au combien elle en était loin, noyée dans l'incertitude totale de son propre devenir. Les horizons providentiels des filles lui mettaient la pression, un sentiment nouveau qu'elle ne savait pas traiter, comme si elle aussi, était obligée de s'en sortir alors qu'elle n'avait aucune idée de comment faire, avec la conscience aiguë d'une impossibilité d'agir, d'un empêchement arc-bouté dans la grisaille. Anna se sentait moche, inutile, invisible. Comment elle, pouvait-elle avoir droit à sa part de vie qui fut autre chose que le fait simplement de subvenir à ses besoins essentiels et à celui des autres. Oh, elle pourrait retrouver un poste de comptable, mais elle n'en avait pas envie. Cela ne l'avait jamais intéressée.

Tandis que la route se faisait plate et les champs sans horizons, tranchant après les reliefs si beaux de l'Auvergne, Anna se sentait de plus en minable, ressentant cette platitude du relief jusqu'au fond de son âme, jugement sa vie sans reliefs ni indulgence. Sans combat, sans passion, sans amour. Le cœur serré, elle se dit qu'elle ne valait rien, elle eut envie de se jeter contre un arbre mais elle pensa à Charline et Mina derrière elle et ne voulut pas leur imposer ça, leur briser leurs espoirs qui venaient tout juste de fleurir. Venaient-elles en Normandie juste par obligation parce qu'elle les avait accompagnées ou venaient-elles par amitié ? Anna ne savait plus, elle avait peur qu'elles ne se sentent redevables, l'idée lui était insupportable. Elle n'aimait pas qu'on puisse imposer cette dépendance de la dette. Elle les voulait libres de choisir et ne parvenait pas imaginer que Mina et Charline puissent l'accompagner par affection. Ne pas pleurer. Même ça, elle ne le méritait pas. Elle était contente que Mina et Anna aillent mieux, sincèrement, mais elle, elle se sentait celle qui serait sacrifiée, celle qui n'avait le droit à rien. Et ce grand écart entre ce qu'elle ressentait pour ses amies et ce qu'elle pensait pour elle-même faisait naître un sentiment étrange et inédit de colère, de haine et de jalousie. Anna n'appréciait pas ça du tout. Ce n'était pas elle, et pourtant cela venait bien d'elle. « Il ne manquait plus que ça », pensa-t-elle, « c'est le pompon de ma déchéance ! » Anna détestait ces sentiments si douloureux et insupportables, elle les avait trop vus dévorer les gens, vider les victimes, analysant ce phénomène émergent comme le signe de sa finitude, de sa médiocrité et la preuve que de son avenir sans futur. Brisant la vague dépressionnante, un SMS de Charline proposa une halte. Les voitures se frayèrent un chemin vers le parking. Elles descendirent fourbues, les jambes raides. Anna fit mine de sourire, l'air de rien, comme toujours, l'air assuré plein de contrôle, sécurisante et apaisante. Il y avait la queue aux toilettes. Anna eut la chance de passer vite, mais les deux autres femmes furent bloquées longtemps en attendant que l'employé ne nettoie les sanitaires. Anna alla se prendre un café au distributeur, accroché à une table haute dans l'effervescence des va-et-vient des voyageurs un peu hagards.

Une femme, d'une soixantaine d'années, s'installa à côté d'elle. « Cela ne vous dérange pas ? » lui demanda-t-elle avec un accent belge qui redonna un petit air de soleil dans le cœur d'Anna. Elle adorait cet accent si plaisant. « Non, pas du tout. » La petite dame lui répondit : « S'il vous plaît. »

« Oui ? »

« Haha, vous les Français, vous dites merci, c'est vrai ! »

Elles se sourirent. Ce visage était beau, elle sentit une vive intelligence dans ce regard chaleureux et humain.

« Vous avez l'air bien triste ? Les aires d'autoroute sont des lieux de passage, de transit vers de tout vers tout ou rien du tout, mais un petit tout quand même. »

« Ou rien ! »

« Jamais rien, jamais ! »

« Je viens de découvrir que je suis jalouse de l'avancée de mes amies alors que moi j'ai l'impression de stagner, d'être oubliée sur le bord de l'autoroute. Je me déteste encore plus, mais tellement ! » Et Anna se surprit à donner quelques détails de sa vie sans sommation ni retenue à cette inconnue si avenante.

« Cessez de vous fustiger. La jalousie comme vous me la décrivez, c'est juste l'expression d'une douleur, la même exactement que si je vous écrase violemment le pied avec des escarpins que je ne porte heureusement pas. Ni plus ni moins. Ce n'est pas si grave. Cela veut dire : quelque que chose se passe en vous et cela fait mal. Il faut essayer de savoir quoi et peut-être de penser autrement. La traiter comme un symptôme, ne pas chercher à la repousser, l'accepter pour la dépasser. La douleur diminuera et votre jalousie s'envolera comme elle est venue. »

« Oui, mais si je ne trouve pas ? »

« Avez-vous vraiment besoin de chercher ? Cette nécessité de devoir de chercher absolument votre voie vous terrorise car cela fait naître la peur de ne pas trouver, d'être en échec par rapport aux autres, de ne pas être capable de trouver et donc d'avoir la preuve que vous êtes “nulle”. Faites-vous confiance. Laissez-vous faire et prenez ce qui vient. Vous le savez déjà. Soyez curieuse de vous et de tout. Laissez-vous aussi surprendre. »

« Vous êtes psychologue ? »

« Non, je suis enseignant-chercheur la philosophie à l'Université de Liège, vous pouvez aller voir sur leur site, vous trouverez des conférences si cela vous intéresse. »

« Mais alors, vous cherchez pour trouver vous aussi ? »

« Oui et non. Mon plaisir se trouve simplement dans la curiosité, dans le fait de rechercher. Quand on cherche, on ouvre des portes, de nouvelles pistes de recherche. Chercher, ce n'est pas tant apporter des réponses, que d'apprendre à reposer les questions, toujours et encore, d'infirmer les certitudes. Et c'est souvent cela que l'on trouve, et on apprend beaucoup, il ne faut pas se tromper de finalité. En tout cas, je crois, en philosophie, qu'il ne faut surtout pas aboutir sur des certitudes ni adopter une posture dogmatique. Bien sûr en médecine, les choses se posent un peu différemment quoique, ce n'est pas si simple, la culture influence toutes les recherches, on ne cherche pas là où l'on croit que c'est évident et c'est un tort. On doit se faire violence, la tâche est souvent ingrate, angoissante, elle génère de la tension parfois, et à d'autres moments, on se laisse surprendre, comme des miracles qui proviennent de sainte Simplicité, la sœur jumelle de sainte Complexité. Ces deux-là sont terribles. Chaque trouvaille modifie les chemins et laisse entrouvrir d'autres interrogations, parfois des abîmes, parfois on ne sait plus lesquelles ouvrir et ni dans quel ordre. Alors je laisse mon intuition faire, d'autre fois, j'essaie la méthode pure et dure. J'oscille entre les deux mouvements, la force méthodologique et la puissance de l'intuition, ce qui me vaut d'être traitée de sorcière par mes confrères qui ne se positionnement que sur un registre purement abstrait, celui de la caste masculine, de l'entre-soi philosophique opaque et impénétrable. La tension qu'elle crée est parfois douloureuse mais aussi jouissive, car elle amène le changement. Et pourtant tout changement même aussi excitant qu'il soit, entraîne des déflagrations, des dissonances, des états instables. Le fait de « Trouver » annihile la tension, cela me laisse toujours après dans une impression de vide, presque de dépression, « j'ai perdu mon jouet, mon objet… ». Jusqu'à ce d'autres voies apparaissent, d'autres tensions et si ? Et si… Soulevons les évidences. Et si tout était faux. Tout repart. L'excitation, la fébrilité, les déceptions et les espoirs. Les changements, les retours en arrière, les frustrations, les impasses, les envies d'abandonner puis la force qui jaillit de je-ne-sais-où ! J'aime ça et pourtant souvent, cela me fatigue. Je ne crois pas au bonheur ni aux petits bonheurs de la vie dont on nous rabâche que la vie en est faite chaque jour. Ce n'est pas que c'est faux, ce n'est ni vrai non plus parce que c'est une injonction qui se veut directrice pour tous. Et en cela, c'est faux. Toute généralisation est porteuse de mensonges. Le bonheur, c'est un mythe. Cela n'implique pas non plus que la vie n'est que malheurs. Mister Binaire et Mister Contraire sont également de fieffés ensorceleurs. Il appartient à chacun de fonder ses propres mythes ou non. Si un chercheur ne faisait que trouver, il n'aurait plus de raison d'être. Si un enfant savait déjà tout, il n'y aurait plus d'enfant. Il n'y a pas de gens qui sont en dehors de la vie et d'autres dedans. Il y a les façades, les jeux et il y a soi. Enfin, c'est ce que moi, je crois. Mon bonheur à moi, c'est d'être tout le temps sur un fil en équilibre et en déséquilibre. Et je crois que la vie c'est comme ça et pour tout le monde. Mais je crois… »

« Je partage votre vision, c'est drôle. »

« Vous savez ce que je pense là tout de suite ? »

« Ben non ! »

« Ma théorie à moi, c'est que Merlin souffrait du syndrome de l'imposteur. Il est né avec sa part obscure qu'il n'a eu de cesse de vouloir combattre et avec une extrême intelligence qu'il n'a pas vue, comme étant la sienne propre malgré l'intérêt que les hommes lui portaient. La pression de l'Excellence et de sa lutte contre ses ombres devenait de plus en plus douloureuse. C'est pour cela qu'il s'est laissé piéger par Viviane, en lui donnant ses secrets. D'un, il était emprisonné et empêché d'agir : en clair procrastination et auto sabordage. De deux, Merlin n'avait pas conscience réellement de ses capacités, ni confiance en soi malgré une arrogance parfois décrite. Pour moi, Merlin, c'est l'archétype de ce syndrome. Oh bien sûr, vous pourriez me dire : Merlin étant un mythe, votre assertion est donc forcément fausse et n'a aucun lien avec la réalité. Eh bien, je m'en foutrais. Et je vous dirais même que quand je vous vois, je vous ressens, je vous écoute, je me dis que vous êtes Merlin et que donc il existe. Et puis d'après ce que vous me racontez de vos amies, pour quelqu'un qui n'a rien vécu, je vous sens plutôt fine et perspicace. »

« Haha, je vais y penser. Vous faites des recherches sur quels sujets ? »

« Oui, changeons de sujet ! Tous, mais j'aime les limites, les zones sombres où personne n'aime aller, celles qui mettent en péril votre réputation de chercheur dit sérieux, les zones où tout se mélange comme les eaux des fleuves qui se jettent dans la mer, les estuaires. Les eaux sont troubles, riches, mues par des courants contraires. Ceux du cartésianisme et de l'inexpliqué, ou du moins, l'inexplicable que l'on classe sans suite dans la catégorie du paranormal et de l'ésotérisme voire de la psychologie pour se débarrasser de ce que l'on ne comprend pas ou se dédouaner de difficultés que l'adhésion quasi sectaire crée de manière totalement et culturellement artificielle… Le domaine de l'intuition, de la magie au sens général, du mysticisme global. J'essaie de repousser les limites de la pensée cartésienne tout en utilisant ses avantages et en restant cartésienne. Vaste tache ! C'est ma croix, le défi de ma vie ! Repousser les limites, les contraintes de la pensée rationnelle tout en l'utilisant ! »

« Oui, je comprends, et j'adore vraiment votre façon de penser. Je regarderais vos conférences avec plaisir, cela m'intéresse beaucoup. Merci ! Vraiment merci d'avoir pris du temps avec moi ! »

« Merci à vous aussi Anna de m'avoir écoutée avec autant d'attention. Je pars, mon mari a fini de faire le plein et vient de terminer l'interminable queue pour acheter ses Tic-tac à l'orange, sa quête du bonheur à lui. Bonne route ! »

« Bonne route ! »

Anna médita un instant seule, étrangement rassérénée, rejointe ensuite par ses deux acolytes enfin soulagées et prêtes à reprendre la route.

Les derniers kilomètres furent prometteurs. Une belle côte et une vue splendide sur la baie du Mont-Saint-Michel noyée dans un ciel rosi par le coucher du soir-roi, irradiant les nuages et les flots, apparurent enfin. Pas mal pour une arrivée. « Rose, l'amour s'y pose », songea Anna. C'est stupide ! » Et elle sourit. La nuit tombait quand elles arrivèrent au gîte. En effet, Anna avait jugé plus prudent de réserver une location plutôt que d'arriver directement dans sa maison. Le gîte était frustre mais confortable et pratique, attenant à l'église. Les filles allèrent se coucher très tôt, épuisées de leur route si longue, de tous les doutes qui se frayaient un chemin insidieusement dans leur esprit surchargé des derniers jours et de ceux d'avant-avant.

Le lendemain matin, le soleil les attendait, et chantait sur les petites maisons de granit. Les trois femmes sortirent et allèrent sur la terrasse du Café de Pays prendre leur petit-déjeuner. Il faisait beau, quoiqu'un peu frais. La glycine décorait la devanture du petit bar/épicerie/tabac. Les cafés arrivèrent avec les croissants. Les propriétaires du café étaient sympathiques. Sur la terrasse affluaient des touristes à vélo, des habitués s'arrêtant prendre leur café soit en terrasse soit au comptoir de bois vernis ainsi que leur paquet de cigarettes et leur journal. On échangeait les nouvelles, les tuyaux des endroits à visiter, les nouvelles du dernier conseil municipal. Un maraîcher venait de livrer de belles fraises pleine terre cultivées à Champeaux, qu'Anna allât acheter pour les goûter, tellement qu'elles étaient belles. Elles étaient savoureuses. La vie du village tournoyait dans ce petit café de campagne. Le patron vint discuter un peu avec elles :

« Vous êtes en vacances ? »

« Euh, non pas vraiment. Je viens ouvrir ma maison de famille et faire le point sur son état », répondit Anna.

« Sur Champeaux ? »

« Oui, je suis d'ici. Mais je suis partie sur Paris, il y a quelques années. On peut déjeuner ici ? »

« Non mais aujourd'hui, c'est samedi, c'est marché et apéro. Il y a un pizzaïolo, vous verrez c'est super sympa. Et dimanche soir, je fais soirée galettes. »

« OK super. À tout à l'heure alors. »

Anna regarda longuement Charline et Mina. Elle sortit le gros trousseau de clés de son sac. « On y va ? » dit-elle en soupirant.

Elles arrivèrent devant un muret de granit rehaussé d'une vieille grille de fer forgé rouillée, quelques éclats de peinture y subsistaient courageusement. La maison était agréable de l'extérieur. Une maison typique du village. De la pierre grise mais courtoise. Des volets bleus, certains très endommagés. Un jardinet devant, bordé d'un petit muret et d'un mimosa, ombrageant ce qui avait dû être une terrasse ou une allée et qui est aujourd'hui envahie par des ronces et des dizaines de roses trémières. Le puits en pierres arrondies formant un dôme était dissimulé aussi par des buissons de ronces. Sur le côté, deux maisonnettes en granit avec également des volets bleus attenantes à une grange de pierres aménagée en deux étages et un grand hangar. Les deux bâtiments étaient les lieux de travail du père d'Anna. Peut-être même là où il vivait, pensa Anna qui se rappela soudain qu'elle voyait peu son père à la maison. Anna soupira, sa respiration se bloquait et ses épaules étaient animées de soubresauts devant la belle porte double en bois dressée sur deux superbes marches de granit polies par le temps. Elle sentit la main de Mina dans son dos et Charline posa sa tête sur son épaule. La clé dans la serrure. Elle espérait presque qu'elle fut coincée. Qu'elle puisse dire : « ben voilà, ça ne marche pas, on repart. » Anna tourna la poignée. La porte s'ouvrit. Une petite entrée les accueillit avec du papier des années soixante-dix, des rectangles orange et marron défraîchis et marqués çà et là par l'humidité, un vieux meuble à chaussures, des portemanteaux. La cuisine était restée en l'état. Charline ouvrit les volets et la fenêtre. De l'air, de l'air ! Sur la table, un mazagran décoré d'un petit moulin et d'un liseré doré attendait depuis des années d'être rempli de café accompagné d'une boîte à sucre ou à gâteaux avec un décor breton. Une gazinière, un vrai frigidaire constellé de pourritures d'humidité, la porte était restée fermée depuis des années.

« Euh, je crois qu'on va le jeter sans l'ouvrir ! » déclara Mina un rien dégoûtée.

Un vieil évier en céramique sur lequel de la vaisselle continuait de sécher. Un journal posé sur la table, une nappe cirée représentant des marguerites sur des carreaux marron imprimés sur un fond beige. Un gros buffet rustique. Le carrelage ancien était joli, des mosaïques de couleur. « Ça se refait bien maintenant, ce carrelage », dit Charline. Une porte qui s'ouvrait sur le grand salon-salle à manger. Charline avait ouvert les fenêtres, l'odeur était effectivement lourde et renfermée. Dans le salon, un vieux canapé en velours vert avec des franges à moitié mangé par les souris. Anna se rappela qu'elle adorait faire des nattes avec les franges du canapé. Un immense buffet Empire, une table et des chaises Henri II. Des aiguilles à tricoter laissées çà et là, sur le côté avec un magazine « Nous deux ». Des pantoufles en velours, des bibelots : des dés à coudre, des moulins de porcelaine, un renard empaillé décoraient la cheminée.

« Ah quelle horreur », cria Mina !

« C'était la tradition, il y a longtemps ! » expliqua Anna.

Derrière une buanderie pleine de conserves de confitures de plus de vingt ans, la vitre d'une porte-fenêtre laissait à peine entrevoir à travers les tissages des toiles d'araignées, un grand jardin redevenu une forêt sauvage de ronces, de chênes, d'aulnes, d'érables et d'acacias. Un bel escalier de bois, une rampe d'escalier sculptée relevée par une sphère de bois et de verre poli. « C'est mon père qui l'a faite ! » À l'étage, trois chambres. La chambre des parents, le lit encore défait, une chemise de nuit déposée sur la chaise de la coiffeuse, du linge abandonné. Une chambre d'ami qui ne reçut jamais d'amis et qui servait de débarras, contenait tout de même un lit, un chevet surmonté d'une lampe à franges orangées, une armoire, et une croix au-dessus du lit qui exposait le corps de Jésus à un sacrifice éternel. La chambre d'Anna. Mina échappa un : « la vache ! » en ouvrant la porte. Une chambre aussi triste que celle dite des amis pour une jeune fille. Un lit avec un dessus-de-lit en laine beige à moitié mité. Un petit chevet, un réveil. Une armoire. Un secrétaire. Aucun jeu, aucune décoration hormis un crucifix énorme au-dessus du lit. Charline en était glacée. « Tu as dû t'amuser toi, petite. » Dit-elle en ouvrant en grand les fenêtres. La lumière rentrante n'agaçait en rien cette chambre si spartiate et si lugubre.

« Non, il fallait tout ranger, que rien ne traîne et pas de signe de perversions style photos de chanteur, etc. Je n'avais le droit qu'à une poupée et un jeu de corde à sauter. » Expliqua Anna d'une voix morne. Ses yeux étaient fixés sur son secrétaire ouvert. Une lettre, l'encre était un peu effacée par l'humidité. « *Anna* ». Et une clé placée sur l'enveloppe. Anna prit l'enveloppe et la clé.

« Tiens, moi aussi j'ai ma lettre ! Décidément ! Je la lirai tout à l'heure. On va aller voir les maisonnettes », dit-elle pour se donner le temps du courage. Après avoir ouvert toutes les fenêtres, les filles descendirent visiter chaque maisonnette. Chaque bâtiment servait à recevoir les pèlerins qui venaient au Mont-Saint-Michel. Des dortoirs, des lits jumeaux toujours dominés par cette croix terrible. « Tu crois qu'avoir une croix au-dessus de son lit, empêche de devenir l'exécutoire de quelqu'un puisque Jésus a pris cette place pour tous les hommes ? » demanda Charline. « Je ne crois pas. » Je vous laisse deux secondes, je vais lire la lettre. Tandis que les filles s'activaient à ouvrir chaque volet et fenêtre, Anna alla s'asseoir sur les marches en granit de l'entrée exposées au soleil. Son endroit préféré où elle aimait passer des heures, épiant les rapiettes et les pinsons des arbres. Les marches dures et grises rassurantes lui renvoyaient la chaleur. Elle n'était pas vraiment à l'intérieur ni à l'extérieur, posée nulle part et partout, toujours dans un entre-deux. Les superstitieux auraient évité ces endroits de passage, les pièges à sortilèges et à mauvais sorts. Anna s'y sentait bien, rassurée par les deux murs de la façade qui l'enserraient de chaque côté de l'encadrement de la porte sur lesquels elle pouvait se blottir tandis que l'air circulait. Et tout autour d'elle, là, dans cet espace restreint ouvert sur le dedans et le dehors, elle se sentait libre et en sécurité. Libre de s'enfuir, de rentrer, choisir la lumière ou l'obscurité, le froid ou la chaleur. Anna ouvrit l'enveloppe. L'écriture de sa mère.

« Champeaux, le 10 février 1988

Anna,

Lorsque tu liras cette lettre, j'aurais suivi ton père dans sa tombe. Je ne peux m'y résoudre sans t'avoir dit la vérité, ce mensonge qui m'étouffe depuis tant d'années. Ton père n'aurait jamais été d'accord, mais je crois que tu as le droit de savoir.

Anna, je ne suis pas ta vraie mère. Ton père dans sa jeunesse, était amoureux d'une autre femme, très fragile qui a dû être placée à l'hospice. Elle en est morte. Paix à son âme. Elle a été enceinte de ton père qui l'a aimée jusqu'au bout. Lorsque Judith a été internée, elle était enceinte de toi. Et lorsque tu es née, ton père m'avait déjà épousée, pressé par nos deux familles et surtout celle de ta mère pour que je puisse m'occuper toi. Nous t'avons présentée comme étant notre fille commune, comme ma fille. Je faisais semblant d'être enceinte en mettant un oreiller sous ma robe. Personne n'y a vu que du feu. Enfin, tout le monde a fait semblant. Je t'ai aimée comme ma fille. Ton père m'a aimée à sa manière, par devoir et reconnaissance pour avoir élevé sa fille, rien de plus. Je n'ai jamais pu avoir un autre enfant, car il est resté fidèle toute sa vie à Judith, ta vraie mère, son seul et unique amour. Il me restait toi et Dieu, Dieu pour te protéger de la folie de ta mère, j'avais si peur que tu en es héritée. Ton père n'a jamais voulu te dire la vérité, il n'a jamais oublié Judith et a toujours souffert de cet amour que Dieu lui a pris et repris. Mais tu sais bien avec les convenances et la loi du silence, on a fait comme si. On faisait comme ça dans le temps. Dans les faits, tu n'as jamais réussi à venir vers moi, j'en ai souffert, comme si tu ne me reconnaissais pas et moi, j'ai été froide avec toi, jalouse de Judith. De l'amour que ton père avait pour elle, de cet enfant qu'elle a su lui donner alors que moi, je suis restée sèche, jalouse de ton refus alors que j'étais sûre que tu n'aurais pas été si froide avec elle. Jalouse de n'être que le pion de substitution et rien d'autre. Sèche car je n'ai jamais pu avoir un enfant, comme une punition de t'avoir prise à Judith. Ma vie alors s'est tournée vers Dieu et les pèlerins. Et j'ai fini par me rendre compte à quel point ta mère aussi avait souffert et que finalement aucune destinée n'était guère plus heureuse. Je l'ai presque enviée d'être partie. C'était comme ça dans le temps. Aujourd'hui, on aurait fait différemment peut-être. Je ne sais pas.

Je te prie de me pardonner ainsi que ton père pour ce secret.

La clé est celle de l'atelier de ton père. Tu y trouveras des lettres et des souvenirs de ta mère, Judith. Ta mère qui t'aime et qui t'aimera toujours. Que Dieu te protège, toi et ton âme. »

Anna s'était vidée de son sang, elle n'avait même pas senti ses amies s'asseoir près d'elle. « Oula, Anna, ça va, toi ? » demanda Charline inquiète.

Anna fit semblant de la jouer sûre d'elle, mais la voix un peu trop aiguë et cassée pour faire naturel la trahit : « les filles, en général on apprend que son père n'est pas son père. Ben là… C'est l'inverse ! » Et elle donna la lettre aux filles qui restèrent silencieuses.

« Tu veux qu'on t'accompagne dans l'atelier de ton père ? » proposa Mina

« Non merci. Pas pour le moment. Mon père, je ne sais même plus à quoi il ressemble, je l'ai peu vu. Là, faut que j'encaisse. Faut que j'encaisse, putain ! Je me sens tellement en colère, une telle rage qui monte en moi ! »

« Ouais, dis donc ! Je ne sais pas quoi te dire ! C'est gratiné ! » murmura Charline.

« Bon allez, bientôt, l'apéro, on laisse ouvert la maison et on se casse. On fait un briefing sur la terrasse du café devant une pizza. »

De retour au café, un couple de maraîchers bio s'était installé, un couple vendeur pêcheurs de homard, un vendeur de salicornes, un autre de volailles et fromages. Les acheteurs affluaient sur la petite terrasse.

« Ah ben dis donc, si ici ils bossent tous en couple, on est mal les filles ! pour trouver un amoureux ! » plaisanta Mina.

La patronne arriva en souriant : « ça a été cette maison ? »

« Pas si mal. Ça sentait moins que je ne le pensais ! »

« Qu'est-ce que je vous sers ? »

« Euh, c'est quoi la spécialité locale ? » demanda Mina.

« Euh, ici, ben c'est le rosé… » se moqua-t-elle.

« Du rosé ? Oui, c'est bien connu que la Normandie est le pays du rosé ! »

« Du rosé espagnol ! » badina-t-elle.

« Bon ben alors trois verres de bon rouge, pas du tort boyaux, vous avez ça ? » se risqua Charline.

« Ça marche, je vous emmène ça ! »

Anna alla commander des pizzas au pizzaïolo blagueur. Charline prit des tartines de salicorne pour l'apéro. Et Mina des fromages et du pain. « Oh le pain, les filles ! Une horreur. Tout blanc, tout sec ! »

La terrasse se remplissait. Les gens s'asseyaient partout, là où il y avait de la place, se mélangeant ainsi que les conversations. C'était gai.

« Bon, Anna, ce n'est pas si horrible que ça. Il faut dégager tout ce qui a pourri, les vieux meubles aussi. Donner un grand coup de nettoyage, refaire brancher l'eau et l'électricité. Et déjà, ça devrait être mieux. Sinon franchement, l'ensemble bien arrangé serait plutôt super joli, j'aime beaucoup. La maison a du charme, elle a un côté très féminin, très doux et pourtant, on sent qu'elle a été délaissée, bien avant qu'elle ne soit plus habitée, mal-aimée. Moi, franchement, une maison comme ça, si j'avais l'argent, je l'achèterais, il y a vraiment du potentiel ».

« Oui, je suis d'accord, Charline. » Anna faisait face, se donnait une contenance.

« Oui, je suis d'accord avec toi ! » continua Mina. La maison est vraiment coquette au niveau de sa construction, elle a du cachet. Elle a juste manqué d'amour à l'intérieur et on sait un peu pourquoi maintenant. Tu veux en parler ? »

« Non, pas tout de suite. »

« OK. Ben, go. On trouve une camionnette, on déménage tout, et on fait ton nettoyage. Il faudrait trouver quelqu'un pour débroussailler et nous aider à porter ce qui est lourd », compléta Charline.

« Je vais demander au bistrotier », répliqua Anna. Celui-ci arriva avec les trois verres de vin. Il donna les coordonnées d'une personne qui pourrait les aider, et qui par, enchantement venait d'arriver au café. C'était un grand brun, costaud nommé Raphaël. Un gars de Saint-Michel-des-Loups. Anna s'entendit avec lui pour débarrasser la maison et nettoyer le jardin. Il pouvait commencer dès le lendemain matin. Il n'allait pas à la messe, dit-il en plaisantant et Anna lui plaisait, son regard brillait en la regardant et il devenait tout sourire. Mina et Charline observaient Anna. Elles étaient stupéfaites, rien ne transparaissait sur son visage. Comme si rien ne s'était passé. Cela les inquiétait. Anna souriait au soleil, faisait de l'œil à Raphaël. Les filles dégustaient leurs tartines de salicorne, de fromage sur ce pain aussi insipide qui avait le mérite de faire tenir de l'eau à l'état solide avec le minimum de farine. Les pizzas arrivèrent, des Reines. Les filles mangèrent avec appétit, dans cet entrain de la foule joyeuse sous le soleil qui chantait de concert avec la glycine. Les gens souriaient, Anna aussi, elle tentait de reconnaître des visages, des copines d'école peut-être. Mais rien, elle était une étrangère ici. Ça lui faisait drôle du coup. L'après-midi démarrait malgré la tendance des convives à faire traîner l'heure de l'apéro. Les filles partirent faire quelques emplettes pour faire le ménage, la petite épicerie n'étant pas équipée pour un nettoyage de cette ampleur.

Aspirateur, balai, brosse, détergents, chiffonnettes, sacs-poubelle, etc. Il eut bien fallu trois voitures pour ramener tout cela dans la maison d'Anna. Au retour, elles descendirent à Sol Roc. La mer était haute. Charline risqua quelques orteils dans l'eau. « Euh, un petit quinze degrés ! » Elles se baignèrent quand même en slip, rapidement, et remontèrent se sécher sur les rochers. Elles avaient rendez-vous avec un coucher de soleil somptueux qu'elles avaient commandé pour l'occasion avec un panier pique-nique. Une bouteille de saint Amour, des sandwiches au jambon cuit à l'os. Comme dit Charline : « les sandwiches au jambon, c'est la vie ! » Elles rirent et amorcèrent leur dîner à pleines dents tandis que la sphère rouge et massive plongeait doucement sa présence dans les flots bleus, laissant derrière lui, des voilages de rouge rosé s'évanouissant petit à petit dans un flot de confettis célestes.

« Il caille maintenant », dit Mina. Et elles se levèrent, remontèrent d'un bon pied la côte de Sol Roc. De retour au gîte, elles se couchèrent tôt, demain serait une journée active. Raphaël arriverait à 7 heures au gîte.

Mina, dans son lit, pensa qu'il manquait une boulangerie digne de ce nom dans le coin. Elle n'en revenait pas de trouver du pain aussi mauvais et qui ne ressemblait à rien, ça lui semblait être une injustice terrible de priver les gens de pain de qualité.

Anna rêva de Judith qui l'appelait, les cheveux ébouriffés, coupés n'importe comment aux ciseaux et hirsutes, un drap blanc sur ces épaules, le visage boursouflé par les médicaments et pâle, ses yeux exorbités la regardaient tandis que ses mains l'empoignaient et la faisaient tourner, tourner jusqu'à la mort. Anna cria mais ne parvenait pas à arrêter la course folle. « Elle veut me tuer » et elle se réveilla en sueur.

À 7 heures, du matin, elles étaient levées. Raphaël arriva avec des croissants, les mêmes que ceux de l'épicerie. Mina fut dégoûtée, et pris sa mine tragique en respirant l'ouverture du sachet. Le café finissait de couler bientôt dans les gosiers affamés. Raphaël était un peu gêné entouré de toutes ses femmes. Charline se risqua : « vous êtes célibataire ? » Raphaël dit oui. « Ah ben en voilà déjà un ! » s'exclama-t-elle en regardant Anna de son petit air mutin.

Ils firent comme s'ils n'avaient rien entendu et filèrent à la maison. Les matelas, rideaux, tissus, frigo furent placés dans le camion de Raphaël. Ils reviendraient le lendemain pour le jardin et les gros meubles, mais déjà, la maison s'était bien vidée. Les filles emmenèrent Raphaël déjeuner au restaurant de la Grange avec vue sur la baie. Puis ils passèrent l'après-midi à nettoyer le haut. Bientôt, Anna pourrait s'y installer. Le soir, exténuées, elles allèrent dîner d'une galette que le patron du café de

Champeaux réalisait, fier comme Artaban, devant son billig de compétition, tout simplement heureux de faire plaisir. C'était délicieux, elles en commandèrent plusieurs, affamées. Elles se couchèrent directement, fourbues et courbaturées.

Elles retrouvèrent le lendemain Raphaël qui préparait sa débroussailleuse. Les filles finissaient le grand ménage du bas, javel et vinaigre blanc, des grands sacs-poubelle ouverts pour jeter les ustensiles et objets putréfiés. Raphaël les amena se restaurer dans un restaurant ouvrier à saint-Michel-des-Loups. Une vraie bonne surprise ce petit restaurant, une vraie purée comme elles n'avaient pas mangé depuis longtemps. L'après-midi, Raphaël continua son travail, les ronces étaient énormes, et ils devaient d'abord les abattre à la hache tellement qu'ils étaient intriqués et inextricables. Anna alla commander de l'électro-ménager, trois lits et trois matelas, un canapé, des radiateurs d'appoints et acheta quelques affaires de toilettes supplémentaires et du linge de maison. Tout serait livré dans une semaine, au moment où l'électricité serait remise, ainsi que l'eau et même le téléphone et internet. Ils continuèrent la semaine d'arrache-pied, nettoyage, vidage, désherbage, nettoyage, et de multiples allers-retours à la déchetterie, un vrai travail de forçat. Anne se rapprochait de Raphaël, et leur complicité évoluait dans la bonne humeur, les petites blagues et le regard brillant. Charline et Mina surprenaient parfois des paroles un peu coquines, à double sens et Anna riait. Par chancc, lorsque l'eau et l'électricité furent branchées, aucun dégât ne fut à déplorer. Ouf.

Mais de la lettre, rien ne transparaissait. Anna n'en avait pas reparlé une seule fois malgré les quelques tentatives de ses amies inquiètes. Au café, elles avaient rencontré un guide de la baie, Dan. Anna souhaitait offrir une traversée aux filles pour les remercier de leurs aides précieuses. Une pause après tout ce travail de remise en état, la maison enfin vidée et nettoyée. Raphaël avait branché l'électro-ménager. L'air y était un plus respirable malgré les tapisseries moisies. Les filles migrèrent leurs affaires vers la maison d'Anna pour s'y installer. Les nouveaux meubles et le linge de maison mettaient un peu de gaîté, même sans décoration. Mina était allée faire des courses, Charline avait été achetée des fleurs pour mettre dans la cuisine tandis qu'Anna préparait les lits pour chacune d'elles.

« Les filles, demain grasse matinée et ensuite ! Surprise ! » souriait Anna. Et toutes s'endormirent, cette fois, sans risque que le Christ ne descende de sa croix pendant la nuit, les hantant de tous les maux qu'il avait dû subir.

Mais, Judith, elle, traversait toutes les nuits d'Anna, Judith aux cheveux courts, bruns en broussaille, au visage émacié et gonflé. Judith, sa bouche entre-ouverte. Mais que dit-elle ? Et cette ronde infernale dans laquelle Judith l'entraînait chaque nuit, la tenant par les mains et la faisant tourner comme une toupie comme si elle l'amenait vers la mort. Et Anna qui tentait de résister : « ne me tue, ne m'emmène pas ! »

Et elle finissait toujours par se réveiller en hurlant : « mais moi, je veux vivre moi ! »

2
Traversées

Dan, le guide de la Baie, passa chercher Anna, Charline, et Mina qui attendaient impatiemment, prêtes pour l'occasion. Enfin si on peut dire, vu le peu de change qu'elles avaient sur elles. Tant pis, Anna avait acheté une machine à laver et un sèche-linge. Elles seraient sauvées par la technologie.

« J'ai amené ma compagne, Alix, avec moi, cela fait longtemps qu'on ne s'est pas vu. Ça ne vous dérange pas ? »

« Non, non, pas du tout ! Salut Alix ! »

Dan plaisantait dans la voiture, les premières sorties printanières étaient toujours un peu fraîches et sportives. Les cours d'eau étaient plus puissants et profonds, il y avait plus de sables mouvants et surtout plus de vase, de quoi rendre inoubliable cette journée ! Les trois femmes se regardèrent, un peu dubitatives et effrayées. Il se gara au Grouin du Sud. Une vue à couper le souffle sur le Mont-Saint-Michel s'offrait à elles. Une jetée naturelle qui bravait le Mont, à sa droite Tombelaine, et au pied les rivières aux méandres tortueux qui se frayaient un passage à travers la tangue grise. L'estran, immense, à perte de vue. La mer ne s'était pas complètement retirée, mais le coefficient était peu important. Dan allait contourner les difficultés car il connaissait chaque banc de sable sur lesquels il avait échoué à pied ou en kayak. Ils commencèrent à descendre à travers les herbus et très vite se retrouvèrent enlisés jusqu'aux mollets puis à mi-cuisses dans la vase, pieds nus. Il fallut franchir d'abord les traverses d'eau, ça glissait sacrément. Charline, qui avait déjà des difficultés à rester en équilibre sur le sol en général, fut la première à chuter. Elle se retrouva assise dans la vase engloutie dans la boue sombre et les rires de tous. La traversée commençait sportivement. Les talons appuyés sur le sol se dérobant, les filles cherchaient leur équilibre derrière Alix et Dan qui marchaient d'un pas assuré, tranquilles, comme si de rien n'était et à une vitesse que les filles avaient du mal à suivre. Elles étaient concentrées sur ces étranges sensations de sol fuyant de boues flasques. La pression des talons créait des boudins de boue entre les orteils qui finissaient par devenir lourds et constituer de lourdes semelles de type plate-forme. Mina demanda s'il y avait des bestioles cachées dans la tangue. Dan répondit : « oui, plein ! » Et il reprit : « ce sont des micro-organismes, vous ne risquez rien, comme si vous preniez un bain d'argile dans votre baignoire. » Ils arrivèrent très vite sur les berges du premier cours d'eau, les premiers sables mouvants. Dan était inquiet, « on s'arrêtera plus tard, il y en a trop ici, vous passez en ligne en marchant très vite. » Mina sentit le sol s'écrouler sous son talon droit, elle sauta par réflexe en avant sur le tempo d'un battement de cœur grondeur. Toutes trois marchaient le plus vite possible. Alix et Dan, étaient main dans la main, sans glisser, le pied toujours aussi sûr. On aurait dit qu'ils flottaient. Peut-être était-ce l'amour, pensa Charline qui peinait à respecter leur cadence régulière, se sentant immensément lourde tout d'un coup. Puis, elles commencèrent à apprécier, cette chaleur qui tranchait avec la température encore fraîche de l'eau. Ce sol inconstant. La boue qui noircissait les ongles des orteils et leur massait les pieds. C'était presque régressif, carrément même.

Charline cria : « waouh, on dirait qu'on marche dans une immense purée de tapioca grise et pourrie ! »

Le soleil éclairait la baie. Les bancs de sable nouvellement apparus après les dernières grandes marées de février étaient ciselés de vagues de bronze qui flamboyaient dans les rayons du soleil. Dan leur fit escalader les crêtes de sable durci, les éclats de coquillages leur râpaient les pieds et rendaient la progression douloureuse, les faisant regretter les vasières. Tombelaine se rapprochait. Le Mont aussi, mais plus taquin, s'effaçait, se rapprochait et repartait en arrière comme si lui aussi, glissait sur la vase, se rattrapant à la lumière, jouant avec elle et les ombres. Il venait rappeler aux randonneurs qu'il était bien plus fastueux que Tombelaine, abandonnée aux oiseaux. Personne à part eux. Un silence étourdissant. Le soleil et l'air frais enivraient les filles qui suivaient le pas toujours énergique et régulier du guide. Une traversée de rivière. Du courant, de l'eau jusqu'aux fesses, un peu fraîche, elles se donnèrent la main car la traversée fut sportive. Anna, à son tour, sentit un morceau de sol se dérober sous ses pieds. La rive atteinte, le soulagement fut de courte durée, un champ de sables mouvants attendait les aventuriers. Dan y était déjà à moitié englouti, et il montra aux filles comment en sortir. « Quelqu'un veut essayer ? » Anna se lança. « Waouh, c'est fou cette sensation d'enserrement, la puissance de la pression. Merci ! » Puis, tout le monde s'essaya au rituel des soubresauts sur les plaques de sable afin que chacune puisse connaître les sensations procurées par la marche sur un sable mouvant. Ils arrivèrent enfin sur Tombelaine. Dan contourna l'île pour se mettre l'abri du vent. Assis sur des rochers, les pieds dans la vase, les marcheurs appréciaient leur pause, bien calés sur un rocher. Anna put enfin poser le sac qu'elle avait préparé. Des sandwiches, des chips au vinaigre mais surtout du champagne que Dan déboucha doucement pour ne pas faire fuir le banc de goélands stationnés plus loin, guettant leur déjeuner dans l'eau de mer. Ils devaient être une bonne centaine, insensibles à la présence des humains. Ici, les goélands ne s'intéressaient pas au pique-nique des marcheurs, ils avaient assez à manger dans la baie. Des bancs de mulets, de saumons, de bars… Des margattes dont on trouvait des œufs çà et là sur l'estran. Personne ne parlait, observant les centaines de goélands occupés à dénicher leur pitance. Quelle paix ! Pas de bruit ni de moteur ni de foule ! Le calme, l'immensité. Un bien-être s'emparait du petit groupe qui s'oubliait dans cette nature sauvage et néanmoins impitoyable. Ils appréciaient leur pique-nique, les pieds « cradassés » ornés d'ongles noircis de tangue montant jusqu'aux cuisses. Ils se souriaient juste, cela suffisait. De temps en temps, Dan relatait un peu d'histoire, de géologie, des notions sur les espèces vivantes dans la baie. Mais il laissait surtout le silence de la baie leur parlait. Un dernier sandwich au saucisson puis le froid prit l'immobilité en grippe. Il fallut remarcher pour se réchauffer. Ils s'approchèrent du Mont et firent une pause-café au pied. La marée ne patientait pas, une volte-face direction les herbus de la côte devenait impératif. Le retour était long, les filles avaient mal aux mollets et aux pieds. Elles avaient un peu froid, l'air se levait dans la baie. Mais elles étaient grisées. Dan les faisait passer dans des endroits insolites où elles étaient seules, loin des autres randonneurs. Le soleil les aveuglait, la tête leur tournait et elles eurent l'impression de se trouver dans un grand désert, où aucune ligne verticale ne venait interrompre l'étrange horizontalité de la baie couchée. Sauf les deux silhouettes de Dan et Alix, deux ombres verticales, comme deux sylphides athlétiques, menues, solides, leurs mains scellées, marchant toujours à la même allure enveloppée d'amour et de silence. Ils semblaient reliés parfaitement entre la terre et le sol, en équilibre parfait comme deux danseurs sur une scène immense de sable et d'eau. Charline les admira : « c'est beau, les amoureux ! » « Oui, ils forment un bien joli couple », répondit Mina en s'étouffant, tant elle peinait à les rattraper. Ils regagnèrent les herbus quand les rayons du soleil devinrent de plus en plus bas et que la baie, d'un coup de bec de goéland devint soudainement rose violine puis pourpre, un rose qui se reflétait sur la vase comme si le sol et le ciel ne faisaient plus qu'un. Cela faisait tourner la tête des filles toutes désorientées par l'effacement du sol.

« Tu as vu Anna, ça devient mauve ! »

« Oh, ça va toi, Mina ! Fais gaffe, je te refais glisser dans la vase ! »

Un sourire béat, les jambes éreintées, elles s'écroulèrent sur la voiture de Dan, bien contentes tout de même d'être arrivées. Et surtout de se mettre au chaud. Dan les ramena, elles et leurs plaques de tangue collées sous les pieds, en souvenir. L'eau chaude soulagea leur peau mais finit de les éteindre. Elles allèrent dormir, en silence, d'une nuit sans rêve, juste éclairée par la Lune et les étoiles qui veillaient sur elles trois.

Le lendemain matin, courbaturée Anna se fit couler un café qu'elle alla boire, emmitouflée dans un gros plaid sur les marches de granit, repliée, les genoux serrés contre sa poitrine comme elle aimait tant faire petite. Le café réchauffait et réveillait son corps courbaturé. Un coup d'œil aux dépendances, elle pensa à la clé laissée par sa mère. Judith, son père, sa mère, le froid, l'absence. Les absences. La vie et sa traversée. Judith qui sombra dans les sables mouvants de sa folie, son père qui traversa sa vie en aveugle, en apnée, la traversée de sa mère, elle qui finalement, était l'illégitime, l'ombre, l'épouse, la mère qui n'eut que la place de la reconnaissance froide du devoir. La sienne, aux amours interdits. Elle frissonna tandis que Charline se blottissait contre elle, une grande tasse de café dans les mains.

« Ça va ? »

« Ouais, mal partout, les pieds encore crades ! » répondit Charline

« Je vais aller dans l'atelier de mon père aujourd'hui. »

Le silence fut bercé par le bruit du vent dans les feuilles du palmier du voisin. Anna se rappelait qu'elle aimait entendre ce bruit quand elle était enfant. Mina les rejoint, toutes trois serrées les unes contre les autres, habillées de leur plaid, une grande tasse de café bien chaud.

Elles restèrent longtemps à siroter leur café, pensives, lézardant au soleil. Puis Anna se leva et alla ouvrir la grange-atelier de son père et la porte du hangar qui contenait un amas considérable d'outils, de planches, de boîtes de visseries et divers matériaux de menuiserie. En bas de la grange, la pièce contenait aussi du vieux matériel, des meubles, des planches encore et encore. Rien de très personnel. Anna monta à l'étage. Le contenu fit mal au cœur à Anna. Un lit une place, une couverture de laine, un réchaud sur lequel se tenait encore une vieille bouilloire à café Bialetti, des conserves, un ouvre-boîte, quelques casseroles, des verres, une grosse boîte de crème à raser et un blaireau de rasage. Un petit peigne en corne crème, un flacon d'eau de Cologne Saint-Michel, posés sur une table surmontée d'un petit miroir ciselé. Des revues le « Chasseur français ». Un petit bureau. Quelques crayons, une vieille règle en métal, une vieille boîte à gâteaux ornée de bigoudènes. Anna ouvrit la boîte. Une photo. « Je t'aime pour l'éternité. Judith. »

Judith sur la photo. Anna. Judith. Anna. Judith. Les mêmes yeux, le même visage. La même manière de pincer la lèvre inférieure. Comme sa mère avait dû souffrir de voir le visage d'Anna tant il ressemblait à celui de Judith. Anna comprit aussi pourquoi son père ne voulait pas la voir. Affronter la ressemblance de sa fille avec sa Judith était hors de portée. Elle avait toujours pensé que son père était un sociopathe sans émotion, c'était en fait, un homme amoureux au cœur brisé à jamais et qui ne se releva jamais de la perte de sa bien-aimée. Anne embrassa la photo, embrassa sa maman. La première fois qu'elle osait prononçait ce mot, maman, elle n'avait jamais pu appeler sa mère, maman naturellement. Elle devait se forcer. Sous la photo, des lettres et une gourmette « Judith » en argent, les mailles ciselées de fleurs de tournesol. Anna prit une lettre de papier rose :

« Mon amour, Comme je t'aime. Comme je suis désolée d'être jugée si folle qu'on n'ait pu me garder parmi vous les vivants. Être un peu différente était-il si grave que l'on estime avoir le devoir m'enfermer et de me cacher ? Est-ce si grave d'aimer quelqu'un qui n'est pas de sa condition ? Quelle faute ai-je commise pour être enchaînée sur mon lit au milieu de personnes hurlantes la nuit et d'autres dévastées telles des zombies encore en vie. Mon amour. Mon amour. Cette folie qui serait la mienne m'emmènerait si loin de la raison des autres mais tellement éloignée de toi. Comme je voudrais protéger notre enfant de cette folie, cet enfant de notre amour, qui grandit dans mon ventre. Lui aussi est privé du doux chant des oiseaux, des murmures des arbres. Si tu savais combien je l'aime, autant que toi, mon amour. Tu me manques tant. Sois heureux avec ta femme. Essaie de l'aimer. Judith. »

Les larmes envahissaient les yeux d'Anna. Une lettre de papier gaufré beige.

« Ma petite chérie toute douce, tu n'es pas responsable de la folie des autres qui ne comprennent pas que tu es fille de la Nature. C'est une douce folie que d'aimer la Nature comme tu l'aimes et de vouloir être libre, bien plus douce que celle de celui qui t'a condamnée à être internée dans cet hospice sordide. Vivre en te sentant dans cet endroit m'est impossible. Sans toi, ma vie n'est rien. Ma femme est gentille mais je ne peux l'aimer, mon cœur t'appartient. Toi, partie, je reste en vie juste pour recueillir notre enfant. Tu me manques tant. Ton amour pour toujours. »

Anna découvrait son père sous un jour nouveau, sensible, aimant.

« Ma petite chérie, je viendrai te voir ce week-end, tu me manques trop. Comment va ton petit ventre ? Les coquelicots sont en fleurs. Comme tu aimais les bleuets que tu mettais sur tes oreilles, pour aller à la plage. Nos corps enlacés me manquent. Ma peau appelle ta peau, chaque minute, chaque seconde. J'ai envie de te sentir toute douce auprès de moi, de te serrer si fort, te serrer dans mes bras, ta petite tête sur mon épaule. Je pars souvent dans tes forêts, je crie ton nom parfois juste en moi mais avec une telle puissance, mais les arbres semblent être impuissants à te ramener ma Judith. Invoquer le pouvoir de la nature se heurte à la folie des hommes et je m'écroule à genoux sous ton arbre préféré. Tu me manques tellement. Ton chevalier pour toujours. »

« Mon bel amour. Comme le temps est long sans toi. Je rêve des gouttes d'eau salée sur nos corps enlacés. Tes lèvres de velours. Mon ventre s'arrondit. Le bébé bouge. Je suis si angoissée à l'idée qu'on me le prenne, qu'on lui fasse du mal, qu'il m'échappe et à toi aussi. Ici, personne ne parle de ma grossesse, on m'ausculte, mais aucun médecin ne me dit s'il va bien. Ce silence qui m'est imposé déclenche un tel bruit de questions et d'angoisses dans ma tête. Je suis si inquiète et quand je la sens bouger, car je sais que c'est une fille, je le sens, je revis. Comme je m'en veux, si tu savais, de ne pouvoir l'aimer et l'élever comme ce bébé de l'amour devrait être aimé. Quelle peine si terrible devons-nous supporter, mon amour ? Enfermée là, sans te voir ni les arbres ni la mer, juste la Lune dans un coin de la fenêtre de temps à autre. La folie finit par me gagner vraiment et m'entraîner chaque jour un peu plus, on m'isole sous prétexte que je suis enceinte. Les gorgones m'appellent. Seul le souvenir de ton beau visage me sauve des flots sauvages. Je t'aime. Ta bien-aimée. »

« Mon amour. Tu dois être à présent avec notre bébé. Les médecins ne m'ont pas montré notre enfant. À peine sorti de mon ventre, ils me l'ont pris, je n'ai pas pu le voir, ils me l'ont arraché de mon ventre ! J'ai crié, j'ai crié, mais les infirmières ont couru pour le cacher. Je voulais tellement voir son visage, l'embrasser, le saluer et lui dire au revoir. Ils me l'ont pris, comme des voleurs. Mes yeux, depuis, cherchent partout son image, mon ventre ne se referme pas, les plaies s'infectent et n'arrivent pas à cicatriser. C'est insupportable. Je ne peux vivre sans mon enfant, sans l'avoir vu, l'avoir caressé. Je ne peux pas. Pardonne-moi mon chéri, ton aimée pour toujours. »

Un faire-part de décès. Judith Masdupuy. Cimetière de Champeaux. Un article de la presse locale. Un suicide. Anna s'écroula de douleurs. Agenouillée sur le sol, elle pleura pendant des heures, jusqu'à ce que la Lune apparaisse dans le ciel et que Mina et Charline viennent aux nouvelles. Elle finit par sortir seule jusqu'au cimetière juché sur les hauteurs de Champeaux, derrière le café, comme si les morts pouvaient assister aux apéritifs des vivants, allongés mais en hauteur, rien que pour avoir la vue. La petite tombe de Judith Masdupuy. Elle embrassa la pierre tombale, « Maman, je suis là. » Assise sur le bord, elle regardait la Lune, et s'emplit du vide flottant sur le cimetière espérant un signe. Rien ne vint. Elle ne passa pas auprès de la tombe de ses parents, trop en colère. Demain, elle irait ramasser des bleuets et des coquelicots qu'elle déposerait sur la tombe de sa mère. Elle rentra, se coucha après avoir embrassé les filles. Judith l'embrassa cette nuit et repartit, laissant Anna s'endormir avec un sourire de bébé. Le lendemain, elle partit avant le réveil des filles. Elle alla acheter une plaque de marbre avec un mot : « maman » et des pots de fleurs, des glycines pour égayer la tombe de Judith. Une blanche, une bleue et une plutôt violette. Les glycines, ça s'accroche à la vie. « Ma maman, ma petite Maman comme je me rends compte que tout cela m'a manqué. » Elle avait aussi acheté des rosiers anciens odorants, qu'elle planta directement sur la tombe. Elle avait trouvé des coquelicots et des bleuets qu'elle avait déterrés et qu'elle avait replantés. Elle avait failli acheter une plaque pour sa mère adoptive avec le mot : « merci ». Mais cela lui fit encore trop mal. Elle se rendit compte qu'elle n'avait jamais aimé cette femme. Ce fut une douloureuse et culpabilisante découverte. Elle était en colère, tellement en colère. Cette femme qui avait élevé l'enfant d'une autre aimée par l'homme qu'elle aimait mais qui elle, ne l'aimerait jamais. Cette fille à qui elle ne s'autorisait pas à montrer qu'elle l'aimait par honte vis-à-vis de Judith. Que ce devoir de reconnaissance était donc blessant. Anna ferma les yeux. Elle venait de naître. Elle ressentait enfin des choses. Son premier amour. Celui pour Judith, sa maman, sa maman qui l'aimait, elle. Et elle l'aima en retour. Sans concession, sans limites, comme ça et pour toujours.

Anna rentra soulagée, mais triste. Étranges impressions d'être en vie alors que quelque chose a été tué. Charline et Mina l'attendaient inquiètes, comme deux petites mères discrètes mais surveillant avec attention leur amie. Alors, sans prononcer un mot, elles scrutèrent le visage d'Anna qui s'installa sur son perron.

« Tu me fais un café s'il te plaît, Mina ? »

Le café fait, les trois filles se blottirent sur le granit. Le silence. Anna glissa alors doucement mais fermement : « Les filles. J'existe ! Enfin. Je viens de naître. »

3
Anthelme du Roc

Anna se rendit seule au café du bourg et demanda si quelqu'un avait connu sa mère biologique. Un homme d'un certain âge se tenait debout devant le comptoir. Anna l'avait vu souvent le matin prendre son café. Un habitué du coin. Il prit alors la parole :

« Allez voir, Anthelme du Roc, le savant fou. »

« Ah ! Et je peux le trouver où, ce savant fou ? »

« La dernière maison à Sol Roc, celle toute en pierre, avec un jardin en fouillis. Vous la trouverez facilement. » Et il se retourna aussitôt vers son compagnon de café pour poursuivre sa conversation sur la nouvelle station d'épuration du village.

De retour à la maison, Anna entraîna Charline et Mina. « Venez avec moi, j'ai trop peur toute seule. » Les trois femmes partirent à pied à travers les côtes de Champeaux. Arrivées sur le plateau, elles s'arrêtèrent un instant contempler la baie du Mont-Saint-Michel, engloutie de flots bleu turquoise. Pas un nuage dans le ciel, la vue du plus beau kilomètre de France était toujours aussi époustouflante et différente, quel que soit le moment. Elles descendirent la route du Sol Roc pour finalement atteindre une vieille maison toute en pierres de granit, dissimulée par un jardin envahi d'arbres courbés par les vents d'ouest, de plantes de toute origine. Une vraie jungle quasi inextricable, des tapis de fleurs, d'arbustes, des fruitiers, des palmiers, des chênes, des mimosas, des pins, des glycines, des camélias, de multiples odeurs mêlées qui flottaient dans la brise légère. Le perron était encombré de vieilles jarres remplies de fraisiers à moitié secs, de giroffliers et de pensées tentant de se frayer un chemin de lumière à travers les pissenlits. Les murs étaient bordés de pois de senteur sauvageons et de feuilles d'hémérocalles. Un cadran solaire sculpté dans le cadre de granit au-dessus de grosse porte de bois dépolie par le sel, surplombait une vieille cloche rouillée. Anna en inspirant un grand coup d'air iodé, fit tinter la cloche, elles tressaillirent du son puissant, presque incongru. D'abord le silence qui laissait apparaître le bruit de la brise dans les feuilles des arbres, puis des pas, lourds, lents et pourtant fébriles.

« J'arrive, j'arrive ! »

Un vieux monsieur ouvrit la lourde porte. Pas très grand, les cheveux grisonnants et frisés ornant ses oreilles, le dos courbé sous un vieux pull torsadé marin élargi et trop long, égayé par un col de chemise à gros drap de couleur beige rayée bleu et carmin, relevé du côté gauche. Des yeux perçants et observateurs riaient sous des lunettes rondes et dorées. Il examina lentement chaque femme, le visage avenant et jovial puis s'attarda longuement sur Anna. Ses yeux et son sourire se teintèrent furtivement d'une couleur sombre, et la gaîté, enfin, réapparut.

« Bonjour Anna. Bonjour Mesdames. Rentrez, rentrez ! » Anthelme du Roc s'éclipsa derrière la porte, laissant le passage aux trois femmes qui découvrirent une immense pièce, qui fut certainement belle avec ses fenêtres à l'anglaise mais elle était totalement encombrée de livres, de papiers, de lunettes de vue, de télescopes, de jumelles, de mappemondes et de cartes anciennes. Les livres, la plupart traitant d'atomes, de physique quantique, d'astrophysique et de philosophie encombraient les sofas et les tables. Anthelme du Roc déplaça rapidement quelques piles de livres, aidé par Charline et Mina afin de pouvoir les faire asseoir dans un espace, somme toute assez réduit, au vu de la taille du sofa et de la pièce. L'endroit, assez assombri par les lourdes tentures dont les motifs étaient éclaircis par les rayons de Lune et du Soleil, sentait la poussière et le renfermé.

« Ah là là, pardonnez un vieil homme comme moi ! Je ne suis pas féru de nettoyage et je n'aime pas que la personne qui me fait un peu de ménage, touche à mes livres ! Je vous offre un thé. Ne bougez pas ! »

Bien calées entre des rangées de livres et de classeurs, elles ne pouvaient guère bien remuer. Anthelme revint avec un plateau de tasse et une bouilloire, quelques sachets de thé et une boîte à gâteaux en fer qu'il offrit à Charline, celle-ci ayant vite fait débarrassé la table, elle aussi encombrée de multiples boîtes d'archives, de papiers divers, de tickets de caisses, d'instruments de mesure anciens ainsi qu'une vieille balance Roberval, une collection de toupies de bois et de métal afin qu'il puisse déposer le plateau.

« Euh, je suis désolée, mais je crois que vos biscuits ont pris l'humidité ! »

« Oh, ce n'est pas grave. Vous allez voir, un coup de micro-onde et hop là, ça va disparaître ! »

Le temps qu'Anthelme disparut à nouveau dans la cuisine, les filles se regardèrent en étouffant un rire et par courtoisie, prirent un biscuit au retour d'Anthelme, qui avait dû courir après la sonnerie d'arrêt du micro-ondes, des fois que les gâteaux ne ramollissent à nouveau !

« Bon, ça marche finalement le micro-ondes ! Mais je ne préfère pas vous demander la date de péremption ! » dit Mina en souriant, histoire de détendre un peu Anna qu'elle sentait raidie comme un phare sur son rocher.

« Vous faites bien, jeune fille, j'ai jeté l'emballage, il y a… Il y a peut-être plusieurs centaines d'années-lumière ! »

Il examinait Anna avec attention, Anna figée, surprise, coite, impatiente et inquiète.

« Tu, je me permets de dire tu, tu ressembles tellement à ta mère, Anna ! Tellement, c'est incroyable, j'ai l'impression de la voir devant moi, et de rajeunir de tant d'années ! »

Il soupira, les yeux emplis de larmes. « Judith », prononça-t-il doucement et se reprenant :

« J'ai su que tu étais revenue dans la maison. Tout se sait à Champeaux, même ce qui n'est pas encore arrivé. Pour un astrophysicien comme moi, passionné de physique quantique, c'est une énigme non encore résolue ! »

Le silence à nouveau, l'émotion était palpable comme un énorme citron acide que l'on mord à pleine dent et qui plie l'estomac en quatre, le silence fut brisé par les gargouillis émis par le ventre d'Anna, la trahissant dans son impassibilité affichée.

« Si tu n'étais pas venue, je serais venu te voir, Anna. Si tu es là, c'est que tu connais la vérité. Tant mieux. Lorsque j'ai appris, que tu étais de retour, je me suis dit que je devais tout te raconter. C'était un trop lourd secret. Terriblement injuste. Quand tu es partie suite au décès de tes parents, personne ne savait où te trouver. La vieillesse a ramolli petit à petit mes regrets et mes souvenirs, mais ce secret-là, Anna, m'a brisé. Et j'ai été bouleversé, tout revenait à ma mémoire, je me suis dit que je devais la vérité à Judith et à toi. Il me fallait un peu de temps pour trouver les mots. Mais tu es là à présent, Anna. Tu l'as su quand ? »

« J'ai trouvé une lettre dans la maison écrite ma mère adoptive, dirons-nous, je suis un peu mal à l'aise pour savoir comment l'appeler à présent et une correspondance entre Judith, et mon père. Pourquoi vous le deviez à ma mère ? »

« Ah, très bien, c'est mieux que ce soit fait dans cet ordre-là, si je puis dire, car quel drame épouvantable. Quel drame ! »

Le visage d'Anthelme se déchira de douleurs, de remords, de dégoût et de colère.

« Ta mère et moi, nous étions les meilleurs amis du monde. Un peu comme un frère et une sœur. Nous avions été à l'école ensemble, nous avons joué depuis tout petit, jusqu'à ce qu'elle soit enlevée dans ce sordide endroit. J'aurais dû aller la délivrer. Je n'aurais pas dû laisser les choses se passer comme ça, moi, son ami de toujours, je n'ai rien pu faire. Rien, tu m'entends, rien. J'étais trop préoccupé par mes concours pour intégrer les grandes écoles, je n'étais là pour personne et je crois qu'après, je ne l'ai plus jamais été, pour ne plus jamais faillir. J'ai préféré les mystères du Cosmos, de la vie et la solitude de ma vieille maison. »

« En fait, je suis venue pour que vous parliez de ma mère, de ce qui s'est passé. J'ai besoin de comprendre. »

« Oui, pardonne-moi de t'encombrer avec mes remords, tu n'y es pour rien. Ton grand-père, le grand Masdupuy, était un connard fini. Je suis désolé du terme utilisé mais je le pense. Il est arrivé dans la région, on ne sait d'où, accompagné de sa femme, ta grand-mère et d'un esprit de revanche hors du commun. Ton grand-père avait la haine de toutes les personnes qui avaient fait des études et qui pratiquaient un métier plutôt intellectuel. Je crois dans le fond qu'il haïssait tout le monde. Il n'y avait que l'argent et la reconnaissance, et il était fort pour ça, à revendre nos forêts à prix d'or. Au fur et à mesure qu'il amassait sa fortune, il cherchait à étendre son prestige social, il souhaitait faire partie de la Haute Société qui n'avait que faire de lui, mais il avait une telle soif de prestige social. Il buvait beaucoup, fumait le cigare, un grand gaillard qui parlait fort, trop fort, gesticulait beaucoup pour être vu, rougeaud, colérique et qui consommait des femmes comme il consommait du whisky, en quantité astronomique, parole d'astrophysicien. Il était un homme d'affaires redoutable, un sens aiguisé de l'opportunité et des gains. Plus il gagnait, plus il écrasait les gens sauf les plus puissants qu'il ménageait et courtisait. Avec eux, il était tout doux, tout de miel et créatif de moult prévenances dont sa femme n'a jamais dû bénéficier ni même sa fille. C'était le cas de mes parents qui avaient des origines aristocratiques. Ce qui a permis, d'ailleurs, à ta mère et moi, d'avoir la liberté de nous voir. Si j'avais été le fils du sabotier ou du rétameur, je ne crois pas que les choses auraient pu se faire ainsi. La mère de Judith, ta grand-mère, était fragile et douce, elle aimait les arts, la poésie, la nature. Elle s'arrangeait avec le fait que son mari courait les jupons et ses absences. Je crois que finalement, elle préférait quand il n'était pas là, il n'était pas tendre avec elle. Elle apprenait à Judith à reconnaître les arbres que son père faisait couper, l'initier à la littérature, l'amener au théâtre. Lorsque Judith avait douze ans, sa mère mourut des suites de la syphilis, l'une de rares générosités offertes par son mari envers elle. Judith vint plus souvent à la maison, son père laissait faire, il ne semblait pas avoir été ébranlé par le décès de sa femme, continuant copieusement à boire et à baiser (pardonnez-moi l'expression). Judith changeait petit à petit. Elle devenait différente. Elles avaient de très fortes intuitions qui se révélaient être justes, c'était très troublant et parfois, cela m'effrayait. Elle avait des sortes de visions, des ressentis sous forme d'images, elle appelait ça, de la clairsentience. Elle parlait aux animaux, aux plantes, à la Lune. Ah la Lune, très importante ici, la Lune ! Elle allait beaucoup dans la nature, se rapprocher des arbres dont un, qui existe toujours d'ailleurs, dans la forêt des Chataigneux, enfin ce qu'il en reste. Un magnifique bouleau qu'elle appelait Merlin. »

Anna tressaillit. Mais Anthelme reprit sans s'en apercevoir.

« À dix-sept, ta mère s'opposait violemment à ton père, s'efforçant de barrer le chemin aux bûcherons pour sauver ses amis, les arbres. Ton grand-père fut fou furieux. Il ne comprenait pas son combat et considérait qu'elle le défiait lui, et surtout qu'elle l'humiliait, lui et sa toute-puissance devant tout le beau monde de la région. Il l'enferma un moment dans la maison, il n'y avait que moi qui pouvais lui rendre visite. Je crois qu'il espérait que nous nous mariâmes, faisant ainsi entrer un titre de noblesse dans son ego. Alors qu'elle était punie, un de ses employés, ton père, vint réparer des boiseries. Ce fut le coup de foudre immédiat. Et leur amour était puissant. Ça se sentait. J'ai couvert pendant un moment leur histoire, car ton grand-père n'aurait pas apprécié. Puis, j'ai dû partir à Paris pour mes études, ce fut plus difficile pour eux. Leur histoire durait et elle tomba enceinte de toi. Ton père et ta mère n'avaient pas d'autres choix, que d'informer le père Masdupuy. Le lendemain, une ambulance vint chercher ta mère et elle fut internée à l'hospice des "Sansretours" comme on disait ici-bas, située à une centaine de kilomètres d'ici. Une maison où les gens fortunés se débarrassaient de leur progéniture qui leur faisait honte pour une somme confortable. À l'époque, on n'hésitait pas à cacher tous les enfants qui étaient handicapés, les indésirables, les rebelles, de la simple laideur aux claudications, aux maladies plus invalidantes et visibles. Les gens comme il faut, avaient toujours des enfants les mieux et les plus enviables. Les autres, il fallait les cacher. Les familles payaient alors le prix fort pour le secret de leur honorabilité et de leur respectabilité, les enfants surtout : confort réduit au minimum : un lit et l'isolement. Ils finissaient par devenir fous ou se laissaient mourir. Ils étaient enterrés loin des leurs, dans une fosse commune de l'établissement, parfois même sans prêtres ni famille. Je crois que personne ne s'attendait à ce que ton grand-père fasse ça. Personne. Il prétexta un coup de folie de ta mère, tout le monde savait qu'elle était un peu différente mais pas à ce point. Quand j'y repense, ton père et ta mère auraient dû fuir, probablement ce qu'ils auraient fait à un moment donné, mais ton grand-père les a devancés, il n'a pas perdu de temps dans sa décision. Après avoir envoyé au cachot ta mère, il a donné ta maison à ton père. Cette maison avait été achetée par ta grand-mère pour héberger des écrivains. Elle rêvait de rencontrer le nouveau Victor Hugo, de le découvrir tout comme ma propre mère et elles s'entendaient bien toutes les deux. Elles s'extasiaient de la beauté des mots plutôt que le taux de remplissage des coffres d'or, et je crois que ton père d'ailleurs, ignorait le motif de leur rencontre, aveuglé par l'idée du prestige de cette amitié fortuite. Il arrangea un mariage pour ton père avec la promesse de récupérer le bébé sinon Judith serait forcée d'accoucher sous X. Ton père accepta. »

« Mais quel salop, cette ordure ! » cria Mina.

« Et oui, c'était une autre époque et on en parle peu, même aujourd'hui. C'est dommage, car cela éclairerait beaucoup l'histoire, notamment l'histoire des monstres. Les vrais, ceux du quotidien et des époques. On parle beaucoup des expériences sur les enfants dans les camps nazis et leurs horreurs, à juste titre, mais on omet de dire que l'époque n'était pas condescendante ni envers les sujets des expériences médicales dépourvues d'éthique au nom du progrès ni envers les enfants, les premières anesthésies datent de 1975. »

« On ira pisser sur sa tombe aussi ! » dit Charline.

« On ne sait pas où elle est. Il est décédé peu de temps après ta naissance d'une cirrhose. Il refusait de te voir. Il avait laissé des consignes pour son enterrement, on ne sait pas où est sa tombe. Il devait être clairsentient lui aussi, et devait craindre les représailles de tous ceux à qui il a fait du mal ! »

« Mais comment se fait-il alors que ma mère ait sa tombe ? »

« Mes parents ont essayé de jouer de leur influence pour sortir ta mère de là. L'une des employées de maison de ma mère était la sœur d'une femme qui travaillait dans cet hospice. Ce fut par elles que les lettres furent transmises. Mes parents obtinrent un droit de visite pour moi et ton père prenait mon identité pour y aller. Ma mère s'est battue bec et ongles par fidélité aussi à son amie, mais aussi pour la sauver car ils l'aimaient beaucoup. Je crois même que mes parents ont dû régler les funérailles, et donner une parcelle de leur forêt privée pour pouvoir y parvenir. Tout le village était là, sauf le père Masdupuy. »

« Ah, je suis désolée… » murmura Anna gênée.

« Ne sois pas gênée, Anna, mes parents n'ont regretté qu'une seule chose : n'avoir pu sortir Judith de cet enfer. Ils l'ont fait par amitié pour elle, pour ta grand-mère et pour notre amitié à elle et à moi mais aussi, par humanité. Cela va au-delà de considérations purement matérielles qu'étaient celles de ton grand-père. Ma mère ne supportait pas l'idée que cet homme ait pu faire autant de mal et causé la mort de tous ses proches, sa femme puis sa fille sans une once de regrets, comme s'il n'était pas concerné. Elle l'appelait le Diable. Et comme on n'a jamais su d'où il venait ni où il est parti, on ne sait pas s'il a fait d'autres victimes. Mais avec ce genre d'hommes, on imaginait que oui. Forcément. »

« Vous parliez de quoi avec ma mère ? »

« Ah, avec ta mère… On ne s'arrêtait jamais. Jamais. Elle était très intelligente, une intelligence teintée de naïveté et de sensibilité. On parlait cosmos, de lien des humains avec l'Espace, la Nature, l'énergie des morts, des mondes parallèles, de philosophie… les mystères du Monde, la nature des hommes et leur limite. Elle, avec son sens littéraire et son intuition extraordinaire, et moi avec mon approche scientifique. On se disputait parfois, mais chacun avec sa personnalité, ses connaissances, arrivait finalement aux mêmes interrogations, impasses et impatiences. Tu sais, ses intuitions, aujourd'hui, constituent des espaces de recherche en physique quantique, non résolus, la porte est aujourd'hui ouverte. »

« Ah bon comme quoi, par exemple ? »

« Le champ de la conscience et des particules d'antimatière dans le cerveau comme les travaux de Penrose semblent le démontrer. »

« À c'est drôle, je m'interroge beaucoup dessus. Cela m'intéresse. »

« Eh bien, sois la bienvenue Anna, je reprendrai volontiers ses discussions avec toi. Tu sens que tu as des intuitions ? »

« Non, je ne crois pas mais j'ai les mêmes centres d'intérêt. Et mon père ? Il discutait avec vous ? »

« Ton père était particulier. Il parlait peu, c'était un artiste formidable. Il venait parfois avec nous et écoutait juste. Lui, il parlait avec ses mains, et utilisait le bois pour atteindre le cœur de Judith. Ils communiquaient de cette manière à travers leur sensibilité et leur art. »

« Ah bon ? Mon père ? »

« Oui. Il réalisait des meubles d'une beauté et d'une délicatesse hors du commun. Tiens regarde celui-ci. » Et il montra une commode sculptée de planètes, d'étoiles d'une finesse comme de la dentelle de Bayeux, puis amena les filles dans son bureau, et leur montra d'autres meubles.

« Je suis surprise, je n'ai jamais vu de tels meubles à la maison. Certes, ils étaient bien faits, mais austères, droits, sans âme. »

« Lorsque ta mère a été emmenée, ton père s'est marié avec ta mère, enfin ta mère adoptive qui t'a élevée. Ta vraie mère s'est suicidée après t'avoir donné naissance, elle n'avait pas pu supporter de ne jamais t'avoir vue et l'idée d'être à jamais enfermée, sans jamais te voir, t'élever, elle et ton père, la détruite. Fou de douleur, il a brûlé tous ses meubles et n'en a jamais refait. Comme s'il était mort en même temps que Judith et sa créativité aussi. Il a continué à travailler sans art pour faire rentrer de l'argent dans le foyer, mais je crois que s'il n'avait pas eu à subvenir à tes besoins, il aurait rejoint ta mère. Je suis allé le voir plusieurs fois, je voyais bien qu'il s'était installé dans son atelier, il ne pouvait supporter de te voir, je pense, car il ne me l'a jamais dit, par culpabilité d'avoir accepté le chantage de ton grand-père, de ne pas l'avoir sauvée, elle. Je ne sais pas. Sa femme a eu aussi une drôle de vie, tu sais, sans amour. Elle s'est tournée vers le Bon Dieu de manière excessive, je pense, par désespoir, pour pouvoir exister, trouver une légitimité. Je venais parfois te voir, tu étais dure avec elle petite, insupportable même, agitée. Tu te conduisais comme si tu n'avais pas de parents. Et toi Anna, raconte-moi ta vie. »

Anna raconta la suite, son mariage triste, son travail triste. Et le départ, le périple.

« Tu aurais, je pense, eu une vie bien différente si tes vrais parents t'avaient élevée. Tu aurais connu l'amour, tu aurais exploré ton intelligence, les connaissances, tes intuitions, ta sensibilité. Finalement, tu as choisi sans t'en rendre compte, la même vie que celle de ta mère adoptive, triste, sans amour, insipide, jusqu'à ce quelque chose la fasse exploser. Et tu es revenue. C'est ce qui compte. »

La nuit tombait doucement sur la falaise. Les quatre âmes s'épuisaient d'avoir trop parlé !

« Anna, je voudrais garder ce meuble avec les planètes car ton père l'avait conçu pour moi et j'y tiens, mais si tu le souhaites, je te ferai porter les autres. »

« Oui, je veux bien, si vraiment, cela ne vous gêne pas. »

« Non, au contraire. Les filles, la nuit tombe, et je vous garderais bien à dîner, si vous consentiez à partager une boîte de raviolis. »

Mina, engourdie, s'exclama : « Ah non ! Ce n'est pas possible que vous mangiez ce genre de choses. »

Suivie par Charline : « Anthelme, les raviolis en boîte, non ! Si Anna le permet, on vous en fera de vrais avec de bons petits plats ! Mais là, non merci, et encore, si votre boîte n'est pas fossilisée ! »

Ils rirent tous.

Anna et Anthelme se promirent de venir se voir, ils avaient tant à discuter, et l'espace s'ouvrait enfin devant Anna, l'espace du Savoir, de la Curiosité, sans dimension, cela lui donnait le vertige. Mais quelle douce sensation ! Et la certitude au fond d'elle d'être revenue à la bonne place, celles de ses racines. Elles remontèrent la pente de Sol Roc, se blottissant les unes contre les autres, se protégeant ainsi de la fraîcheur du soir.

VI
Départ les océans

Estran du soir,
vider les mémoires,
bonsoir.

1
Des boucles et des angles

Le lendemain matin, elles étaient à nouveau toutes les trois, assises sur les marches du perron, blotties dans l'embrasure de la porte, contre le granit, sirotant leur café, le visage levé vers les premiers rayons chauds du soleil, les yeux à demi fermés. Le silence, ce silence plein, bruyant de sensations au présent. Apaisant. Les corps immédiats, les esprits voguant, les mains engourdies encore sur les tasses du liquide ambré tiédissant. Les pinsons des arbres venaient picorer le riz que les filles leur déposaient chaque matin sur l'herbe. Le rendez-vous était donné, les pinsons attendaient et au moindre retard, appelaient. Le merle toujours inquiet, passait vite fait, en sautillant le regard de côté. Hop hop, un sprint. Hop hop, un regard vers la porte. Hop hop, le bec dans le riz, du riz dans le bec, et puis s'envole. Venaient ensuite les rossignols, les loriots, les moineaux, les troglodytes mignons, les rouges-gorges. Si le riz ne venait pas assez tôt, certains rentraient même dans la cuisine. Une connivence s'était créée entre eux et les filles. Elles les regardaient avec bienveillance et sourire, les pinsons ne se méfiaient guère, seul Marcel, le merle, était d'une incorrigible suspicion et pourtant bien culotté, il avait été le premier à s'enhardir dans la maison, suivi par les autres, du plus grand au plus petit ! Les abeilles venaient aussi siroter leurs boissons matinales sur les pistils des fleurs. Bref, le monde s'activait autour des trois amies.

Anna prit finalement la parole.

« Cette nuit, j'ai eu une idée, un truc de dingue. Dans la grange, il y avait un four à pain qui doit toujours y être, je crois même que dans le temps, un ancien boulanger y cuisait son pain. Je ne sais où mais on va le trouver. Dès qu'on aura fini de la vider, on y verra plus clair. On pourrait y installer une belle boulangerie, qu'en penses-tu Mina ? Et puis, on aurait la place pour un petit restaurant ou un traiteur avec tes petits oignons farcis, Charline. Et dans le hangar, installer le hammam d'Ahmed et Lucas. Au-dessus, de la grange, je vais faire des appartements, et rénover les petites maisons pour proposer des locations. Vous en pensez quoi ? Je voudrais, je ne sais pas encore comment, que cela fonctionne comme un projet associatif, pas comme une entreprise classique. On pourrait l'appeler : le tomber de la pantoufle ! »

Mina ne réfléchit pas longtemps : « Je me forme et j'arrive. Ils ne savent pas faire du pain ici ! »

« Oui, mais moi, je n'ai pas d'apport financier ! » soupira Charline.

« T'inquiète », dit Mina, « ça, c'est un détail. Avec l'argent que m'a donné ma… Je ne sais comment l'appeler, on a de quoi voir venir. »

« Alors, je pense à une sorte de resto convivial, mais je ne voudrais pas toujours y travailler car j'ai envie d'écrire et de prendre du temps. J'ai d'ailleurs acheté des carnets et j'ai commencé à prendre des notes, à écrire, enfin. J'aimerais un restaurant dans lequel les cuisiniers changent tout le temps, soient invités. Avec des styles différents. Du classique à l'exotique. Ce qui me trouble ici, c'est qu'à part les moules et les plateaux de fruits de mer, il est difficile d'identifier la gastronomie locale à travers les cartes des restaurants. Kebab, burger, pizza, jambon grillé, frites et plats à la crème liquide au goût douteux qui n'a rien à voir avec la bonne crème de Normandie. Il pourrait y avoir une soirée cuisine normande, une soirée provençale, et puis je ne sais pas, à voir, des découvertes de tradition, de type de cuisine… C'est ce qui manque ici par rapport à Paris, c'est la cuisine étrangère. On pourrait aussi inviter des gens d'ici, qui ne sont pas forcément chefs et qui auraient envie de faire découvrir leurs spécialités. Bref, un lieu de partage et de curiosités. Et surtout, surtout, pas de chichis ! »

Mina était tout excitée : « Une petite boulangerie. Pas de pâtisseries. Du pain et des viennoiseries. Le tout fait maison avec des farines et des ingrédients locaux et de bonne qualité. Des baguettes, des pains et des miches. Des bons croissants, et je vais réfléchir pour créer une spécialité champelaise. Je voudrais un fournil en partie ouvert sur le public. Je veux avoir le temps de préparer mon levain, que mes pâtes poussent le temps nécessaire, sans additifs. Je veux moi aussi respirer. Pas de créativité sans respiration. Pas d'amour à donner sans inspiration. Pas d'énergie sans expiration. Je ne veux pas de vendeuse. Les gens se servent. Et notent leur achat, ils payent à la fin du mois ou alors déposent la monnaie dans une boîte. Faisons le pari que cela marche. Faisons confiance. Je serais à côté, le fournil ouvert. On verra après comment les choses se développeront. J'aimerais essayer ce mode-là, souple et simple. Et aussi, faire des glaces, de bonnes glaces maison en été, il n'y en a pas au café. Et s'il y a besoin de quelqu'un, voir soit un salarié, soit des gens du village qui veulent participer que l'on pourrait soit rémunérer en argent ou en pain… Comme une banque d'échanges de services. Que ceux qui n'ont pas l'argent du pain puissent en manger en le réglant avec autre chose, tout aussi précieux. »

Charline s'exclama : « oui, tout à fait ! Du partage, de la convivialité, de l'amour et de la simplicité. Proposons d'autres modèles. Testons, proposons et impliquons les gens, on sera certainement surprises de ce qui en découlera. Ou déçues ! »

Anna reprit « Peu importe, essayons. Pour les locaux et montages financiers, on verra comment on s'y prend mais l'argent ne doit pas être un souci, je vais prendre rendez-vous avec un architecte, un juriste et puis les filles, si on appelait Ahmed et Lucas ? »

« Oh oui ! »

Ahmed et Lucas furent heureux de l'appel des filles, et surtout surpris. Ils prirent rendez-vous pour le week-end suivant, impatients de découvrir cette opportunité que les filles leur offraient. Puis, Anna prit rendez-vous avec un avocat d'affaires pour étudier les montages possibles ainsi qu'avec un architecte. Les jours suivants, elle passait beaucoup de temps sur la tombe de Judith. Elle avait acheté un beau cadre en bois flotté où elle mit la photo de sa mère, droite et debout sur son chevet. Et avec les filles et Raphaël, continuait de vider les annexes. Toutes les trois passaient pas mal de temps aussi au café de Pays, y faisaient quelques emplettes. Elles discutaient avec les gens du coin. Le café était bon, les gens courtois et sympas. Anna fit livrer du bois et ramoner le conduit du poêle. Elle s'était transformée en véritable chef d'orchestre. Son projet de donner vie à cet ensemble, était certes d'une manière différente que celui que sa grand-mère imaginait, mais la frontière était-elle si hermétique entre la gastronomie et l'art ? Tant qu'il y avait de l'amour et du respect. Anna se métamorphosait, sa pâleur avait disparu. Elle était gaie, enjouée, solaire, présente.

Et l'architecte vint. Pierre Dangle, devant une Charline stupéfaite qui cherchait où elle avait bien pu le rencontrer. Pierre Dangle accompagné des filles fit le tour du domaine. « Là, c'est la maison d'habitation, la mienne. Je voudrais y faire des aménagements, ouvrir la cuisine sur le salon. L'isoler. Revoir les ouvertures et le système de chauffage. Refaire les sanitaires. Dans la grange, la boulangerie. Il doit y avoir un four à pain, qu'il faudrait restaurer. Et le restaurant. »

« Oui, reprit Charline, toujours interrogative de « où avait-elle vu cet homme ». Je voudrais une cuisine ouverte. Pas immense, on fera simple mais efficace. Et une salle avec de grandes tables. J'imagine des tablées. Les gens se mélangent comme au café de Pays. Pas de service à l'assiette. Des plats posés sur la table avec de belles miches de pain de Mina. Chacun se sert. Celui qui mange trop fait la vaisselle ! Un grand comptoir, sur lequel les gens peuvent aussi dîner. Des murs en pierres apparentes. Quelques tableaux. Et c'est tout. Simple. Très simple. Presque familial. Aller à l'essentiel. Un poêle à bois aussi. Simplicité et chaleur. Mais pas kitsch non plus ! »

« Et à l'étage, il faudrait prévoir deux appartements, chacun une kitchenette, sanitaires, salon et chambre », enchaîna Anna. L'architecte prenait des notes tout en suivant les filles excitées.

« Pareil pour les deux petites maisons, isolation, rénovation des sanitaires, etc. »

Pierre Dangle conclut : « j'ai pris des notes. J'aurai besoin de revenir plus longuement pour prendre les mesures correctement, faire les plans. Je viendrais certainement avec des entrepreneurs pour des expertises. Une fois que j'aurai tout, je réaliserai l'étude, des plans et une modélisation 3D. Vous pourrez mieux visualiser votre projet et on pourra alors se mettre d'accord sur le chantier. »

« Pas de soucis », rétorqua Anna. « Venez autant que vous en aurez besoin. On arrive à la fin de l'été, ce serait idéal que tout soit fini avant l'été prochain. … Oops, attendez, il reste le hangar. À votre avis, serait-il possible d'y faire un hammam avec trois salles ? Un hammam traditionnel, pas un truc de salon de beauté. Un vrai. Il faudra voir les détails avec deux autres personnes qui ne sont pas là aujourd'hui. » Anna n'imaginait pas une seule seconde qu'Ahmed et Lucas puissent décliner la proposition.

« Un hammam, répéta Pierre Dangle. Ah ben, ça, c'est une idée ! » Et il ria. « Je vais étudier cela. »

« Ça y est ! » interrompit Charline. Je sais où je vous ai vu ! Je vous remets. Au restaurant routier Le Violon d'Indre à Châteauroux ! »

Mina et Anna furent surprises mais effectivement, maintenant, ce visage leur évoquait vaguement quelque chose. Il faut dire que le menu de la journée avait été roboratif !

« Oh ! C'est drôle çà ! Nous étions en même temps dans un lieu si éloigné d'ici ! »

« Oui, gloussa Charline. C'est un sacré hasard de se retrouver sur cette propriété en Normandie. Mais que faisiez-vous si loin de votre bureau ? »

« Ne m'en parlez pas. Cette virée pour un client s'est révélée être un véritable cauchemar entre l'absurde et le fantastique, un voyage dans une dimension… Euh… Je ne sais même pas laquelle, un trou quantique perché sur une montagne onirique, un truc bizarre en tout cas, une journée vraiment étrange ! » fit Pierre Dangle dubitatif et soudainement songeur.

« Ah, bon ! » dirent les filles en chœur. Anna rajouta : « je vais faire un café, on va le prendre au soleil. Je vais faire mettre des glycines sur la terrasse, ce sera joli. Le temps du café, vous nous raconterez. »

Le café coulait dans les tasses de céramique achetées lors d'un marché d'artistes, bien noir, suave, un nectar éthiopien comme l'aimait Anna. Quelques biscuits au chocolat plus tard, les trois femmes pressèrent Pierre de leur raconter son périple.

« Eh bien, vous m'avez donc vu partir du restaurant sans avoir déjeuné. Je ne vous ai pas vues. D'ailleurs, je n'ai prêté attention à personne, comme souvent. J'étais absorbé par mon téléphone. Le chantier se passait mal. Un client normand voulait refaire le même bâtiment qu'il avait fait construire mais cette fois dans un petit village en Haute-Vienne. Sauf, que les entrepreneurs faisaient n'importe quoi et n'écoutaient rien. Je suis donc reparti illico pour faire le point avec eux et recadrer. Je n'y suis jamais, mais alors, jamais arrivé ! »

« Ah bon ? » encouragèrent les trois femmes.

« Oui. Mon GPS m'a fait tourner en bourrique et ma carte routière n'était pas assez précise. J'avais plus de deux heures de retard quand je suis arrivé dans un endroit superbe et sans âge en pleine campagne, au beau milieu de nulle part et pourtant si présent. Grandmont. Je m'y suis arrêté, exténué. Je n'étais plus "au bord" de la crise de nerfs, j'étais juste vidé. Exsangue de toute énergie. Je me suis dit que j'allais y marcher un peu, que cela allait me soulager et que j'aurai les idées plus claires après. Le lieu semblait être chargé d'histoire, des vestiges çà et là, des traces de fouilles archéologiques, d'une abbaye du XIIe siècle construite par l'ordre de Grandmont, qui ensuite, a développé bon nombre de constructions qui ont vu leur gloire chuter avec celle de l'Ordre en raison de dissensions avec la papauté.

L'ensemble des constructions de granit était envahi d'une végétation luxuriante, apaisante mais l'essentiel était visible, comme si, les personnes qui entretenaient ce lieu, faisaient en sorte que le visiteur puisse voir sans que la végétation n'en souffre. Un équilibre était trouvé entre les traces des hommes et l'essor de la végétation. Je ressentais une énergie bienfaitrice dans ce lieu, une harmonie salvatrice, ressourçante. Bref, je m'assois sur un banc constitué de mégalithes de granit, couverts de mousse, posés là peut-être depuis des siècles sous l'ombre bienveillante d'un immense tilleul, espérant y trouver la paix pour me ressaisir et finir enfin mon périple. Derrière le banc, une petite vierge de pierre de granit me tutoyait du regard que j'ai trouvé un brin malicieux. À ses pieds, un livre gisant là sur la pierre. Je me baisse pour voir le titre : Les Fragments d'Héraclite. Une vieille édition, la couverture brochée en papier cartonné jauni. Je prends le livre qui s'ouvre sur une page marquée par une feuille séchée de châtaigner. Quelques phrases soulignées au crayon de papier dont celle-ci : "*On ne peut pas descendre deux fois dans le même fleuve*." Et là, je vais pour me relever, un chevreuil s'arrête et me regarde longuement, un regard empreint d'une douceur immense, plein d'amour. Je suis tellement surpris que je ne fais pas attention. Et pof, ma tête heurte une grosse branche du tilleul comme si elle venait tout juste de descendre, prête à m'estourbir ! Elle m'assomme et je perds, je pense, connaissance. »

Pierre Dangle cessa quelques instants son récit pour boire quelques gouttes de son café et reprendre sa respiration, savourant l'attente à peine contenue des trois femmes fixées sur ses lèvres, les yeux ronds comme une pleine lune dans la baie.

« Là, je me mets à rêver que je repars en voiture, et qu'à chaque fois, je reviens à Grandmont, quelle que soit la direction que je prends. Comme une boucle infernale. Je repars, je reprends une autre route, j'essaie d'être plus malin, je cherche des repères et au moment où je pense être sorti de la zone infernale, que je trouve une nouvelle route et que je crie victoire avec une grande satisfaction d'avoir enfin gagné contre le sort, je me retrouve revenu au même endroit. J'ai réalisé sept boucles et j'ai stoppé là. Je me mets à paniquer, l'angoisse monte et devient insupportable, se transformant en un flot de colère et de panique. Là, j'interpelle Héraclite. *Menteur ! On y redescend dans le fleuve, et même plusieurs fois !* Et je me mets à donner des coups de pied dans le livre de rage et de désespoir. Un rossignol se pose sur le livre à terre, le bec pointé vers moi, et d'une voix nasillarde, me dit : “Faux ! Archi Faux ! Tu mens ! As-tu vraiment pensé à ce que tu as vu ? Non, si tu avais réfléchi, tu aurais remarqué qu'à chaque fois, tu as vu des choses différentes. Des choses différentes, ce n'est pas la même chose !” Et il s'envola. Je restais coi ! Mais il n'avait pas tort. À chaque fois, j'avais remarqué des éléments nouveaux de l'église insérés dans les constructions autour des vestiges de l'abbaye. Les habitants avaient utilisé les vestiges pour recréer de nouvelles bâtisses. Des pierres, mais aussi des bénitiers, des têtes d'anges ou de gargouilles, d'animaux étaient insérés dans les murs des maisons. Je les avais vus sans m'y attarder et à chaque fois un détail nouveau m'apparaissait comme si l'ordre de découverte avait un sens, et en même temps, je me rendais compte qu'il n'y avait aucun ordre ou alors un infini. Rien n'est donc jamais la même chose, il n'y a jamais de deuxième fois, mais toujours qu'une première. Les gens avaient eu l'idée de réutiliser des matériaux sacrés plutôt que de laisser mourir des bâtiments. La substance est toujours là, mais plus la forme. Cela est-il grave ? Oui pour les amoureux des bâtiments sacrés, les historiens, les archéologues. Non, pour l'inspiration créatrice, pour la vie. Quoiqu'il se passe, l'important est de garder sa substance, ce que l'on est, la forme n'est pas ce que l'on est. C'est une apparence que prend la substance à un moment donné. Le tout est de savoir faire la différence entre les deux, et ce n'est pas toujours évident car la substance aussi évolue, et c'est ce qui était en train de m'arriver. Vous comprenez ».

« Ben… Et ensuite ? » demanda Mina tout excitée.

« Il faisait frais, je me suis réveillé. Et là, franchement, j'étais sonné. Je me suis dit : « allez zou, Pierrot, tu rentres chez toi. Ce n'est pas grave, s'ils ne font pas le chantier comme tu le veux, dans l'ordre que tu veux. On ne maîtrise pas ce qui vient de l'extérieur, c'est suffisamment difficile de parfaire ce qui vient de soi, s'ils se plantent, ils referont et puis c'est tout. Finalement, je ne savais plus pourquoi c'était si important de tout contrôler, de tout anticiper. Mon travail m'obligeait-il à tout cela ? Je suis remonté dans ma voiture après avoir remis le livre sur le banc, à la bonne page. Et je suis rentré chez moi en Normandie. Sans aucun souci ! »

Plus personne ne parlait. L'histoire plongeait les filles dans une profonde réflexion. Chacune, le regard en dedans, méditait sur ses propres boucles et errances. Il y a parfois des sujets compliqués qui demandent du temps, mais on sentait au regard introspectif des femmes que le sujet avait fait mouche mais qu'elles ne savaient pas encore comment ni pourquoi. Au bout de quelques minutes d'absences présentes, Pierre prit congé.

« On se revoit ce week-end pour le hammam avec vos amis. Bonne soirée, Mesdames. »

« Bon retour ! » s'écrièrent-elles d'une seule voix en riant ! « Attention aux branches de tilleul ! »

Le week-end suivant, Lucas et Ahmed arrivèrent à Champeaux avec leurs compagnes. Ils n'avaient pas changé, leurs frimousses gaies et optimistes illuminaient la cour. Ils se serrèrent très fort et les deux hommes leurs présentèrent Zora et Jasmina. Jasmina était une belle brune aux traits typiques des belles Marocaines des films qui font rêver, bien qu'elle fût algérienne. Un front haut et droit, un nez fin, des grands yeux noirs et des pommettes relevées, droites et fières encadrées de cheveux longs bruns ondulés. Une vraie beauté, pensa Anna et en plus charmante et adorable. Zora était une jolie blondinette aux cheveux bouclés et aux grands yeux noirs et dorés. Plus ronde, elle était d'une nature sauvage et profonde, dotée d'un humour et d'une dérision déconcertante.

« Alors les filles ? Toujours *Born to be wild* ? » s'enquit Lucas

« Ça va, ça va ! On est à fond *wild* ! » sourit Anna en rougissant, pensant aux vases sur le parking du restaurant. »

« Alors, quoi de neuf. Comment êtes-vous arrivées là avec ces projets de dingue et surtout ce hammam ? » demanda Ahmed.

Après avoir servi de somptueux cocktails à base de Ginger Beer accompagnés des petits oignons farcis de Charline et de tranches de pain de Mina, les filles racontèrent tout leur périple, les rencontres, les larmes, les décisions, les lettres, les belles choses, les histoires et aussi tous les Affreux.

Après un long silence, Zora prit la parole « ben, vous êtes fortes et courageuses, parce que vous n'avez pas des vies simples mais vous effectuez un sacré parcours. Bravo ! »

Ahmed était admiratif : « vous avez fait un énorme chemin ! Waouh ! »

« C'est vrai, admit Charline, que notre bérézina de l'Indre, me paraît très loin alors que pas tant que ça, finalement. »

« Oui, moi aussi, c'est fou ça », admit Mina.

Ils discutèrent longtemps sur la terrasse, comme s'ils étaient des amis de toujours. Les rayons du soleil rebondissaient sur la tablée et renvoyaient vers l'infini la joie de chacun d'eux.

« Bon alors, vous nous le montrez, ce hammam ? » s'enquit Ahmed.

« Bon, va falloir l'imaginer, hein ! » les prévint Charline. « Pour le moment, ça ne ressemble à rien d'autre qu'un hangar encore un peu rempli. »

« C'est un début », répondit Jasmina. « Et il faut toujours un début ! Ce que vous proposez les filles, est un peu fou. Un hammam dans un village normand ! Un défi ! Je ne pense pas qu'on nous attende ici. » Ils rirent tous.

Ils firent ensemble le tour du hangar. Difficile d'imaginer un hammam encore et pourtant, Jasmina voyait bien les trois salles et surtout celles des sofas et banquettes où le thé à la menthe serait servi, avec quelques pâtisseries et des livres, rajouta Lucas. Ahmed était déjà conquis et devenait fébrile d'excitation. Pierre Dangle les rejoignit à son tour à son tour pour discuter des aménagements à faire. Les défis ne l'effrayaient pas. Ils restèrent des heures à décrire le futur hammam, Les téléphones échangés, il n'y avait plus qu'à fixer les dates.

« Cela voudrait-il dire que vous êtes décidés ? » demanda Mina

Lucas répondit en serrant la main de Jasmina : « on y va. L'endroit nous plaît, on est jeune, on peut se planter, au pire on reprendra la route. C'est parti. C'est un signe positif tout cela. J'y crois. »

Les jours suivants, les filles leur firent découvrir la région, les balades sur la plage de Saint-Jean-le-Thomas, les falaises de Champeaux et de Carolles, le marché de Granville, les îles Chausey. Ils firent même une traversée de la baie avec leur guide Dan. C'était comme des vacances entre amis. C'était chaud, plein de rires, facile.

Le dernier soir, ils dînèrent tous dans un restaurant d'un autre temps, bien démodé, car Anna détestait faire la cuisine. Du coup, quand ce n'était pas Ahmed et Zora ou Charline qui eux, cuisinaient incroyablement bien, ils allaient au restaurant. Mina faisait le pain et les petits-déjeuners. Ahmed était très doué pour les plats en sauce, des merveilles, et Zora, les petits desserts sucrés, les petites « foulies » comme elle disait avec son accent berbère et qui les faisait tous rire.

« Mange ma fille, disait-elle à Anna, tu es maigre. » Et Anna riait, elle, qui n'avait jamais mangé autant de sucre de sa vie.

« Zora, quand tu vas t'installer ici, rappelle-moi de ne plus te croiser, sinon je ne vais plus rentrer par la porte de ma maison ! »

Bref, donc un soir qu'ils étaient tous au restaurant d'allure démodée, devant une pauvre barquette de beurre *Dictateur* sur laquelle Lucas désespéra : « et le beurre de Normandie ? », dépité du dédain de certains pour leur patrimoine culinaire, Ahmed regarda les filles droit dans les yeux :

« On a rediscuté tous les quatre hier soir, ça tombe bien, tous ces travaux. Nous, on va arrêter notre emploi, régler nos affaires à Paris et on va partir au bled et inviter Pierre Dangle pour lui faire visiter des hammams historiques et prendre contact avec des architectes locaux spécialisés. Et puis, on va aller se former dans un hammam que je connais bien, nous quatre pour être au top, sélectionner nos produits et on reviendra ici pour accompagner Pierre dans la réalisation, pour toutes les démarches et préparer l'ouverture avec vous j'espère. Top là ! C'est parti ! »

« Ça va être chouette ! Et compte sur moi Charline pour faire des soirées berbères ! Qu'on fasse goûter autre chose que du couscous ! » reprit Zora !

Et ils levèrent tous leur verre à leur santé et à la vie. Émus, fébriles, excités mais complices.

Le lendemain matin, alors que les deux couples reprenaient la route pour Paris. Le téléphone de Mina retentit. C'était le père Jamard, il avait vu avec le directeur du centre d'apprentissage. Elle était dispensée des cours théoriques mais devait s'inscrire au plus vite, la date butoir était dans deux jours, il fallait se presser afin de pouvoir passer son CAP cette année. Mina annonça donc qu'elle devait partir dès le lendemain matin. Charline se dit que c'était le moment pour elle aussi de rentrer à Paris afin de clôturer sa vie de là-bas.

« Je me dépêche, et je reviens ! OK ? Ça ira toute seule ? »

« T'inquiète, il y a beaucoup de choses à faire. Et puis, il y a Anthelme et Raphaël. »

2
Faire et vivre

Anna était à présent seule et Raphaël avait reparu. Il déblayait les bâtiments pleins de matériels entassés depuis des années voire des siècles, ronchonnait-il en séchant la sueur coulante que son labeur transformait en crue. Anna s'affairait à décoller ces affreux papiers peints moisis. Pour se reposer, elle allait rendre visite à Anthelme et revenait les bras chargés de livres qu'elles dévoraient. Elle s'était mise à la philosophie, influencée par ses différents acolytes et rencontres. Elle avait plongé la tête la première dedans et avait entrepris de s'inscrire à la faculté de philosophie de Nanterre et de suivre les cours à distance. Elle verrait ensuite ce qu'elle en ferait. Les mois et les semaines passaient, et la maison principale était à présent parée d'une isolation flambant neuve et de belles fenêtres aux montants ébène.

Le gros œuvre terminé, Anna avait entrepris avec Raphaël de repeindre les murs. Tandis qu'elle arrivait vêtue d'un petit jogging rose pâle moulant et d'un tee-shirt plus que seyant portant sa tasse de café chaude ainsi que celle de Raphaël, elle se prit les pieds dans l'un des sacs contenant des rouleaux pour la peinture posés sur le sol. Le café éclaboussa son tee-shirt. Raphaël lui enleva son vêtement en urgence, et la rinça avec de l'eau froide pour éviter qu'elle ne se brûle. Anna riait, ça lui faisait drôle que l'on s'occupe d'elle tout d'un coup. Ses joues aussi rosies que sa gorge réchauffée par le liquide ambré, fit tourner la tête de Raphaël, qui l'embrassa fougueusement. Elle lui rendit son baiser avec fougue et enhardi par la sensation de leur passion dévorante, il la plaqua sur le lavabo, descendit son jogging et entreprit de glisser sa langue dans son entre-jambes. Tandis que sa langue fourrageait son clitoris, les grosses mains puissantes et fermes lui enserraient les fesses, la bloquant là, soumise au plaisir qu'il lui donnait. Puis ses doigts pénétrèrent l'orifice trempé d'Anna, ce qui lui occasionna quelques spasmes si violents qu'elle en fut tout abasourdie. Elle cria pour la première fois de sa vie de plaisir, s'abandonnant aux mains expertes et sensuelles de Raphaël. Lorsqu'il la lâcha, elle lui rendit son plaisir en caressant puis suçant d'abord son pénis poliment et enfin, goulûment. Raphaël la retourna à nouveau, et la prit, de son pénis costaud et vif. Il la martelait de ses coups puissants qui lui irradiaient le ventre et lui faisaient inonder ses cuisses. Épuisés, les deux amants se mirent à rire de leur plaisir, heureux. Ils se mirent ensuite à la peinture, un peu intimidée par tout ce charivari sensuel. Un mur fait, et une heure après, Raphaël la reprenait sauvagement sur le plateau de son bureau. Anna était étonnée, quelle vigueur ! Elle aimait sa manière un peu brusque mais douce de la prendre. Sans violence mais avec fermeté. Sa douceur aussi et sa grande sensualité. Il faut dire que Raphaël n'était jamais épuisé de faire l'amour. Cela étonnait beaucoup Anna. Les semaines passèrent, les murs étaient à présent blancs et propres. Anna et Raphaël faisaient l'amour trois ou quatre fois par jour lorsqu'il venait travailler. Leur désir était intarissable. Anna lui avait expliqué qu'elle ne souhaitait pas de relation de couple. Elle aimait leur relation telle qu'elle était, au jour le jour. Se voir régulièrement oui, des étreintes, oh que oui, Anna devenait gourmande, mais pas de contraintes. Ils étaient sur le même rythme sexuel tous les deux et leur complicité s'accroissait en même temps que l'appétence d'Anna pour le sexe qu'elle découvrait ainsi que son désir. Mais Anna voulait rester libre. Se dire qu'être à deux, c'était se mettre dans un rôle préconfiguré qu'Anna ne supportait pas, plus, qui l'étoufferait, elle le sentait et cela gâcherait tout. Ne plus jamais être la moitié de… Cela convenait aussi à Raphaël.

Anna prenait conscience d'elle-même. De son corps, de ses envies, de ses goûts. Les cours de philosophie avaient démarré et elle se régalait des conférences et de livres qu'elles avalaient littéralement. Elle n'y trouvait pas de réponses, mais une liberté de pouvoir reposer les questions de manière différente, avec des angles subtils offrant de nouvelles perspectives s'ouvrant tellement de surprises, de stupéfactions et de nouvelles connaissances. Elle aimait cette finesse comme elle aimait le rapport à la terre et aux grosses mains fermes de Raphaël, ainsi que sa manière de prendre possession de ses fesses, de son pubis et de ses lèvres. Rien que d'y penser, elle en frémissait d'envie. Elle l'aimait bien Raphaël, il était gentil et honnête. Il était grand et costaud, une force de la nature, elle se sentait en sécurité lorsqu'il la prenait dans ses bras. C'était simple mais elle l'appréciait vraiment et ressentait de plus en plus de tendresse. Avec Maxime, elle étouffait et son corps lui renvoyait des signaux d'alerte à tout va qui la contractaient et l'empêchaient souvent de dormir. De mauvais souvenirs qui se gommaient petit à petit à travers les étreintes avec Raphaël. Quand il n'était pas avec elle, les ouvriers ou Pierre Dangle étaient présents. Sinon, elle montait au café ou allait visiter Anthelme. Elle adorait passer des heures dans son joyeux bordel, discutant de physique, d'esprit, de spiritualité. Elle aimait aussi se promener, sur la plage, dans les bois de Carolles auprès de l'arbre majestueux et torturé que sa mère affectionnait tant ou les chemins de saint-Michel-des-Loups. Elle revenait d'ailleurs des tourbières des Cent Vergers et Raphaël l'attendait, occupé à fignoler la pose d'un robinet.

« Fourrage-moi le grenier ! » criait-elle à son amant

« Pilonne-moi encore plus fort ! »

« Prends-moi la chatte ! »

Et Raphaël de lui tendre son phallus, toujours prêt, fort, puissant, vaillant, droit, généreux, le sourire chaud et mouillé aux lèvres.

Les mois passaient, Anna réussit ses partiels de premier semestre avec brio, ce qui la rassurait beaucoup. La décoration de la maison était terminée, elle avait changé de style, chaleureux, lumineux mais simple. Du bois brut, de l'osier, des tissus chatoyants et quelques tableaux ornaient ses murs. Un peu de couleurs çà et là, mais pas trop. Les extérieurs avaient été aménagés, une terrasse dissimulée dans une savante muraille végétale à l'anglaise, des glycines plantées au milieu d'hortensias grimpants et de fleurs de jasmin. En mars, la boulangerie fut terminée. Il ne restait plus que le mobilier à choisir et le matériel de cuisine. Anna appela Mina pour que celle-ci les commande. Puis le restaurant fut aussi achevé. Les jours recommençaient à rallonger. Raphaël fourrageait. Anna besognait. Elle avait changé physiquement, se tenait plus droite, sa démarche était plus assurée, plus souple, plus détachée aussi, son bassin ondulait sous dos droit et altier. Elle avait pris des couleurs et prenait plus de plaisir à s'habiller. Il le fallait, bon nombre de curieux passaient devant les différents travaux en cours de réalisation chez Anna et tout le village se demandait ce qui était en train d'être fait. Elle voulait garder le mystère le plus longtemps possible pour éviter les coups fourrés mais aussi et surtout, créer la surprise avec la présence surtout de Mina et Charline. Elle voulait vivre cela avec elles deux, sinon cela n'aurait pas eu de sens. Elle avait décidé qu'elle les aiderait puis, qu'elle partirait sur ses propres projets, lesquels elle ne le savait pas encore. Mais elle voulait rester libre et indépendante. Elle leur expliquerait cela, elles comprendraient. Elles n'étaient pas des filles à penser clan ou communauté, ou dépendance de cour d'école. Anna allait moins souvent sur la tombe de Viviane. Elle avait pardonné à son père, à sa mère. Elle avait compris que le manque de mère était aussi vif que celui d'un père. Pensait-elle l'avoir trouvé chez Maxime. Ah oui Maxime, celui-là. Les démarches auprès d'un avocat pour divorcer avaient été entamées depuis longtemps par Anna, ce qui avait fini de hérisser l'orgueil de ce petit « navet ». Il débarqua dans sa petite Mercedes toute proprette un après-midi de mars. Anna venait d'avoir fait l'amour avec Raphaël et avait encore les lèvres toutes gonflées de plaisir et des baisers de son amant. Maxime était rentré dans le jardin, elle l'avait aperçu et était sortie aussitôt, elle ne voulait pas le faire rentrer dans sa maison à elle. « Qu'il est bien laid, ce goujat », pensa-t-elle. Son pardessus trop serré, ses petits pantalons qui lui moulaient des fesses inertes. Ses polos trop droits, les cols remontés lui donnaient un genre qu'il n'avait pas. Sa petite sacoche de radin. Elle était étonnée de son insignifiance, qu'avait-elle donc pu lui trouver ?

« C'est parfois étrange les changements en soi qui font qu'on ne reconnaît plus sa vie passée, ni même les gens avec qui l'on a vécu », songea-t-elle.

« Que veux-tu ? » demanda-t-elle avec dédain.

Il fit surpris et ne faillit pas la reconnaître. Elle transcendait l'air, elle qui fut si vide, elle devenait impavide. Il aperçut un homme derrière les carreaux du haut. Il fulminait.

« Je veux que tu reviennes et que tu me rendes MON argent », répondit-il

« Et moi, je veux divorcer. Ton argent est le mien. Maintenant, si tu insistes, je demanderais l'appartement de ta mère. Je ne te laisserai que ton portemanteau de m…, il y aura de la place pour tes maîtresses. »

Il fut surpris par cet aplomb et son inhabituelle provocation. Elle avait tapé juste : « comment savait-elle cette cruche ? » se dit-il. « Écoute, ce n'est pas de ma faute, elles me sautent toutes dessus. »

« Mon pauvre. Je m'en fous de tes maîtresses. Au moins, ça évitait que nous ayons des rapports aussi minables que la réponse que tu viens de formuler. Si au moins, tu avais assumé, mais là, ta lâcheté et ta mauvaise foi… Je ne trouve pas les mots, c'est juste pitoyable. »

Il resta muet, mieux valait ne pas en rajouter pour le moment. Il pensa à l'appartement de sa mère. Il savait qu'elle n'en voulait pas vraiment mais elle pouvait l'obliger à le vendre pour en récupérer la moitié. Lui voler la moitié. Il valait très cher aujourd'hui. Il calcula rapidement les conséquences financières d'un endettement pour lui racheter sa part. La perspective de payer des taux d'intérêt pour cette « petite conne » lui donna soudain envie de tenter la voix de la gentillesse.

« Tu peux peut-être m'héberger cette nuit et me faire visiter ta nouvelle maison. On pourrait discuter tranquillement », se radoucit-il.

« N'y compte pas, il n'y a rien de mauve, ça ne te plaira pas. J'attends que tu signes les papiers. Salut. » Elle tourna les talons en prenant soin de fermer à clé derrière elle, laissant Maxime dépité.

« C'était qui ? » demanda Raphaël

« Un représentant en papier toilette pour le hammam », répondit Anna.

Elle prit son pénis dans sa main et le suça jusqu'à ce qu'il jouisse. Cueillir sa substance… Raphaël sut qu'elle lui mentait. Mais il savait aussi qu'il ne risquait rien. Anna commençait à lui témoigner de la tendresse, elle s'attachait et ressentait même une forme d'amour pour lui. Il le ressentait. Ils avaient des centres d'intérêt très éloignés, mais ils prenaient soin l'un de l'autre, de plus en plus, et il était heureux. Bien qu'elle jurât de pas s'attacher et Raphaël aussi. Les jours passaient, les giboulées aussi, sauf la tendresse.

***

Après avoir quitté ses deux nouvelles compagnes d'infortune et de fortune, Charline retrouva son petit 26 m2 parisien, rue sainte Clair dans le 7e arrondissement à Paris. Les enveloppes débordaient de la boîte aux lettres ainsi que les avis de passage pour des recommandés. Tous périmés, poubelle. Charline s'assit sur son petit canapé de velours vieux rose. Que faire ? Là ? Une liste des quoi faire, tiens !

- Envoyer ma lettre de démission
- Faire le point sur mes finances
- En gros, faire le point.

La lettre de démission fut vite réalisée et envoyée par lettre recommandée. Peut-être d'ailleurs, n'en avait-elle plus besoin ? Une somme avait été virée sur son compte, probablement son solde de tout compte et ses commissions. Ce n'était pas si mal.

Elle rédigea aussi son préavis pour son appartement, réduit à un mois pour cause de perte d'emploi. Puis, Charline se détendit dans un long bon bain parfumé au Néroli. Elle trouvait agréable d'être à nouveau un peu seule, chez elle, avec ses affaires, les choses qu'elles aimaient et qu'elle redécouvrait, comme cette odeur suave et charmeuse de fleur d'oranger. Mais le lendemain, elle s'aperçut qu'elle était vraiment isolée à présent à Paris. Quelques coups de fil à des amies lui donnèrent une sensation étrange. Normalement, un « faut-que-je-te-vois-j'ai-des-tas-de-trucs-à-te-raconter » suffisait à déclencher un branle-bas de combat dans les agendas et aboutissait à une séance excitée de débriefing au café du coin. Pas cette fois. Toute semblait esquiver, remettre à jamais, un verre, un café, un coup de fil, un peu gênée, le ton faussement gentil des personnes qui essayaient de ne pas être conflit mais de s'enfuir vite, très vite. Tout y passait : le travail, la famille, la gastro de la petite, etc. ; Charline avait bien senti que quelque chose s'était produit. Après quelques investigations rapides, elle comprit. Elle avait eu des soucis avant son départ avec Maryvonne une personne plus âgée, avec laquelle elle pensait avoir été amie. Elle avait tenté de prendre de la distance car leurs relations devenaient de plus en plus compliquées, tendues et douloureuses. Elle se sentait de plus en plus inhibée avec elle, ne parvenant plus à communiquer, à trouver des sujets de conversation comme si elle recevait une injonction silencieuse de ne pas parler mieux qu'elle, de ne pas briller en société, de ne pas réussir un plat, de ne pas avoir d'amis, de ne pas exister plus qu'elle, de se soumettre, de devenir son ombre téléguidée. Des petites réactions de jalousie au départ, ensuite de domination puis des jeux malsains qui la mettaient malgré elle dans une forme de compétition que Charline supportait de plus en plus mal et la rendait agressive. À chaque fois, que Charline lui présentait quelqu'un, elle avait l'impression de le lui donner en pâture, comme de la chair fraîche. Cette impression lui glaçait le sang et elle sut très vite pourquoi. La jalousie de Maryvonne la fit petit à petit considérer que tout ce qui appartenait à Charline lui appartenait, Charline était déniée dans sa personnalité, et cela lui était insupportable. Maryvonne commença à essayer de tout lui prendre jusqu'à ses ex, ceux qu'elle avait le plus aimés. Pourquoi ? Puis, chacune de ses relations, une par une. Charline ne comprenait pas, d'autant plus qu'elle ne trouvait pas que sa vie à elle pouvait être enviée. Au début, Maryvonne était gentille, maternelle. Elle faisait semblant d'écouter, flatter les ego, disait toujours oui, était toujours d'accord. Elles aimaient attirer les vilains petits canards, surtout celles ou ceux qui avaient des blessures parentales, leur apportant petits plats et petits cadeaux. Un vrai piège. Et Charline était tombée dedans comme Hansel et Gretel ont cru et espéré en voyant cette belle maison de pain d'épices et de confiseries appétissantes et rassurantes qu'ils n'auraient plus jamais faim alors qu'en tombant dans le piège, ils devenaient eux-mêmes nourriture de la perfide sorcière. La toile se tissa lentement, sournoisement. Maryvonne avait le pouvoir de l'emprise, celui de faire culpabiliser les gens sans ne rien dire, la rendant inévitable dans toute réunion même dans l'improbable, chassant petit à petit Charline. Celle-ci étouffait et elle se sentait de plus en mal. Maryvonne n'avait pas son pareil pour titiller Charline en public, tout en restant impassible et cela la faisait exploser. Du pain béni pour l'araignée qui pouvait facilement arguer que Charline était vraiment insupportable, folle et méchante tandis qu'elle était une pauvre femme âgée si gentille à laquelle Charline manquait de respect et faisait preuve d'arrogance. Échec et mat, Charline. Échec et mat. Elle ne put que constater des ruptures en série. Partout où Maryvonne passait, des conflits éclataient, les amitiés trépassaient. Le piège était implacable. Se débattre ne permettait que de s'enrouler toujours un peu plus serrée dans la toile. Maryvonne dans sa folie, entretenait son obsession comme une fonction vitale, celle d'exister. Charline était acculée, désespérée et en colère de cette déferlante incompressible.

Elle eut envie de mourir. Ce soir-là, anéantie par l'isolement et le rejet qu'elle ressentait mais surtout par le sentiment d'injustice et d'impuissance, dans son lit, submergée par la souffrance, dévorée de l'intérieur, elle eut l'impression que Maryvonne avait tissé cette toile pour l'amener jusqu'à disparaître, l'ultime issue de cette rivalité, comme s'il ne devait en rester qu'une. Et elle voulut mourir. Pourtant, une partie de Charline refusa cette compétition, cette mise à mort subtile. Elle imaginait déjà son enterrement, la tête condescendante de Maryvonne « la pauvre, elle avait tellement de problèmes, elle a eu une jeunesse terrible, c'était trop dur pour elle. » Un sourire de victoire à peine masqué sur son meurtre par emprise, que les bonnes âmes ne verraient pas, car ils n'avaient envie de voir que ce qui les arrangeait. Mais cette fois-ci, c'était différent.

« Non, je ne la laisserai pas aller jusque-là ! Elle ne gagnera pas. » Par chance, si Maryvonne était au courant de l'absence de Charline, elle ignorait tout des détails de sa nouvelle vie. Et cela était la force de Charline. Son espace de liberté. Durant toute la nuit, elle déroula les images de son périple et de toutes les personnes si particulières qu'elle avait rencontrées. Elle n'était plus prisonnière, et cette compréhension tardive et soudaine la sauva cette fois-ci.

Le lendemain matin, elle alla se promener au jardin des Tuileries, après une halte rue du Faubourg saint-Honoré, une rue qu'elle adorait parcourir depuis la Concorde jusqu'à la Comédie Française, en faisant une halte chez Verlet pour déguster un délicieux café et quelques fruits confits. Assise sur un banc, elle regardait sans les voir les pigeons trop nourris qui venaient lui quémander un chichi ou un morceau de pain. Une vieille dame accompagnée d'un jeune homme au look de rappeur s'assit à côté d'elle. Ils la regardèrent pleurer et soupirèrent dans un silence retenu. Puis la dame, un peu ronde, au visage qui respirait la grâce et la gentillesse, surmonté d'un chignon gris, lui demanda ce qui soulevait autant son cœur et ses larmes ?

Charline raconta tout, tout depuis le début. Elle parla pendant des heures. Ne s'arrêtait plus si ce n'est pour laisser les larmes hoqueter sa gorge. Sa vie se détricotait devant cette dame qui l'écoutait, vraiment. Enfin, elle termina.

« Je m'appelle Hortense. Charline, tu as beaucoup de peine et j'ai bien tout écouté. Charline, tu as subi beaucoup d'emprise dans ta vie et de relations toxiques, et cela te rend vulnérable car tu penses ne connaître que ça. »

« Oui, je fais trop souvent de mauvaises rencontres. »

« Une patelle sans attache sur son rocher se lie à tout ce qu'elle trouve, pour le meilleur et pour le pire. Et toi, tu as souvent choisi le pire car tu ne sais pas que tu mérites le meilleur. Parce que tu donnes trop d'importance à l'autre et que tu les laisses entrer et prendre le pouvoir en toi. »

« Oui. Mais je suis comme ça, je suis trop sensitive, trop réceptive, trop suggestible. »

« Oui mais, si tu les autorise à entrer en toi, tu es fautive. Ferme les portes de ton esprit à ceux qui veulent le posséder. »

« Oui, c'est vrai. La plupart du temps, j'avais des avertissements, des intuitions. Pour Maryvonne, la première fois que je l'ai vue, j'ai pensé qu'elle était fourbe et que c'était une garce qui était faussement gentille, par adaptation et manipulation. Mais je n'ai pas écouté. J'ai foncé tête baissée. Je me suis laissée appâter. »

« En toi, tu as les réponses. Tu n'as besoin de rien d'autre que de toi ! Tu as tout ce qu'il te faut et tu ne le sais pas. Tu ne t'écoutes pas. Tu ne te fais pas confiance. Bien sûr, cela vient des carences que tu as subies, mais peu importe le passé. Si tu ne parviens pas à t'aimer suffisamment, demande-toi, ce que ferait une personne qui a une estime de soi suffisante à chaque fois que tu ressens ce genre d'impression. »

« Oui, mais des fois Hortense, leur emprise me pénètre sans que j'en aie conscience, comme s'ils prenaient le contrôle de moi. Et là, je m'en rends compte trop tard. Je ne le sens pas sur le coup. »

« Je pense que tu leur laisses d'emblée trop de place, et puis avec cette Maryvonne, tu as certainement glissé sur une demande d'amour maternelle qui a fini par ressembler au schéma affectif tel que tu l'as connu avec ta mère. Et tu t'es retrouvée comme si tu étais téléguidée par quelque chose de toxique pour toi. Du côté de cette Maryvonne, elle a aussi certainement dû rejouer de vieux scénarios qu'elle t'a projetés sans s'en rendre compte. Elle t'a certainement envié ta jeunesse, ta force, ton air faussement solide, ton intelligence et certainement des tas de choses qui ne sont même pas à toi et que tu ne peux pas imaginer. Peut-être a-t-elle toujours appris que pour exister en tant que femme, il fallait anéantir les autres, peut-être sa mère, une sœur ? Va savoir. Peut-être a-t-elle dans l'idée que depuis toute petite, on lui avait volé quelque chose et qu'elle le devait le reprendre de manière inconsciente, pathologique, sans conscience que ce qu'elle vole maintenant ne réparera pas le passé. Peut-être que pour elle, la difficulté d'exister implique la destruction de l'autre, casser le jouet que l'on peut obtenir. Vos deux histoires se sont rencontrées pour le meilleur et pour le pire, et vous ont dépassées. Probablement. »

« Tout comme ma mère, Hortense, tout comme ma mère. Et pourtant, je pensais que nous avions des sentiments sincères. Je l'aimais profondément Maryvonne, tu sais. Mais c'est devenu dangereux comme un remake d'une partie de ce que j'avais vécu. Et ça tourne en boucle dans ma tête, Hortense, je suis épuisée. »

« Qu'est-ce qui tourne en boucle dans ta tête ? »

« Eh bien, ces paradoxes. L'amour, la mort. Par exemple, ma mère, un jour, a senti que j'étais malade et a appelé le médecin à distance. Elle était inquiète. Et pourtant, je me suis souvent retrouvée dans la situation où elle me poussait tellement à bout, que je me disais que pour survivre, c'était elle ou moi. Et je préférais que ce soit moi. Et même quand je me faisais du mal à moi, par désespoir et surtout parce que je ne voyais pas d'issue à ma vie et que je souffrais le martyre, elle m'accusait d'avoir fait ça juste pour l'embêter. Même ma souffrance je n'y avais pas droit. Même la légitimité de ma propre mort pour lui laisser la place à elle, elle s'en accaparait. La détournait. Et même si j'ai survécu, je crois qu'au fond, elle m'a tué. Parce que pour moi mourir, c'était juste ne plus souffrir, m'échapper de cette situation diabolique. Et pourtant, elle était aussi capable de sentir que j'étais malade et de s'inquiéter. Et avec Maryvonne, je me suis trouvée dans cette même situation. Et puis, le mensonge, Hortense, le mensonge et la manipulation. Ça, ça tourne comme une toupie dans mon esprit. Je ne comprends pas. Une fois, j'étais adulte, j'étais allé rendre visite à mes parents. Nous étions dans le jardin, ma mère coupait des branches avec une cisaille. Nous avons eu des mots, il ne lui fallait pas grand-chose, elle ne supportait aucune opposition ni contradiction, elle dirigea la cisaille vers mon ventre. Et s'arrêta juste avant. Je suis restée muette. Mon père revenait. Elle fit semblant de jardiner comme si de rien n'était. Mais moi, la cisaille, c'est comme si elle était entrée dans mon ventre et qu'elle n'en était jamais ressortie. Dans une solitude et un silence terrible juste dérangé par les comptes rendus de ma mère à mon père me présentant encore comme le comble de l'horreur. Je pensais que mon père suffisamment intelligent pour ne pas la croire mais un jour, il m'a dit que j'étais une grande manipulatrice. J'ai compris à quel point, elle lui avait lavé le cerveau, et surtout que c'était mort, impossible à redresser. Et ça, je ne puis l'accepter. C'est tellement injuste. J'avais tellement besoin de lui, pour que tout ça s'arrête. Mais non, il était rentré dans son délire. Il ne sait pas qui je suis. Un jour, je leur ai demandé quelles qualités j'avais, ils n'ont pas su répondre. J'ai abandonné les questions mais pas ma quête. Avec Maryvonne, j'ai ressenti la même chose, cette duplicité, cette façon de masquer ces mesquineries et de paraître, de projeter sur moi leurs propres images et de me dénier dans toute ma personne. »

« Et ça te tue à petit peu comme cette cisaille que tu gardes dans ton ventre. Comme l'épée du Diable qui t'a éventrée sur le rempart de ton château ? »

« Peut-être pas. J'ai toujours senti en moi une pulsion de mort plus forte que celle de la vie. Mais comment le savez-vous ? »

« Tu as une force d'existence hors du commun mais tu ne la vois pas tellement, tu imagines que tu dois disparaître pour avoir enfin la paix. Autorise-toi à vivre. Et accepte ces femmes avec leurs contradictions, leurs folies, leurs amours, leurs faiblesses. Simplement, dis-toi qu'elles ne peuvent pas faire mieux. Et surtout que ce n'est pas ton problème, c'est le leur, même si cela te concerne. »

« Ben si, se faire soigner. »

« Oui, mais pour cela, il aurait fallu qu'elles acceptent qu'elles soient malades. Et là, tu as essayé de leur dire. Ce qui était une bonne manière de te faire expédier en enfer. »

« Alors je dois faire comme si de rien n'était et les plaindre. C'est ça que tu me dis, Hortense ? »

« Non, pas du tout. Charline, pas du tout. Accepte juste que tu ne puisses rien faire. C'est à elles de changer pour elles. Tant qu'elles ne le feront pas, tu seras toujours en danger et l'objet de leurs méchancetés. Où tu passes au-dessus ou tu tires un trait. »

« J'ai essayé de passer au-dessus, d'oublier, mais cela me demande trop d'énergie. Soit je passe en téléguidage et je deviens un légume soit je parle, mais là, ça se finit aussitôt en un pugilat, une crise ou ma mise à mort narcissique. J'ai besoin de trois semaines de sommeil pour arriver à reprendre des forces tellement que je dois puiser dans mon corps pour maintenir un équilibre. »

« Alors, fais sans. Tu en es capable. Ta soi-disant « folie » que te reproches tes parents ; c'est un leurre.

« Ben, qui êtes-vous Madame, pour connaître si bien tout cela ? »

« Je suis toi. Je suis cette partie de toi, cette maman, que tu recherchais tant et qui est à présent en toi. Tu ne me voyais pas, mais j'étais là. Tu as tout ce qu'il faut en toi pour te guider, te protéger, et avancer. Et je serais toujours là, à tes côtés. »

« Comment ça, Hortense, qu'est-ce que c'est que cette histoire ? » Charline tourna la tête, et ne vit plus que le jeune rappeur assis près d'elle sur le banc.

« Ben dis donc, elle est compliquée ta life, meuf ! Reste cool ! Ça va aller ! » Et il se mit à slamer.

Maryvonne, tu t'en savonnes !
Maryvonne, tu abandonnes, meuf.
Qu'elle se pomponne, les autres ronronnent.
Elle bidonne ? Et toi tu détonnes.
T'es pas une conne ni une bouffonne ! T'es une personne !
Maryvonne, ça savonne, ça déconne, Maryvonne, ça ânonne, ça espionne.
Maryvonne, c'est une gorgone qui mitonne et toi t'es une lionne.
T'es une sauvageonne, pas une bonbonne ! Yo ! »

Charline ria de bon cœur et applaudit l'improvisation du jeune rappeur et ils rechantèrent ensemble. Puis Charline se leva et dans une grande bouffée d'air, elle prit son téléphone portable :

« Allo Anna ? »

« Hello, Charline. Comment vas-tu ? »

« Le studio au-dessus du resto est-il prêt ? »

« Oui, il manque quelques meubles. »

« OK, j'arrive avec les miens. »

« OK »

Charline arriva à Champeaux, quelques jours plus tard au volant d'un petit camion, rempli de ses quelques meubles et affaires. L'aménagement fut rapide. Son canapé en velours, pièce maîtresse, son lit, du linge, ses bouquins. Le tout dans un petit studio flambant neuf qu'Anna avait pris soin de rendre agréable, lumineux et confortable.

« Bon, dit Anna. Maintenant, je te fais visiter ton restaurant. Et on verra pour le mobilier. »

Anna ouvrit la porte du restaurant, Charline fut conquise. Elle imagina une salle avec de grandes tables, et quelques tableaux et du matériel de cuisine. Tout fut commandé sur-le-champ. Les tables furent chinées et blanchies. Le restaurant était presque fin prêt. Il fallait faire avancer le concept que Charline souhaitait mettre en place. Elle allait voir des producteurs, des artisans, courait les marchés, allait voir des restaurateurs, peaufinant son projet petit à petit sans trop rien dire à Anna pour le moment, tant que tout n'était pas finalisé. Et elle écrivait. De plus en plus. Il y avait des nuits où elle se levait plusieurs fois pour noter ses idées qui jaillissaient comme des fontaines à miracles. Puis elle enchaînait sur une période de désert où rien ne venait. L'écriture se faisait raide, dure, les doigts se sclérosaient sur le clavier. C'était douloureux car le silence cassait les phalanges raidies. Parfois, le flux allait trop vite dans sa tête plus vite qu'elle ne pouvait écrire comme si elle se trouvait dans un état de transe, les personnages prenant possession de son corps. C'était une sensation étrange, les faire naître puis les laisser nous surprendre par leur évolution. Petit à petit, elle avait pris l'habitude de ces cycles aléatoires, se faisant confiance car elle avait compris que les blocages ne signifiaient qu'un arrêt, le temps d'installer une autre bobine. Elle attendait les geysers d'écriture et profitait alors de chaque jet pour noircir des pages entières qu'elle commençait à mettre en forme sur un traitement de texte reléguant les carnets aux prises de notes et aux idées. Elle faisait des allers-retours en Auvergne, pour voir le père Jamard quand elle était vraiment en panne d'écriture, prenait des notes mais pas toujours. Elle laissait juste les émotions contenues dans le récit de Tanguy imprégner son corps. Elle le savait, elles surgiraient à travers l'écriture. En fait, elle aimait surtout aller voir les deux hommes et se faire un peu paterner. Elle y prenait goût. De retour en Normandie, elle allait souvent se reposer sur la falaise entre Carolles et Champeaux, cachée derrière les ajoncs, elle pensait à son histoire de châtelaine sauvageonne parcourant les landes et forêts sauvages sur son cheval, avec son amie, la louve grise, et leurs pauses dans les fjords, les yeux croisés dans le bleu de la mer. Elle croisait souvent Anna au pied de l'Arbre, enlaçant une branche avec amour ou discutant avec lui et son acolyte, Merlin. Charline ne disait rien, elle patientait puis, elles rentraient ensemble à pied par la falaise, admirant comme une première fois, la superbe vue en surplomb de la baie du Mont-Saint-Michel. Parfois, c'est Anna qui la rejoignait et elles pique-niquaient ou buvaient un café, toutes deux, blotties sur la falaise, le regard au loin, mais le sentiment d'une présence apaisante, ni trop ni peu, en harmonie avec le lieu, à leur place, ni au-dessus, ni en dessous. Et cette sensation leur faisait un bien fou.

***

À peine arrivée en Auvergne, Mina fut mise au travail dans la boulangerie du père Jamard, trop heureux de former sa fille d'adoption, bien qu'elle connût déjà une grosse partie du travail. Il faut dire que toute petite déjà, elle restait souvent dans le fournil avec l'équipe, elle les regardait faire, et enregistrait chaque geste. Paul était aussi aux anges, ravi de récupérer enfin sa fille adorée et de passer du temps avec elle. Son projet d'ouvrir une boulangerie en Normandie l'avait chagriné un peu mais Mina lui avait proposé de venir s'installer une partie de l'année en Normandie afin de profiter d'elle et de la mer. L'idée ne lui avait pas déplu, changer d'air et puis rester près de sa fille, c'était plutôt une belle idée. Dès son arrivée, Mina s'inscrit au

CAP, elle serait dispensée de la partie théorique comme elle était titulaire de diplômes du supérieur. Elle pourrait le passer en un an, idéal pour embrayer sur Champeaux.

Le père Jamard ne restait plus toute la journée, il était fatigué. Son apprenti, Michaël, il continuait à l'appeler comme ça bien qu'il ait validé son diplôme, se formait pour reprendre la suite. Il s'occupa aussi de Mina, dans tous les sens du terme. Il la trouvait jolie Mina, appétissante, motivée, décidée. Et c'était un peu la fille du patron, bref la cerise confite bien sucrée et ronde, goulue que l'on a envie de croquer, de sucer et d'aimer. Levés à 3 heures du matin, ils pétrissaient, allongeaient les couches de beurre, les couches de pâte, roulaient les croissants, enfournaient les pains au chocolat, les chaussons aux pommes, les tourtes, les baguettes, les pains puis les tartes, les brioches.

Le père Jamard lui avait offert une veste de cuisine brodée : *Mina – Au père Jamard* avec un petit cœur. Un petit cœur de beurre. Mina était ravie. Au début, elle eut des courbatures dans les épaules. C'était dur. Tous les jours à la boulangerie. Le lundi jour de fermeture, elle travaillait avec le père Jamard sa recette spéciale Champeaux. Un chausson, une sorte de gâche, fourré soit à la compote de pommes cidrées soit à la compote de pruneaux. Le père Jamard lui fit fabriquer un poinçon spécial pour y apposer le logo du village. Au bout de quelques essais et de modifications de la recette, la spécialité champelaise qu'elle nomma : le Champeausson fut prête. Le père Jamard et son père en étaient fans. Mina prenait de l'assurance comme si la boulangerie avait été toute sa vie. Le midi, le grand chef rentrait chez lui se reposer, laissant seuls les deux jeunes courir dans la farine et préparer les fournées du lendemain. Ils travaillaient beaucoup, avec passion et bonne humeur. Ils riaient aussi beaucoup, se faisaient des blagues et il l'aidait à réviser le vocabulaire de la boulangerie par des travaux dirigés particuliers.

« Mina, j'ai le pâton poussé. » Et Mina lui pétrissait le pâton avec fermeté.

Mina parfois lui lançait : « Le pétrin à bras plongeants est humide. Enfourne-moi ta tradi graines, là, maintenant ! »

Et il la martelait de son sexe vigoureux. Il la prenait partout, les miches dans la farine, dans la salle de pousse, la petite cuisinette, où ils se faisaient le café, le vestiaire, le comptoir lorsque la boulangerie était fermée et les vendeuses parties. Le père Jamard faisait mine de ne rien voir ou de pas entendre les petites allusions. Il savait bien. Il faut bien que jeunesse se passe.

Les murs de la boulangerie raisonnaient au son des « la pousse est belle. Abaisse-moi, le feuilletage. »

« Allonge-moi le pâton, je vais te bassiner les miches ! »

« J'ai plein d'amidon. Fleure-moi la fontaine. »

« J'ai le four qui vivre. Viens titiller le gueulard. »

« Ah taquinons la baisure ! »

« Enfourne-moi ta rustique, j'ai la meule qui suinte. »

« Je développe mon bâtard, viens le façonner ! »

« Vise l'élasticité du pâton ! »

Venaient alors, le frasage, le pétrissage. Tourner le pâton. Lécher les feuilles des pâtons. Malaxer les miches. Puis vint les geintes pour finir en mousse, les miches pincées et défaites, la baguette et la marguerite en mauvaise tenue. »

Tandis qu'ils remettaient tout en ordre, ils riaient aux éclats et enchaînaient les taches sans sourciller. Les mois passaient et ils faisaient l'amour jusqu'à ce à ce que Michaël ne rencontre Osgonia, une Haïtienne au verbe haut et truculent, étudiante en droit international. Osgonia regardait Mina d'un œil mauvais et lui dit un jour d'un air menaçant : « Toi, Blanchette, ne t'approche pas de mon Michaël, sinon tu auras le mauvais œil. »

Mina n'aimait pas ce type de relation et pensait que Michaël était dans le pétrin mais il était sous le charme et fou amoureux et se laissait chosifier sans résistance. Osgonia le surveillait, lui envoyer cinquante SMS par jour pour savoir ce qu'il faisait. Michaël râlait de temps en temps mais supportait ce flicage agressif, pensant qu'il constituait une preuve d'amour et que ça se calmerait. Les hommes parfois aimaient cette folie qu'ils sentaient chez ce genre de femmes qui osaient tout et n'avaient peur de rien pour capter leur gibier, jusqu'à perdre leur liberté, leur libre arbitre et leur substance qu'elles avalaient à pleine bouche.

Mina était chagrine pour Michaël qui était une personne gentille et sympathique. Mais tant pis. Vint le temps des examens que Mina réussit brillamment. Elle venait de décrocher ce fameux CAP de boulangerie. Ils firent une grande fête pour fêter son diplôme. Osgonia resta fidèle à elle-même, fliquant même les allers-retours aux toilettes de son compagnon des fois qu'il tâte de la miche entre deux bières, surveillant chaque mouvement, suspectant chaque femme invitée, prête à bondir et à mordre. Elle était même prête à abandonner ses études pour assurer la vente à la boulangerie et éviter de recruter. Osgonia. Si jeune et déjà si vieille et rigide.

Mina appela Anna et Charline pour les prévenir.

« Waouh, c'est génial », clamèrent les filles. « Alors t'arrives quand ? »

« Je pense venir avec mon père et le père Jamard et quelques affaires après-demain ! Fiesta et un peu de repos et ensuite, au boulot ! »

« Génial, les deux maisons sont prêtes à les accueillir tous les deux. On vous attend avec impatience. »

Dehors, les arbres en fleurs resplendissaient et égayaient le granit. Les oiseaux paradaient. Anna et Charline sirotaient leur café en attendant Mina, toujours sur la marche, au soleil, regardant Pierre Dangle s'attaquer au hammam avec de beaux plans réalisés avec l'aide d'un confrère maghrébin qu'il avait rencontré sur place. Motivé par la nouveauté, il s'attelait d'arrache-pied à ce que le projet fut réussi et tout cela faisait chaud au cœur à Anna car Pierre Dangle avait compris de par sa sensibilité que derrière ces projets, c'étaient des aventures d'amitié qui se jouaient, quelque chose de particulier dans lequel à aucun moment, il n'avait entendu les mots « rentabilité », « bénéfices », « faire au rabais ». Il n'était plus habitué. Ahmed et Lucas revenaient de temps en temps faire le point avec Pierre Dangle. Ils s'étaient mis d'accord pour que l'extérieur soit discret et intégré dans le style de Champeaux pour ne pas faire trop kitsch, avec simplement une devanture et une enseigne subtile et élégante. Un mur de pierre de granit reconstruit à l'avant du hangar pour masquer les tôles et des poutres verticales avec un auvent décoré de jasmins et de glycines. Le reste des parois serait aussi isolé et refait de bois et de métal avec des murs végétalisés. Le toit serait emménagé en panneaux solaires afin de produire une partie de l'électricité du hammam, et un système de recyclage de l'eau était à l'étude. Cela prenait forme.

3
Racines

Quelques jours plus tard, Mina débarqua à Champeaux, accompagnée de Paul et du Père Jamard qui conduisait un camion rempli à ras bord. Tous les attendaient. Anna, Charline, Zora, Jasmina, Ahmed et Lucas. L'équipée était au complet. Une grande table avait été dressée et Charline avait préparé un banquet avec l'aide de Zora et Ahmed afin de fêter leurs retrouvailles. Des terrines, des oignons farcis, des petits fours algériens, le tout accompagné d'un bon vin. C'était gai.

« Bon alors, je n'en peux plus ! Je veux voir ma boulangerie ! » s'exclama Mina.

« Allez zou, on y va » et toute la petite troupe se dirigea vers l'ensemble des bâtiments. Mina était enchantée, les larmes aux yeux. Un beau four à pain avait été restauré, et du matériel flamboyant et tout neuf. L'espace boutique était tout en pierres apparentes, les poutres blanchies. Des paniers étaient disposés sur un grand établi de menuisier afin d'accueillir les différents pains et viennoiseries. Simplicité et qualité. Pas de fioritures, pas de produits industriels. Juste du vrai, du bon.

« Alors Mina, c'est comme tu voulais ? J'ai suivi ton cahier des charges », demanda Anna.

« C'est super Anna ! Encore plus beau que je ne l'imaginais ! répondit Mina, la voix émue. Qu'en pensez-vous ? » se tournant vers Paul et le père Jamard.

« C'est authentique, on a envie d'acheter ce qui sera fabriqué. J'adore » et le Père Jamard était vraiment conquis de cette décoration simple mais vraie. Il était toujours un peu surpris du retour des jeunes vers des décorations rustiques que sa génération à lui avait fuies pour un style plus bourgeois, plus cossu. À son époque, il fallait faire riche même si on était pauvre, aujourd'hui, il fallait faire pauvre même si on était riche. Enfin, il le voyait lui, comme ça, mais ce n'était pas l'avis de Mina. Mais peu importe, le cœur de tout cela, c'était le ventre des pains et des croissants.

Ils visitèrent ensuite le restaurant de Charline puis le Hammam, encore en travaux.

« On va se boire un café ? Nous avons encore un détail à régler mes amis ! » proposa Anna.

Le café fut prêt. Mina apporta un panier rempli de chaussons.

« Je vous présente le Champeausson. Qu'en pensez-vous ? »

« Nous n'avons plus trop faim, mais franchement, c'est top ! »

Et tous acquiescèrent.

« Une belle spécialité Mina ! Bravo ! C'est franchement délicieux. Simple mais savoureux et gourmand. »

Le père Jamard lança un clin d'œil à Mina. Ils étaient fiers de leurs recettes.

« Bon Anna, alors qu'as-tu à nous dire ? » continua Mina

« Ben, vous n'avez pas remarqué qu'il manque quelque chose ? »

« Euh… Ben, les clients ? » interrogea Lucas en riant.

« Non. Réfléchissez. »

« Je sais, nos mères… Euh, je rigole », plaisanta Charline.

« Pff, en même temps, ce n'est pas faux. Allez, allez, on cherche. »

« Un parking ? »

« Non. »

« On ne voit pas ! Peut-on donner notre langue au chat. »

« Les enseignes ! J'avais envie de faire fabriquer une enseigne pour l'entrée du portillon en fer forgé : *Le Tomber de la Pantoufle*, le nom de l'association qui chapeaute tout le domaine y compris les locations. Mais ils restent les vôtres. »

« Justement » reprit le père Jamard, on voulait savoir si on pouvait te louer les petites maisons. »

« Oui, Mina, m'en avait parlé. Je voulais les louer de toute façon à des personnes de générations différentes pour garder un équilibre. On aura une famille comme ça. Des racines et une famille. »

Paul et le père Jamard lui firent chacun un bisou sur la joue.

« Je n'avais pas d'enfant, me voilà avec trois petites filles. »

Elles rirent de bon cœur.

« Ben, là je pense à plein trucs pour le nom de la boulangerie. Au pain éperdu. Chez Mina. Le Champeausson. Comme dirait l'autre… » réfléchissait Mina.

Charline ria : « oui, et je pourrais appeler mon restaurant : celui qui n'est jamais nommé. Ou bien, chez Charline. Les oignons farcis. La cuisine. »

Paul proposa : « Le pain de Mina. La cuisine de Charline. »

La proposition fut adoptée à l'unanimité.

Jasmina reprit : « il reste notre enseigne. Champeaux les Bains. Les bains de la douceur. Champeaux douceur. Fleur d'oranger. Hammam douceur. L'eau et les fleurs. Bien-être »

Lucas continua : « sérendipité, kaïros. »

« Jolis mais trop compliqués, Lucas. J'aime bien le mot douceur. Je pense qu'il faut faire simple pour que les gens puissent s'approprier le lieu. *Les bains de Champeaux*. Qu'en pensez-vous ? »

Tout le monde approuva. Anna commanda sur-le-champ les enseignes en fer forgé. Puis, ils allèrent tous se détendre sur la plage de Saint-Jean-le-Thomas et pique-niquaient au soleil couchant.

Le lendemain, Ahmed, Lucas, Zora et Jasmina reçurent la visite de Pierre. Les travaux avançaient bien. Il était bientôt venu le temps de la décoration et surtout de la pose des belles faïences choisies au Maroc.

Paul profitait de Champeaux, il se reposait et aller beaucoup prendre le soleil sur la terrasse du café de Pays. Tous lui posaient des questions, mais il savait garder un secret. Mina lui avait expliqué leurs histoires, et il aimait la manière dont elles avaient affronté leurs difficultés. Il se faisait bronzer sur la terrasse des glycines et aider Raphaël à tondre et à couper les mauvaises herbes. Lui qui avait vécu en appartement, appréciait cette vie au grand air et au bord de la mer qui lui redonnait une jeunesse. Et puis au café de Pays, il y avait Mireille. La petite Mireille, une petite dame toute mignonne, une ancienne danseuse de l'Opéra de Paris, qui avait migré en Normandie. Mireille et son port de tête altier si délicat et droit. Mireille et ses pieds en dehors. Mireille et son humour à l'anglaise. Mireille et son sourire qui irradiait son visage. Mireille et ses pantalons droits noirs ou écrus, ses cachemires et son turban de danseuse. Son cœur battait si fort. Ils marchaient de longues heures tous les deux sur les plages de Champeaux, Saint-Jean-le-Thomas et Dragey. Même à Mireille, il n'avait rien dit. Et elle lui faisait croire que personne n'était au courant non plus, mais en

Normandie tout se savait avant même que cela ne se passe. Chut. Un jour, Mireille lui prit la main, Paul n'osait pas. Il n'avait jamais aimé depuis Viviane, trop peur de souffrir. Il avait d'abord espéré longtemps son retour puis s'était habitué à la solitude. Plus jeune, il avait eu quelques rencontres purement sexuelles mais cela l'avait vite lassé. Il était romantique, affectif. La musique et sa fille l'habitaient déjà beaucoup. Il n'accepterait de faire de la place que pour une personne qui en valait la peine. Et Mireille le touchait, elle le touchait terriblement et il était pressé de la croiser tous les matins, comme s'il la voyait chaque jour pour la première fois, son émotion intacte, tous ses sens en pétarade. Il se sentait avoir vingt ans. Elle le comprenait, entendait sa musique. Ils partageaient les notes comme les silences. Et quand elle glissa sa main dans la sienne, il fut presque surpris. Ce fut presque choquant d'abord, ce contact physique alors que ce silence harmonieux et complice les enveloppait avec tant de douceur. Après le choc frémissant et la peur de ce premier toucher comme si Paul craignait que cette harmonie délicatement construite au fil des jours ne s'écroule, leur premier baiser fut à la fois doux et passionné, attentif, tendre et mutin. Ils prenaient le temps et c'était bon. Ils avançaient chaque jour un peu plus l'un vers l'autre, tout était simple. Mina appréciait Mireille si délicate et sensible. Et Paul était rassuré. Mina n'avait jamais partagé sa passion pour la musique, elle n'avait pas non plus l'oreille musicale. Elle avait plutôt calqué sa personnalité sur celle de Josépha et du père Jamard. Mais elle était très sensible à l'harmonie et à la créativité. Et elle en ressentait beaucoup chez ce tout nouveau couple et surtout, elle les voyait heureux et épanouis. En faisant venir son père ici, elle n'en espérait pas tant, mais après toutes ces années de galère, elle était comblée de voir son père aussi bien et enfin insouciant.

Josépha lui manquait beaucoup. Elle aurait tellement aimé qu'elle puisse être là, elle aussi, droite devant la devanture de la boulangerie.

Mais Josépha vivait. Charline emmenait le Père Jamard dans son petit coin sur la falaise, et il lui racontait tout, encore et encore, leur histoire, la sienne, celle de Cerise et de Raymonde et puis Josépha, bien sûr. Charline enregistrait tout. Non pas que Charline eût besoin de réentendre l'histoire pour son roman, elle avait déjà tous les détails, mais plutôt pour elle. Le père Jamard avait bien compris, qu'elle en tirait leçon, comme un enfant apprenait à force de répétitions. Il aimait bien Charline qu'il sentait si sensible à leur histoire, elle était tellement dans des émotions fortes et vibrantes qu'elles faisaient revivre tous les morts. Puis Charline rentrait écrire, et quand elle n'écrivait pas elle continuait ses prospections et ses entraînements à la réalisation de ses plats que Tanguy testait avec sévérité. Il s'était lié avec Anthelme qui l'avait initié à la pêche à la crevette à Sol Roc. Les palourdes, il fallait se baisser, ce n'était plus de leur âge. Paul et Mireille s'y collaient avec plaisir. En échange, le père Jamard sortait Anthelme de sa maison, il l'aérait, comme il aimait plaisanter et ils allaient souvent manger une blanquette ou une entrecôte frites dans les restaurants du coin. Bien que très différents, leurs passions se rencontraient ainsi que leur droiture et leurs idéalismes. Des hommes seuls, meurtris par des histoires sensibles qui ne s'étaient pas sentis dignes de pouvoir aimer. Des hommes peut-être libres, différents mais de sacrées personnalités qui n'en finissaient pas de se raconter des histoires. Tout le monde rajeunissait dans la gaîté et l'air parfois froid des vents d'ouest marins, se réchauffant d'amitiés sincères et fécondes.

Zora, Jasmina, Lucas et Ahmed avaient réussi à trouver une maison qu'ils louaient ensemble pour le moment. Ils fréquentaient souvent le café pour se faire connaître, pour que les gens s'habituent à eux. Il y avait souvent dans ses contrées une méfiance vis-à-vis des gens qui n'étaient pas natifs de la région et encore plus par rapport à leur origine. Ils le sentaient, le savaient et prenaient leur temps, pour se faire accepter. Petit à petit, les relations se réchauffaient. Le samedi, à l'apéro, ils amenaient parfois des petites « foulies » que les Champelais dévoraient avec plaisir. La gentillesse vraie et sincère et le plaisir du ventre, c'était un bon début.

L'équipée préparait les inaugurations. Il était convenu qu'il y en aurait deux. Une pour la boulangerie et le restaurant plus tard, pour le hammam car les travaux n'étaient pas encore terminés et que cela aurait fait trop d'un coup. Tous ensemble, ils se centrèrent sur la première des premières et ils avaient tous la boule au ventre. Paul jouerait du saxophone, et une pianiste viendrait. Anna voulait absolument le morceau de piano du film « La leçon de piano ». Ce film qui l'avait tellement touché, cette scène lorsque l'acteur Harvey Keitel se dévêtit, tourné de dos par Jane Campion, une scène superbe d'une grande émotion de voir cet homme nu, si beau. Quelle sensitivité, quelle sensualité de tout centrer sur ce corps masculin ! Un coup de génie. Elle avait revu la scène en cachette moult fois car la première fois que le film était passé à la télévision, Maxime avait zappé sur la scène au grand désespoir d'Anna qui tanguait et chavirait sur la sensibilité de Jane Campion incarnée par le beau Harvey Keitel. Elle pensait à Raphaël et eut très envie de lui.

La boulangerie proposerait différentes tartines de pain et des Champeaussons en cadeau. Charline ferait goûter ses oignons farcis. Elles fixèrent la date de l'inauguration au premier vendredi soir de juin. Elles invitèrent tous les habitants de Champeaux, la presse, le père Jamard qui s'était acheté un beau costume pour l'occasion. Osgonia ne pouvait venir, ni Michaël occupés tous deux à la boulangerie, en pleine période de baptêmes, communions et mariages. Vous pensez-bien !

La petite équipe était fébrile. Et leur cœur battait fort au rythme des marées et des cycles lunaires tandis que le soleil séchait l'humidité normande printanière.

VII
Du pain, du vin et des bains

***

Charline – Premier carnet

Le travail buissonnier m'est tombé dessus comme ça, sans prévenir. Ça s'est passé tôt ce matin. Du coup, je rêve sur mon bureau, renâcle, tergiverse. Mes doigts sur mon clavier glissent et se dérobent. Les mots ne viennent plus. Et pour cause ! Ils se sont échappés, aussi rapides qu'un entrechat, un petit saut puis sur la pointe des pieds, et hop, ils ont filé. Je les ai vus partir, en catimini derrière l'ordi. Je les ai vus ramper sur le bureau, passer derrière mon kit de survie du petit Poucet, longer un double décimètre et pof, plus rien. Disparus, je vous dis. Comme si la règle les avait absorbés. Bizarre tout ça quand même. Qu'est-ce qu'il faisait là au fait, ce double décimètre ? Je ne l'utilise pas pour les mots, les mots se mesurent autrement, avec les émotions, les sentiments. Et puis non, les mots ne se mesurent pas, peut-être les intentions et encore. N'empêche, Madame, Monsieur, que les mots ont disparu dans le double décimètre ce matin, alors que je dégustais mon café éthiopien bien chaud à petites gorgées.

Étrange ! Mes yeux se portent sur cet objet de plastique sans intérêt pour moi, je dois en con-venir, jusqu'à ce matin. Pas de traces des mots. Les grands traits, les petits traits, les grands traits, les petits traits… les nombres Baie-cimaux si mes souvenirs sont bons. Non ? Oui, vous savez, ce sont les nombres qui sont infinis. Infinis. Ils ne s'arrêtent jamais ceux-là. À l'infiniment petit ou l'infiniment grand, comme si l'infini pouvait avoir une grandeur… Et là, tout d'un coup, je viens de comprendre qu'entre deux grands traits marqués sur ma règle, il y a un infini d'infinis. Ben oui, entre 0,1 et 0,2 par exemple mais aussi entre 0,110 et 0, 012. etc. Et ça ne s'arrête jamais ! Non, jamais ! D'infinies combinaisons après la virgule, même avant. Non jamais ! Et pourtant, je vois un grand trait marqué de 1 alors que juste avant il y avait un infini d'infinis. Et ce 1-là, qui semble bien fixé, il ne chavire ni ne tangue, ni en arrière ni en avant. Il pourrait s'écraser sur le 2 et pourtant, il reste là campé entre ces infiniment plus grands et ces infiniment plus petits. Waouh. Mes mots ont dû glisser dans un de ces infinis, mais lequel ? Témérairement, je pose un doigt sur ma règle, vais-je pouvoir le retenir ? Va-t-il-lui aussi s'engouffrer dans l'un des infinis ? M'attirer tout entière ? Je tente, après tout, il m'en reste neuf autres. Je le pose entre le 1 et le 2. Croyez-moi si vous le pouvez, rien ne se passe. Peut-être la pulpe recouvre le 1, le 1 la retient. Et si j'essaie de le faire glisser vers le 2. Il ne tombe pas. Quel mystère ! Comment une infinie d'infinis peut-elle constituer quelque chose de solide ? De fini ?

Je pense alors aux amours de ma vie. Tous, mes amis, ma famille, mes animaux, mes amoureux, mes personnages, etc. J'essaie de les compter, ce sont des nombres finis, des nombres entiers mais ma mémoire… Ah la lalala, la mémoire qui ne parvient pas en cet instant présent, cet instant fini à convoquer dans ma conscience l'intégralité de ces amours. Ma mémoire se joue de moi. Je me dis finalement que l'oubli est une sagesse. Il me tend vers l'infini puisque je reste en suspens de ne me souvenir de tout. Mon cœur me joue bien des tours aussi. Il peut aimer à nouveau sans compter, sans mesure. Tout petit ou tout grand, mon cœur tend aussi vers l'infini. Y aurait-il autant d'infinis en moi que ceux contenus dans cette règle, moi qui suis Une... Et des infinis.

Mue par toutes ces pensées, je me promène droite comme un 1 dans la baie. J'aime cette sensation d'être une dans le tout, dans cet infini de l'air et de la mer qui se conjugue, se rejoue, se compose, décompose, se crée en permanence. Dans le tout infini. Un infini d'infinis. Cette sensation d'être si entière, moi avec tous mes infinis, lorsque je regarde les ondes monter, lorsque j'entends ce bruit sourd et si reconnaissable entre tous du courant de la marée montante qui court sur l'estran. Je m'amuse à mesurer le Mont-Saint-Michel depuis la plage. C'est drôle, il ne mesure même pas 1 cm. L'espace se joue des infinis par ses vues infinies.

Tiens, des kite surfeurs apparaissent sur les vagues. Il y a du vent, ils sont plus grands que le Mont. Et croyez-moi, que vois-je en train de cajoler les crêtes des vagues ? Mes mots. Oui, mes mots. Ils sautent, glissent, caracolent sur leur planche en forme de virgule et reviennent vers moi. « Good session M'dame », me disent-ils. J'en reste bouche-baie et je pense « y a plus de respect ».

Mais je les aime mes mots, à l'infini puisque l'infini...

1
Chabrot Champeaux

La boulangerie de Mina et le restaurant de Charline étaient fin prêts, l'étaient-elles tout autant ? La fébrilité leur faisait trembler les mains et le cœur. L'excitation aussi. Le trac les rendait foutraques. Charline chantonnait une phrase qui tournait dans sa tête en écholalie : « Écoute ton cœur ». « Écoute ton cœur ! » Ben franchement, si elle écoutait son cœur, elle aurait des acouphènes ! Elle craquait de cette phrase qui ne la quittait pas et bougonnait. Elle s'était renfrognée et était à fleur de peau. Elle perdait confiance en elle, et se sentait gelée par un sentiment d'incapacité, d'illégitimité et de nullité sans fond. Les failles profondes rejaillissaient et le moment était maltraitant avec elle, comme si elle ne savait plus rien faire jusqu'à perdre la mémoire de tout. Le vide. Le père Jamard le voyait bien, il était cependant très dur avec elle, ne la laissant pas s'évanouir dans son gouffre de mésestime d'elle-même. « Relève-toi ma fille, ça va aller. Reste debout, tu es capable, j'ai confiance en toi. Tout va bien. » Mina n'était guère mieux, mais elle était entourée de Paul et du père Jamard qui l'avaient nourrie de leur amour depuis sa tendre enfance, et cela faisait une grande différence. Elle avait juste le trac mais cela n'ébranlait pas sa confiance et sa capacité à ne pas se perdre quoiqu'il se passe, elle rebondirait. Néanmoins, Mina courait plusieurs fois par jour vérifier ses stocks, ses recettes, n'avait-elle rien oublié ? Elle perdait ses clés et son téléphone à répétition, enfin, ils n'étaient pas vraiment perdus, elle les trouvait régulièrement dans ses poches, après avoir paniqué plusieurs minutes, comme s'il lui fallait une excuse pour vider ses tensions. Anna était aussi stressée mais ne le montrait pas trop. Elle devenait moins patiente. Mina avait remarqué qu'elle allait aux toilettes plusieurs par jour. Mais son visage rayonnait et elle s'ouvrait de plus en plus à Raphaël, qui était très souvent présent au petit-déjeuner. Mina avait discrètement rajouté des croissants sur la tablée du petit-déjeuner et des œufs au bacon que Raphaël affectionnait particulièrement.

À Champeaux, c'était l'événement. Mazette, caramba pour les immigrés mexicains, bien qu'il n'y en ait aucun dans la région. Tout Champeaux en parlait au café. Pardi, une aubaine pour le village et pour les habitants du coin. Du nouveau, du frais, du mouvement, Héhé ! On aimait ça ! Une boulangerie en sus du café et de l'épicerie et de la coiffeuse, un petit restaurant du soir qui complétait l'ouverture du café. La curiosité titillait les habitants. Et quand vint le jour de l'inauguration, ils furent tous là, à l'heure et en nombre. Même ceux des villages alentour, les curieux, les espions, les chasseurs de déroute, les fossoyeurs de créativité, les enthousiastes, ceux qui s'ennuyaient, les heureux des changements, les goulus, les habillés, les élégants, les fringants, les timides, ceux qui passaient par hasard et qui ont vu une foule s'amassait devant les murs de pierre chargés de glycine et de jasmin, les pique-assiette, les bienveillants, les festifs et même un couple endimanché était arrivé pensant que c'était le lieu du mariage auquel ils étaient invités. La musique adoucissait le gris des granits, penauds déjà sous le soleil déclinant. Paul et son saxophone dont les rayons du soleil rebondissaient pile-poil dans les yeux de Charbonnette, la fille de Muscade et Jojo, le rémouleur. À côté d'eux, le curé, l'aiguiseur d'âmes et son carnet de carte de fidélité spécial confesses, faut dire que certains avaient vachement de choses à se faire pardonner chaque semaine, il fallait alors remettre les compteurs à zéro. Souvent. Dix confesses, un cierge offert. Et tous les animateurs de Champeaux, les artisans de son dynamisme et de son énergie, Véronique et Bruno qui avaient créé le café repris par Valérie et Éric, présents aussi pour l'occasion, les bénévoles du Comité des Fêtes heureux de faire la fête et de se retrouver, les habitués, les artistes, la mairesse et l'équipe municipale, l'équipe du Champöthon entraînée par la musique, des chats, des chiens, les poneys des écuries avoisinantes qui passaient par là, bref tout Champeaux était là et même au-delà. Ahmed, Lucas Jasmina et Zora étaient dévoués au service, leur sourire aimable embrassait un petit mot gentil pour chacun. Anthelme était assis un peu en recul accompagné d'Alix et de Dan que toute cette foule intimidait. Pierre Dangle aussi, assis sur un muret, observait le mouvement en recul, fumant une cigarette en souriant. Le piano envoyait ses notes à l'envolée, taquinant celles du saxophone qui s'élevait dans les airs sur le dos d'une gerbe déchirée de passion rocailleuse, les cris du désir languissant. C'est qu'il jouait pour sa Mireille, Paul, pas fou ! Il était bien sûr, très heureux de l'ouverture du bonheur de sa fille, mais Mireille. Ah la petite Mireille. La si belle Mireille, gracile et si pimpante.

C'était gai. Des tables avaient été dressées, avec des tranches de pain, du seigle, du blé, du complet, du mi-sarrasin, à la farine de châtaigne avec des terrines confectionnées par Charline. Ainsi que des mini-croissants et des mini-Champeaussons. Des plats gigantesques d'oignons farcis. Anna s'occupait du ravitaillement des boissons, du vin rouge, du cidre ou du jus de pomme. Oh, il faut dire que tout le buffet disparaissait à une allure folle dans tous ces petits estomacs curieux et affamés de bonnes choses ! Le pain, les petits oignons, les ventres se gargarisaient d'une telle sérénade. Volupté, simplicité. C'était ici à Champeaux ! Champeaux perché, Champeaux pansu. Champeaux goulu. Convivialité, douceur, amour. Charline et Mina habillées en blouses noires aux liserés blancs, étaient superbes, la passion et le partage les galvanisaient. Le succès aussi. Elles firent bien sur chacune à leur tour leur discours. D'abord Mina qui expliqua son travail, le choix de ses pains, de ses farines, de ses recettes, la fabrication des levains, des temps de pousse. Elle expliqua aussi la philosophie de la boutique et du fournil. Ouverte le matin, tous les jours. Et un dépôt de pain l'après-midi au café/épicerie. Pas de pâtisseries pour le moment, plus tard, un projet de pâtisserie haut de gamme à réfléchir. Un dépôt de lait cru frais de la région en self-service. Des glaces maison, l'après-midi, juste l'été. Le Champeausson. Elle fut applaudie et complimentée, la qualité de ses pains que les gens n'avaient pas caressée depuis des lustres, sa sobriété, sa suavité. Ses choix étaient bien acceptés, bien que certains râlassent déjà, justement sur le manque de pâtisseries.

« J'irai ailleurs, je ne vais pas faire deux boulangeries pour aller acheter du pain et des gâteaux ! »

Mina entendit. Elle riait. « Comme vous voulez. Je préfère faire moins, et garantir de la qualité, du digeste au niveau des composants, pas d'additifs malsains, et me développer tout doucement en maîtrisant ma production sans céder aux sirènes du tout facile et de l'achat de surgelés. C'est un choix. Trop de diversité implique soit une grande équipe, soit un recours à de la pâtisserie industrielle. Pour le moment, c'est non. Je préfère restreindre les choix car je ne peux pas pour le moment financer une telle équipe et je refuse de vendre des choses que je ne fais pas. »

« Oui, mais vous ne créez pas d'emploi avec ce système ! C'est bien beau de faire bosser les acheteurs sous couvert de la confiance et de la simplicité ! » objecta un homme d'une soixantaine d'années.

« Je ne vois pas les choses comme ça, Monsieur. Notre projet est plus vaste qu'une simple démarche commerciale et économique. Je ne veux pas de système de management classique. Ce n'est pas comme ça que nous voyons les choses. Une relation descendante de hiérarchie, un patron, des employés. Non. Je veux pouvoir développer la gastronomie, les produits du terroir, les savoir-faire, progressivement et intégrer au fur et à mesure des personnes qui vont participer activement dans ce projet. Je ne veux pas d'employés, je veux des personnes impliquées, qui amènent leurs idées. Moi-même ainsi que mes amies nous voulons un autre modèle social. Que les gens qui seront amenés à travailler avec nous, et pas pour nous, rentrent heureux le soir. Fiers. Qu'ils puissent raconter leur journée à leur enfant parce qu'elle aura du sens. Entre ceux qui vivent la dureté des conditions de travail physiques, tous ceux qui sont malmenés dans les bureaux par des activités qui n'ont pas justement de sens, les managements pervers qui vident de toute humanité, les placards, les injonctions paradoxales qui emmènent les gens à devenir inhibés ou en situation stressante de désobéissance permanente, à bascule sur le fil glissant de la faute induite en permanence, l'infantilisation croissante. C'est tout cela qui crée les burnout à répétition, la fatigue, la performance sans sens, les humiliations, le manque de reconnaissance, le déni de notre intelligence. L'argent ne rend pas heureux ni le matérialisme, même si finir le mois en pouvant payer ses factures et remplir les estomacs évite les angoisses et les insomnies. Mais ce qui rend heureux, c'est de participer, d'exister dans ce que l'on fait. Le travail se vide en France de tout sens et humanité, en grand renfort de théorie du management qui n'a plus rien d'humain car il considère le salarié comme un parc automobile à gérer. Quand on rentre vidé, humilié, qu'on fait les choses qui n'ont pas de significations, qu'on ne peut pas ni expliquer, ni transmettre, qu'on ne peut pas investir parce qu'on y met pas de soi, qu'est-ce qu'on raconte à ses enfants ? Que leur transmet-on ? De la peur. Oui. De la peur. Peut-on être étonné de leur réticence à rentrer sur le marché du travail quand ils voient leurs parents usés ou laminés psychologiquement, de ne pas pouvoir expliquer à quoi sert de travailler si ce n'est gagner de l'argent pour payer le loyer ? D'ailleurs, le terme même de "marché du travail" est anxiogène, comme un grand supermarché de femmes et d'hommes, une course effrénée de gestion de marchandises humaines ! Est-ce vraiment ce dont nous avons tous envie ? Je me rappelle un jour, avoir discuté dans le métro, alors que celui-ci était bloqué dans un tunnel, avec un ouvrier qui travaillait à la chaîne. Il avait commencé à développer des troubles physiques et psychologiques à partir du moment où on lui a interdit de réparer sa machine. Il aimait prendre soin d'elle et si le travail à la chaîne était fastidieux, prendre des pauses pour la réparer, la briquer, donner du sens à ce qu'il faisait, le rendait existant, actif et fier de son travail et son implication. À partir du moment, où on lui a dit, tu ne fais plus, et tu te contentes de travailler sur ta chaîne, il a perdu l'essentiel, c'est-à-dire lui, son existence, son identité, sa capacité justement d'implication personnelle à un projet global. Il était devenu passif, juste un corps automatisé à qui on interdisait de penser, de ressentir, de s'investir. Alors son corps s'est mis à souffrir de ce silence qu'on lui imposait, de cette désaffection humaine prescrite. Alors, on l'a petit à petit poussé vers la sortie, comme un mouchoir jetable. Rendre les gens passifs, c'est les constituer comme des victimes, comme une forme de viol psychologique, il n'y a rien de pire. Il faut changer tout cela, et nous avons envie d'essayer. Cela se fera progressivement. Nous préférons faire moins de bénéfices mais être sûres que nous pourrons donner la place nécessaire à de nouvelles personnes tant financièrement qu'en tant qu'implication et pouvoir d'agir. »

« Vous êtes une idéaliste. Le monde ne marche pas comme ça. »

« Peut-être et je le revendique. Mais si on se contente de la fatalité, pour sûr, le monde ne marchera pas autrement. Partout, les initiatives solidaires fleurissent. Il faut retrouver un équilibre entre l'économie, le sens du travail et remettre l'environnement au centre, aidé par la technologie et la science et pas l'inverse, pas dans l'asservissement des humains. Eux aussi, ont besoin d'un écosystème complexe, tout comme les autres êtres vivants. J'ai eu la chance que l'on m'ait transmis ce goût du bon pain. Et c'est un cadeau inestimable. La transmission, c'est certainement ce qu'il y a de plus beau dans l'humanité. C'est une forme d'amour. Et plus ça va, moins elle se fait sur le plan professionnel à travers les générations. On ne peut transmettre que ce que l'on aime et comprend. Et c'est ce qui nous tue. J'en suis persuadée. Parce que si une personne est épanouie dans son travail et qu'elle raconte ce qu'elle fait avec passion, amène ses enfants sur son lieu de travail, lui transmet ses émotions, ses savoir-faire, alors peut-être que les enfants ne choisiront pas la même voie. Et ce n'est pas grave. Parce qu'il leur aura été transmis le devoir du sens et du travail bien fait, du bel ouvrage, et cette transmission les nourrira. Le bel ouvrage n'a rien à voir avec ces foutus indicateurs de qualité dont on nous abreuve. Celui des normes qualité déréalisées à la "mords-moi le nœud" qui consiste à compter bêtement sans y mettre du sens et les afficher sur un beau tableau de nombres qui abrutissent les cerveaux parce qu'on a aucun élément de contexte qui permette de les comprendre. Des chiffres, des chiffres, compter, toujours compter… Sans fin ni savoir quoi ni comment. »

« Ouais, mais si vous ne cadrez pas, vous verrez, les gens ce sont des tire-au-flanc, vous allez vous planter », dit un homme, visiblement chef d'entreprise.

« Non, c'est ce que le journal de certaines chaînes de télé vous fait croire. Que les travailleurs sont des enfants irresponsables, à qui il faut constamment répéter que tout coûte ! C'est faux. Plus vous infantilisez les gens, plus vous leur donnez l'occasion de se tromper et de se démobiliser parce que vous inhibez ce qu'ils ont de meilleur en eux. Tout simplement. Il faut aussi accepter que les évolutions puissent être un peu différentes, accepter d'autres idées et accepter les erreurs. Des erreurs, cela se corrige. Sinon effectivement, on n'a besoin que de robot exécutant. »

« Oui, vous n'inventez rien, on est toujours dans l'interdépendance. »

Mina était rouge de son élan engagé, elle reprit sa respiration quand Anna enchaîna, entraînée par la passion soudaine de Mina.

« Non, on ne réinvente pas l'interdépendance, c'est la base de notre survie ou plutôt de notre vie. On ne réinvente rien, sauf le fond, et encore. Si l'objectif est l'indépendance, encore faudrait-il la définir. Indépendance par rapport à quoi ? À qui ? Mina vous l'a expliqué, partout, les initiatives solidaires, de travail juste et durable fleurissent. C'est une lame de fond. Pour moi, la mondialisation crée les conditions de la montée des extrémismes et des fascismes. Bien sûr, dans votre supermarché, vous allez rencontrer votre voisine qui y sera peut-être caissière, votre cousin qui sera à la logistique. Bien sûr, ce sont des emplois. Et derrière, il y en a plein d'autres, des commerciaux, des marchandiseurs qui vont prospecter les jouets à Hong Kong, les vêtements en Chine, les haricots verts au Kenya, et les cornichons en Inde. Etc. C'est chouette, en partie, car on peut s'acheter des choses pas très chères. Et pourtant le prix à payer est lourd : au niveau humain, écologique, du déséquilibre économique et des savoir-faire qui s'échappent de notre pays et des autres. Les fortunes s'amassent de manière dantesque, alors que certains peinent à avoir un salaire décent, à vendre leur production tant le système de cours des matières premières et de compétition écrase les entreprises. Alors on évoque les charges sociales, parce que quand on a tiré les prix au maximum, le coût de ces fameuses charges sociales apparaît scandaleux alors qu'on oublie que c'est ce qui nous soigne, nous apprend à lire, assure nos vieux jours et surtout paye nos salaires, etc. Ces grands systèmes mondiaux interdépendants et l'impact que cela a sur les flux financiers, les modifications des strates sociales et notamment cette fameuse classe moyenne qui devient de plus en plus précaire, génèrent de l'insécurité et du non-sens. La performance, la compétition soutenue par la science, une partie de cette fameuse science qui a été dévoyée. Eh bien, on se rend bien compte qu'aujourd'hui, le tableau est plus nuancé, comme tout, elle a du bon et du mauvais. Avant, si on ne pouvait pas faire de courses, on mangeait au moins du pain. Avec la transformation des blés et l'ajout d'additifs, mangez du pain en grande quantité et la moitié d'entre nous finira à l'hosto avec des troubles digestifs carabinés. Les super libéraux achèteront des actions chez Lotus, le cours de la bourse explosera, certains seront même tentés de créer des situations de pénuries pour faire monter le cours du papier. Et je ne parle pas du coût écologique de l'utilisation des cultures de masse qui esclavagise un bon nombre de producteurs dans une course où peu d'entre eux gagneront. Cette interdépendance-là liée à la logique de surproduction et de compétition appauvrit notre planète, une foule de gens pendant qu'elle en enrichit d'autres. Alors, oui, les pays, et le nôtre d'abord, ont pu se développer grâce à cela. Tout n'est jamais totalement mauvais, et c'est bien cela qui est complexe à comprendre pour nous. Mais cette globalisation fait peur, parce qu'elle impose des formes de totalitarisme et d'iniquités qui entraînent un mouvement de repli qui pour moi en tout cas, suffit à expliquer la montée des fascismes, d'autres formes de totalitarismes tout aussi violentes, et moi, cela me terrifie. Quand on ne contrôle plus rien, on a peur, on se ferme et tout ce qui est à l'extérieur, devient notre ennemi. Trop se refermer sur soi-même est également dangereux. Un terrain propice à l'arrivée d'un nouvel Hitler. L'interdépendance, la science, les échanges, ce ne sont surtout pas de mauvaises choses en soi. Tout dépend de la finalité, des objectifs sociétaux. La paix, la durabilité, le respect des humains et de la nature ou bien la globalisation, les profits à court terme. Simplement, il est temps de rechercher des formes plus équilibrées, plus équitables, plus saines. Nous avons suffisamment de recul aujourd'hui pour comprendre tout cela et trouver un équilibre. Il ne s'agit pas de revenir à des vies préhistoriques mais simplement de remettre de la valeur ailleurs et de tirer les leçons de ce qui est positif et de ce qui est une gageure. Le matérialisme, pour moi, en est une. Et ces mouvements dits plus raisonnables n'ont pas finalement pas d'autres objectifs, en tout cas, tels que nous les voyons, de remettre du sens, de l'humanité, de l'équité et du contrôle, pour que finalement, ces fonctionnements puissent aussi amener de la sécurité, mais une vraie, du concret, sans armes ni violence. Parce que pour moi, la seule manière de lutter contre toutes ces formes de totalitarismes qui se développent partout et amènent de la rigidité, de la perte de liberté, c'est d'y opposer de la flexibilité, de la créativité. De recréer des espaces suffisamment sécurisants pour que l'autre ne fasse plus peur. C'est une forme de rébellion douce, de désobéissance. Et nous l'assumons. Donc oui, à l'interdépendance. Mais une interdépendance qui ne génère ni de passivité ni d'assistanat qui inhibe la réflexion et le libre arbitre de chacun. Oui, nous créerons des emplois dès que nous le pourrons mais comme vous l'a expliqué Mina, nous ne voulons plus du modèle décideur-exécutant qui devient exécutable et au final exécuté. Et oui, vous tous, vous pouvez avoir votre mot à dire, car la richesse n'est pas matérielle, elle va bien au-delà et elle vous appartient aussi. Alors oui, nous sommes peut-être de grandes idéalistes, oui, nous serons peut-être déçues, nous allons peut-être nous planter. Mais en réalité, on s'en fout, parce qu'on va le faire quand même et que tout ce qu'on fera nous apprendra beaucoup de choses. À nous et à vous aussi. »

« Bon finalement, on se rend compte que le pain n'est jamais loin de la politique ! » déclara Charline en souriant et en faisant un clin d'œil à l'assistance. « À présent, je vous propose de trinquer à la Vie, au pain et aux petits oignons et à notre confiance en l'humanité ! »

Ça râlait un peu tandis que d'autres applaudissaient en criant : « Bravo ! ». À Champeaux, on n'appréciait pas forcément d'être dérangé, on ronchonnait parfois à chaque changement qu'on aimait pourtant bien, parfois juste pour dire, on critiquait mais dans le fond, on aimait bien les gens qui en avaient dans le bide et qui étaient un peu francs-tireurs. Et surtout, ce qui rassemblait chacun, c'était l'amour pour leur village et cela était déjà en soi une grande richesse. Néanmoins, les paris d'une faillite rapide étaient lancés dans l'assemblée, avec la même fougue empressée des bookmakers de la City.

Le père Jamard lui souriait, fier de ses trois filles, et les regardait avec amour. Mina et Anna exprimaient peu leurs émotions mais quand elles le faisaient, c'était un feu d'artifice. Faire des choix, c'est laisser de côté certaines choses ou certaines personnes. Cela fait partie du coût de la liberté de penser et de décider. Mina faisait et ferait avec, l'expérience la guidera dans ses ajustements à faire dans l'avenir. Elle savait bien qu'elle ne pourrait satisfaire tout le monde, les adeptes des pâtisseries du dimanche, les adeptes de la baguette blanche légère, si légère à la croûte orange, les insatisfaits chroniques. Mais elle savait aussi que les matins du bourg seraient réveillés avec l'odeur des pains et des croissants chauds, qui accompagnerait les visiteurs jusqu'à la terrasse du café.

« J'ai beaucoup parlé ! Je laisse la place à Charline et à son restaurant ! »

Charline, très en beauté, maquillée de son air de sauvageonne naturelle, ouvrit les portes de la salle de restaurant adossée à la cuisine derrière une verrière. Une belle salle et des tablées de chêne blanchi. Des bancs. Des chandeliers rappelant le gris du granit, une toile de Claude Rémusat, des gens en maillot de bain assis au comptoir de bois buvant un café ou un ballon de vin rouge. Des paysans assis aux tables. La population du coin l'été, un mélange joyeux de genres, de personnes, de circonstances.

Charline aima tout de suite ce tableau qu'elle trouvait paisible et gai. Au-dessous, une console de bois et de métal blanchie à l'eau de mer de Didier Rauld soutenait des pots de céramiques, des affiches signées par Daniel Jan, des triptyques de Bernard Vernochet. Des photographies grand-format, l'une représentant un nu féminin merveilleusement sensuel de Thomas Rémusat et les autres… Eh bien, ben cela avait été très compliqué de trouver un nu masculin. Charline y tenait. Elle s'était d'ailleurs emportée sur le sujet lors d'un déjeuner avec la bande au sujet d'une exposition de nus féminins sexy photographiés par une femme.

« Égalité… Des sexes et du désir féminin et masculin… Où ça ? Moi, j'aime bien aborder les sujets par la porte de ce qui est absent, de ce qui manque, ce qui est dénié. Et pour ce qui concerne l'égalité homme-femme, je me demande où est le corps sensualisé des hommes dans le paysage pictural des photographes d'art féminins ? Le corps sexy, désirable des hommes n'est-il jamais montré comme l'est celui des femmes dans le monde du désir hétérosexuel ? Je ne vois pas trop, hormis le fameux calendrier des rugbymen, ou la superbe scène du nu dans le film culte la Leçon de Piano ! Je vois des femmes qui prennent des femmes en photos avec des poses qu'aiment les hommes, des hommes qui prennent des femmes en photo, c'est banal. Des courbes, des courbes de femmes. Et les hommes ? Comme si le beau ne serait que les courbes féminines et encore en taille 36 et de surcroît, photoshopées. Le corps sexué des hommes serait dénié au même titre que le serait le clitoris. Étrange, pourtant chez les hommes, il y a des courbes, des chutes de reins, le bassin, ah leur bassin, les hanches, le torse… Bref, plein de jolies choses fort désirables dans le corps des hommes. Heureusement qu'il y a la presse gay pour combler ce vide !

Mais franchement les hétéros, ils n'en ont pas marre des normes patriarcales unilatérales qui conditionnent jusqu'à notre intimité et notre désir, notre sens de l'esthétique devenu normé ? L'égalité ne commencerait-elle pas par élever le corps des hommes au même rang du désirable que celui des femmes ? Que dis-je "élever", non, simplement reconnaître que le corps masculin est beau et désirable. Autorisons-nous à assumer notre désir, ce qui nous touche dans leur corps. Si le corps des hommes était aussi esthétisé, montré, peut-être cela entraînerait-il une diversité qui baisserait les tensions dangereuses générées par l'extrême focus sur celui des femmes ? Et si un homme photographe hétéro prenait des photos sexy d'un corps d'homme ? Ne peut-il pas lui aussi être sensible à la beauté d'un corps masculin sans pour autant être gay ? Ne serait-ce pas un vrai sujet original, progressiste ? Ou bien serait-il vu comme une "salope" ou une "prédatrice" comme le serait une femme qui assume son regard sur le corps des hommes alors qu'il ne s'agit que de mettre en poésie le corps masculin sur des notes du désir féminin ? Elle est là, la vraie révolution ! »

Anna rétorqua : « ce n'est pas faux, moi j'aime bien les nus féminins mais parfois j'ai le sentiment qu'en ne me montrant que des nus féminins sexy, on m'impose une forme de lesbianisme tronqué, ou un modèle de sensualité et d'érotisme conforme aux fantasmes de certains hommes sans pouvoir choisir ni affirmer ma propre sexualité. Et en tant que femme, je m'y perds. Comme si je devais me coller à un modèle que l'on m'impose et que cela m'empêche de me concentrer sur mon propre corps et sensualité. Mes envies et désirs singuliers. Mon imaginaire à moi. J'ai l'impression qu'on me prive de mon plaisir de voir des belles hanches masculines que j'adore tant. Pourquoi ? »

Mina rajouta : « oui, c'est ça. Je suis toujours surprise de certaines femmes qui finalement pensent être l'égal des hommes en faisant comme eux, et en prenant des photos à la limite du porno, mais qui, sans s'en rendre compte, leur amènent leur fantasme tout cru servi sur un plateau, comme agirait une mère maquerelle avec la bénédiction de la société. Cette maquerelle particulière, une pourvoyeuse de fantasmes stéréotypés, qui au final reste encore et toujours subalterne du désir de l'homme et donc aux hommes, « the number two » ! C'est vrai que cette désaffection pour le corps des hommes, c'est curieux et loin d'être banal… Même dans les scènes sensuelles au cinéma, tout tourne autour de la sensualité du corps féminin, rarement autour de celui des hommes. »

Ce qui fut drôle lors de ce repas, c'est que tous les hommes présents rentrèrent leur ventre simultanément et se tinrent droit subitement, se sentant tout d'un coup objet. C'est qu'ils n'étaient pas habitués à se faire déshabiller de la sorte, à ce que l'on parle de leur corps, soudain érotisé, objet de désir collectif. Ils se rendirent compte à quel point ce pouvait être pénible d'entendre parler de gros seins et de fesses à longueur de journée. Peut-être les filles avaient raison, rompre le déni, permettrait de revenir à un désir plus assumé, naturel et surtout plus équilibré, harmonisant alors par une naturelle régulation des désirs mutuels, les relations entre les hommes et les femmes. Alors peut-être, la séduction entre les hommes et les femmes pourrait se dérouler de manière saine et agréable sans avoir l'impression d'être un objet, une proie. Elle était peut-être là l'égalité, dans le fond.

Au final, Charline finit par choisir une reproduction de photographies de Vivienne Maricevic, un superbe torse d'homme, et d'Eva Rubinstein, témoignant d'un fessier et d'un bassin à faire réveiller les désirs les plus réprimés de nonnes enterrées au cimetière depuis des siècles qui s'inséraient parfaitement dans une décoration sobre et dépouillée mais chaleureuse, sensuelle et artistique.

Charline était à l'aise à l'oral, alors elle raconta sa cuisine, Sergio, Madame Louise, la transmission encore, de l'amour encore et toujours, des plats familiaux, gourmands et de la bonne humeur. Pas de chichi, mais de l'amour en terrine, en plat, dans l'assiette et dans le ventre. Le nombre de convives était limité, une vingtaine de personnes pas plus. Il était possible de commander à emporter. Le restaurant serait ouvert les soirs uniquement, de 19 heures à 24 heures Elle annonça d'ores et déjà qu'il y aura chaque semaine une soirée oignons farcis et cuisine provençale. Une soirée menu auvergnat orchestrée par le père Jamard et son père Paul, des jeunes chefs invités qui allaient tester leur menu, d'autres plus connus qui viendraient tenter de nouvelles expériences, une soirée cuisine kabyle, une soirée cuisine limousine et une soirée asiatique. Les personnes qui avaient envie de faire goûter leur spécialité étaient les bienvenues, même si elles n'étaient pas chefs. Pourquoi pas une soirée blanquette de veau ou tomates farcies, une soirée *knidey pi*e s'il y a des Anglais, etc. « L'idée est de faire tourner les cuisiniers, à la fois pour permettre une variété de plats mais aussi pour aider des jeunes à se lancer. C'est aussi l'idée de la transmission, du partage entre tous. Un autre concept de restaurant, un lieu aussi solidaire et participatif. Vous n'avez pas d'argent pour régler le plat. Venez quand même, et proposez un service. L'argent ne doit pas bloquer. Tout doit circuler, l'argent bien sûr car il permet de réinvestir et de régler ses fournisseurs, mais aussi les savoirs et les services. Les gens aussi, personne ne doit se sentir à l'écart parce qu'il ne peut pas s'offrir une sortie. Je ne serais peut-être pas plus riche si j'offre un menu, mais je serais ravie d'une aide pour la vaisselle par exemple ou pour remettre en place le restaurant. Je veux que ce soit simple et sans jugement. Chez moi, tous sont les bienvenus. »

Charline conclut : « Je suis vraiment heureuse que vous soyez tous là et j'ai hâte d'ouvrir la salle ! En attendant, reprenez un petit oignon et buvons un verre à ce magnifique projet, à nous, à vous ! » Et elle alla chercher des plats d'oignons qu'elle distribua à l'assemblée. Ils avaient été tous dévorés en moins de deux, tandis que d'autres sortaient déjà des cuisines.

Toutes deux furent applaudies, et les réservations tombèrent, le carnet était quasiment plein pour les quinzaines de jours suivants ! Mazette, le pouvoir des oignons farcis et du pain frais ! Le père Jamard, à l'aise derrière le comptoir en bois, sortait les plats d'oignons du four, hummm, les petits oignons frétillants et confits dans l'huile d'olive. Il distribuait les plats et il disait : « goûtez, les petits oignons confits de ma seconde fille. » Et la bouche pleine, ils écoutèrent la conclusion des discours donnée par la mairesse se félicitant des initiatives et de la convivialité offertes au petit village de Champeaux. Elle discuta un peu avec les filles. Elle était intéressée par les initiatives de recherche d'alternatives au modèle économique classique. Un modèle plus durable, une qualité et un prix accessible et donc plus équitable, la notion du travail à revoir aussi, sur un modèle différent du modèle patron-salarié, un modèle plus participatif et la transmission intergénérationnelle. Bref, un projet humaniste à concevoir, tester, peaufiner. Il lui tardait avec bienveillance de voir comment leur aventure allait évoluer mais elle était confiante. Bien qu'elle avertisse de la tentation du travail au noir. Ce à quoi, Anna répondit que ce n'était pas l'objectif et qu'elles croyaient au système de solidarité financé par les charges sociales mais que s'il fallait le faire pour des buts idéologiques, et permettre de la flexibilité raisonnée, elles le feraient. Alors, ce serait l'occasion de discussion qui pourrait permettre une réflexion plus profonde sur un plan politique. Durant leur discussion, le vide des plats et des bouteilles sonna la fin de l'inauguration. Les convives repus s'éclipsèrent. Laissant les tablées et plateaux évidés dans la petite cour de chez Anna qui était ravie de cette soirée, accompagnée de son fidèle Raphaël qui l'avait aidée à servir les boissons. Tous s'attelaient à ranger la cour.

Pendant ce temps, dans sa voiture, devant chez Anna, Maxime avait observé toute l'inauguration. Les seins d'Anna dansaient sous sa tunique en soie vierge, elle ne portait pas de soutien-gorge et sa poitrine qui avait forcie, pointait à chaque fois qu'elle tendait un verre sous l'œil complice de ce grand, ce grand-là, nommé Raphaël. Il l'avait vue s'enflammer dans son discours. Jamais il ne l'avait vue comme cela. Il la trouva terriblement belle et intelligente pour la première fois et elle lui avait échappé. Il en était en colère. Pas contre lui, il était incapable de se remettre en question mais voilà, qu'à ce moment-là, elle, l'avait privée de la possibilité de le mettre en valeur, lui, de profiter de son soudain succès, cela le mit en colère. Il voulut aller la voir et la récupérer, la faire monter de force dans la voiture et rentrer à Paris mais il sentit que le moindre scandale l'aurait perdu et surtout, lui aurait fait perdre l'appartement mauve de Maman. Et puis, il y avait cet homme, toujours présent auprès d'elle. Maxime signa les papiers du divorce et les mit dans la boîte aux lettres. La défaite à peine résignée mais humiliée.

Toute la petite bande, Anna, Charline, Mina, Raphaël, Ahmed, Lucas, Zora, Jasmina, Paul, Mireille, le père Jamard,

Pierre Dangle finissait de tout remettre en ordre. De grands paniers de sandwiches maison, du pain de Mina et des terrines et charcuteries furent déposés dans le coffre des voitures car aucun n'avait eu le temps de goûter aux mets offerts. Direction la plage quelque part entre Saint-Jean-le-Thomas et Dragey. Les fesses calées dans le sable, ils trinquaient et se rassasiaient, se remémorant les petits détails que les uns et les autres n'avaient pas vus. La baleine de soutien-gorge qui s'était échappé du Cœur Croisé de la mère Minerve, grande pique-assiette notoire et qui avait failli l'éborgner tandis qu'elle emplissait son cabas de petits fours pour nourrir le soir, son chien Ursule avec le buffet des filles. Mimi qui faisait de l'œil à Miranda qui faisait semblant de ne pas le voir mais qui repassait sans cesse devant lui le regard lointain mais déformé par un strabisme divergent, la bouche en cul-de-poule. Georgette qui racontait comment elle s'était retrouvée aux urgences quand elle s'était assise par inadvertance sur ses aiguilles à tricoter qui lui étaient rentrées dans l'anus et l'avaient perforée, ce qui fait rire tout le monde. MinouMinou qui s'était acheté une couverture en moumoute pour pouvoir dormir dans sa voiture le soir après une « jaja », en cas de présence de gendarmes sur la route ou d'impossibilité totale de conduire, et pourtant il lui en fallait à MinouMinou, pour s'abandonner sur la route, lui et son auto. Fabienne qui racontait comment elle avait rencontré son chéri, un matin en courant après le bus, qu'il l'avait faite rentrer par la porte arrière. Le bus avait redémarré brutalement et elle avait trébuché, alors qu'elle était encore en contre-bas sur les marches. Elle avait alors tendu la main pour saisir la colonne métallique mais avait saisi le pénis du jeune homme, tout penaud de cette attention soudaine et qui fit l'effort de rester digne malgré la douleur et la surprise. Rouges tous les deux, leurs éclats de rire les unirent pour la vie.

Ils riaient tous de ces histoires, le soleil se couchait peu à peu, offrant comme toujours un coucher de soleil digne des plus grands réalisateurs de cinéma américains, tout plein d'effets spéciaux, de couleurs et de lumière. La vraie vie, quoi. Ils en avaient plein les yeux. La mer descendait, avec les oiseaux et les poissons. Le soleil se couchait, les températures chutaient les faisant frissonner. Ils rentrèrent, fatigués mais heureux, l'excitation était retombée peu à peu. Les filles devaient se lever tôt pour préparer les ouvertures du samedi. Et l'équipe du hammam devait à son tour s'organiser pour la dernière ligne droite avant leur propre inauguration.

2
Des champs et de l'eau

La semaine s'écoula avec beaucoup d'agitation. La boulangerie marchait du tonnerre de Champeaux. Paul guidait un peu les clients dans son fonctionnement. Un pot de monnaie était à disposition, un cahier pour ceux qui n'avaient vraiment pas d'appoint dans lequel ils notaient leurs emplettes. Chacun se servait. Des sacs à pain confectionnés par le Champöthon étaient en vente. La première semaine, les clients étaient quelque peu désarçonnés mais ils s'habituaient peu à peu, étonnés de cette confiance et de cette autonomie qui leur était laissées. Et finalement, ils adoraient cette confiance et cette simplicité. Certains s'offusquaient, le service était une marque de soumission et de caresse de l'ego, ils se sentaient floués, tout nus de ne pas exister en tant que client à servir. Le « il vous faudra autre chose » d'une voix faussement gentille frisant la nasillardise, en rassurait certains sur leur pouvoir de dire oui ou non, et en agacer d'autres. Au final, la plupart aimaient bien l'ambiance de la boulangerie. Ils regardaient Mina travailler dans le fournil, ils discutaient un peu, c'était moins commercial, plus direct, plus viril presque. Euh, viril, parce que moins apprêté, clivé, codifié. Ah, ah, les stéréotypes ! Mina leur demandait comment ils allaient, elle leur expliquait ce qu'elle faisait, prenait des nouvelles du village. Certains restaient là longtemps, juste pour le plaisir d'observer, des bruits de crépitement du fournil, de l'odeur du pain et de la farine, c'était rassurant de la voir à l'œuvre. Les gens aimaient bien contempler les humains au travail. C'était fascinant. Le pain en prenait un autre goût. Mina avait peine à satisfaire toutes les demandes tellement ses pains avaient du succès. Et surtout ses croissants, des commandes de gens qui venaient de Granville parfois. Le père Jamard lui donnait un coup de main qui était plus que bienvenu.

Anna observait souvent Charline. Elle avait été très inquiète lorsque celle-ci était rentrée de Paris, amaigrie, le visage tiré et émacié, les lèvres blanches, les yeux presque opaques, Charline semblait à l'état d'agonie. Anna n'avait rien dit, mais avait choyé Charline. Elle l'avait aidé à s'installer dans son studio. Ensemble, elles avaient arrangé le restaurant, et s'étaient beaucoup promenées. Quelques bronzettes à la plage, de la lecture. Une convalescence pour un oiseau brisé, tombé de sa branche sur laquelle elle tenait en équilibre tant bien que mal depuis des années. Elle avait repris un peu de poids et de couleurs. Son visage était plus enjoué, mais Anna avait remarqué que son regard était encore fuyant, souvent triste, elle était si fragile sous cette apparence un peu teigneuse. Parfois, elle la surprenait comme figée, le regard perdu dans l'infiniment loin ou à l'intérieur. Anna ne savait le dire. Puis, Charline revenait à elle et la vie reprenait. Un geyser en elle, de beau et de moins beau, de la passion, de la colère, de la ferveur, une totale insubordination, bien que très raisonnable, elle était belle et vive. Anna avait remarqué qu'elle était souvent très espionnée et déclenchait de vives jalousies de certaines femmes plus âgées tout comme l'attirance obsessionnelle de vieux patriarches approchant le siècle. C'était étrange, elle ne l'expliquait pas. Peut-être cette animalité que Charline dégageait, ou peut-être sa propre histoire. Cette souffrance et cette sauvagerie couplée avec cette grande sensibilité et fragilité, cette passion attirait, attisait les braises. Étrange. Une femme qui à la fois avait un grand besoin de sécurité et de protection mais aussi de liberté. Un cheval sauvage, en Normandie, quoi de plus normal. Toutefois, Charline était très professionnelle et brillante. Le restaurant tournait vraiment très bien. Elle avait prévu les interventions de cuisiniers pour plusieurs mois, tout était planifié, organisé et le succès générait de plus en plus de propositions. Anna remarqua que depuis que Charline s'était mise à écrire, elle était finalement plus ancrée, plus présente à la vie. Plus, elle écrivait, plus elle gagnait en consistance, en apaisement. Les mots qui sortaient de ses doigts semblaient la remplir, c'était curieux comme mouvement. Comme si elle avait besoin de lire ses mots, de les voir, pour se nourrir d'elle-même. Mais Anna sentait qu'elle n'avait pas encore trouvé sa place. Elle n'arrivait pas à mettre une idée précise sur sa sensation car son implication perfectionniste et très professionnelle ne laissait rien transparaître. L'équipée du hammam lui avait confié une mission secrète pour l'inauguration qui arrivait à grands pas, l'écriture d'une partie du discours qu'elle prenait très au sérieux. On la voyait souvent accroupie sur la marche de l'escalier, raturait ses carnets qu'elle prenait souvent à l'envers, ses notes rédigées sur des pages aléatoires sans aucun ordre ni sens, un labyrinthe de pensées et d'écrits, ce qui étonnait tout le monde, Charline étant plutôt organisée en général sauf sur ses pages.

Après son temps de travail, elles allaient nager sur Carolles puis elle aidait Zora, Jasmina, Ahmed et Lucas à préparer les pâtisseries orientales pour l'inauguration avec Mina. Des makrouds, des petits losanges fourrés aux dattes, des cornes de gazelle, et des baklavas pour le sucré et pour le salé : des cocas, des petits chaussons fourrés à la tomate et aux poivrons, et des petits fours au fromage et à l'ail. Du thé à la menthe. Des grands plateaux en métal argentés et ciselés avec des volutes orientales étaient dressés dans la salle de repos sur les petites tables.

C'était prêt ! La décoration était finalisée. Une décoration traditionnelle orientale en mosaïques pour les deux salles chaudes. Des tons chauds pour faire voyager les clients, la salle tiède comportait une petite piscine et était également tapissée de superbes mosaïques bleutées. La salle de repos était constituée de banquettes en velours indigo, et des oreillers en imitations peaux de zèbre, en tissus dorés ou de velours, des teintures dorées, d'autres en imitation panthère qui formaient ainsi des alcôves mêlant le style traditionnel avec un style décalé plus moderne travaillé avec soin par une décoratrice pour ne pas tomber dans le kitsch, des petites tables basses traditionnelles pour le thé et les tables pour les massages, des aquariums avec de faux poissons égayaient les murs. Un décor oriental, très agréable, dosé avec élégance et surtout le sens du confort et du cocooning. L'accueil était volontairement assombri afin de provoquer un sas de décompression dans laquelle se tenaient des étagères de peignoir, claquettes, produits orientaux en vente : savon noir, kessa, huile d'argan qui côtoyaient quelques céramiques. Les grands pots de savon noir et d'huile de massage étaient arrivés dans la semaine. Ouf, tout était arrivé à temps. L'équipe avait également investi dans de la tangue du Mont-Saint-Michel afin de proposer un soin spécial baie du Mont-Saint-Michel.

Le jour fatidique arriva et bon nombre de convives furent présents à l'heure. Quasiment les mêmes que pour la boulangerie. Pardi, ils voulaient voir de leurs yeux ce hammam dans leur petit village normand ! Ils étaient nombreux à penser que c'était une farce, et c'était un sujet de plaisanteries au café. Certains étaient plus inquiets et craignaient que ce soit le préalable à la construction d'une mosquée à Champeaux, malgré les paroles rassurantes que l'équipe transmettait aux gens du village quand ils les rencontraient au café. Zora, Jasmina, Ahmed et Lucas les attendaient tous de pied ferme avec la peur au ventre et la bienveillance dans les cœurs. Les filles étaient bien sûr là en renfort ainsi que Paul et le père Jamard et distribuaient des plaquettes, les horaires, les tarifs des soins et un bon de réduction pour tous les habitants de Champeaux. Lucas invita les convives à remplir un petit bon pour gagner un forfait de soins puis ils furent rassemblés dans la salle de repos tandis que les plateaux de pâtisseries disparaissaient à vue d'œil. Le Champelais est gourmand ! Ahmed prit la parole, ému, les larmes aux yeux, de grands yeux immenses, un Maghrébin qui pleure, attendrit toujours subliment les cœurs, pourtant il était sincèrement ébranlé et touchant dans sa manière sans filtre de montrer sa sensibilité à tous : « Bienvenue ! » dit-il la voix tremblante et chevrotante. Ces trois équipiers l'encerclèrent pour le soutenir. « Sincèrement bienvenus. Je suis ravi de vous accueillir dans ce hammam, ce hammam, c'est mon rêve et c'est notre rêve à tous les quatre. Un rêve de paix, de douceur, de bienveillance, de bien-être, d'indulgence, d'égalité. Nous voulons qu'il soit un lieu de détente, de convivialité. J'ai cru entendre parler de boîtes à partouze », dit-il avec un clin d'œil à l'assemblée. « Non, c'est un préjugé tout comme la construction d'une mosquée. Un hammam, c'est prendre soin de soi et des autres. C'est passer un moment comme un voyage du corps et de l'esprit et en sortir rasséréner, vivant, libre. C'est notre seul objectif et nous nous y emploierons avec ferveur. » Et il se tourna vers Zora.

Elle prit alors la parole. « S'il vous plaît ! S'il vous plaît ! Je vais vous raconter une histoire. L'histoire de ce hammam de Champeaux. » Tout le monde se tut, chipant un dernier gâteau tout en s'hydratant à l'aide d'un délicieux thé à la menthe. À Champeaux, on aimait bien les histoires contées.

Ahmed modula la lumière pour qu'elle fût plus tamisée. Et des bruits d'eau qui coule se firent entendre doucement.

« Il y a fort longtemps vivait une jeune femme à Champeaux. Elle s'appelait Espérance de la Fontaine car elle avait en charge de nettoyer et de surveiller toutes les sources si nombreuses à Champeaux. Elle avait de très longs cheveux blonds qui encerclaient sa taille et tombaient jusqu'à ses chevilles. Elle aimait porter des pantalons, que l'on appelait des culottes d'homme à l'époque. Lorsqu'elle arrivait sur une source, elle regardait les plantes, parlait avec les libellules et les grenouilles qui lui faisaient un rapport de toute l'activité passée. Espérance devait absolument éviter un puits particulier, que l'on nommait à l'époque le Puits Brûlant. Les villageois disaient que l'eau y était tellement chaude, que l'on y était cuit avant même d'avoir pu essayer de revenir à la surface. Des fumerolles s'en échappaient, ce qui laissait penser que des puissances maléfiques et démoniaques régnaient dans ses fonds ténébreux. Tout le monde l'évitait et Espérance avait ordre de ne surtout pas s'y pencher. Un jour, qu'elle parcourait son chemin de surveillance près du puits en chantant dans le soleil de l'été, quelque chose agrippa ses cheveux et les lui coupa. Lorsqu'elle se retourna, elle ne vit aucun de ses cheveux sur le sol et partir en courant, apeurée. Le lendemain, lorsqu'elle passa près du puits, elle chercha à nouveau une trace de sa magnifique chevelure et elle entendit :

« Espérance, j'ai tes cheveux, veux-tu que je te les rende ? »

« Mais qui êtes-vous ? Pourquoi m'avez-vous pris mes cheveux ? »

« Je suis le seul puits dont tu ne t'occupes pas. Ne crois-tu pas que cela soit une injustice ? Je ne vois jamais le jour, tu sais, je bous dans cet enfermement si sombre. Et toi, tu ne prends pas soin de mon eau. Je ne voulais qu'attirer ton attention, et je te rendrai tes beaux cheveux si tu viens me rendre visite. »

Espérance se rappela les avertissements qu'elle avait reçus de ses proches et elle partit en courant. Mais elle détestait être injuste, et nuit après nuit, ce sentiment la culpabilisait et ne la laissait pas tranquille. Un après-midi qu'elle était au bord d'une petite mare non loin du puits, elle se déshabilla car il faisait très chaud. Il n'y avait personne pour la voir. Elle laissa ses vêtements sur le bord et partit nager dans la petite mare. Cela lui faisait du bien. La fraîcheur tonifiait sa peau et faisait tomber la température de son corps. Tout d'un coup, la petite grenouille se mit à crier : « reviens Espérance, reviens. » Mais Espérance riait, elle appréciait son bain et invitait la grenouille à la rejoindre. « Reviens Espérance, reviens. » Les cheveux coupés d'Espérance apparurent à la surface de l'eau. Elle essaya de les attraper tandis que la grenouille continuait à l'appeler. Soudain, l'eau se réchauffa d'un coup et saisit Espérance.

« Espérance, enfin, tu viens me voir. »

La chaleur lui fit perdre conscience et elle disparut dans les eaux de la mare. La grenouille pleurait et appelait, grelottant de peur. Il ne restait plus que ses vêtements, restés, sur le bord. Plus aucun signe d'Espérance. L'eau était redevenue froide et lisse.

Espérance avait un amoureux, un jeune homme architecte qui voyageait beaucoup, Tancrède de Champeaux. Il revenait juste de Rome où il avait construit des Thermes et des Bains Maures. Il chercha partout sa bien-aimée disparue. Lorsqu'il prit le chemin qu'Espérance parcourait tous les jours, il découvrit ses vêtements et la grenouille essaya de lui expliquer ce qu'elle avait vu, mais Tancrède était rationnel, il ne croyait pas les grenouilles qui parlaient. Un jour, qu'il descendait la petite route que son Espérance empruntait souvent, il entendit sortant du Puits Brûlant la voix de sa bien-aimée : « mon amour, mon amour, je suis prisonnière des eaux chaudes. »

« Oh, mon Espérance, je te cherche depuis tant de semaines. Comment vas-tu ma tendre chérie ? »

« Je vais bien, mais je manque de lumière. Je voudrais tellement sortir mais je suis prisonnière, prisonnière d'avoir été injuste et de m'en être culpabilisée. J'aurais simplement dû essayer de faire mieux, de réparer mon erreur plutôt que de ne rien faire. Oh mon amour, ma liberté me manque tellement ainsi que toi. »

« Je saute et je viens te chercher. »

« Non tu ne peux pas, car tu resterais prisonnier à jamais. »

« Je ne m'avouerais pas vaincu, je saurai te délivrer. »

Il réfléchit pendant des jours et soudain il eut l'idée de construire à côté du Puits Brûlant un bain maure avec une piscine d'eau chaude, ainsi il pourrait permettre à Espérance de s'enfuir. Les travaux commencèrent. Tancrède était si impatient de retrouver sa fiancée qu'il allait la trouver chaque jour auprès de son puits, lui expliquant ses plans, l'avancée des travaux. Lorsque le trou fut enfin terminé, il attendit, appela, mais aucun signe d'Espérance. Il repassa auprès du puits, Espérance n'était plus là. Au bout de quelques semaines, pressé par le seigneur du village que ce trou béant exaspérait, il commença à contrecœur à faire construire les bassins et à poser la céramique. L'eau chaude du fond de la terre emplissait le bassin. Le matin tôt du premier jour de l'ouverture des Thermes, Tancrède se tenait triste à côté du bassin, d'avoir enfermé à jamais Espérance sous les belles faïences. Quand il vit soudain la belle chevelure d'Espérance flotter. Les cheveux se déployaient dans tout le bassin. Il essaya de les attraper, mais rien ne venait. Il n'osait pas tirer trop fort de peur de la blesser. Alors, il sauta alors dans l'eau, pour voir ce qui pouvait coincer, et ne trouva rien. Il appela désespérément sa bien-aimée, en vain. L'eau se mit tout d'un coup à brûler, et il s'évanouit à son tour. Il disparut lui aussi ainsi que l'eau qui laissa à la place une sorte d'argile qu'on appelait aujourd'hui de la tangue. Il est dit que les amoureux se sont retrouvés à jamais. On les aurait aperçus, nageant dans la baie lorsque la mer était haute, et d'autres les auraient entendus leurs rires résonner au fond des nombreux puits de Champeaux quand la mer était basse. On dit aussi que leur amour et leur sacrifice ont eu raison de l'esprit maléfique qui s'en est allé. Le premier hammam de Champeaux était né, et voici celui-ci qui vient d'être créé en hommage avec cet ancien bain maure construit pour et par l'amour. Une histoire écrite par Charline. »

Tous les invités applaudirent bercés par l'imaginaire, la douceur et la gentillesse. Jasmina prit la parole et expliqua le principe du hammam puis Ahmed tira les dix gagnants, un peu gênés mais finalement bien contents d'avoir gagné quelque chose et de pouvoir essayer cette chose bizarre que constituait le hammam. Mais en maillot de bain « pas question de montrer mes nichons et mon tablier de sapeur à tout Champeaux », s'écria une Champelaise, en plaisantant. L'équipée se contenta de sourire, ils laisseraient opérer la magie du hammam et de l'amour.

Lucas rit : « Il y aura des jours non mixtes qui permettront de porter ou ne pas porter de maillots de bain en fonction de ce que souhaite chacun, mais vous verrez, vous vous y ferez vite. Et encore une fois, notre hammam est un hammam et pas un club libertin. Je voulais remercier aussi notre architecte, Pierre Dangle qui a joué le jeu, ce n'était pas évident. Vous avez remarqué que la devanture respecte l'architecture champelaise, nous n'avons pas souhaité dénaturer l'esthétique du village, bientôt des roses trémières verront le jour pour être en harmonie avec les rues principales de Champeaux. Et puis, nous voulions qu'il y ait une vraie différence entre l'intérieur et l'extérieur. Qu'une fois rentré, vous soyez déjà en train de voyager. »

Jasmina fit visiter les salles, expliqua le principe du hammam et des soins. Puis, une fois les plateaux vidés, tout le monde prit congé.

Des personnes vinrent féliciter avant de partir Charline, pour cette histoire. Elle rougit, gênée de ce succès. Puis perdue dans ses pensées, elle dit finalement tout fort :

« C'est si étrange ici la Lune. Parfois, elle me fait écrire de manière saccadée, impulsive, rageuse, emportée, puis d'autres fois, me fait écrire des phrases plus longues, plus rondes, parfois courbées, parfois acerbes… Comme des vagues, des marées. Je me sens écrivain de la baie, soumise aux liens complexes de la Lune et de la Terre sur ma créativité. »

Anna et Mina ne surent pas trop quoi répondre et entreprirent de commencer à ranger la salle avec l'aide de toute l'équipe soulagée, et fin prête à démarrer leur nouvelle vie.

3
Champeaux dans le bain

Le lendemain, le hammam était rempli. D'abord les amis, puis des Parisiens, plus habitués au concept. Les touristes affluaient, surtout les jours de mauvais temps. Quelques Champelais s'approprièrent les lieux, mais une poignée seulement, et pas forcément ceux qui avaient gagné un forfait. Toute l'équipée découvrait les difficultés de la gestion de l'intimité dans un village, bien différente de celle des grandes villes qui finalement, protégeait chacun dans l'anonymat. Il faudrait du temps, beaucoup de temps. Néanmoins, leur gentillesse et leur professionnalisme avaient fait mouche et l'établissement commençait à être connu de plus en plus loin, il faut dire qu'ils étaient les seuls à proposer un hammam traditionnel qui offrait un nouvel atout touristique à la région. La première arrière-saison était tout de même difficile, l'équipe peinait à remplir leurs bains et certains jours, ils ne voyaient personne. Ils savaient bien qu'ils devaient être patients et persévérants mais ils leur arrivaient de douter et de perdre confiance, surtout quand ils mettaient à jour leur comptabilité. Bientôt, l'été reviendrait avec son flot de touristes et petit à petit, le bouche-à-oreille ferait son effet. Ils l'espéraient très fort et en tout cas, œuvraient tous dans ce sens, un peu déçus de se trouver eux aussi confrontés à la difficulté de rassembler les gens locaux et d'avoir à miser sur l'afflux des visiteurs. Le hammam pour eux devait être un lieu et un outil de paix et de cohésion, et ils n'en démordaient pas.

L'été était passé. Trop vite, comme toujours en Normandie. Les nuits d'août se rafraîchissaient, septembre ramenait l'humidité et les nuits rallongeaient. Anna poursuivait ses études de philosophie. Son ventre s'arrondissait. Elle avait acheté un terrain derrière sa maison et travaillait avec Pierre Dangle sur un nouveau projet. Un ensemble de Tiny House dont la gestion serait participative et qui accueillerait des familles, des personnes âgées. Elle souhaitait que ce soit une alternative aux Ehpad, un lieu de vie intergénérationnel, peu coûteux qui permettrait aux personnes dépendantes de bénéficier des aides dont elles avaient besoin tout en étant situées dans le cœur du village. Pierre avait travaillé sur un projet d'indépendance énergétique et des styles de maisonnettes pouvant accueillir différents types de population. Le projet était d'ores et déjà en cours de construction. L'ensemble serait autogéré par les habitants. Toute candidature d'un nouvel habitant serait acceptée ou non par l'ensemble des résidents. Anna ne voulait surtout pas être à la tête de quelque chose. Ce qu'elle avait appris d'elle-même, c'est qu'elle voulait rester libre et qu'elle aimait entreprendre, créer puis passer à autre chose. Diriger ne l'intéressait pas, elle souhaitait juste développer et tester des dispositifs pour éviter ces maisons de retraite aux conditions de vie si difficiles. Les personnes âgées pourraient garder un peu de mobilier, leurs animaux, un coin de jardin dans un lieu de vie à la fois ouvert sur le monde et protégé.

Mina s'organisait pour se reposer les après-midis et aller se balader, souvent dans la vallée du Lude, auprès de l'arbre qu'elle avait appelé Oscar Wilde avec un « e » au grand désespoir de ses amies qui avaient refusé de le nommer bien qu'Anna l'appelait parfois Merlin et Charline, papa. Cet arbre sublime, majestueux, tortueux, imposant, un peu terrifiant de le voir avoir fait autant de vide autour de lui, ses multiples troncs qui partaient en sculptures voluptueuses, presque sexuelles, respirer l'air au loin là-haut. À partir du tronc principal, des grosses branches torturées pointaient vers le nord, recouvertes de mousse, et d'autres blanches et lisses caressaient la lumière du sud, le tout profilé pour résister aux vents d'ouest tempétueux et ne pas casser. Cet arbre reflétait à la perfection la dualité et l'adaptation. Mina se reposait là, son menton et les mains posés sur l'une des branches-tronc, cherchant à capter la palpitation, la vibration si longue de cet étrange ami. Le temps des arbres était si différent. Ou pas. Simplement, n'était-elle pas capable de l'entendre. Elle lui parlait quand même, en pensée, l'embrasser, le caresser. Pouvait-il saisir l'intention, son amour ? Mina se posait là toutes ses questions, veillant sur lui comme s'il n'avait pu le faire seul durant toutes ses années, lui qui ne pouvait lui dire s'il voulait qu'elle reste là, ou non. Elle y rencontrait Anna qui venait rendre visite à l'arbre de sa maman et Charline. Parfois, elle partait sur la plage de Carolles, prenait un café à la paillote, elle avait l'impression ainsi d'être en vacances, mettait ses lunettes de soleil, en mode séduction, mais ne croisait que des familles, à son grand désespoir. C'était bien quand même. Elle pensait à Anna. Anna si froide, si étrange au début, si décalée. Anna aujourd'hui si vivante. Elle venait de valider sa première année de philo et brillamment en plus. Des sacrées notes partout. Une drôle de femme, cette Anna. Libre, entrepreneuse, intellectuelle et amoureuse. C'était chouette qu'elle ait rencontré Raphaël. Ils étaient très différents mais s'aimaient à leur façon, indépendants mais liés. Et elle était ravie qu'elle soit enceinte, elle ne l'aurait jamais imaginé au début de leur aventure. Elle avait racheté avec Charline un restaurant sur la côte. La boulangerie et le restaurant y seraient transférés. Elle mettait en œuvre son projet de pâtisserie et recrutait son équipe. Les bâtiments de chez Anna étaient devenus un laboratoire dans lesquels très bientôt, de petites merveilles sucrées et originales en sortiraient. Un coin glacier et de ventes en emporter y serait aussi aménagé. Elle avait hâte.

Elle pensait à Charline si fragile et si forte. Le premier livre de Charline « Josépha » avait été un tel succès qu'il avait intéressé des scénaristes pour un téléfilm. Elle avait demandé à participer aux tournages pour se former. Charline écrivait beaucoup avec des images en tête, des musiques, comme un film qu'elle déroulait. Alors tout naturellement, elle articula son écriture avec la réalisation et elle se formait sur le tas. De fil en aiguille, elle s'était mise à écrire des scénarios et passait une partie de son temps entre le restaurant qu'elle gérait à distance et les tournages. Elle écrivait un film, son tout premier qui se passerait dans la région. En fait, il faut bien avouer qu'elle passait de moins en moins de temps au restaurant, ce qui agaçait profondément Mina qui s'en ouvrit à Anna.

« Franchement Anna, je suis un peu en colère. Charline me plante juste après avoir acheté le restaurant. »

« Elle ne te plante pas vraiment, le lieu tourne avec d'autres personnes qu'elle suit à distance. »

« Oui, mais je ne comprends pas. Tout ça pour finalement abandonner. Nous abandonner, nous et le projet. »

« Je savais que le restaurant serait pour elle juste un passage, je le sentais. Charline est une artiste, elle a besoin de créer, d'imaginer. »

« Ben la gastronomie aussi, est un art qui permet de créer, d'imaginer. »

« Oui, mais il y a aussi tout le côté répétitif. Je crois que ça, Charline n'y arrive pas. Elle a besoin de mouvement. De changement. Toi, tu arrives à refaire chaque jour tes croissants avec la même constance, le même intérêt, la même passion et tu dépasses ainsi le côté pénible de la répétition, comme si chaque fournée était une nouvelle. C'est naturel pour toi. »

« Ben tu sais, des fois il m'arrive d'être lassée. Mais quand je me sens fatiguée, j'invente de nouveaux produits, ça me lave la tête, me recadre et je repars. »

« Ton pragmatisme m'a toujours surprise et fait rêver. Tu es tellement stable dans ta passion. J'en serais moi aussi incapable. J'ai besoin aussi de créer mais pas de manière artistique, plutôt d'entreprendre, des projets humanistes et surtout de ne pas tomber dans le quotidien de la gestion. Je comprends Charline qui a une autre sensibilité que la mienne. Je me situe un peu entre vous deux. »

« L'absence de Charline me fait de la peine. »

« Charline a réussi à planter des racines ici et c'est l'essentiel. Elle nous aime et revient régulièrement. C'est ce qui compte, tout comme elle s'est trouvée dans ce qu'elle fait aujourd'hui. Toi aussi, tu as eu besoin d'une transition avant de revenir à la boulangerie. »

« C'est vrai. Mais j'aurais aimé que tout continue comme avant. »

« Ce n'est pas possible. Déjà parce que toi-même tu évolues dans tes projets, avec ta pâtisserie par exemple, l'achat du nouveau restaurant. Donc revenir en arrière, ce n'est plus possible pour personne. Et puis, nous sommes différentes toutes les trois. Moi, j'ai besoin de la stabilité de ma maison, c'est mon refuge, et j'ai besoin aussi de mouvement dans mes activités, de ne pas savoir ce que je ferais dans quelques mois ou quelques années. Charline a besoin de bouger dans tous les domaines. Le mouvement l'inspire. Et puis, si elle arrive à réaliser son projet de film, ce serait super qu'elle le tourne ici. Les retombées pour notre petit coin seraient fantastiques tant au point économique que culturel. C'est un cadeau qu'elle nous fait. Sa manière de redonner ce que la région lui a offert. »

« Tu es si raisonnable. Si tu envies mon pragmatisme, j'aime ton recul, ta sagesse et ta passion aussi. J'aime la folie et la sensibilité de Charline. Même si parfois, elle n'est pas toujours simple à comprendre. »

« Elle revient ce week-end pour une grande soirée "oignons farcis" ! Et j'espère bien que l'on va en profiter ! Le carnet de réservations est complet. »

Ce samedi soir là, tout le monde alla donner un coup de main à Charline. Elle avait trimé dur depuis l'ouverture. Le restaurant ne désemplissait pas. Ce soir, c'était le menu signature de Charline. Entrée : oignons farcis ou terrine. Plats : daube ou raviolis maison et en dessert des tartes aux fruits avec de la pâte feuilletée préparée par Mina. Un menu simple que Charline préparait très à l'avance pour être plus disponible et présente en salle. C'était important pour elle de profiter aussi de l'ambiance festive avec ses hôtes. Beaucoup venaient parfois seuls, et dîner au comptoir d'une assiette d'oignons farcis ou d'un plat. C'était facile, simple. Savoureux. Ce soir-là, la salle et le bar étaient bondés. La salle se vidait petit à petit, les couples d'abord, ne laissant qu'un groupe d'amis guillerets comme des artistes d'une autre époque, peut-être celle d'Henri Miller, où l'on refaisait le monde toute la nuit. Fauchés mais bon vivants, intelligents, spirituels et spiritueux. Il y avait un écrivain, Anthelme, l'astrophysicien, un peintre qui était tout petit, un philosophe et un comédien. Ils riaient fort. Au bar, un entraîneur de chevaux de course qui finissait son plat de daube et qui les regardait en souriant à la fois absorbé par son plat et ses pensées.

L'écrivain, débonnaire, lui lança : « hé, Gérard, alors tu as des tuyaux pour les courses ? » « Non, tu sais bien que je ne donne jamais de tuyaux. Ça porte malheur. »

« Ouais je sais, mais quand même, sur la base d'un malentendu… Un petit indice ? »

« Ouais, mais non, et là, je vais repartir à l'écurie, m'occuper d'une jument. Je sens que c'est une pouliche qui peut être une top de chez top, mais je n'y arrive pas, ça ne passe pas. Je ne comprends pas, il me manque un truc, un tout petit truc, ça bloque. »

« Ah bon, à ton avis de quel ordre ? Tu ne lui susurres pas assez de mots doux ? » ricana le peintre.

« Ben tu ne crois pas si bien dire. Je n'arrive pas à rentrer en communication avec elle. »

« Comment ça ? » s'étonna Anthelme qui adorait les animaux et qui vivait avec plusieurs setters anglais.

« Ben, ça ne passe pas. Avec les autres chevaux, je communique par l'intention, je ne me fâche jamais, juste confiance et intention. »

« Confiance, OK mais intention ? » demanda l'écrivain.

« Je ne sais pas dire ni expliquer. Je n'ai pas les mots, moi. Juste, on est un avec le cheval, il sait ce que je veux, je n'ai pas besoin de lui demander, de crier. Je le fais avec mon cerveau. Et les chevaux entendent. »

« Et qu'est-ce que tu nous racontes ? Tu as trop bu ou quoi ! » plaisanta le peintre.

« Mais non ! » s'interposa le comédien. « Je comprends ce qu'il dit. C'est comme au théâtre. Un bon acteur, c'est celui qui sait transmettre la bonne intention avec toute sa force. Il ne s'agit pas de singer une émotion, un sentiment, une situation. Il faut l'avoir en tête, et quand elle est présente, quand elle là, dans l'instant, alors tout le corps tend vers cette intention. Alors si l'intention est là, le spectateur la recevra comme si elle était réelle. Le mystère, c'est comment elle devient réelle et comment elle se transmet. Car assurément, cela ne passe pas que par des mimiques et la voix. À la base, il faut que l'acteur identifie clairement son intention, que veut-il montrer au spectateur et que veut-il que le spectateur ressente ? De la tristesse ? Du dégoût ? De la colère ? De l'impuissance ? Nous savons juste qu'il faut qu'elle soit clairement établie en nous pour qu'elle puisse ensuite être réceptionnée, qu'elle soit juste. Les mystères de l'empathie, comment est-elle véhiculée ? C'est un mystère. »

« Du coup, c'est un peu de la manipulation… » s'étonna Anna au comptoir avec Mina.

« Ben oui, d'ailleurs les grands manipulateurs utilisent constamment cette technique, qui fonctionne sur les gens plutôt suggestibles. Pas de traces, pas de paroles, tu fais faire en restant silencieux », répondit le comédien.

« Cela fait peur, cela me fait penser à Yvonne tiens, la reine de l'emprise qui maîtrisait par cœur ce genre de techniques. Partout où elle passait, les conflits naissaient sans que l'on puisse directement l'incriminer », ajouta Charline tout en essuyant un verre en regardant Mina et Anna.

« Après… tu peux aussi communiquer une intention et laisser le libre arbitre à l'autre. C'est toute la différence entre la communication et la manipulation. Question d'éthique et de posture ! » commenta Anthelme. « C'est intéressant ce que vous dites. Cela me fait penser effectivement à la communication animale, je crois qu'on l'appelle la communication intuitive. Comme, les diverses populations d'éléphants du Serengeti qui sont capables de se communiquer le lieu de retrouvailles qui n'est jamais le même d'une année sur l'autre. Comment font-ils ? Comment l'information est-elle transmise ? Beaucoup de choses ne s'expliquent pas avec nos connaissances actuelles et repères. Le cartésianisme a tôt fait d'écarter ce qu'il n'est pas capable d'expliquer ni de reproduire quand il le souhaite et de ranger ce qui n'est pas reproductible dans la case ésotérisme. Alors que ce n'est pas selon mon intuition, le cas. »

Anna était surexcitée, elle adorait ce sujet.

« Moi, je ne suis pas physicienne, mais je suis persuadée que cela peut s'expliquer par la physique quantique. Ne me demandez pas pourquoi, mais je le sens. Par exemple, on a tous un cerveau dit primitif. Je pense que le nom est mal choisi… En tout cas un cerveau plus animal qui échappe au langage verbal. Celui des symboles imagés, des mythes et des légendes, du corps et des émotions, du vécu intime, celui qui donne l'impression que le temps n'existe pas. Et peut-être que le temps n'existe pas après tout. Ce serait un cerveau quantique. Cette partie de nous que nous étouffons avec notre hypercontrôle, la rationalité, la dépendance aux normes et aux autres. Celui des rêves endormis ou éveillés, celui qui sait tellement plus de choses que l'on ne peut s'imaginer. Celui qui guide, qui sent, ressent, celui qui est lié avec la terre, les autres vivants et notre corps, et même le Cosmos » Elle s'interrompit un instant, haletant. « Je pense qu'on a tous, cette base commune et si on communique l'intention, si l'autre est en éveil sur cette capacité-là, alors il la recevra. Et il en aura l'intuition. L'intention, ce serait ce que j'envoie, l'intuition serait le résultat de ce que je reçois. Et je crois que ça marche par le phénomène de réplication quantique. Mais je ne saurais pas trop expliquer. Je vais être ridicule. »

« Bon ben moi je vais nettoyer et récurer les écuries et enlever la merde des box », dit le cavalier en lorgnant les fesses d'Anna, qui s'en foutait royalement, concentrée sur les liens intentions/intuitions qu'elle tentait d'approfondir.

« Et justement l'instinct, l'instinct ne serait-ce pas cette capacité de base de ce que je suis, de mon moi profond, qui permet d'aller écouter toutes ces intentions et informations non « cognitives » et de les transformer en intuitions, peut-être même à accueillir l'intuition. J'adore ce sujet ! »

Le cavalier sortit, un regard de travers à Anna, les sujets devenaient dangereusement trop denses pour lui qui était un animal brut et purement instinctif.

« Ben, je ne sais pas si on pourra répondre à tout ça, les dispositifs expérimentaux maintenant en œuvre la physique quantique coûtent une fortune. Les sciences humaines ne sont pas éligibles à ce type de dépense pharaonique. C'est réservé à l'informatique dans le cadre des développements technologiques à grande échelle et dans l'espace. Et puis, les modèles expérimentaux sont basés sur des modèles cartésiens dits reproductibles. Je ne suis pas sûr que ces domaines soient observables à la demande. Les Russes ont fait beaucoup d'expériences sur la télépathie. On n'a jamais trop su les résultats. Cela devait être pour entretenir la légende et les mystères fantasmés du KGB ! Enfin, il y a les travaux de Penrose qui démontre que le cerveau contient des parties quantiques, mais il existe encore des controverses », objecta l'astrophysicien, laissant Anna songeuse.

« J'ai l'impression qu'il y a plusieurs mondes qui parfois s'interconnectent comme s'ils étaient dans des dimensions différentes. Et pour moi, l'esprit ou l'énergie des morts, je ne sais pas quel mot utiliser, resterait dans l'un de ces univers, que parfois on surprend ou qui cherche à nous surprendre. Et nous sommes tous liés par ses connexions, il suffit de les entendre. Je sais, cela fait bizarre, mais plus ça va, plus je pense que cela vrai, qu'il n'y a pas que notre monde, celui que nous construisons avec nos propres codes humains. Et depuis que je vis dans la Baie, je sens plus aussi la connexion avec l'Espace, les marées, la Lune, les mouvements terrestres. Et puis, des fois, je me dis, que si nous sommes capables de voir les étoiles alors qu'elles sont déjà mortes parce que leur lumière met du temps à aller vers nous. En sens inverse, si on était capable d'aller très loin, alors on pourrait avoir les images de la Terre sur différents temps. S'il existait des outils pour voir précisément, on pourrait même voir les dinosaures par exemple. »

Tout le monde rit. « Ah la lalala, Anna, tu es une rêveuse ! »

Anthelme rétorqua : « vous savez, aujourd'hui, pour les physiciens quantiques, l'énergie des vivants une fois décédés lui survit. Cela ne fait plus de doute. On peut être à la fois mort et vivant, comme le chat de *Schrödinger*. »

« Bon, Charline, sers-nous ta Prunelette de Dedette », s'écria l'écrivain. « On a soif ! » Et tous rirent, soulagés de revenir à des sujets plus terre à terre, plus rassurants.

Charline avait mis au point l'automne dernier une liqueur à base de calvados et de prunelles sauvages qu'elle offrait à ses clients à la fin du repas.

L'écrivain trinqua avec le peintre et dit en plaisantant : « santé, mon ami, le nain, tu ne seras jamais assez grand pour voir les dinosaures marcher sur la Lune. »

Ce à quoi le peintre répondit : « On ne naît pas nain, on le devient. »

Les filles trinquèrent aussi et Charline remarqua : « j'étais venu ici à la rencontre de la Mer. J'ai trouvé la Lune. En fait, elle ne m'a jamais quittée, mais ici, elle s'est révélée à moi. Comme une mère. »

« C'est vrai qu'ici, on sent beaucoup plus les effets des cycles lunaires qu'en Auvergne », constata Mina. « C'est beaucoup plus fort. »

Il était tard, Charline sonna l'heure de fermeture. Et tous se levèrent à contrecœur. La salle remise en ordre, les trois femmes refermèrent la porte qui donnait sur la route de la falaise de Champeaux d'où on pouvait voir la baie du mont Saint-Michel tout entière, confondant la Bretagne et la Normandie. La lune était pleine, dorée, et très proche de la Terre, elle éclairait la Baie, c'était juste beau à en couper le souffle. Surréaliste mais terriblement vivant. Une chouette hulotte au loin. Un lièvre traversa la route et s'assit pour contempler longuement les amies puis s'en retourna dans ses buissons. C'était magique. L'estran se couvrait de jeux d'ombres et de lumières. Elles se serrèrent les unes contre les autres et restèrent longtemps ainsi, contemplant la beauté sans cesse renouvelée du lieu.

« C'est loin Châteauroux ! » susurra Mina.

« Oh oui, c'est loin, très loin ! Mais toujours *Borned to be wild* ! » répondit Charline.

Et elles rirent.

« Café sur les marches les filles, en pantoufles ? Non, pieds nus, c'est mieux, hein ? » proposa Anna.

« On y va ! » répondirent-elles dans un souffle ému.

Épilogue

Paul s'était finalement installé chez Mireille. Ça s'était fait comme ça, sur un coup de tête. Un matin, alors qu'il dormait chez elle, il partit chercher des croissants, lorsqu'il rentra, il trouva une clé dans la soucoupe de sa tasse à café. Il avait enfin rencontré l'amour, lui à son âge avancé et il ne voulait plus perdre de temps. Ni lui ni Mireille. Ils étaient heureux, tout simplement. Il n'avait jamais oublié la mère de Mina, et n'avait jamais réussi à refaire confiance ni à aimer. Mais avec Mireille, tout était différent et si simple. Mireille était sa partition. Il était sa barre de danse. Pas une fausse note. Une solide attache sur le mur. Une évidence réciproque. Ils avaient envie de passer le plus de temps ensemble. Le quotidien, à l'inverse d'Anna, ne leur faisait pas peur. Ils avaient suffisamment expérimenté la solitude pour ne plus en avoir besoin. Il jouait, elle dansait. Elle dansait, il improvisait sur son rythme, celui naturel de son corps qui était le même que lorsqu'elle lui faisait l'amour. Chaque femme, chaque homme a son propre rythme, ses propres pulsations. Il y a les saccadés, les rapides, les lents, les ronds, les brefs, etc. Il avait composé un morceau qu'il avait appelé « Mireille », en reprenant les pulsations les plus intimes et profondes de son être, de ses mouvements, de son flux vital qui anime son bassin, son flux musculaire et ses pensées. Mina était heureuse de voir son père enfin épanoui, les poches sous les yeux avaient disparu, il souriait toujours, le regard moins triste et son brin nostalgique qu'il arborait habituellement, avait été mué en un air mutin et enfantin, presque farceur d'un garçon qui serait allé mettre des pétards dans la boîte aux lettres du voisin.

Leur bonheur fut ébranlé par Raymonde l'Immonde qui s'était finalement suicidée dans le fameux lavoir. Dans un dernier relent de haine, elle laissa une lettre dans laquelle elle accusait Mina d'être responsable de sa mort. Mina fut convoquée au commissariat. Le père Jamard et Paul l'accompagnèrent. Elle fut interrogée comme une suspecte et ce fut un moment extrêmement désagréable. Avoir à se justifier de quelque chose qu'elle n'avait pas fait, d'un meurtre en l'occurrence, simplement parce qu'une femme avait décidé de lui nuire jusqu'au bout était une expérience particulièrement traumatisante. Elle fut entendue par le mari de la postière à qui elle dévoila toute l'histoire de Raymonde. L'affaire fut vite classée au grand soulagement de Mina et de ses proches que cette attaque avait inquiétés au plus haut point. La postière mise au courant de l'histoire par son mari, ne put tenir sa langue bien évidemment, et très rapidement, toute la petite ville fut éclairée des secrets de la poissonnière et des horreurs commises par ses parents. Lorsque le corps fut rendu pour l'inhumation, le personnel chercha longtemps à qui justement, il pouvait le rendre. Personne ne se manifesta. Jacqueline, la pharmacienne qui ne savait dire non à rien et c'est bien pour cela qu'on lui demandait tout, se chargea à contrecœur de la tâche. Il n'y eut personne à l'enterrement, sauf quelques curieux, restant au loin venus voir quels seraient les éventuels fidèles de Raymonde. Personne ne se montra, sauf Jacqueline, par obligation. Ce fut rapide, sans larmes. Sans mots. Raymonde fut inhumée dans la tombe de ses parents. Elle n'avait laissé aucune instruction contraire hormis bien sûr que Mina était responsable de tout et finalement de rien. Lorsque celle-ci rentra à Champeaux, soulagée, tous lui firent la fête, même Charline était présente pour l'occasion.

Ce soir-là, Yvonne regardait fixement le plafond de sa chambre. Elle avait dilapidé tout son argent et il ne lui restait plus rien. Elle venait d'être escroquée par des vendeurs d'amour, le gang des brouteurs. Elle connut la faim pour pouvoir continuer à afficher son brushing hebdomadaire. Elle rejeta en bloc la réalité froide de l'escroquerie, rêvant d'amour romantique, elle attendit que son bien-aimé lui donne un signe, persuadée qu'il l'aimait vraiment. Elle attendit longtemps son prince, cessant de manger et boire, rêvant de ses mots doux et flatteurs. Non, il n'était pas possible qu'il ne l'aimât pas. Ce n'était pas réel. Elle en était sûre. Elle finit par partir sur un chagrin d'amour, ce soir-là, le cœur avait cessé de rêver.

Le matin-là d'après ce soir-là, un samedi, Albertine Duchemin partit à quatre-vingt-dix-huit ans dans son sommeil, heureuse enfin de pouvoir se débarrasser de ce corps devenu trop rigide d'arthrose et de déployer ses ailes de légèreté dans des espaces quantiques. Elle s'était concocté un cocktail de divers poisons végétaux. Le jour était venu. Elle serait enfin libre et libérée de ce corps devenu trop douloureux qui l'entravait et pourrait enfin voyager.

Pierre Dangle bricolait en caleçon, une table de jardin pour une amie avec des matériaux de récupération tout en chantant sur God Save the Queen et en fumant une cigarette. Il se détendait. Il faisait beau et le soleil brillait à travers les gouttes de rosée matinale.

Le père Jamard formait le nouvel apprenti boulanger, il ne pouvait se passer d'apprendre le métier aux jeunes. Et même si son dos le faisait souffrir, tant qu'il pourrait transmettre, alors il serait en vie. Toujours et à l'infini.

La terrasse du café s'animait à l'heure de l'apéritif, mais Bruno tondait ce matin son gazon et Simone préparait des paupiettes de veau à la normande qu'elle servirait ce soir chez Charline, histoire d'épater le père Jamard dont elle était secrètement amoureuse.

Ce midi-là, les huîtres ne savaient pas qu'il leur restait trois mois à vivre avant Noël et prenaient la pose sur leur rocher serti d'algues, léchées par les marées d'équinoxe d'automne.

Mireille et Paul rejouaient le boléro. Nus, lui habillé de son saxo qui déchirait le silence de leur alcôve de plaintes sensuelles, elle dans une chorégraphie, faisait reculer leur désir tout en augmentant progressivement la tension jusqu'aux confins de l'extase. Puis le repos, le relâchement des corps et les rires. Ils iraient ensuite profiter des rayons de soleil qui illuminaient la terrasse du café.

Dan et Alix buvaient une bière en mangeant du guacamole sur la plage de Dragey, enveloppés dans le silence de la plage et de leur amour.

Cet après-midi-là, Anna s'était couchée dans les dunes entre Saint-Jean le Thomas et Dragey. Elle fermait les yeux. S'allonger lui soulageait les seins qui étaient devenus lourds. Elle prit la main de Raphaël qu'elle plaça sur son ventre. « Ma mère, Judith, aurait été heureuse d'avoir un petit garçon. »

« Comment tu sais que c'est un garçon ? »

« Je le sais. C'est tout. »

Raphaël s'allongea à son tour contre Anna, la main toujours posée sur l'arrondi tout neuf. Ils souriaient. Ils étaient heureux. Le bruit de l'onde de la marée montante. Ce bruit reconnaissable entre tous. La brise légère, sur les joues qui dépose du sel sur les lèvres. Qu'importe, leurs lèvres s'adouciraient ensemble d'un baiser tendre et charnel.

« Je crois qu'il est temps que je m'installe officiellement chez toi. Non ? »

« Pardon ? » cria Anna en se relevant brutalement.

« Quoi, pardon ? »

« Ben, je ne veux pas qu'on vive en couple. »

« Mais, comment ça ? On va avoir un bébé, toi et moi, on est un couple. »

« Non, non. Je ne veux pas. Je veux qu'on garde chacun notre maison. Qu'on continue comme maintenant. »

« Mais ça n'a pas de sens. On n'est pas divorcé. »

« Ben on peut vivre pareil. Sauf qu'on continuera à s'aimer. »

« Mais ce que tu dis ne tient pas la route, Anna ! »

« Je ne veux pas être couple. Je ne veux pas me retrouver à faire la cuisine, le ménage, devenir une ombre. Toi dehors, et moi dedans. Comme si le fait que nos organes sexuels soient internes, nous obligeait à rester dedans et l'extériorité des vôtres, vous autorisait à vous emparer de l'extérieur. Non, je ne veux pas. Je veux vivre moi aussi, et pas uniquement en tant que mère. »

« C'est n'importe quoi. Et puis, zut, Anna, je sais parfaitement que tu détestes cuisiner. Je le ferais, je vais t'aider. »

« Je sais que tu es sincère là, maintenant. Mais je sais aussi comment ça va se passer. À peine, installés, la routine, les schémas traditionnels vont prendre le dessus. Finis les cours de philo, les projets, je vais devenir une ménagère puis une mégère. Et je vais en mourir, je le sens, et notre amour aussi. Je ne veux pas. Je ne peux pas, Raphaël. J'ai trop peur de ça. »

« Franchement, c'est n'importe quoi ! Tu ne m'aimes pas, c'est ça ? Je ne suis pas assez bien pour toi ? Tu as honte de moi ? »

« Mais non, pas du tout. Cela n'a rien à voir avec les sentiments. Je t'aime. C'est juste la vie de couple qui me terrifie. »

Raphaël dépité et en colère, prit sa serviette et rentra sur Champeaux à pied, laissant Anna sur le sable, désemparée.

Dimanche matin, Charline était partie se blottir dans son endroit secret sur la falaise. Dans le silence bruyant des ajoncs, elle attendait la louve. Après tout, Il y avait bien eu des loups avant, à Saint-Michel-des-Loups, ils reviendraient, elle en était sûre. Il restait deux jours avant le démarrage du tournage de son film. C'était avec lui qu'elle faisait l'amour, jour et nuit. Elle concevait, créer avec fusion, exaltation, ne faisant plus qu'un avec son œuvre pour finalement ensuite laisser s'envoler ses créations vers leur propre vie. Elle donnerait la vie, l'accompagnerait, le modèlerait puis s'effacerait progressivement comme un parent donne la vie à son enfant puis le prépare à l'âge adulte pour partir, seul. Charline pensa que c'était curieux que les animaux humains soient les seuls à conserver des liens avec leurs familles. Était-ce culturel ou biologique ? La solitude était-elle le talon d'Achille humain, la faille mortelle, plus sournoise qu'un virus ? Elle ne savait pas. Peut-on vraiment être préparé à affronter cette terrible solitude ? Ou bien est-ce un faux problème ? Elle pensa à Anna, son bébé, elle était ravie et à la fois, triste. La grossesse d'Anna lui avait révélé son désir d'être maman, alors qu'elle s'était retirée de la vie affective. Elle vieillissait et pensait que c'était trop tard pour elle. Elle en souffrait.

La baie était en train de se recouvrir d'eau. Charline captait le bruit régulier de la force de la marée, ce grondement sourd de la vague qui submergerait bientôt l'estran, redonnant vie aux coquillages et autres animaux tapis quelque part sous un rocher ou dans le sable. Aujourd'hui, demain, et à jamais, les marées ne s'éteindront. Tant qu'il y aura la Lune.

D'ailleurs, celle-ci avait de la peine ce matin à quitter le ciel bleu. Une intuition lui intima de se lever et d'aller voir Anna. Là, tout de suite.

Anna, assise sur sa marche au soleil, avait perdu les eaux en buvant son café et en regardant le disque lunaire devenu blanc, s'évanouir progressivement dans le ciel sans nuages. Elle était restée très calme et très sereine, un sourire aux lèvres. Enfin ! Elle appela Raphaël occupé à réparer une fuite d'eau chez le père Jamard. La douleur des contractions n'eut pas le temps de terrasser Anna. Son bébé, curieux de la vie et pressé de vivre à l'air libre, déboula comme un petit corps glissant sur un toboggan aquatique géant, sur les marches de l'escalier, qu'Anna rattrapa en plein vol pour le serrer dans ses bras, toujours le sourire aux lèvres, sereine, si sereine, son bébé sur sa poitrine, vivant, si vivant, au moment où les deux hommes arrivèrent en courant. Ce qui était une première pour le père Jamard qui n'avait jamais couru de sa vie d'adulte. L'inquiétude émanait des visages des deux hommes. Aucun des deux ne s'était représenté un accouchement. Ils ne s'attendaient pas cependant à cette vision d'horreur. Du sang, de la chair, la poche, le cordon. Quelque part en lui, Raphaël avait imaginé découvrir son bébé tout frais, tout doux, vêtu d'une charlotte en tissus vichy bleu avec un pyjama assorti, dormant dans un couffin tout moelleux et romantique. Dans l'esprit du père Jamard, il embrasserait la petite tête de son petit-fils d'adoption couverte d'un bonnet de laine ajouré tricoté à la main comme son petit cache-cœur décoré d'un liseré jaune, calé dans un landau solide et confortable, tout propre, sentant l'eau de Cologne pour bébé. Mais ça, ce qu'ils voyaient tous deux, était si différent, c'était presque traumatisant… Ils étaient plantés là, tout raides devant Anna, oscillant entre dégoût, terreur et bonheur. Et puis, ils ne savaient pas comment faire, peur de briser ce petit être si fragile avec leurs grosses mains fortes d'artisan. Anna leur lança un regard plein d'amour et ils s'approchèrent. Tout allait bien. Tout. Elle souriait toujours, enveloppant son enfant, d'une aura protectrice. Elle était si heureuse que les premières personnes que son bébé rencontre soient sa famille et ses amis et surtout qu'il naisse à l'air libre sur les marches de sa maison. Elle n'eut pas rêvé d'une plus belle naissance.

Ainsi va la vie, pour celui qui serait à jamais nommé : Fernand.

Imprimé en France
Achevé d'imprimer en septembre 2021
Dépôt légal : août 2021

Pour

Le Lys Bleu Éditions
40, rue du Louvre
75001 Paris